PAULA HAWKINS

Die blaue Stunde

Roman

Aus dem Englischen
von Birgit Schmitz

dtv

MIX
Papier | Fördert gute Waldnutzung
FSC® C083411

Deutsche Erstausgabe 2025
dtv Verlagsgesellschaft mbH & Co. KG, München

Titel der englischen Originalausgabe: ›The Blue Hour‹

Satz: Greiner & Reichel, Köln
Gesetzt aus der Minion
Druck und Bindung: CPI books GmbH, Leck
Printed in Germany · ISBN 978-3-423-28454-7

Für Mum und Dad, in Liebe

Und dem Tod soll kein Reich mehr bleiben.
Die nackten Toten die sollen eins
Mit dem Mann im Wind und im Westmond sein;
Blankbeinig und bar des blanken Gebeins
Ruht ihr Arm und ihr Fuß auf Sternenlicht.
Wenn sie irr werden solln sie die Wahrheit sehn,
Wenn sie sinken ins Meer solln sie auferstehn.
Wenn die Liebenden fallen – die Liebe fällt nicht;
Und dem Tod soll kein Reich mehr bleiben.

Dylan Thomas

Das Leben ist kurz, die Kunst ist lang.

Hippocrates

Der Mond weckte mich, hell und nah. Er goss ein merkwürdiges Licht übers Meer, eine Art dunkles Tageslicht, als würde man das Negativ eines Fotos betrachten. Ich fand nicht mehr zurück in den Schlaf. Da ich schon seit Wochen nicht arbeiten kann, lief ich runter an den Strand. Ich war barfuß und der Sand unter meinen Füßen so kalt, dass ich rennen wollte.

Es ging ein Wind. Er war merkwürdig warm und verwehte den Sand, und die über den Mond ziehenden Wolken warfen Schatten, die mich verfolgten. Dabei dachte ich die ganze Zeit an das Lied, das Grace mir beigebracht hat, das mit den Wölfen, die die frisch Verstorbenen ausgraben und ihre armen Knochen an der Oberfläche verteilen.

In letzter Zeit fühle ich mich selbst auch ein bisschen verwildert.

Ich rannte und rannte, bis ich mit den Füßen im Wasser war, und als ich mich umdrehte, schaute ich zurück zur Insel, zum Haus, zu meinem Schlafzimmerfenster, wo noch Licht brannte, und dann bewegte sich dort etwas. Wahrscheinlich die Gardine, aber mir wurde eiskalt. Ich schaute weiter hin und wartete, versuchte, ihn durch meine Willenskraft dazu zu bringen, sich noch einmal zu zeigen, doch da war nichts, nichts und niemand, nur das Wasser, das plötzlich gegen meine Waden schlug, gegen meine Knie.

Der Sand wehte nun nicht mehr, ich konnte gar keinen Sand mehr sehen, alles war unter Wasser, und ich hatte so weit zu laufen. Ich versuchte, so schnell ich konnte zu waten, doch der Wind blies mir ins Gesicht, und die Flut war wie ein Fluss. Immer wieder stolperte ich und fiel auf die Knie; die Kälte war wie ein Angriff, ein Schlag, wieder und wieder.

Ich glaube nicht, dass ich jemals zuvor so schreckliche Angst hatte.

Als ich schließlich wieder bei den Treppenstufen ankam, war ich so erschöpft, dass ich mich kaum noch bewegen konnte. Ich lag dort und zitterte so stark, als hätte ich Krämpfe. Irgendwann konnte ich aufstehen und schaffte es nach oben ins Haus. Ich duschte, zog mich an, ging hoch ins Atelier und fing an zu malen.

***Division II** (circa 2005)*

Vanessa Chapman

Keramik, Urushi-Lack, Blattgold, Golddraht, Paarhuferrippe, Holz und Glas

Leihgabe der Fairburn-Stiftung

Als eine von nur sieben Skulpturen, die Chapman aus Keramikscherben und Fundstücken herstellte, ist Division II *eine trügerisch einfache räumliche Anordnung: eine Gruppe von Objekten, die zueinander in Bezug gesetzt, an Drähten aufgehängt und in einem Glaskasten verschlossen sind.*

Indem sie die Objekte auf diese Weise präsentiert, stellt Chapman Fragen über Inklusion und Exklusion, darüber, was wir verbergen und was wir zeigen, worin wir großzügig sind und worin verschwiegen, darüber, was wir machen und was wir hinterlassen.

Von: bjefferies@gmail.com

An: info@tatemodern.co.uk

Betreff: Chapman – Ausstellung Skulptur und Natur

Sehr geehrte Damen und Herren,

am letzten Wochenende habe ich die Tate Modern besucht und war sehr angetan, besonders von der Ausstellung *Skulptur und Natur*, die einige großartige Werke präsentiert. Allerdings ist mir ein Fehler in der Beschriftung von Vanessa Chapmans Arbeit mit dem Titel *Division II* von 2005 aufgefallen, wo unter den Materialien eine Paarhuferrippe aufgelistet ist. Als langjährig tätiger forensischer Anthropologe darf ich Ihnen versichern, dass die Rippe in dieser Arbeit nicht von einem Paarhufer stammt; tatsächlich handelt es sich um eine menschliche Rippe.

Ich halte es durchaus für möglich, dass dieser Irrtum Mrs Chapman selbst unterlaufen ist, denn für das ungeschulte Auge hat die Rippe eines Rehs sehr viel Ähnlichkeit mit der eines Menschen.

Ich dachte mir, dass ich Sie das vielleicht wissen lassen sollte.

Mit freundlichen Grüßen,

Benjamin Jefferies

1

In der klirrenden Kälte eines strahlenden Oktobermorgens steht James Becker, die Hüfte ans Geländer gelehnt, auf der Fußgängerbrücke und dreht sich eine Zigarette. Das Wasser in dem Bach unter ihm fließt nahe dem Gefrierpunkt schwarz und träge dahin, wie Sirup rinnt es über rost-oranges Gestein. Diese Stelle liegt genau in der Mitte seines täglichen Arbeitsweges, der ihn in zwölf Minuten von der Wildhüter-Lodge, wo er wohnt, zum Fairbourn House führt, wo er arbeitet. Fünfzehn Minuten, wenn er anhält, um eine zu rauchen.

Den Jackenkragen aufgestellt, blickt er rasch über die Schulter zurück – eine verstohlene Geste, dabei braucht er sich nicht zu verstecken. Er gehört hierher, so erstaunlich das auch sein mag. Er kann es selbst kaum glauben. Wie kann er – unehelicher Sohn einer Supermarktkassiererin, der eine staatliche Schule besuchte und immer die billigste Uniform trug – hier wohnen und arbeiten, bei der Fairburn-Stiftung, zusammen mit Menschen vornehmer Abstammung? Er passt hier nicht hin. Aber dennoch ist er – durch harte Arbeit, eine Menge Glück und nur ein kleines bisschen Hinterlist – hier gelandet.

Er zündet seine Zigarette an und wirft erneut einen prüfenden Blick über die Schulter, zurück zur Lodge. Das aus dem Küchenfenster dringende warme Licht färbt die Buchenhecke golden. Niemand beobachtet ihn – Helena wird noch im Bett liegen und sich das Kissen zwischen die Beine geklemmt haben. Also sieht auch niemand, dass er sein Versprechen bricht, mit dem Rauchen aufzuhören. Immerhin hat er reduziert – jetzt sind es nur noch drei am Tag –, und wenn das Wasser irgendwann komplett gefroren ist, lässt er es ganz sein, denkt er.

Ans Geländer gelehnt, zieht er lange an seiner Zigarette und schaut dabei zu den Hügeln im Norden, deren Gipfel bereits mit Schnee bestäubt sind. Irgendwo zwischen hier und dort heult eine Sirene; Becker glaubt kurz, ein blinkendes Blaulicht auf der Straße gesehen zu haben, von einem Rettungswagen oder der Polizei. Er hört sein Blut in den Ohren rauschen, und das Nikotin steigt ihm zu Kopf; ein leises Ziehen im Magen kündet von einer diffusen, aber nicht wegzuleugnenden Angst. Er raucht schnell, als wäre es auf diese Weise weniger schädlich, und schnickt die Kippe ins Wasser. Dann überquert er die Brücke und geht knirschenden Schrittes über den mit Raureif bedeckten Rasen zum Gebäude.

Als er die Tür öffnet, klingelt das Telefon in seinem Büro.

»Hallo?« Becker steckt den Hörer zwischen Schulter und Kinn, macht seinen Computer an und dreht sich, um auch die Kaffeemaschine auf dem Beistelltisch einzuschalten.

Am anderen Ende herrscht kurz Stille, dann sagt jemand mit klarer Stimme knapp: »Guten Morgen. Spreche ich mit James Becker?«

»Ja, der bin ich.« Becker gibt sein Passwort ein und schüttelt die Jacke von den Schultern.

»Gut.« Wieder eine kurze Stille. »Hier ist Goodwin, Tate Modern.«

Der Hörer rutscht von Beckers Schulter; er fängt ihn auf und drückt ihn wieder ans Ohr. »Entschuldigung, wer?«

Der Mann am anderen Ende atmet hörbar aus. »Will Goodwin«, sagt er übertrieben deutlich. »Von der Tate Modern in London. Ich rufe an, weil wir ein Problem mit einer der Leihgaben der Fairburn haben.«

Becker geht sofort in Habachtstellung, seine Faust schließt sich fester um den Hörer. »O Gott, Sie haben sie doch nicht beschädigt, oder?«

»Nein, Mr Becker.« Man hört, dass Goodwin sich zusammennehmen muss. »Selbstverständlich behandeln wir alle drei Arbeiten der Fairburn-Stiftung mit *größter Sorgfalt.* Wir sahen uns jedoch veranlasst, eines der Werke, *Division II*, aus der Ausstellung zu nehmen.«

Becker setzt sich hin, er runzelt die Stirn. »Wie meinen Sie das?«

»Wir haben eine E-Mail von einem sehr angesehenen forensischen Anthropologen erhalten, der unsere Ausstellung am vergangenen Wochenende besucht hat. Und ihm zufolge enthält *Division II* einen menschlichen Knochen.«

Beckers schallendes Gelächter stößt auf unergründliches Schweigen. »Tut mir leid«, sagt Becker, immer noch glucksend, »aber das ist einfach …«

»Nun, das sollte Ihnen auch leidtun!« Goodwin klingt stinksauer. »Ich fürchte, ich kann Ihre Belustigung nicht teilen. Es ist voll und ganz Ihrer kuratorischen Inkompetenz zuzuschreiben, dass wir uns in meiner allerersten Ausstellung als Direktor und unserer allerersten postpandemischen Veranstaltung in der Lage wiederfinden, unbeabsichtigt menschliche Überreste präsentiert zu haben. Haben Sie eine Vorstellung davon, wie sehr das den Ruf unserer Institution beschädigen kann? Wegen solcher Dinge werden Leute *gecancelt.*«

Als das Gespräch endlich vorbei ist, sitzt Becker vor seinem Computerbildschirm und wartet gebannt auf die E-Mail, die Goodwin ihm weiterleiten will. Diese Beschwerde – wenn man sie so nennen kann – ist offensichtlicher Unsinn. Vielleicht ein Scherz? Oder möglicherweise ein unbeabsichtigter Fehler?

Die Nachricht erscheint oben in Beckers E-Mail-Eingang, und er klickt darauf. Er liest sie zweimal, googelt den Absender (ein sehr renommierter Wissenschaftler an einer großen britischen Universität – also eher kein Witzbold) und öffnet dann ArtPro, die Software, in der der Bestand der Fairburn-Stiftung katalogisiert ist, um das fragliche Kunstwerk zu suchen. Da ist es. *Division II*, circa 2005, von Vanessa Chapman. Von ihm selbst angefertigte Farbfotografien illustrieren das Verzeichnis. Keramik, Holz und Knochen schweben, aufgehängt an Drähten, in einem von Chapman selbst gebauten Glaskasten umeinander. Keramik und Knochen kann man praktisch gar nicht unterscheiden: fragile reinweiße Spindeln, die jeweils in der Mitte zerbrochen und mit Lack und Gold wieder zusammengefügt sind.

Als er das Werk zum ersten Mal sah, dachte er, es wäre ihm versehentlich geschickt worden. Eine Skulptur? Vanessa Chapman war keine Bildhauerin, sie war Malerin und Keramikkünstlerin. Doch da war das Werk, schön und sonderbar, ein zartes Mysterium, das perfekte Rätsel. Ohne jeden erläuternden Vermerk. Nur eine kurze Erwähnung in einem Notizbuch, in dem Chapman über die Schwierigkeiten schrieb, die sie bei der Erstellung der *Haut* hatte, des Glaskastens, der die übrigen Komponenten umschließt. Damals ohne Zweifel ihre Skulptur, jetzt seine. Damit er sie katalogisiert, beschreibt und ausstellt, der Welt präsentiert. Sie ist kurz im Fairburn House gezeigt worden, und seitdem haben sie Tausende Menschen – Zehntausende! – in Galerien in Berlin und Paris und erst kürzlich auch in London betrachtet.

Ein Menschenknochen! Das ist *absurd*. Becker schiebt seinen Stuhl vom Schreibtisch weg, steht auf und wendet sich dem Fenster zu.

Sein Büro liegt im öffentlich zugänglichen Flügel des Gebäudes, von dem aus man über die östliche Gartenanlage schaut. In der Mitte einer Rasenfläche, so akkurat und grün wie Filz, steht eine Hepworth-Bronze. Das Morgenlicht poliert ihre Rundungen auf Hochglanz, die abgeschrägten konvexen Wände des Hohlraums in ihrem Zentrum schimmern grünlich. Durch diese ovale Öffnung erspäht Becker Sebastian, der mit dem Handy am Ohr schnellen Schrittes über den Rasen kommt.

Sebastian Lennox ist der Erbe von Fairburn – sobald seine Mutter das Zeitliche segnet, werden dieses Anwesen, die Lodge, in der Becker wohnt, die Gartenanlage, die Hepworth-Bronze und die Felder dahinter ihm gehören. Außerdem ist er der Leiter der Stiftung und damit nicht nur Beckers Vermieter, sondern auch sein Boss.

(Und sein Freund, nicht zu vergessen.)

Becker beobachtet, wie Sebastian um die Bronze herumgeht. Er grinst ein bisschen *zu* breit, und sein Lachen ist schon aus dieser Distanz zu hören. Als Becker sich ein Stück wegdreht, wird Sebastian durch die Bewegung auf ihn aufmerksam. Er blinzelt, hebt die Hand zum Gruß und spreizt seine Finger, um *fünf* anzuzeigen. Fünf Minuten. Becker tritt vom Fenster zurück und setzt sich wieder an den Schreibtisch.

Zehn, fünfzehn Minuten später hört er Schritte auf dem Gang, und einen Augenblick danach kommt Sebastian ins Zimmer gesprungen, ein Golden Retriever in Menschengestalt.

»Du glaubst nicht, wer mich gerade angerufen hat«, sagt er und schiebt sich die blonden Haare aus den Augen.

»Nicht zufällig von Will Goodwin, oder?«

»Ja, ganz genau!«, sagt Sebastian lachend und sinkt in den Sessel in der Ecke des Büros. »Der macht sich in die Hose, weil er fürchtet, gecancelt zu werden. Hat er dich auch angerufen?«

Becker nickt. »Sie nehmen das Werk aus der Ausstellung«, sagt er. »Das ist … Ich finde, er reagiert total überzogen.«

»Tut er das?«

Becker spreizt seine Hände. »Natürlich! Das kann nur eine Überreaktion sein. Dieses Werk haben schon Gott weiß wie viele Leute gesehen, Experten eingeschlossen. Wenn der Knochen von einem Menschen wäre, hätte das doch längst jemand gemerkt.«

Sebastian nickt, seine Mundwinkel gehen nach unten.

»Bist du *enttäuscht*?«, fragt Becker ungläubig.

Sebastian zuckt die Achseln. »Vielleicht ist es dir ja entgangen, Beck, aber die britische Öffentlichkeit rennt uns seit der Wiedereröffnung nicht gerade die Türen ein … Ich dachte, ein Hauch von Mysterium, ein Anflug von Skandal könnte uns vielleicht …«

»Skandal? Oh, das ist Musik in meinen Ohren.« Die Männer drehen sich zu Helena um, die in der Tür steht. Sie ist von Kopf bis Fuß in schwarzen Kaschmir gekleidet, ein Kleid aus Rippenstrick, das sich eng um ihren ansehnlichen Babybauch schmiegt. Einige kastanienbraune Haarsträhnen haben sich aus ihrem Pferdeschwanz gelöst, sie hat rote Flecken im Gesicht und ist leicht außer Atem.

»Hels!« Sebastian spring auf, umarmt sie und küsst sie sanft auf beide Wangen. »Du siehst aus wie das blühende Leben. Bist du hierhergelaufen? Komm, setz dich!«

Helena lässt sich zu dem Sessel führen, den Sebastian gerade freigemacht hat. »Ich hatte Lust auf einen Spaziergang«, sagt sie und lächelt Becker zu, der sie fragend anschaut. »Es ist so schön draußen! Am liebsten würde ich ja einen Ausritt machen, aber«, sie wedelt mit der Hand durch die Luft, um Beckers Einwänden zuvorzukommen, »das mache ich natürlich *nicht*. Also schießt los, was hat es mit diesem Skandal auf sich?«

Sie hört aufmerksam zu, während Becker es ihr erklärt, unterbricht ihn aber, als er zum Höhepunkt der Geschichte kommt. »Aber diese Arbeit wurde doch in der Berlinischen Galerie gezeigt! Und bei der *Twenty One*-Ausstellung im Musée d'Art Moderne in Paris!«

Becker nickt. »Genau das habe ich auch gesagt.«

»Und … was habt ihr jetzt vor?«

Sebastian setzt sich auf den Rand des Schreibtischs. »Keine Ahnung«, sagt er. »Um ehrlich zu sein, versteh ich gar nicht so recht, was die Aufregung soll. Nehmen wir an, der Knochen ist tatsächlich von einem Menschen. Sie wird wohl kaum ein Grab geplündert haben, oder? Also ist das dann wirklich von Bedeutung?«

Becker beißt sich innen auf die Wange. »Man kann nicht einfach menschliche Überreste ausstellen, Seb.«

»Das British Museum ist voll davon!«

»Na ja.« Auf Beckers Gesicht erscheint ein Grinsen. »Ich glaube, das ist ein bisschen was anderes.«

Sebastian wendet sich ihm zu und sieht ihn verärgert an. »Das sieht Goodwin auch so. Er flippt total aus. Er will das Werk heimlich, still und leise in ein privates Labor schicken, um dort Tests durchführen zu lassen.«

»Auf *keinen* Fall!« Becker springt auf, stößt dabei gegen den Schreibtisch und verschüttet Kaffee über die edle grüne Ledereinlage in der Tischplatte. Sebastian und Helena sehen ihm dabei zu, wie er die Flüssigkeit mit Papiertüchern aufwischt. »Um den Knochen untersuchen zu können, müssen sie den Glaskasten aufbrechen, und der ist Bestandteil des Kunstwerks. Sie hat ihn selbst hergestellt. Wenn ihr das macht … Nun, das Allermindeste, was dann passiert, ist meiner Meinung nach, dass der Versicherungsschutz erlischt. Aber darüber hinaus beschädigt ihr das Werk. Sie können es unmöglich in irgendein … *beliebiges Labor* schicken, das keine Ahnung von seiner Entstehungsgeschichte hat und keinerlei Expertise auf diesem Gebiet.«

»Okay«, sagt Sebastian und zuckt übertrieben die Achseln. »Aber was dann?«

»Wir könnten damit anfangen, dass wir jemand anders, irgendeinen anderen Sachverständigen oder vielleicht sogar zwei, erst mal bitten, einen Blick darauf zu werfen. Und in dieser Zeit könnten wir mit der Versicherung sprechen, die Situation erläutern, erklären, dass irgendwann eventuell …«, er möchte nicht *Tests* sagen, möchte in dem Punkt keine Konzession machen, »weitere *Recherchen* notwendig werden.«

»Und in der Zwischenzeit könntest du zu Grace Haswell fahren und mit ihr reden«, sagt Helena, schlägt ihre Beine übereinander und stellt sie dann wieder nebeneinander.

»Nein«, sagt Becker und unterdrückt eine freudige Erregung, »das kann ich nicht. Ich möchte dich nicht allein lassen …«

»In meinem angegriffenen Zustand?« Helena lacht. »Doch, das kannst du. Komm schon, Beck, du brennst doch darauf, nach Eris rauszufahren. Du hast während des Lockdowns über nichts anderes geredet. Und das ist jetzt die perfekte Gelegenheit. Der perfekte Vorwand.«

»Wenn ich früh aufbreche, könnte ich da hochheizen und am selben Tag wieder zurückkommen …«, sagt Becker vorsichtig.

Er schaut Sebastian an, der erneut die Achseln zuckt. »Meinetwegen. Fahr hin, wenn du glaubst, dass das was bringt. Allerdings wüsste ich nicht, wie die böse Hexe von Eris Island uns in der Sache behilflich sein könnte. Es sei denn, du glaubst, sie weiß irgendwas. Vielleicht ist der Knochen ja der letzte Überrest von einem der Kinder, die sie in ihr Hexenhaus gelockt hat?« Sebastian lacht über seinen eigenen Witz. Helena zwinkert Becker zu. *Idiot.* »Nein, das ist eine gute Idee. Wirklich. Du könntest zwei

Fliegen mit einer Klappe schlagen – Licht in die Angelegenheit mit dem Knochen bringen und ihr von Angesicht zu Angesicht klarmachen, dass wir ihre Verzögerungstaktik leid sind. Es wird Zeit, dass sie uns Chapmans Aufzeichnungen aushändigt – und alles andere, was uns gehört. Du kannst sie daran erinnern, dass Vanessa uns den künstlerischen Nachlass vermacht hat und dass es ihr nicht zusteht, darüber zu entscheiden, was sie uns rausgibt und was nicht …«

»Na ja, streng genommen darf sie das schon«, unterbricht Becker sie und lehnt sich auf seinem Stuhl zurück. »Sie ist die Testamentsvollstreckerin.«

»Jetzt spiel doch hier nicht den Oberschlauen, verdammt noch mal.« Mit Sebastians Ausgelassenheit ist es schlagartig vorbei. Becker zuckt beinahe zusammen vor Schreck. Helena fixiert den Teppich. »Sie hält schließlich schon die ganze Zeit Sachen zurück, oder etwa nicht? Aufzeichnungen, Briefe und sehr wahrscheinlich auch Kunstwerke. Die uns gehören. *Und zwar alle.* Jedes Ölgemälde, jede Skizze, jede Porzellanschale, die sie auf ihrer Töpferscheibe geformt hat, jedes verdammte Steinchen, das sie am Strand aufgesammelt und *irgendwie irgendwo* abgelegt hat, gehört uns. Alles, was mit ihrem künstlerischen Nachlass zu tun hat, gehört uns.«

Becker beißt sich auf die Zunge. Er wünscht sich nichts sehnlicher, als an Chapmans schriftliche Aufzeichnungen heranzukommen; ein paar Notizbücher haben zusammen mit den wichtigsten Kunstwerken bereits ihren Weg nach Fairburn gefunden, aber es gibt noch sehr viel mehr Material, das noch niemand zu Gesicht bekommen hat. Becker weiß aus Interviews, dass sie den Entstehungsprozess ihrer Werke in Tagebüchern festgehalten und mit anderen Künstlern und Künstlerinnen über ihre Arbeit korrespondiert hat – wenn Haswell die herausrückt, falls sie es denn tut, wird er der Erste sein, der sie zu lesen bekommt. Er wird prägenden Einfluss darauf haben, wie die Welt Vanessa Chapman und ihr Werk sieht und wie man dieses Werk bewertet. Allein schon der Gedanken bringt sein Blut in Wallung.

Doch Becker ist von Natur aus vorsichtig – und freundlich. Wenn sich eine Möglichkeit abzeichnet, an diese Aufzeichnungen heranzukommen, ohne Chapmans Testamentsvollstreckerin – und guter Freundin – zu drohen oder zuzusetzen, würde er lieber diesen Weg beschreiten.

»Ich spiele nicht den Oberschlauen«, sagt er schließlich. »Du weißt so gut wie ich, dass noch nicht geklärt ist, was der künstlerische Nachlass alles umfasst und woraus der Rest …«

»Jungs.« Helena erhebt sich und lehnt Sebastians Hilfsangebot mit einer Geste ab. »Das ist alles faszinierend, aber ihr dürft das große Ganze nicht aus dem Blick verlieren. Nehmen wir mal an, es stellt sich raus, der Knochen stammt von einem Menschen, was dann? Was macht ihr dann? Wie geht ihr mit der Situation um? Wie wollt ihr das drehen?«

»Das drehen?«, wiederholt Becker.

»Beck, Fairburn könnte bald auf der Titelseite sämtlicher Tageszeitungen des Landes sein, im Fernsehen und …«

Sebastians Miene hellt sich auf, doch Becker ist skeptisch. »Ich weiß nicht, ob das so ein Riesending ist, Hels«, sagt er. »Klar, es wäre schon eine Kuriosität, aber …«

»Beck.« Helena lächelt kopfschüttelnd. »Liebling, jetzt mal im Ernst. Glaubst du nicht, die Presse fände es interessant, wenn eine Skulptur der großen, einsiedlerischen, geheimnisvollen Vanessa Chapman einen menschlichen Knochen enthielte? Der inzwischen verstorbenen Vanessa Chapman, deren notorisch untreuer Mann vor fast zwanzig Jahren verschwand? Und dessen Leiche nie gefunden wurde?«

2

Wenn Becker seine Frau anschaut, hat er manchmal das Gefühl, dass ihm das Herz überläuft. Dass es kaum noch in seine Brust passt, weil es randvoll mit Liebe ist. Er hat alles, was sein Herz begehrt, und das macht ihm Angst, weil es bedeutet (ja, bedeuten muss), dass er alles zu verlieren hat. Darum ist er in der letzten Zeit so besorgt, so angespannt. Ihm ist klar, dass ihm das Glück allzu hold war. Er verdient das alles nicht.

Helena ist schon fast an der Bronze vorbei, als sie abrupt stehen bleibt, den Kopf nach links dreht und die Hand hebt, um ihre Augen vor dem Sonnenlicht zu schützen. Irgendetwas hat ihre Aufmerksamkeit erregt. Zwei braun-weiße Vorstehhunde sprinten ins Bild und kündigen Lady Emmeline Lennox an, die flotten und entschlossenen Schrittes herannaht. Ihr Helm aus silbergrauem Haar bekommt durch die Sonne einen Stich ins Platinfarbene. Helena wendet sich der älteren Frau nun vollständig zu, und von Beckers Standpunkt aus ist die Rundung ihres Bauchs ein Echo von Emmelines ausgeprägtem Witwenbuckel.

Er kann natürlich weder hören, was sie sagen, noch kann er ihr Mienenspiel genau erkennen, aber die Boshaftigkeit, mit der Emmeline Helenas Handgelenk nimmt und sie in eine unnatürliche Haltung zwingt, ist nicht zu übersehen. Becker klopft laut an die Scheibe, und beide Frauen drehen ihm den Kopf zu. Helena hebt zögerlich ihre freie Hand. Emmeline lässt ihr Handgelenk los und wendet sich ab.

»Böse Hexe«, murmelt Becker. Er schaut über seine Schulter, um sich zu vergewissern, dass ihn niemand gehört hat. Dass er und Sebastians Mutter sich nicht ausstehen können, ist kein Geheimnis. Aber es wäre nicht gut, sich dabei erwischen zu lassen, wie er über sie herzieht. Er überlegt, Helena nachzulaufen und sie zu fragen, was sie gesagt hat, um sicherzugehen, dass es ihr gut geht, aber er weiß, dass sie ihm das nicht danken wird. Sie kann es nicht leiden, wenn er sich übertriebene Sorgen um sie macht. Außerdem klingelt erneut sein Telefon.

Während er einem Fahrer die Zustelladresse für die Anlieferung von zwei Neuerwerbungen bestätigt, die Sebastian ohne Rücksprache mit ihm getätigt hat, sucht Becker im Internet, nicht zum ersten Mal, nach Zeitungsartikeln über Vanessa Chapmans Ehemann, Julian Chapman.

Schon seit geraumer Zeit hat sich niemand mehr wirklich für ihn interessiert. Das letzte umfangreichere Stück, das Becker findet, ist 2009 in *Tatler* erschienen, ein Porträt von Julian Chapmans jüngerer Schwester Isobel, die das Interview angeblich gewährte, weil sie »Julian wieder ins öffentliche Interesse rücken« wollte. Becker kann jedoch nicht umhin festzustellen, dass ein nicht unbeträchtlicher Teil des Artikels von Isobels neuer Firma für Innenausstattung handelt. Dennoch steht in den ersten Absätzen einiges über Julian.

Spricht man die Leute auf Julian Chapman an, dann stellt man fest, dass häufig das Wort Teufel auftaucht. Er war ein teuflisch gut aussehender Typ, er hatte eine verteufelt unbekümmerte Lebenseinstellung, und er hatte eine innige Beziehung zu dem Teufelchen auf seiner Schulter. Als ich Isobel das erzähle, lacht sie. »Oh, das stimmt schon«, sagt sie. »Er konnte gerissen sein, ohne Zweifel.« Sie macht eine Pause.

»Aber er war ein Teufel, der geliebt wurde. Alle waren verrückt nach ihm.«

Auf dem großen Piano in Birchs perfekt renoviertem, geräumigem Haus in den Cotswolds stehen gerahmte Fotos, von denen viele ihren geliebten großen Bruder zeigen: einmal in einem Kajak vor der Küste von Cornwall, einmal stilvoll gekleidet und gut aussehend wie ein Hollywoodstar bei der Royal-Ascot-Rennwoche und auf einem dritten tiefgebräunt und lachend auf dem Rücken eines Pferdes vor einem atemberaubenden Sonnenuntergang in der Savanne.

»Kenia«, klärt Isobel mich auf. »Julian liebte Afrika. Der Kontinent sprach seine wilde Seite an. Er und Celia [Gray, seine Geliebte] hatten geplant, dort hinzuziehen. Sie hatten ein Grundstück gefunden, auf dem sie ein Haus bauen wollten, und sie waren voller Vorfreude darauf.« Birch blinzelt ihre Tränen weg. »Aber dann waren sie beide plötzlich innerhalb eines knappen Jahres tot.«

Gray starb am Neujahrsmorgen 2001 bei einem Autounfall in Frankreich. Sechs Monate später fuhr Chapman zur schottischen Insel Eris, um seine von ihm getrennt lebende Frau, die Künstlerin Vanessa Chapman, zu besuchen. Von dieser Reise kehrte er nie zurück. Weder er noch sein roter Duetto Spider 1600 wurden je gefunden.

Sieben Jahre sind seit dieser schicksalhaften Reise vergangen, eine ausreichend lange Zeit, um Julian für »mutmaßlich tot« zu erklären. Doch Isabel hat die Hoffnung nicht aufgegeben. »Ich bekomme immer noch Nachrichten von Leuten, die ihn gesehen haben wollen. Ich bin schon um die ganze Welt gereist – nach Frankreich, Bulgarien, Südafrika und Argentinien –, um diesen Spuren nachzugehen.« Sie schüttelt traurig den Kopf. »Ich weiß, dass es unwahrscheinlich ist. Er liebte uns, und auch wenn er gerissen sein konnte, grausam war er nicht. Doch ich darf die Hoffnung nicht aufgeben. Solange ich keine Leiche habe, die ich bestatten kann, werde ich die Hoffnung nicht aufgeben.« Als ich sie frage, was Julian ihrer Meinung nach zugestoßen sein könnte, verfinstert sich Birchs Miene. »Wir haben kein genaues Bild davon, wo er sich zuletzt aufhielt. Vanessa hat behauptet, nichts zu wissen. Sie war angeblich nicht auf der Insel, als Julian abgereist ist.« Angeblich? Isobel schüttelt den Kopf. »Mehr kann ich nicht sagen. Ich weiß nur so viel: Vanessa hat kein einziges Mal angerufen oder geschrieben, um sich zu erkundigen, wie es uns – Julians Familie – in den Wochen nach seinem Verschwinden ging. Es schien ihr egal zu sein, wo er war.« Als ich zu bedenken gebe, dass Vanessa möglicherweise selbst unter Schock stand oder in Trauer war, lächelt Isobel betrübt. »Vanessa war nie jemand, der Gefühle gezeigt hat. Ich weiß nicht, wie es ihr ging, aber es würde mich überraschen, wenn sie getrauert hätte. Ich denke, sie war im Gegenteil erleichtert, ihn los zu sein.«

In den folgenden Absätzen spricht der Journalist mit verschiedenen Freunden von Julian über ihn und über Vanessa. Diese namentlich nicht genannten Quellen reden über Julians teuflischen Sinn für Humor, seine Anziehungskraft und seine Lebensfreude. Sie erzählen Anekdoten darüber, wie er am Stierlauf teilgenommen hat und auf den Ben Nevis gestiegen oder eines Maimorgens von der Magdalen Bridge in Oxford gesprungen ist. Vanessa ist nur ein Hintergrundrauschen: die schöne Ehefrau. Talentiert, ernsthaft, ehrgeizig.

Als der Journalist Julians finanzielle Probleme und seine (häufigen) Affären anspricht, wiegelt seine Schwester ab.

»Ich hab ja gesagt, dass er gerissen sein konnte, oder? Er war nicht perfekt. Aber er war der ultimative Freigeist – er war lustig und unverschämt, aber nie, niemals langweilig. Alle haben Julian geliebt. Alle wollten ihn um sich haben.« Sie schweigt einen Moment, dann lächelt sie, und in ihren großen braunen Augen glitzern Tränen. »Entschuldigung, das stimmt nicht ganz – nicht alle. Alle bis auf sie.«

Vanessa Chapmans Tagebuch

(undatiert)

Mein schwarzes Gemälde beunruhigt mich. Gestern lehnte es an der Atelierwand, und ich bemerkte, dass ich mit ihm vor Augen nicht arbeiten konnte. Ich brachte es ins Priesterloch hinunter, aber weil ich seine Präsenz selbst dort noch spüren konnte, ging ich aus dem Haus, um ihm zu entkommen. Und als selbst das noch nicht auszureichen schien, verließ ich auch die Insel.
Ich fuhr aufs Festland rüber und rief von der Telefonzelle auf dem Parkplatz aus Julian an (der Festnetzanschluss zu Hause funktioniert wieder nicht, und ich vergesse ständig, jemanden herzubestellen, damit er mal danach guckt). Ich sagte ihm, dass er nicht kommen darf. Dass ich ihn hier nicht haben will.
Danach ging ich in den Pub am anderen Ende des Dorfes. Ich saß allein in der Ecke. Nach zehn Minuten kam ein Mann zu mir, um mit mir zu reden – ein Amerikaner, der nach Grabsteinen suchte. Hatte irgendwas mit seinen Vorfahren zu tun.
Er wollte mich auf einen Drink einladen; ich wusste, dass ich die Ebbe verpasse, wenn ich einwillige. Ich erzählte ihm, ich wäre eine verheiratete Lehrerin aus Edinburgh und hätte Streit mit meinem Mann.
Der Sex war nichts Besonderes, aber trotzdem sehr willkommen.

Diese Freiheit ist berauschend.
Ich esse, wann ich will,
arbeite, wann ich will,
komme und gehe, wann ich will.
Niemand macht mir Vorschriften, nur die Gezeiten.

3

Der Sog der Gezeiten bringt ihr Blut in Wallung; er weckt sie mitten in der Nacht. All die Jahre auf Eris – mehr als zwanzig sind es nun – haben Grace gezeitenfühlig gemacht. Auch sie ist stark von der Anziehungskraft des Mondes beeinflusst. Mondsüchtig im wahrsten Sinne! Von ihm gesteuert. Bei Ebbe kann sie nicht mehr schlafen, sie findet nur dann Ruhe, wenn das Meer sie vom Festland trennt.

Wenn sie weiß, dass sich niemand an sie heranschleichen kann.

Genau genommen ist Eris keine Insel. Wie Grace ist auch Eris den Gezeiten unterworfen. Eine Beinahe-Insel, durch eine schmale Landzunge, die anderthalb Kilometer misst, mit dem Festland verschmolzen. Für zwölf Stunden am Tag, in zwei Sechs-Stunden-Blöcken, ist dieser Damm zu Fuß oder mit dem Auto passierbar. Wenn die Flut kommt, ist Eris unerreichbar. Wenn, wie heute, um 6:30 Uhr morgens Niedrigwasser ist, kann man den Damm von ungefähr 3:30 bis 9:30 Uhr überqueren.

Mitten in der Nacht wacht Grace also auf.

Sie heizt den Holzofen in der Küche ein und stellt die Kaffeekanne auf den Aga-Herd. Sie kocht Porridge, rührt behutsam in den Haferflocken, fügt eine Prise Salz und zum Schluss noch etwas Sahne hinzu. Sie frühstückt am Küchenfenster. Von hier aus kann sie das Meer nicht sehen, aber sie hört es: eine träge Bestie, die ihre Klauen durch den Sand zieht, während sie von der Küste zurückweicht.

Danach setzt Grace sich mit ihrem Laptop an den Küchentisch. Als sie noch einmal die E-Mail liest, die gestern Nachmittag kam, verspürt sie ein Aufflackern von Panik, ein Unbehagen, wie die Angst vor unerledigten Hausaufgaben am Sonntagabend. Fünf Jahre ist Vanessa schon tot, fünf lange Jahre, und immer noch sind ihre Angelegenheiten nicht geregelt, noch immer werden Grace Vorhaltungen gemacht, in Briefen und E-Mails, von Männern, die sie noch nie gesehen hat. Dass das ihre eigene Schuld ist, macht es nicht besser. Vielmehr schlimmer. Fünf Jahre! Fünf Jahre der Trauer, der Arbeit. Der Prokrastination. Des Versteckens. Sie steht so abrupt auf, dass ihre Stuhlbeine geräuschvoll über den Boden schrammen. Wie es aussieht, kann sie sich nicht länger verstecken.

Geduscht und warm angezogen kehrt sie später in die Küche zurück, um ihre Brille zu holen. Der Tag bricht nur zögerlich an; auf der anderen Seite des Kanals drückt ein Betonhimmel auf die Hügel. Grace füllt den Inhalt der Kaffeekanne in eine Thermosflasche, holt sich ihre Regenjacke und nimmt den Schlüssel zum Atelier von dem Brett im Flur. Sie wiegt ihn kurz in der Hand und lässt ihn dann in ihre Tasche gleiten.

Sie tritt aus dem Haus und zieht die Tür hinter sich zu, dann saugt sie die kalte, salzige Luft ein und schaut nach rechts, wo die Insel zur Bucht hin abfällt. In dem Cottage am Hafen brennt Licht. Marguerite ist auch auf. Noch eine Mondsüchtige.

Grace wendet sich nach links und geht vom Meer weg, den Pfad hoch, der zum Atelier führt und, wenn sie weitergehen würde, in das Wäldchen, zum Eris Rock, zur Irischen See.

Auf halbem Weg den Hügel hoch zögert sie. Von der Haustür bis zum Atelier sind es ein paar hundert Meter, doch es könnten genauso gut tausend Kilometer sein. Es ist mehr als ein Jahr her, dass sie zuletzt dort war. Sie hat immer wieder eine Ausrede gefunden – Arbeit, Erschöpfung, ihr gebrochenes Herz –, um diese Bilanz aufzuschieben. Doch die E-Mails, die Anrufe und die Drohungen werden nicht verschwinden. Sie muss sich dem stellen, denn was ist die Alternative? Einfach den Schlüssel auszuhändigen und fertig? Einen Fremden Vanessas Aufzeichnungen durchstöbern zu lassen? Einen Außenstehenden entscheiden zu lassen, welche Teile ihres Lebens privat bleiben und welche offengelegt, für alle sichtbar gemacht werden sollen?

Sie holt tief Luft.

Und geht weiter.

Das Schloss ist erstaunlich leichtgängig, die riesige Metalltür rollt ächzend zurück, und Grace schlägt der Geruch von kaltem Ton, Staub, Farbe und Terpentin entgegen. Sie verharrt, einen Moment lang unfähig, sich zu bewegen, in der Tür. Ihr Blick ist starr auf den dreibeinigen Hocker vor der Töpferscheibe gerichtet, während Erinnerungen auf sie einstürmen. Sie sieht Vanessa dort sitzen, den Fuß auf dem Schwungrad, voll auf den Ton unter ihren Fingerspitzen konzentriert, blind gegenüber Wind und Wetter, Grace, der ganzen Welt.

Grace vertreibt das Bild durch ein Blinzeln, und der Rest des Ateliers rückt ins Blickfeld: die Werkbank vor dem Fenster, die gestapelten Kartons, der Brennofen im Hintergrund, der auf Böcken stehende Tisch in der Mitte, bedeckt von einer dicken Staubschicht, verstreut herumliegenden Blättern, Notizbüchern und noch mehr Kartons. Die Regale im hinteren Teil des Raums sind voll mit Gefäßen voller eingetrockneter, nicht gereinigter Pinsel, mit Palettenmessern, hart gewordenen Tonklumpen, einer makellosen Rosenquarzkugel und Vogelschädeln von einer Dreizehenmöwe und von einem Brachvogel mit einem langen gebogenen Schnabel, der an eine Pestmaske erinnert. Aber auch Tonharfen, Töpfermesser, Nadeln und verrostete Zangen, ein Schnitzmesser und ein Set wunderschöner Steinmetzhammer mit Stielen aus Rotbuche liegen dort, der Größe nach aufgereiht wie Matroschkapuppen.

Die Hammer waren ein Geschenk, glaubt Grace. Vielleicht von Douglas oder einem ihrer anderen Männer. Sie sind jedenfalls selten benutzt worden. Vanessa war vor allem in die *Idee* vernarrt, Steinmetzarbeiten auszuführen, von der Praxis aber schnell frustriert. Zu schwer, zu laut, zu brutal. Nach einer Zeit der Untreue hat sie sich, wie immer, wieder den Materialien zugewandt, die sie liebte und beherrschte: Ton und Farbe.

Vanessas Ölgemälde sind längst weg, genau wie ihre Schalen und Vasen. Vor drei Jahren, als das Testament endlich gerichtlich bestätigt worden war, hat Grace die Kunstwerke zur Fairburn-Stiftung transportieren lassen, der Vanessa ihren künstlerischen Nachlass vermacht hat.

Grace, Vanessas Testamentsvollstreckerin und einzige andere Erbin, hatte durchaus die feste Absicht, ihre Unterlagen zu sortieren – ihre Briefe, Notizhefte und Fotos – und dann alles, was sie als zum künstlerischen Nachlass gehörig einstufen würde, ebenfalls zu verschicken. Aber es waren so viele Sachen, und die Fairburn-Leute erwiesen sich als ungeduldig und verlangten die sofortige Herausgabe von allem. Grace hat jedoch auf ihrem Standpunkt beharrt, und die Beziehungen verschlechterten sich rasch. Grace wurde unterstellt, mit ihrer Aufgabe als Testamentsvollstreckerin überfordert zu sein. Die Leute von der Stiftung erhoben wilde Anschuldigungen. Sie behaupteten, es fehlten einzelne Werke und Grace halte gegen Vanessas Willen Dinge zurück. Grace nutzte die Macht, die ihr zur Verfügung stand: Sie hörte auf, sich mit dem Thema zu befassen, ließ die Anrufe auf die Mailbox gehen, ignorierte ihre E-Mails. Eine Zeit lang ist es still gewesen.

In letzter Zeit wird es jedoch wieder laut. Im vergangenen Monat kamen zwei Anwaltsschreiben – eines, in dem eine vollständige Auflistung aller Unterlagen aus Vanessas Nachlass eingefordert wurde, und ein anderes, in dem man ein Verzeichnis ihrer Keramikarbeiten verlangte. Gestern dann eine E-Mail. Die allerdings nicht von einem Juristen kam, sondern von einem Mr Becker, dem Kurator der Stiftung. Grace hat sich angewöhnt, die gesamte E-Mail-Korrespondenz zu löschen, doch diese Nachricht war anders als die anderen. Ihr Ton unterschied sich stark von der legalistischen Streitlust, die sie von solchen Leuten gewöhnt ist. *Es gibt eine dringende Angelegenheit, über die ich gern mit Ihnen sprechen würde*, schrieb Mr Becker. *Bitte treten Sie mit mir in Kontakt*. Das klang geradezu flehentlich, fast schon rührend.

Also steht sie hier – im Atelier. Sie geht noch einmal durch den Raum, zieht ihre Finger durch den Staub auf dem Tisch, betrachtet ein kleines scharfes Ritzwerkzeug, wiegt den größten Hammer in der einen und den federleichten Möwenschädel in der anderen Hand.

Dann nimmt sie den nächstgelegenen Karton mit Unterlagen und trägt ihn zum Haus hinunter.

Vanessa Chapmans Tagebuch

Brütende Hitze.
Die Ausstellung in der Whitehall Gallery ist seit Sonntag zu Ende. In kommerzieller Hinsicht ein voller Erfolg – sämtliche Werke sind verkauft. Im Magazin Modern Painting *stand in der Rubrik »Ausstellungen« unter Moderne Malerei: »Chapman schafft es gerade so, nicht ins Klischee abzugleiten.«*
Offenbar gelingt mir Schönes, aber nichts mit Substanz.
Nach der Finissage gingen wir zu Izzy, angeblich, um zu Abend zu essen, aber ich hab nicht einen Happen gesehen. Schreckliche Leute – Bullingdon-Club-Langweiler, Hohlköpfe aus reichem Haus, die auf mich herabsehen, weil ich nicht mit einem goldenen Löffel im Mund geboren bin –, pausenloses Gerede über Urlaube und Grundstückspreise. Mit der Energie, die es mich kostet, meine Verachtung zu kaschieren, könnte man eine ganze Stadt heizen. Julian hat mich die ganze Zeit lächelnd angesehen und mir gesagt, wie stolz er ist. Er ist schon dabei, das Geld auszugeben.

4

Becker hört beim Autofahren Radio; es wird über Daphne du Maurier gesprochen. Drei Leute, ein Moderator und zwei Studiogäste, eine Frau und ein Mann, diskutieren über eine *reißerische* neue Du-Maurier-Biografie, die eine *unangemessene* Beziehung zu ihrem Vater andeutet.

Eine *missbräuchliche* Beziehung, sagt die Frau.

Eine *inzestuöse*, sagt der Mann, wir können nicht mit Gewissheit sagen, ob Nötigung im Spiel war.

Die Beziehung soll vor dem sechzehnten Lebensjahr der Autorin bestanden haben, also muss es Missbrauch gewesen sein, erwidert die Frau empört. Kinder können keine Einwilligung geben.

Allerdings, sagt der Moderator. Wie kommt es, fährt er in dem Versuch, das Gespräch in sichereres Fahrwasser zu lenken, eilig fort, dass wir uns so sehr für das Privatleben von Künstlern interessieren? Was meinen Sie? Die Leute scheinen standhaft zu glauben, eine Autorin müsse, wenn sie etwas zu Papier bringt, auf eigene Erfahrungen zurückgreifen. Die Unterstellung hier ist also, dass diese … *Beziehung*, diese Situation zwischen du Maurier und ihrem Vater irgendwie auch ihre Bücher geprägt hat – allen voran *Rebecca*.

So etwas passiert vor allem weiblichen Schreibenden, sagt die Frau. Kritiker scheinen unfähig zu sein, einer Frau Fantasie und Erfindungsgabe zuzuschreiben, sie …

Ach, kommen Sie, sagt der Mann. Sie wittern aber auch überall Sexismus, Marjorie.

Nicht *überall*, nein, das habe ich nicht gesagt, und wenn Sie mich hätten ausreden lassen …

Becker schaltet das Radio aus.

Die Straße führt schon eine ganze Weile bergauf, jetzt erreicht er die Passhöhe. Noch eine letzte Kurve, dann öffnet sich vor ihm ein enges Tal, hingetupft in lauter Schattierungen von Grün, Bronze und Kupfer. Links von ihm fällt das Land ab, hinab zu glitzerndem Stahlgrau, wo Wasser das Farngestrüpp durchschneidet. Rechts ist ein Zaun, und auf drei Zaunpfählen hintereinander sitzen Krähen, schwarz wie Onyx, und beobachten ihn drohend, während er vorbeifährt.

Die Vögel, denkt er, könnte von einer Landschaft wie dieser inspiriert sein. Nicht der Film. Dem verleihen das Licht Nordkaliforniens und die strahlende Schönheit Tippi Hedrens eine gewisse Wärme. Aber die Originalgeschichte von du Maurier, die trostlos, beängstigend und tragisch ist. Ein Kribbeln läuft langsam seinen Rücken hinauf. Er öffnet und schließt die Hände ein paarmal und bemüht sich, das Lenkrad weniger fest zu umklammern.

Er muss die ganze Zeit an die Szene mit Emmeline draußen im Hof denken. Helena wollte nicht darüber reden. *Nichts*, hat sie gesagt, *es war nichts. Nach nichts sah es aber nicht aus*, hat Becker erwidert, aber Helena hat nur lächelnd den Kopf geschüttelt. Ach so, ja, okay, die gleiche alte Geschichte wie immer. »Vergiss es einfach«, meinte sie. »So wie ich. Sie ist alt, sie ist in Trauer, und es geht ihr nicht gut. Du brauchst dir wegen ihr keine Gedanken zu machen.«

Auch die Unterhaltung im Büro läuft in Endlosschleife durch seinen Kopf. Wie Sebastian ihn zusammengestaucht hat: *Jetzt spiel doch hier nicht den Oberschlauen.* Sebastian! Dieser Eton- und Oxford-Schwachmat behandelt ihn, als wäre er ein Idiot. Sebastian, der von nichts eine Ahnung hat, der die Aufmerksamkeitsspanne einer Mücke hat, der Hirsts und Banksys und allem anderen hinterherjagt, was gerade teuer und in Mode ist. Der groß, gut aussehend und reich ist. Der Helena zuerst hatte.

Becker verachtet sich dafür, dass er diesen Gedanken zulässt und dass er Sebastian schlechtmacht, selbst wenn er es nur in seiner Vorstellung tut. Sebastian war immer gut zu ihm – den Umständen entsprechend sogar sehr gut.

Er ist nervös, das ist alles; er lässt Helena nicht gern allein. Nicht, dass er eifersüchtig wäre oder ihr nicht vertrauen würde. Er macht sich einfach Sorgen, er kann nicht anders. Er macht sich schon seit dem Tag Sorgen, an dem sie ihm erzählt hat, dass sie schwanger ist, und das ist fast sieben Monate her.

Da hilft es auch nicht, dass sie selbst so entwaffnend entspannt ist. Sie trinkt Wein (*ich bin schließlich Halbfranzösin*) und tanzt auf Partys auf Zehn-Zentimeter-Absätzen. Neulich hat er sie dabei ertappt, wie sie sich eine Scheibe Blauschimmelkäse auf einen Cracker gepackt hat – und hätte ihn ihr beinahe aus der Hand geschlagen. Helena hat nicht ein einziges Buch über Schwangerschaft gelesen, sie schaut keine YouTube-Videos über Frauen in den Wehen. Sie hat keinen Geburtsplan.

Er dagegen ist schon ein halbes Dutzend Mal zwischen ihrer Lodge auf dem Anwesen und dem nächstgelegenen Krankenhaus hin- und hergefahren. Er hat unterschiedliche Routen ausprobiert und sogar das zweitnächste Krankenhaus recherchiert, das noch hundert Kilometer weiter südlich liegt. Nur für alle Fälle. »Was für Fälle denn?«, hat Helena ihn gefragt, als er es ihr erzählte. »Meinst du, für den Fall, dass das Krankenhaus geschlossen hat?«

Er ist angespannt, weil er sich Sorgen um sie macht, das ist alles. Und weil er nicht schläft. Er kann nicht schlafen. Sie schnarcht jetzt und strahlt Hitze ab. Er liegt neben ihr, hilflos, mit juckender Haut, und verzehrt sich in Liebe und Angst. Was, wenn etwas schiefgeht? Was, wenn sie es sich anders überlegt? Was, wenn sie plötzlich feststellt, dass all das ein schrecklicher Fehler ist?

Was, wenn er bekommt, was er verdient?

Vanessa Chapmans Tagebuch

Ich bin hier so ruhelos. Angeblich sind die Cotswolds ja eine ländliche Gegend, aber nirgendwo fühlt man sich frei, überall ist es wie in der Vorstadt, überall wimmelt es von Range Rovern mit Manager-Ehefrauen am Steuer. Und die Hitze lässt nicht nach – alle Hecken gehen kaputt, der Himmel ist seit Wochen einfach nur weiß, die Wiesen verdorren, und die Erde ist knochentrocken. Ich sehne mich nach Wasser, nach Grün und Blau und Violett.

~

Habe seit einer Woche nichts mehr geschrieben. Gerade zurück aus Cornwall. J hatte ich in Oxfordshire gelassen – ich sehe ihn ohnehin kaum – und bin zehn Tage geblieben. Wir sind geschwommen und haben gearbeitet und geredet und geredet und geredet – Frances macht die unglaublichsten Keramikskulpturen – Seetiere, in himmlischen Blau- und Lilatönen glasiert, geheimnisvoll und Furcht einflößend.

~

Ringe darum, etwas auf die Leinwand zu bringen.

~

Ich sehne mich nach dem Alleinsein und bin doch so einsam. Wie kann das sein? Ich bin einsam, wenn ich allein bin, aber noch einsamer, wenn Julian hier ist. Wir reden nie, streiten nur und vögeln.
In unserem letzten Streit ging es, langweilig genug, um unsere Weihnachtspläne. Ich möchte wirklich gern wieder nach Cornwall, aber Julian besteht darauf, mit der Familie zu feiern. Anschließend will er mit Izzys Leuten über Silvester zum Wintersport nach Courchevel. (Da ist bei mir Schluss – er kann ohne mich fahren.)
Versuche, das letzte Werk für die Cube-Ausstellung in London fertigzustellen, aber der Himmel ist so bedeckt und das Licht so diffus – ich fühle mich eingeklemmt zwischen Autos, Menschen und Hecken.

~

Nichts verkauft bei der Cube-Ausstellung. Julian sagt, ich verschwende meine Zeit.
Aber! In der Art Review schreibt jemand, mich sollte man im Auge behalten. »Alles, was die Young British Artists sind, ist Vanessa Chapman nicht.« Also – altmodisch? Na gut, meinetwegen, mit ungemachten Betten befasse ich mich nicht. Aber auch: »Stark, bewegend.«
Das ist nicht so schlecht, oder?
Ich habe seit Anfang des Jahres absolut nichts gemalt, aber immerhin ein bisschen getöpfert. Habe ein Atelier in Oxford gefunden, das ich benutzen kann. Ich gehe fast jeden Tag hin, selbst wenn ich nicht arbeite – nur, um zu Hause rauszukommen.
Bald bin ich allein – Julian fliegt nächste Woche wegen irgendeines »Reiseprojekts«, das er mit Izzy plant, nach Nairobi, danach

fahren sie weiter nach Lamu. Celia Gray hat dort ein Haus gemietet. Izzy sagt, es sei »nur eine kurze Affäre«.
Ich bin nicht sicher, ob es mir was ausmacht. Doch, es macht mir was aus. Manchmal. Ein Teil von mir möchte, dass er fährt und nie wiederkommt. Ein anderer Teil möchte ihn in ein Zimmer sperren und nie mehr rauslassen.

5

Am Ende des Tals biegt Becker rechts ab und fährt in nordwestlicher Richtung auf die Küste zu. Kaum, dass sein Tacho neunzig anzeigt, rast ein Rettungswagen mit Blaulicht vorbei, und einen Kilometer später ist die Straße gesperrt. Schlimmer Unfall, sagt der junge Polizist bei der Absperrung und verzieht das Gesicht. Motorradfahrer. Das wird dauern. Wahrscheinlich ist es besser, wenn Sie den langen Weg außen herum fahren.

Becker wendet, brettert zurück durch das Tal und schaut dabei immer wieder auf die Uhr am Armaturenbrett. Wenn er Eris nicht vor 10:45 Uhr erreicht, wird er die Ebbe verpassen, und jetzt ist es 9:12 Uhr. Das bedeutet also, Moment, was bedeutet es? Er tippt auf dem Navi herum, *Route neu berechnen, Route neu berechnen,* du blödes Scheißteil, er tritt das Gaspedal durch. Als er die letzte scharfe Kurve am Eingang des Tals nimmt, spürt er, wie das Heck ins Schleudern gerät. Er geht in die Eisen, sein Magen verkrampft, und sein Puls schnellt hoch, als der Wagen heftig schlingernd die doppelte weiße Linie überfährt. Er sieht Grant Woods Gemälde *Death on the Ridge Road* vor seinem geistigen Auge, auf dem die schwarze Limousine sich aus Angst vor dem heranrasenden roten Lastwagen zu ducken scheint, sieht sich selbst eingequetscht zwischen Sitz und Lenkrad und hört Helenas erst bebende, dann brechende Stimme, als der Anruf kommt.

Schwindlig vor Adrenalin fährt er weiter, jetzt nur noch sechzig Kilometer die Stunde, und versucht, seinen Puls wieder zu verlangsamen, indem er sich auf die vor ihm liegende Aufgabe konzentriert. Das Treffen mit Grace Haswell ist eine Chance, die er nicht ungenutzt lassen darf. Er muss die Sache unbedingt richtig angehen.

Er wird mit *Division II* anfangen. Mit der strittigen Rippe. Das ist seine Eintrittskarte. Er geht davon aus, dass Haswell nichts über die Herkunft des Knochens weiß – jedenfalls nichts Genaues, deshalb kann er sie dann als Nächstes fragen, ob es vorbereitende Skizzen gibt oder andere auf das Werk bezogene Aufzeichnungen. Von da aus kann er geschickt zu Vanessas Tagebüchern überleiten.

Er hat einige davon gelesen – sie sind zusammen mit der zweiten Gemälde-Lieferung in der Stiftung eingetroffen –, doch aus Interviews weiß er, dass Chapman über ihr gesamtes Arbeitsleben hinweg Notizbücher gefüllt hat, demnach müsste es Dutzende davon geben. Auch Briefe und Fotos – alle Arten von unschätzbaren Materialien. Aber wenn er etwas erreichen will, muss er behutsam vorgehen, um den Schaden wiedergutzumachen, den Sebastians Vater und seine Anwälte angerichtet haben.

Denn Tatsache ist – auch wenn es aufgrund der *Umstände* niemand eingesteht –, dass die ganze Angelegenheit von Anfang an falsch gehandhabt wurde. Teilweise war das nachvollziehbar – der Inhalt von Chapmans Testament war für die gesamte Kunstwelt ein Schock. Kein Mensch hätte je vermutet, dass sie ihren gesamten künstlerischen Nachlass der Fairburn-Stiftung vermachen würde, die von Sebastians Vater, Douglas Lennox, ins Leben gerufen wurde, Vanessas ehemaligem Galeristen und, in ihrer letzten Lebensphase, erbittertem Feind.

Als die Sensation bekannt wurde, hat Douglas triumphiert. Vanessa Chapman sei schließlich doch noch zur Vernunft gekommen! Diese Erbschaft stelle eine posthume Entschuldigung dar, behauptete er in Interviews. Sie sei das Eingeständnis, dass sie ihm all die Jahre schrecklich unrecht getan habe; der Beweis dafür, dass Vanessa ihn und alles, was er für sie getan habe, selbst nach zehn Jahren der Entfremdung nicht vergessen habe. Ihre tiefe, innige Verbindung sei doch nie ganz abgerissen.

Es dauerte mehr als ein Jahr, bis die gerichtliche Testamentsbestätigung durch war, aber gleich danach hat der Versand der Werke begonnen. Dann geriet alles aus den Fugen. Ohne Beweise vorzulegen, behauptete Douglas, dass Gemälde fehlen würden. Er schrieb an Grace Haswell, Vanessas Testamentsvollstreckerin, und warf ihr Inkompetenz vor. Später beschuldigte er sie praktisch des Diebstahls. Beide Seiten beauftragten Anwälte.

Und mitten in diesem Schlamassel ist Becker dazugekommen, Sebastians alter Studienkollege und obendrein Vanessa-Chapman-Experte. Anfangs hatte er die strikte Anweisung, sich nicht in die Angelegenheit mit Haswell einzumischen – darum würden sich die Anwälte kümmern. Aber dann starb Douglas plötzlich unter tragischen Umständen. Er wurde bei einer Rotwildjagd auf dem Anwesen versehentlich erschossen.

Danach war alles möglich. Die Anwälte wurden angewiesen, sich während der Trauerzeit von Sebastian und seiner Mutter fernzuhalten. Sebastians bevorstehende Hochzeit mit Helena Fitzgerald wurde verschoben. Die Familienholding wurde umstrukturiert, das Anwesen in den Highlands verkauft. Sebastian rückte an die Spitze der Stiftung. Dann kam die Pandemie, die die Sache noch verworrener machte und jede Möglichkeit konkreten Handelns weiter verzögerte.

Die neue Entwicklung jedoch – die Geschichte mit dem Knochen in *Division II* – verschafft Becker nun die Gelegenheit, einen neuen Anlauf zu nehmen.

Becker ist der Ansicht, Douglas, Sebastian und ihre Anwälte hätten die ganze Zeit den Fehler gemacht, Grace Haswell wie

Chapmans Testamentsvollstreckerin zu behandeln. Das ist sie zwar durchaus, doch sie war auch Chapmans Freundin, über zwei Jahrzehnte hinweg ihre wichtigste Weggefährtin. Es existieren sogar Gerüchte, sie seien auch ein Liebespaar gewesen.

Für Becker ist es verlockend, diese Frau kennenzulernen, denn niemand eignet sich besser als sie, um ihm einen Einblick in die wahre Persönlichkeit Vanessa Chapmans zu gewähren. Sie ist ein Kontakt, den man pflegen sollte, nicht vergraulen.

Wer weiß, was sie ihm alles geben kann? Welche Einsichten sie ihm verschaffen kann? Welche Geschichten sie zu erzählen hat?

Vanessa Chapmans Tagebuch

In der Post war heute ein Zeitungsausschnitt – ohne Brief, nur der Ausschnitt – aus dem Immobilienteil der Times.
Eine Insel, die zum Verkauf steht. Eine ganze Insel! Dazu gehört ein Haus – ein heruntergekommenes kleines altes Farmhaus, glaube ich, oder ein Fischerhäuschen – mitsamt Außengebäuden. Zwei Scheunen. Eine ist wohl so verfallen, dass man aus ihr nichts mehr machen kann. Die andere hat »Potenzial für eine Umnutzung«. Ende des Monats ist eine Auktion.
Wenn ich die Insel nicht kriege, weiß ich nicht, ob ich das verwinden kann.

6

Oberhalb des Hafens steht eine kleine Reihe weiß getünchter Cottages, und davor gibt es einen Parkplatz, auf dem Becker um 11:23 Uhr seinen Prius abstellt. Das fahle Gestein des Fahrdamms zur Insel schimmert durch das flache Meerwasser hindurch; es sieht aus, als könnte man noch hindurchwaten, doch die Hinweistafel links neben seinem Auto warnt jeden, der sein Glück in der einlaufenden Flut versucht, vor verheerenden Konsequenzen.

Becker sitzt übers Lenkrad gebeugt da und betrachtet finster den Klumpen aus Grau und Grün jenseits des schmalen Kanals, der Eris Island darstellt. Am südöstlichen Zipfel der Insel erkennt er einen weißen Fleck: Vanessas Haus, so nah und doch unerreichbar. Das nächste Niedrigwasser ist heute Abend um acht Uhr; vor fünf wird er nicht hinüberkönnen. Er ist in Versuchung, umzudrehen und nach Hause zu fahren, aber dann wird Sebastian sauer sein, und er wird sich vorkommen wie ein Idiot. Außerdem ist es nicht so, als hätte er nichts zu tun. Er hat seinen Laptop dabei – er kann arbeiten, und er hat jede Menge Lesestoff. Also wird er sich was suchen, wo er Mittag essen kann, und seine Notizen noch mal durchgehen.

Doch vorher will er sich die Beine vertreten. Er steigt aus und lockert seine Glieder nach der langen Fahrt. Da vom Meer ein kühler Wind herüberweht, schlüpft er in seine Jacke und steckt das Handy ein. Dann geht er in nördlicher Richtung über den Parkplatz und an den Cottages vorbei und folgt anschließend einem ausgetretenen Küstenpfad. Ungefähr einen halben Kilometer hinter der Ortschaft steigt der Weg an und bildet nun eine gefährliche Grenzlinie zwischen smaragdgrünem Weideland und einem steil ins Meer abfallenden Hang.

Der Himmel zeigt ein sanftes, verwaschenes Blau, daher sieht Becker die von Westen herannahenden dichten grauen Wolken erst, als er sein Gesicht in den Wind hält. Er zögert. Vielleicht zieht das Gewitter über ihn hinweg? Hoffnungsvoll setzt er seinen Weg fort, doch keine dreißig Meter weiter treffen ihn die ersten Regentropfen wie Schrotkörner. Er dreht um und geht, die Augen zusammengekniffen und den Kopf zwischen die Schultern gezogen, so schnell wie möglich durch den Platzregen zurück. Sobald er sicheres Gelände erreicht, rennt er durch den Matsch in Richtung Parkplatz. Bei den Cottages wird er langsamer. Er dreht den Kopf nach links und wischt sich das Wasser aus dem Gesicht. Dabei streift sein Blick jemanden im letzten Haus der Reihe, der sein Gesicht ängstlich gegen die Fensterscheibe drückt. Becker erschrickt, gerät ins Stolpern und kommt schlitternd zum Stehen. Als er zurückschaut, ist niemand da, nur ein Topf auf dem Fensterbrett.

Zurück im Auto dreht er mit klopfendem Herzen die Heizung voll auf. Er schält sich aus seiner feuchten Jacke und wirft sie auf die Rückbank. Dann sucht er nach seinem Handy, das natürlich in der Jackentasche steckt. Er dreht sich um, fischt es heraus, wischt mit dem Hemdsaum seine beschlagene Brille trocken und sieht mit Erleichterung ein, zwei Balken auf dem Display; er hat also Empfang. Jedenfalls genug, um an die Artikel heranzukommen, die er in der Dropbox gespeichert hat. Seine virtuelle Sammlung von Zeitungsausschnitten: Porträts von Vanessa, Ausstellungskritiken, Nachrufe, ein paar Nachrichtenmeldungen, die erschienen sind, nachdem das Testament eröffnet wurde, sowie der veröffentlichte Inhalt von Vanessas Letztem Willen.

THE TIMES

4. März 2017

Berühmte Künstlerin hinterlässt ärgstem Feind Multi-Millionen-Pfund-Vermögen

Wie gestern bekannt wurde, hat die zurückgezogen lebende Künstlerin Vanessa Chapman, die im Oktober letzten Jahres an Krebs starb, ihren gesamten künstlerischen Nachlass einem Mann vererbt, der sie mit Prozessen überzogen hat.
Chapmans auf mehrere Millionen Pfund geschätzter künstlerischer Nachlass wurde testamentarisch der Fairburn-Stiftung vermacht, einer gemeinnützigen Organisation, die der Philantrop und Kunsthändler Douglas Lennox ins Leben gerufen hat.
Lennox und Chapman waren von 2002 bis 2004 in erbitterte juristische Streitigkeiten verwickelt, nachdem Chapman ihre Einzelausstellung in Lennox' Glasgow Modern Gallery in letzter Minute abgesagt hatte und der Galerie damit Kosten in Höhe von Zehntausenden Pfund entstanden waren. Der Streit wurde schließlich außergerichtlich beigelegt. Lennox behauptete damals, durch Chapmans Entscheidung fast in den Ruin getrieben worden zu sein. Außerdem habe der Stress während des Prozesses sowohl seine Gesundheit als auch seine Ehe ruiniert.

Die Kritiken stammen aus der Zeit ihrer ersten Ausstellungen in den frühen 1990er-Jahren, als sie noch eine eher traditionelle Landschaftsmalerin war. Der Rezensent der Zeitschrift *ArtFuture* lobte ihren ausgelassenen Einsatz von Farbe und ihre expressive Pinselführung, fand ihre Gemälde jedoch nostalgisch bis zur Trivialität. »Chapman schwimmt tapfer gegen ein Meer von Konzeptkunst an und führt einen aussichtslosen Kampf gegen den Tod der Malerei.«

Je abstrakter Chapmans Werk wurde, desto mehr konnten die Kritiker sich dafür erwärmen. Der *Independent* schrieb 1995 über ihren Beitrag zur Ausstellung *Painting Today* an der Londoner Southbank: »Chapmans farbgesättigte Gemälde bewegen sich in einem spannenden Raum zwischen abstrakter und figurativer Malerei und sind deswegen umso aufregender …«

Doch auch wenn die Presse allmählich Gefallen an ihrer Arbeit fand, traf das auf ihre Person offenbar nicht zu. »Wo Chapmans Gemälde kühn sind«, hieß es in einer Kritik, »sind ihre Keramiken filigran und schlicht und ebenso zurückhaltend und unterkühlt wie die Künstlerin selbst.«

Das zog sich durch wie ein roter Faden: Chapmans Werk erhielt große Anerkennung, und ihr Aussehen – dunkeläugig, frisch, schmal und graziös – wurde überschwänglich gelobt, ihr Charakter jedoch nicht. Eine Reihe von Kritikern und Interviewern beschrieb sie als schwierig, unfreundlich, ungeduldig, verstockt, streitbar und übertrieben ehrgeizig.

Beim erneuten Lesen dieser Artikel rutscht Becker unbehaglich auf seinem Sitz hin und her. Es ist ihm noch nie gelungen, das in den Medien gezeichnete Image von Chapman mit der Sensibilität der von ihm hochverehrten Künstlerin in Einklang zu bringen. Er sucht auf den Seiten nach Erwähnungen ihrer Skulpturen und Keramiken, doch die allermeisten Artikel beziehen sich ausschließlich auf ihre Malerei. Er liest und liest, und irgendwann driftet er, eingelullt vom Geräusch der gegen die Hafenmauer schlagenden Wellen, in den Schlaf.

Noch halb in einem aufwühlenden Traum gefangen, schreckt er hoch, als jemand – ein Kind, glaubt er zuerst – vorn gegen sein

Auto schlägt. Die Person trägt eine gelbe Warnjacke über einem übergroßen grauen Sweatshirt, hat die Kapuze so tief ins Gesicht gezogen, dass ihre Augen fast vollständig verdeckt sind, und zeigt auf ein Schild auf der anderen Seite des Parkplatzes, auf dem *CAMPEN VERBOTEN* steht.

»Sehe ich so aus, als würde ich hier campen, verdammt?«, murmelt Becker, öffnet die Tür und begibt sich hinaus in den Nieselregen. Er strahlt die kleine Gestalt freundlich an. »Ich bin hier, weil ich Grace Haswell besuchen möchte«, sagt er. »Drüben auf der Insel. Ich warte darauf, dass sich die Flut zurückzieht. Wissen Sie, ab wann ich sicher rüberfahren kann?«

Sein Gegenüber hebt ruckartig den Kopf, und Becker erschrickt: Es ist das Gesicht, das er im Fenster gesehen hat – eine Frau, ihre Haut ist wettergegerbt und runzlig, sie verzieht den Mund, ihre Lippen bewegen sich.

»Entschuldigung?«, ruft Becker ihr nach, aber sie hat sich schon umgedreht und huscht in Richtung der Cottages davon.

Nach ein paar Schritten bleibt sie stehen und schaut noch einmal kurz zu ihm zurück, dann wendet sie sich erneut ab. Während sie langsam weitergeht, ballt sie ihre bleich und unbedeckt herabhängenden Hände mehrfach zu Fäusten und öffnet sie wieder, ballt und öffnet sie.

Die nächste Welle, die gegen die Hafenmauer schlägt, macht ein leises, bedrohliches Geräusch, wie eine dumpfe Detonation. Als Becker zurück ins Auto steigt, fällt ihm ein, dass er in seinem Traum ebenfalls im Auto saß. Er saß im Auto, und es strömte Wasser in den Innenraum, drang durch die Lüftungsschlitze und um die Türen herum ein; auf der Rückbank lag ein Baby, und das Baby schrie.

7

Da kommt jemand. Jemand Neues. Er tuckert mit einem blauen Auto über den Damm. Grace erkennt schon am Fahrstil, dass er noch nie hier war. Er bewegt sich langsam, zaghaft, nimmt sich Zeit.

Sie überprüft, ob die Haustür abgeschlossen ist, bevor sie zu ihrem Beobachtungsposten am großen Küchenfenster zurückkehrt. Mit dem fast durchgescheuerten Ärmel ihrer Strickjacke wischt sie Kondenswasser von der Scheibe, doch der Wagen ist verschwunden; er wird das diesseitige Ende des Damms erreicht haben und jetzt am Fuß des Hügels stehen. Der Fahrer betrachtet sicher gerade die über den Weg gehängte Kette mit dem Schild »PRIVATGRUNDSTÜCK«

Ein oder zwei Minuten verstreichen. Als sie gerade denkt, der Besucher hätte umgedreht, kommt ein großer, dünner Mann oben auf der Treppe an, die vom Weg heraufführt. Er ist blass, sein Haar hat die Farbe nassen Strohs, er trägt eine dunkle Jacke und eine Brille mit dickem Rand. Sie zuckt zusammen. Einen Augenblick lang glaubt sie ihn zu kennen – doch nein. Einfach nur ein Allerweltsgesicht. Der Mann bleibt oben an der Treppe stehen, um Atem zu schöpfen; er schaut zum Haus hoch, Regen fällt auf sein Gesicht. Sie ist sich nicht sicher, aber sie meint, ihn lächeln zu sehen.

Er sieht zwar nicht bedrohlich aus, doch Grace bildet sich nicht ein, den Bedrohungsgrad auf einen Blick richtig einschätzen zu können. Man kann nicht vom Aussehen eines Menschen auf seine Gewaltbereitschaft schließen. Sie hat schon Knochen gerichtet, die von weichen Händen gebrochen wurden, und Schnittwunden genäht, die auf gut situierte Männer mit einem sympathischen Lächeln zurückzuführen waren; sie ist schon Bestien mit Engelsgesichtern begegnet.

Sie tritt von dem Fenster zurück. Dann nimmt sie das Gewehr aus der Halterung im Wohnzimmer, trägt es in die Diele und lehnt es gegen die Bank, wo es für jeden, der auf der Eingangsstufe steht, gut sichtbar ist. Beim dritten oder vierten Klopfen öffnet sie die Tür.

»Mrs Haswell?«, sagt der Mann mit einem nervösen Lächeln und hält ihr seine feuchte Hand hin.

Grace erwidert weder das Lächeln, noch nimmt sie seine Hand. »*Dr.* Haswell«, korrigiert sie ihn.

»Dr. Haswell, Entschuldigung. Bitte verzeihen Sie, dass ich einfach so hier auftauche, ich …«

»Was wollen Sie?«

»Mein Name ist Becker, James Becker. Von der Fairburn-Stiftung? Ich habe versucht, sie zu kontaktie…«

Bei »Fairburn« fängt Grace an, die Tür zu schließen. »Ich habe nichts mehr für Sie«, sagt sie und ärgert sich über ihre tränenerstickte Stimme. »Sie haben bereits alles bekommen.«

Vanessa Chapmans Tagebuch

Dieser Ort! Die Landschaft spricht zu mir, egal, wohin ich mich wende. Nach Osten, zu den sanft geschwungenen Hügeln, die so beruhigend sind, so feminin! Nach oben, zum Wald, der grün und schwarz und geheimnisvoll dasteht. Oder wenn man mal richtig Angst bekommen will, steigt man zum Kliff hinauf und schaut auf das Chaos des Meeres hinab. Im Augenblick bin ich völlig gebannt vom Süden, von den Inseln, von Sheepshead. Die so gar nichts von einem Schaf hat! Für mich ist sie ein Wolf.

8

Grace Haswell ist hässlich. Becker ist überrascht, wie hässlich sie ist, und noch während ihm dieser Gedanke durch den Kopf geht, schämt er sich dafür. Und sie fürchtet sich. Er hat ihr Angst eingejagt.

Eine Minute, vielleicht auch länger, bleibt er vor der zugeschlagenen Tür stehen und denkt weniger an die angsterfüllte Frau, die sich dahinter verbirgt, als daran, wie demütigend es für ihn sein wird, wenn er Sebastian von den Ereignissen dieses Tages berichten muss. Vielleicht sollte er einfach lügen? Es wäre nicht das erste Mal.

Er will sich schon umdrehen, als die Tür plötzlich wieder auffliegt. Er macht einen Satz nach hinten. »Haben Sie mich nicht gehört?« Grace Haswell schaut ihn wütend an. Ihre Augen sind wie Eiswasser, ihre dünnen Lippen zurückgezogen, die Zähne gebleckt. Von wegen angsterfüllt.

Becker weicht noch etwas weiter zurück. »Ich sollte mich erklären, Dr. Haswell, es geht nicht um … Ich bin wegen *Division II* hier. Der Skulptur? Darüber wollte ich mit Ihnen sprechen.«

Grace schüttelt den Kopf und runzelt die Stirn. »Die haben Sie doch, sie war in der zweiten Lieferung oder vielleicht auch in der dritten. Ich hab die Papiere hier … Wollen Sie mir sagen, sie wäre nie angekommen?«

»Nein, nein, sie ist angekommen. Die Sache ist nur die, wir

haben das Werk für eine Ausstellung an die Tate ausgeliehen, wissen Sie, und …«

»Und die haben sie beschädigt.«

»Nein … bislang jedenfalls nicht.« Grace legt ihre Stirn noch mehr in Falten. Becker holt tief Luft, atmet langsam aus und duckt sich ein wenig, als über ihm ein neuer Wolkenbruch niedergeht. »Es ist etwas kompliziert«, sagt er matt. Ihre Lippen zucken, nur ganz leicht, und einen Moment lang glaubt er, dass sie lächeln wird. Das tut sie nicht, aber sie öffnet die Tür etwas weiter und macht einen Schritt zurück, um ihn hereinzulassen.

Er tritt über die Schwelle. Sein Herz schlägt schnell, er fühlt sich leicht schwindlig, und er hält die Luft an: Er hat so lange auf das hier gewartet, darauf, hier zu sein, in ihrem Haus – Vanessa Chapmans Zuhause! –, und es ist … düster. Es ist schäbig und vollgestopft mit Krempel – er würde diesen Moment so gern genießen, doch er ist enttäuscht.

»Hier entlang!«, herrscht Grace ihn an, und er schließt die Haustür. Dann folgt er ihr durch den Flur zu ihrer Linken und – oh!

Jetzt sieht er Gelb- und Blautöne und Licht, eine Aussicht. Er kennt diese Aussicht. Man schaut auf den Damm, den Strand und drei Bergspitzen in der Ferne, bedeckt mit reinem Weiß.

»Das ist *Eris Sands*«, sagt er, und auf seinem Gesicht breitet sich ein Lächeln aus. Er blickt Grace Haswell strahlend an. »*Eris Sands!*«

Grace lehnt an dem Aga-Herd auf der rechten Raumseite, ihre Hände hält sie hinter dem Rücken, ihre Miene ist unergründlich.

Becker kann seine Begeisterung nicht zügeln, sein Lächeln nicht unterdrücken. »Als sie es gemalt hat, muss sie direkt hier gestanden haben, genau an dieser Stelle! Die Perspektive, der Lichteinfall … Ich dachte immer, es wäre draußen entstanden, aber es war hier, oder?« Er schaut auf seine Füße und sieht Farbspritzer auf dem Boden und an den Wänden, wo sie einst ihre Pinsel ausgeschlagen hat. Er merkt, dass sich seine Nackenhaare vor Aufregung aufstellen. »Genau hier!«

Als er wieder zu Grace hinschielt, sieht er den Ansatz eines Lächelns, bevor sie ihm den Rücken zudreht. Sie nimmt einen Wasserkessel und geht damit zur Spüle, um ihn aufzufüllen. »Sie hat natürlich lieber draußen gearbeitet«, sagt sie, »aber das war nicht immer möglich. Auch wenn sie den meisten Wetterbedingungen getrotzt hat, manchmal behielt der Wind die Oberhand.« Sie stellt den Kessel auf den Herd und wendet sich ihm wieder zu. Ihre Miene ist weicher geworden. »Als es ihr nicht mehr gut ging, zum Ende hin, hat sie mehr und mehr hier drinnen gearbeitet.«

Becker nickt. »Natürlich«, sagt er und zwingt sich, eine ernstere Miene aufzusetzen. »Tut mir leid, ich bin … *aufgeregt*. Ich wollte schon so lange mal hierherkommen.« Grace legt den Kopf in den Nacken und hebt ihr Kinn ganz leicht an, ihr Ausdruck verändert sich erneut. Er kann ihn nicht recht deuten, aber sie sieht beinahe angewidert aus. Er war unsensibel, er sollte respektvoller sein. Das hier ist Grace' Zuhause, keine Touristenattraktion. Ernüchtert schweigt er.

Grace wedelt mit der Hand durch die Luft und bedeutet ihm, am Küchentisch Platz zu nehmen, dann widmet sie sich wieder dem Teekochen.

Becker setzt sich. Er schaut sich im Raum um, betrachtet die dunklen Balken, die sich quer über die Decke ziehen, den Holzofen in einer Nische in der rückwärtigen Wand. Die Küche ist gemütlich – und bei gutem Wetter sonnendurchflutet, stellt er sich vor –, aber abgewohnt. Die Farbe auf den Holzleisten ist ausgeblichen, einige der Schranktüren hängen schief, und die Wände, die vielleicht einmal blassgelb waren, haben die Farbe von Nikotin angenommen. Hier und da sieht man noch die geisterhaften Konturen von Bildern, die lange dort gehangen haben und dann entfernt wurden.

Becker versucht sich auszumalen, wie es wohl war, als Vanessa noch hier war – hat sie ihre eigenen Werke hier aufgehängt? Wurde der Meerblick früher von seinem Abbild in Öl gespiegelt? Oder hat sie etwas völlig anderes hier angebracht? Grace ertappt ihn dabei, wie er den schmutzigen Umriss an der Wand über der Nische anstarrt, und ihre Miene verfinstert sich.

Grace ist wirklich völlig anders, als er erwartet hat. Er hat nie ein Foto von ihr gesehen, was angesichts der vielen Artikel, die er über Vanessa Chapman und ihr Leben auf Eris gelesen hat, durchaus seltsam ist. Die Person, die er – bis heute – vor seinem geistigen Auge gesehen hat, ist also ausschließlich seiner Fantasie entsprungen. Er hat sich eine alternde präraffaelitische Frau vorgestellt, groß gewachsen und knochig, mit großen grünen Augen und langem, rotbraunem Haar, durch das sich graue Strähnen ziehen. Doch in Wirklichkeit ist Grace klein – nicht viel größer als eins fünfzig – und untersetzt. Er kann das Alter von Frauen schlecht schätzen, aber wenn er müsste, würde er sagen, dass sie um die fünfundsechzig ist. Sie hat ein weiches Gesicht mit leicht hängenden Wangen, und Schlammfarben dominieren ihr Aussehen: Von ihrem Haar bis zu ihren leicht hervortretenden Augen, ihrer langen Strickjacke bis zu der Hose mit den weiten, langen Beinen ist alles an ihr in verschiedenen Brauntönen gehalten.

Warum hat er geglaubt, sie wäre schön? Das fragt er sich nun. Zum Teil hängt das mit ihrem Namen zusammen, der das Bild einer langgliedrigen, hübschen Nymphe heraufbeschwört. Aber noch mehr liegt es an einer bestimmten Assoziation, dem Nachhall einer Lektion, die er in der Schule gelernt hat: Die hübschen Mädchen glucken zusammen. Weil Vanessa Chapman schön war, ist er automatisch davon ausgegangen, dass ihre Freundin es auch ist.

Grace stellt einen Becher Tee so unsanft vor ihn, dass dabei etwas von der Flüssigkeit auf den Tisch schwappt. Er nimmt einen Schluck. Der Tee ist stark und süß.

»Wird die Echtheit infrage gestellt?«, erkundigt sich Grace und lässt sich ihm gegenüber am Tisch nieder. »Denn falls ja, ist das unbegründet. *Division II* ist ohne jeden Zweifel Vanessas Werk.« Becker stellt den Becher ab und setzt sich gerade hin. Die Frage überrascht ihn. Es wäre ihm nie in den Sinn gekommen, dass die Skulptur nicht von Vanessa sein könnte. »Es ist zwar ein untypisches Werk«, fährt Grace fort, »weil sie nicht für Skulpturen bekannt war. Ich glaube, sie hat auch nur sieben von dieser Serie fertiggestellt. Sie entstanden in einer Lebensphase, in der sie Probleme mit dem Malen hatte.« Grace nippt an ihrem Tee. »Es gibt Notizen dazu und Skizzen«, sagt sie. Becker bekommt einen trockenen Mund vor Aufregung, doch bevor er etwas sagen kann, hebt sie die Hand. »Bitten Sie mich jetzt nicht, sie Ihnen *sofort* zu zeigen. Ich werde sie nämlich nicht auf Anhieb finden. Und ich weiß ja, wie ungeduldig Sie alle sind.«

Becker trinkt noch einen Schluck Tee, windet sich innerlich wegen der Süße und fragt sich, ob er ihr vielleicht erzählen sollte, dass er erst seit Kurzem bei der Stiftung arbeitet, dass er ein Außenstehender ist, nicht direkt zur Familie gehört.

»Also was jetzt?«, fragt Grace scharf. »Geht es darum? Um die Echtheit?«

»Nein, nein.« Becker schüttelt vehement den Kopf und setzt zu der Geschichte an, derentwegen er hier ist. Er erzählt von dem Besucher in der Tate Modern, dem forensischen Anthropologen; er berichtet von der E-Mail, von dem Knochen. Als er schließlich zum Punkt kommt, fängt Grace an zu lachen.

»Von einem Menschen?«, wiederholt sie, und er nickt. Sie lacht erneut, und die Fröhlichkeit hellt ihre Züge auf, rundet ihre Wangen, verändert ihr ganzes Gesicht. Vielleicht ist sie auch erst Anfang sechzig oder Ende fünfzig? »Sie wissen doch, dass ich Ärztin bin, oder?«, sagt sie. »Wenn Vanessa in ihren Skulpturen Menschenknochen verwendet hätte, glauben Sie nicht, dass ich das dann bemerkt hätte?«

Becker sieht, dass ihr Gesicht rot anläuft. »Nun, ich habe auch gesagt, dass es sicher vorher schon jemandem aufgefallen wäre. Aber mir wurde erklärt, dass es nicht leicht sei, Paarhuferrippen von menschlichen Rippen zu unterscheiden, und solche Fehler deshalb nicht ungewöhnlich seien.« Grace spitzt die Lippen und legt den Kopf schief, als würde sie über diesen Einwand nachdenken. »Als ich das zum ersten Mal hörte, habe ich ganz genauso reagiert wie Sie«, fährt er fort. »Ich habe gelacht. Ich habe meinen Boss darauf hingewiesen, dass diese spezielle Skulptur nicht nur in den Räumen der Fairburn-Stiftung, sondern auch bereits in anderen Galerien ausgestellt wurde. Aber es ist nun mal so, dass die Leute von der Tate nervös sind. Sie haben das Werk aus der Ausstellung entfernt und versucht, Sebastian – also Sebastian Lennox, meinen Boss – dazu zu überreden, den Knochen testen zu lassen, um zu beweisen …«

»Sie können ihn nicht testen lassen!«, unterbricht Grace ihn. »Die können den Glaskasten nicht öffnen! Er ist …«

»Teil des Werks«, beendet Becker ihren Einwurf. »Das habe ich auch gesagt. Genau das.«

Ihre Blicke treffen sich. »Sie hat ihn selbst gemacht«, sagt Grace, und ihre Stimme klingt etwas angestrengt. »Der Kasten, sie hat ihn selbst zusammengesetzt, ihre Fingerabdrücke sind innen auf dem Glas. Es gibt … *Spuren* von ihr in diesem Kasten. Ihre Fingerabdrücke, ihre DNA. Ihren Atem.«

Becker schaut auf den Tisch und schluckt seine Scham herunter. Es mögen zwar fünf Jahre vergangen sein, aber diese Frau ist ganz eindeutig noch in Trauer. Ihr Haus wurde leer geräumt, Gemälde wurden von ihren Wänden gerissen; es sieht nicht so aus, als hätte sie viel Geld. In der Zwischenzeit wurde ihr Inkompetenz vorgeworfen, schlimmer noch, man hat Anwälte auf sie gehetzt. Und jetzt ist er auch noch unangekündigt bei Einbruch der Dämmerung vor ihrer Haustür aufgekreuzt.

»Es tut mir leid, dass ich Sie damit belästigen musste, Dr. Haswell«, sagt er so sanft wie möglich. »Ich dachte nur, dass ich ... damit die Frage nach einer Öffnung des Kastens gar nicht erst aufkommt, vielleicht einige von den Skizzen oder Notizen anschauen könnte, die im Zusammenhang mit dieser Skulptur stehen. Dann könnte ich mir vielleicht ein Bild davon machen, wo der Knochen gefunden wurde, und ...«

»Nun, ich kann Ihnen sagen, wo sie ihn gefunden hat«, erwidert Grace. »Nicht *genau* wo, aber es wird in dem Wald oben auf dem Hügel gewesen sein, den hat sie häufig durchstöbert. Da oder unten am Strand. Hier gibt es überall Knochen, von Wildtieren, Schafen und Rindern. Und von Seehunden.« Sie legt den Kopf auf die Seite und schaut ihn mit zusammengekniffenen Augen an. »Aber selbst wenn Sie wüssten, wo sie ihn gefunden hat, sehe ich nicht, inwiefern Ihnen das helfen sollte. Was sagt das denn aus?«

»Nicht viel«, räumt Becker ein. »Aber wenn Vanessa den Knochen in ihren Tagebüchern erwähnt, wenn sie erwähnt, dass sie ihn gefunden hat, steht da vielleicht auch, wofür sie ihn gehalten hat, und das wäre schon etwas, glaube ich. Denn das würde zeigen, dass die Künstlerin in keiner Weise beabsichtigt hat, einen ...«

»Dass sie nicht die Absicht hatte, menschliche Überreste in ihrem Kunstwerk zu verwenden?« Grace lacht erneut laut auf. »Warum sollte jemand auf die Idee kommen ...« Sie bricht ab und steht abrupt auf, ihre Miene hat sich erneut verändert. Der Ausdruck von Abscheu ist wieder da und noch mehr. »O Gott. Jetzt begreife ich erst, um was es hier geht. Sie glauben, es ist *er*, stimmt's?«

Becker saugt scharf die Luft ein. »*Nein*, ich …«

»O Mann, ist das absurd«, sagt sie und verzieht verächtlich den Mund. »Wirklich *völlig* absurd.« Sie beugt sich vor, schnappt ihm seinen halbvollen Becher weg, wirbelt herum und schleudert ihn in die Spüle. »Ich möchte, dass Sie gehen!«, ruft sie.

»Bitte, Dr. Haswell, ich glaube nicht, dass der Knochen von ihm ist, darum geht es hier doch auch gar nicht …«

»Sofort!« Sie weist ihm die Tür. »Gehen Sie!«

Becker hat keine Wahl, sie lässt ihm keine. Er nimmt seine Jacke und geht zurück in den Flur, dicht gefolgt von Grace, die ihn die ganze Zeit beschimpft. »Sie und Ihresgleichen! Sie denken sich albernen, sensationsheischenden Unsinn aus, um Ihr Museum in die Schlagzeilen zu bringen! Aber wirklich schlau sind Sie nicht, oder? Julian Chapman ist 2002 verschwunden! Und *Division II* entstand 2004!« Auf dem Schild steht 2005, denkt Becker, aber er will nicht mit ihr streiten. »Innerhalb von zwei Jahren wäre er ja wohl nicht bis auf die Knochen verwest, oder?«

»Nun … ich … ich habe ehrlich keine Ahnung …«, sagt Becker kläglich und wendet sich zu ihr um.

»Dann sage ich Ihnen, dass es nicht so wäre!«, giftet Grace ihn an. »Herrgott noch mal, wenn Sie sich wenigstens dazu bequemt hätten, jemanden zu fragen, der weiß, wovon er spricht! Sie und Ihresgleichen!«, sagt sie erneut. »Sie verdienen es nicht, in ihrer Küche zu sitzen und über ihre Insel zu gehen. Sie verdienen es nicht, auch nur ein einziges Werk von ihr an Ihre Wände zu hängen. So denken Sie von ihr? Sie glauben im Ernst, dass sie … ja, was? Dass sie ihren Mann umgebracht und eine Skulptur aus ihm gemacht hat?«

Vanessa Chapmans Tagebuch

Ich bin in Neapel, wo die Luft nach Salz und Schwefel schmeckt, wo der Himmel nachts violett ist und man am Meer entlangspazieren und all die Kinder beobachten kann, diese hinreißenden italienischen Jugendlichen, wie sie lachen und schreien und sich im Halbdunkel gegenseitig küssen.
Am Tag sind die Hitze und die Männer erbarmungslos. Allein eine Straße entlangzugehen, ist anstrengend. Zuletzt war ich als Kind hier, und ich weiß noch, wie lüstern die Männer meine Mutter angesehen haben und wie sie gelächelt und gelacht hat. Ich mache ein böses Gesicht und schimpfe. Trotz meiner Eitelkeit (oder vielleicht deswegen?) mochte ich es noch nie, gemalt oder fotografiert zu werden, angeschaut zu werden.
Ich bin hergekommen, um selbst zu schauen.
Ich bin hergekommen, um mir Gentileschis Judith und Holofernes *im Museo di Capodimonte anzusehen.*
Ich erinnere mich noch von meinem letzten Besuch an sie: Damals war ich, glaube ich, von dem Horror fasziniert, den das Bild ausstrahlt, von dem Blut. Jetzt liebe ich die Art, wie die beiden Frauen zusammenarbeiten, wie ernst sie ihrer Aufgabe nachgehen. Caravaggios Judith ist zaghaft und ängstlich, aber diese Judith, mit roten Lippen und einem Kleid im Blau des neapolitanischen Himmels, geht beherzt vor, unerschrocken. Ihre Ärmel sind aufgerollt. Und ihre Dienerin steht nicht nur passiv oder hilflos neben ihr; sie mischt voll mit, hält ihn, drückt ihn aufs

Bett, während sie ihm ins Gesicht sieht. Man kann sich fast vorstellen, dass sie es genießt.
Ich stand ehrfürchtig vor diesen großartigen Frauen, als ein Schatten auf mich fiel. Ein Mann stellte sich zu dicht neben mich und nahm mir das Licht weg. Groß und breitschultrig, mit einem prägnanten Kinn. Er sah aus, als wäre er auf dem Weg zum Buchmacher falsch abgebogen. Ich wollte schon von ihm abrücken, als er plötzlich sagte: Sind Sie Vanessa Chapman? Ich schwöre, dass mir die Kinnlade runterfiel.
Er sagte, er hätte meine Bilder in der Cube Gallery gesehen.
Er heißt Douglas Lennox, hat eine Galerie in Glasgow und sagt, er hätte Interesse, meine Bilder auszustellen.
Daraufhin bin ich mit ihm was trinken gegangen und, nach mehreren Drinks, auch ins Bett. Das war wahrscheinlich nicht die beste Idee, wenn man zusammenarbeiten will, aber er war sehr gut – und er ist verheiratet, daher sollte er mir eigentlich keine Probleme machen.

~

Julian ist seit fünf Tagen zu Hause und schmollt. Das mit Celia ist offenbar vorbei. Er ist pleite, und sein Vater weigert sich, ihm weiteres Geld zu leihen. Ich gebe ihm auch keins.

~

Gestern ist Douglas Lennox aufgekreuzt. Er rief mich vom Bahnhof in Oxford an und meinte, er wäre gerade auf der Durchreise.
Von Glasgow??
Er mochte meine Gemälde vom Blenheim Palace nicht, die alle

anderen toll finden. Sentimental, mainstreamig. Die Hecken hatten es ihm angetan. Kühn fand er sie, ehrgeizig – sie würden der Landschaftsmalerei eine neue Richtung verleihen. Das wollen Sie doch, oder? Julian kam ins Atelier, während wir redeten, wir standen sehr nah beieinander, meine Hand lag auf Douglas' Arm, oder vielleicht lag seine auch auf meinem Rücken, auf jeden Fall berührten wir uns. Und Julian, der weiß, dass ich gern viel Körperkontakt habe, mit allen, ist wütend rausgestürmt. Douglas und ich haben lange geredet. Ich hab ihm erzählt, dass ich fast schon in Richtung Dreidimensionalität gehen will, dass ich mit dem Palettenmesser Strukturen ausforme, die sich in Richtung Relief bewegen. Er betonte, dass ich meine besten Werke nicht hier gemacht hätte – die Bilder aus Cornwall und Italien sind erfolgreicher. Die Landschaft hier – die mich früher in Begeisterung versetzt hat – langweilt mich jetzt.
Als Julian abends wieder nach Hause kam, hat er mich wegen Douglas zur Rede gestellt, und ich habe ihn ausgelacht. Einen Augenblick lang dachte ich, er würde mich schlagen – ich glaube, ich habe es mir gewünscht. Wenn er mich schlagen würde, könnte ich ihn verlassen, oder?

~

Es gab drei Tage hintereinander Gewitter, und mir ist, als hätte mein Körper die Elektrizität aus der Luft absorbiert. Ich male und male, fühle mich wiederbelebt, wie neu.
Morgen London, gehe zur Kunstmesse.

~

Ich dachte, die Sache mit Douglas wäre mir verziehen worden, aber ich habe mich geirrt. Als ich aus London zurückkam, verpasste er mir die klassische Schlagkombination.
Der Jab: Er ist wieder mit Celia Gray zusammen – und es ist keine Affäre, er sagt, dass er sie liebt.
Der Cross: Während ich weg war, hat er eins meiner Italienbilder (Napels Seafront) *zu »einem Freund von Celia, der mit Kunst handelt« gebracht und verkauft.*
Ich kann nicht beschreiben, wie ich mich danach fühlte; das war nicht nur Verzweiflung, das war Düsternis, die ich so noch nicht kannte. Das war Hass. Manchmal verschlägt seine Grausamkeit mir den Atem – als wäre seine Untreue noch nicht genug, vergreift er sich auch noch an meinen Bildern und dem Geld, für das ich gearbeitet habe.
Ich darf mich nicht beirren lassen, ich muss die Arbeit zum Mittelpunkt meines Lebens machen.
Und ich muss gehen, denn wenn ich es nicht tue, könnte es sein, dass ich ihn umbringe. Oder er mich.

9

Als er über den Damm zurückfährt, glaubt Becker, etwas im Rückspiegel zu sehen. Etwas Blaues ist kurz aufgeblitzt, aber nicht das Blau des Himmels oder des Meeres, sondern heller, unnatürlich, ein Blau, das hier nicht hinpasst. Ein Blau wie von einem Stroboskoplicht. Er hält an und steigt aus. Die Luft ist feucht, ein Nebel zieht landwärts – Teile der Insel sind bereits eingehüllt. Absolut nichts an dem Hang sieht so aus, als gehörte es nicht dorthin. Er bleibt einen Moment stehen und schaut sich um, eine leichte ängstliche Erregung überzieht seinen ganzen Körper mit einem Prickeln. Während er bei aufziehendem Seenebel auf dem Meeresgrund steht, kann er sich vorstellen, wie furchtbar es sein muss, von der Flut überrascht zu werden. Er ist kein guter Schwimmer. Er steigt wieder ein und fährt, zu schnell über Steine und Schlaglöcher rumpelnd, in einem Zug bis zum Festland hinüber.

So, denkt er finster, das war ja ein voller Erfolg.

Am anderen Ende des Dorfes auf dem Festland gibt es einen Pub. Becker hält auf dem Parkplatz und bleibt, die Hände auf dem Lenkrad, eine Weile dort sitzen. Er möchte wahnsinnig gern nach Hause, aber er kann jetzt nicht fahren. Die innere Unruhe vom Morgen ist zurückgekehrt, er spürt einen Druck auf den Schläfen und im Nacken und hat das sichere Gefühl, dass er, wenn er jetzt losfährt, nie zu Hause ankommen wird.

Er holt sein Handy heraus, um Helena anzurufen – sie wird ihn zur Vernunft bringen, darin ist sie unfehlbar –, doch drei verpasste Anrufe von Sebastian stimmen ihn um. Er steigt aus und geht in den Pub.

Das Wirtshaus hat nichts Gemütliches. Es besteht aus einem schmucklosen, schäbigen rechteckigen Raum mit einem dunklen Holztresen und einigen wenigen Tischen und ist – bis auf drei junge Männer in der hinteren Ecke und eine Frau mittleren Alters hinter dem Tresen, die auf ihrem Handy liest – leer.

Die Frau blickt auf und lächelt ihn an. »Was kann ich für Sie tun?«

»Ich wollte fragen, ob Sie ein Zimmer frei haben, nur für heute Nacht.«

»Oh, ja, haben wir!«, sagt sie, dreht sich um und nimmt ein paar Schlüssel von dem Brett hinter ihr. »Sie können sich sogar eins aussuchen, das große Zimmer oder das kleine. Das kleine ist billiger, hat aber kein Bad.«

Er entscheidet sich für das große Zimmer, das, wie der Raum unten, funktional, aber nicht einladend ist. Immerhin wirkt es sauber, und über dem alles durchdringenden Geruch nach abgestandenem Bier nimmt er einen verlockenden Duft wahr. Gebäck, denkt er. Eine Pastete?

Wieder unten im Gastraum lässt Becker sich einen sehr guten Steak & Ale Pie und dazu ein großes Bitter schmecken und liest dabei die restlichen Notizen und Artikel aus seiner Sammlung. Er sucht – vergeblich, fürchtet er – nach einer Möglichkeit, auf die Insel zurückzukommen, nach irgendeiner Information oder einem Anknüpfungspunkt, der es ihm erlaubt, noch einmal über Grace Haswells Schwelle zu treten.

Chapman hat nicht viele Interviews gegeben – vielleicht weil sie schwierig war, wie die Kritiker behaupteten, aber vielleicht auch, weil die Kritiker ihren Klagen darüber, wie schwierig sie sei, beharrlich ganze Spalten ihrer Artikel einräumten. Selbst auf dem Höhepunkt ihres Erfolgs, in den später 1990er- und frühen 2000er-Jahren, hat sie selten öffentlich über ihre Arbeit geredet. Nach dem Verschwinden ihres Mannes im Jahr 2002 und ihrer darauffolgenden Absage der geplanten Einzelausstellung in Douglas Lennox' Glasgow Modern Gallery hat sie nie wieder mit der Presse gesprochen.

Er klappt den Laptop zu und steckt ihn in die Tasche, dann bringt er sein Glas zum Tresen. Die Gastwirtin hat, so vermutet Becker, Gesellschaft von ihrem Mann bekommen – einem dünnen rotgesichtigen Typen, der an einem Ende der Theke hockt und die Lokalzeitung liest.

»Der Pie war wirklich vorzüglich«, sagt Becker zu der Frau, die ihm daraufhin freundlich zunickt. Sie mustert ihn eingehend.

»Suchen Sie nach einem Ferienhaus hier in der Gegend?«, fragt sie.

»Nein, nein«, erwidert Becker kopfschüttelnd. »Ich bin hier, um Grace Haswell zu besuchen. Auf der Insel.«

»Oh, Dr. Haswell!« Ihre Augenbrauen schießen hoch. »Sind Sie ein Freund von ihr?«

Er schüttelt erneut den Kopf. »Nein. Ich … äh … bin Kurator in einem Museum. Unten in den Borders. Uns – das heißt, dem Museum – wurden nach Vanessa Chapmans Tod einige ihrer Kunstwerke vermacht.«

»Oh, ach so. Sieh mal einer an. Das mit Mrs Chapman tat uns sehr leid. Sie war so eine Nette. Freundlich. Unkonventionell, nicht wahr? Glamourös. Und beliebt bei den Männern.« Sie zwinkert ihm zu.

Ihr Mann schaut von der Zeitung auf und wirft ihr einen finsteren Blick zu. »Die sind nie groß aufgefallen«, murmelt er und fixiert Becker mürrisch. »Weder sie noch die Ärztin. Die sind immer für sich geblieben. Mit denen gab's nie Ärger.«

»Na ja«, wirft seine Frau nachdenklich ein. »Da war doch die Sache mit dem Automechaniker …«

»Wirst du nicht in der Küche gebraucht, Shirley?«, knurrt der Gastwirt. Shirley zuckt die Achseln, lächelt Becker nett zu und verschwindet nach hinten. Becker will schon gehen, als der Wirt plötzlich weiterredet.

»Die war schon im Ruhestand, wissen Sie«, sagt er.

»Wie bitte?«

»Dr. Haswell. Die war schon im Ruhestand, hat dann aber während der Pandemie wieder angefangen, im Krankenhaus zu arbeiten. Fünfzehn-Stunden-Schichten haben sie der aufgedrückt. Die hat sich echt krummgelegt.« Er schaut Becker erneut finster an, als wäre er irgendwie dafür verantwortlich. »Würde mir nicht gefallen, wenn ihr einer komisch kommt, nach allem, was sie durchgemacht hat. Sie und Mrs Chapman«, sagt er erneut, »die sind nie groß aufgefallen.«

Oben in seinem Zimmer ruft Becker Helena an.

»Das ist echt seltsam, die Leute hier im Ort scheinen sie gemocht zu haben«, sagt er.

»Was ist daran seltsam?«, fragt Helena.

»Es überrascht mich einfach. Diese Zugezogene – eine aus dem Süden, eine Engländerin und noch dazu schick und weltläufig – taucht hier auf, kauft eine Insel und lebt völlig allein da draußen. Noch dazu eilt ihr der Ruf voraus, kühl und schwierig und unfreundlich zu sein. Und trotzdem reden die Ortsansässigen hier – na ja, der Wirt und seine Frau jedenfalls – nur gut über sie.«

»Mmmm«, macht Helena. Sie wirkt abgelenkt, so als würde sie ihm nicht richtig zuhören.

»Mmmm? Mmmm, was?«

Sie lacht. »Vielleicht war sie ja eine gute Kundin? Ich weiß nicht, Beck, sie konnte wahrscheinlich total charmant sein, wenn sie wollte. Und alles, was die Kritiker über sie geschrieben haben, sie wäre … Was war das noch? Unfreundlich und kratzbürstig und *streitbar?* Das sagen die Leute doch immer über Frauen, die wissen, was sie wollen.«

»Ist das so?«

Helena lacht wieder. »Ja, allerdings! Und wenn man drüber nachdenkt, sind ›übertrieben ehrgeizig‹ und ›egozentrisch‹ in manchen Kreisen geradezu Synonyme für kinderlos.«

»Wirklich?«

Helena schnalzt abschätzig mit der Zunge. Er kann fast spüren, dass sie die Augen über ihn verdreht. »Hör zu, du musst zurückfahren und mit ihr reden – mit der Freundin oder Partnerin oder wer auch immer sie ist. Bist du nicht genau deswegen da? Wenn du Vanessa wirklich kennenlernen willst, musst du diese Haswell irgendwie dazu bringen, mit dir zu reden. Sie ist genau die Richtige, weil sie weiß, wo all die Leichen im Keller liegen.«

Becker hört eine Stimme, ob im Flur vor seinem Zimmer oder in der Leitung, kann er nicht sagen. »Was war das?«, fragt er sie.

»Das ist der Pizzabote«, haucht Helena lasziv. »Er kommt gerade aus der Dusche.« Becker bläst laut die Luft aus. »Es ist der Fernseher, Beck. Herrgott noch mal. Ich binge die *Kardashians*, während du weg bist.«

»Ich liebe dich«, sagt Becker.

»Und wir lieben dich.«

»Du und der Pizzabote?«

»Oder die Pizzabotin.«

Er beendet das Telefonat und scrollt durch sein Vanessa-Archiv, liest die Beiträge jetzt mit einem etwas kritischeren Blick. Natürlich war sie nicht so unfreundlich, natürlich war das bloß

Misogynie! Es waren ja auch ausschließlich männliche Kritiker und Interviewer. Männer mit heimlichen Motiven oder Männer, die einen Groll gegen sie hegten.

Erst bei diesem letzten Durchgang durch die Artikel geht Becker auf, wie abwesend Grace Haswell darin ist. Ihr Name fällt so gut wie nie. Nur ein- oder zweimal wird sie in Nachrufen als Vanessas Pflegerin erwähnt. Und selbst dann wird sie nie zitiert. Es ist möglich, dass sie nicht mit der Presse sprechen wollte oder dass Vanessa sie genau darum gebeten hat. Aber es ist auch denkbar, dass die Journalisten zwar fleißig Würdigungen von Turner-Preisträgern oder prominenten Kritikern eingesammelt haben, aber einfach niemand daran gedacht hat, die Provinzärztin Grace Haswell zu fragen, was sie dachte oder wie es ihr ging.

Becker klappt den Laptop zu. Er ist hundemüde und hat vom Autofahren und vom Sitzen am Computer Verspannungen in Rücken und Schultern. Er steht vom Bett auf und geht über knarzende Bodendielen in sein winziges Bad. Dort richtet er sich ganz auf, rollt seine Schultern nach hinten und dreht den Kopf hin und her. Er stellt sich zum Pinkeln vor die Toilette, wobei sein Kopf die Decke streift, und schaut aus dem Dachfenster auf ein einsames Licht in der Ferne.

Wie leicht wäre es, sie zu übersehen, denkt er. Sie komplett unbeachtet zu lassen.

Zurück im Zimmer klappt er den Laptop wieder auf und fängt an zu schreiben.

Sehr geehrte Dr. Haswell,

es gibt so viele Dinge, über die ich gern mit Ihnen sprechen würde, so viele Fragen, die ich Ihnen gern stellen würde. Dieser Knochen – den ich nicht eine Sekunde lang für einen Knochen von Julian Chapman gehalten habe – ist das Unwichtigste davon. Das ist einfach ein Problem, etwas, worum ich mich kümmern, eine Frage, die ich aufklären muss, ein Teil meines Jobs als Kurator der Fairburn-Stiftung.

Ich würde Sie gern über Ihr Leben mit Vanessa befragen, über die Frau hinter dem Werk, die Frau, die nur Sie kannten. Natürlich entspringt dieses Interesse zum Teil meiner beruflichen Neugier. Ich habe meine Abschlussarbeit über die Entwicklung der nicht-traditionellen Landschaftsmalerei geschrieben, und Vanessas Arbeit stand dabei im Mittelpunkt. Meine Beziehung zu ihrem Werk geht jedoch noch weiter zurück und hat tiefere Wurzeln. Wie jeder, der sich für Kunst interessiert, habe ich zwei Arten von Erinnerungen: persönliche Erinnerungen und Erinnerungen an Kunst. Manchmal überschneiden die beiden sich.

Meine Mutter war eine begabte Aquarellistin. Sie besuchte eine Kunsthochschule, musste ihr Studium jedoch vorzeitig abbrechen, als sie schwanger wurde. Eigentlich wollte sie ihr Studium später wieder aufnehmen, doch mein Vater – ein Mann, den ich nie kennengelernt habe – hat sie finanziell nicht unterstützt. Meine Großmutter, die zu dieser Zeit bereits Witwe war, hatte nicht die Mittel, uns alle drei zu ernähren, darum musste Mum arbeiten.

Sie hatte einen Job in einem Supermarkt im Zentrum von Bicester, nicht weit von einer kleinen Kunstgalerie namens Harry West Art entfernt. Das war, wie Sie ganz sicher wissen werden, der erste Ort, an dem Vanessas Kunst je ausgestellt wurde. Mum ging oft dorthin, in ihrer Mittagspause oder nach der Arbeit, um sich die Bilder anzusehen. Bei einer Ausstellung hat sie ein winziges Ölgemälde erstanden, etwas mehr als zwanzig mal fünfzehn Zentimeter. Sie hat einen ganzen

Wochenlohn dafür hergegeben und deswegen mächtigen Ärger mit meiner Großmutter bekommen.

Das Bild zeigte eine Hecke, deren lebhafte Grüntöne mit violetten und gelben Wildblumen gesprenkelt waren und die geradezu nach Sommer zu duften schien. Die Künstlerin hatte Dinge – Grassamen und Blütenblätter – in die Farbe gedrückt. Ich erinnere mich, wie überrascht und begeistert ich war, als ich darin auch einen schillernden Insektenflügel entdeckte. So klein das Bild auch war, gehörte es zu der Sorte, derer man nie überdrüssig wird und die einen jedes Mal, wenn man sie betrachtet, mit etwas Neuem belohnt.

Meine Mutter hängte es an die Wand neben ihrem Bett.

Einige Jahre später, als sie zum Sterben in ein Hospiz kam, nahm sie nur zwei Dinge mit: ein gerahmtes Foto von uns beiden und dieses kleine Gemälde. Ein oder zwei Jahre darauf, als ich endlich die Kraft fand, die Tasche mit ihren persönlichen Gegenständen – ihren Schlafanzügen, ihrem Kulturbeutel – durchzusehen, die mir nach ihrem Tod übergeben worden war, entdeckte ich, dass das Foto noch da war, das Gemälde jedoch nicht.

Ich machte mich auf die Suche danach. Ich war damals dreizehn, einsam und wütend und hatte von Kunst absolut keine Ahnung, aber glücklicherweise erinnerte sich meine Großmutter noch daran, dass der Nachname der Künstlerin Chapman gewesen war. Das war in den 1990er-Jahren, als es noch kein Google gab, aber ich hatte das Glück, in unserer örtlichen Bibliothek auf Mikrofiche ein Interview zu finden, das Vanessa ARTNOW gegeben hatte, nachdem sie 1995 bei der London Art Fair ausgestellt hatte. Ich war schon damals, als Teenager, sehr von ihrer Schönheit beeindruckt, aber darüber hinaus beeindruckte mich ihre Antwort auf die Frage, was die Malerei ihr bedeute. Ich kann das noch heute aus dem Kopf zitieren, weil ich diese Zeilen so oft gelesen habe, dass ich sie auswendig kenne.

»Kunst ist Vermächtnis, ist Trost. Sie beruhigt, tröstet und rüttelt auf. Kunst ist Arbeit. Das, was man den ganzen Tag tut. Bei Kunst geht es darum, wie man sich die Welt erarbeitet. Sie gibt einem Gelegenheit, neu anzufangen, sich zu häuten, zu rächen, zu verlieben. Gut zu sein. Und lange zu leben.«

*Ich fand das kleine Gemälde (*Hedgerow, 1993*) Jahre später bei einer Auktion und habe es mir von meinem ersten Gehalt bei Christie's gekauft. Meine Mutter wäre erstaunt gewesen, was es inzwischen wert war. Aber vielleicht auch nicht! Vielleicht hat sie die ganze Zeit gewusst, dass die Welt eines Tages den Wert von Vanessas Kunst so sehr schätzen würde wie sie selbst. Aber ich glaube, sie wäre so oder so sehr glücklich, zu sehen, dass das Bild heute an der Wand neben meinem Bett hängt.*

Ich hoffe, diese Geschichte trägt dazu bei, Ihnen verständlich zu machen, warum es mir so viel bedeuten würde, mich noch einmal mit Ihnen unterhalten zu können.

Ihr
James Becker

In den frühen Morgenstunden, kurz vor dem Gezeitenwechsel, brummt Beckers Handy. Er schreckt aus dem Schlaf hoch, sein Herz rast, und er denkt: *Helena*. Aber als er aufs Display schaut, sieht er eine E-Mail-Benachrichtigung.

Sehr geehrter Mr Becker,

danke für Ihre E-Mail. Wenn Sie noch in der Gegend sind, können Sie heute auf die Insel kommen. Niedrigwasser ist um acht.

Bitte haben Sie Verständnis dafür, dass ich nur unter der Bedingung mit Ihnen spreche, dass Sie Ihren Arbeitgeber bitten, mich nicht weiter zu drangsalieren.

Wenn Sie dazu bereit sind, können wir uns weiter unterhalten.

Ihre
Grace Haswell

10

Während Becker die Treppe zu Vanessas Haus hinaufsteigt, fragt er sich, ob Grace ihm wohl das Atelier zeigen wird. Gott, was würde er dafür geben, es zu sehen! Was würde er dafür geben, bis zum Kliff hochzugehen, um die Aussicht zu betrachten.

»Sie könnten da hochlaufen«, sagt Grace, als er sie danach fragt, und schenkt ihm Kaffee ein. Sie ist bislang nicht unbedingt *freundlich*, aber höflich. Von der gestrigen Wut ist nichts mehr zu spüren. »Aber ich würde es Ihnen nicht empfehlen.« Sie weist mit dem Kinn zum Fenster, auf den Nebel. »Der Letzte, der da im Nebel hochging, ist nicht zurückgekommen. Na ja, schon, aber auf dem Expressweg.« Sie schaut ihn mit hochgezogenen Brauen und einem leisen Pfeifen auf den Lippen an. »Er wurde eine Woche später an den Strand gespült.«

Becker verschluckt sich fast an seinem Kaffee.

»Es stand in der Zeitung«, sagt sie kühl. Sie nimmt gegenüber von ihm Platz und bläst vorsichtig auf ihren Kaffee. »Vor ein paar Jahren … drei vielleicht? Ich verliere allmählich das Zeitgefühl. Auf jeden Fall vor der Pandemie.«

»Großer Gott. Wer war er denn?«

Grace zuckt die Achseln. »Ein Wanderer. Ein Tourist. Kanadier, glaube ich. Irgendeine arme Seele weit weg von zu Hause. Ich hab ihn selbst nicht gesehen. Aber sein Mietwagen stand ein paar Tage unten auf dem Weg, so wusste ich überhaupt, dass irgendwas los ist.«

Sie trinken ihren Kaffee. Becker schüttelt den Kopf. »Ich hatte keine Ahnung, dass das so gefährlich ist … Das Kliff war doch Vanessas Lieblingsplatz zum Malen, oder?«

Grace nickt lebhaft. »O ja, sie war andauernd da oben. Bei jedem Wetter. Je häufiger man einen Ort sieht, desto mehr kann man ihm entlocken. Hat sie gesagt. Sie hat all ihre Sachen da raufgebracht, Farben und Leinwände, das ganze Zeug, so weit wie möglich mit dem Quad und danach zu Fuß.« Ihre Augenbrauen wandern erneut Richtung Haaransatz, auf ihrem Gesicht erscheint ein leises Lächeln. »Sie hat mehr als eine Leinwand an den Wind verloren. Mich hat das jedes Mal in Angst und Schrecken versetzt, aber Vanessa war durch nichts aufzuhalten.« Sie schürzt die Lippen. »Fast nichts.«

Keine Frage: Grace ist heute anders. Sie und er haben mehr Blickkontakt, sie ist weniger defensiv, geht mehr aus sich heraus. Der Brief hat seinen Zweck erfüllt.

»Sie *kannte* die Insel«, sagt Grace. »Jeden Zentimeter, jeden Stein und jede Wurzel, jede Felsspalte. Sie wusste, wo der Boden unsicher ist, wo der Wind einen erwischen kann …« Sie schüttelt den Kopf. »Nicht heute. Es wäre dumm, heute da hochzugehen. Und ich fürchte, das Atelier kann ich Ihnen auch noch nicht zeigen. Es ist noch nicht fertig.« Ihre Blicke treffen sich, und Grace setzt sich kerzengerade hin. »*Ich* bin noch nicht fertig. In jedem Fall brauche ich einige Garantien von Ihnen. Ich möchte wissen, wie Sie von jetzt an vorgehen wollen.«

Becker senkt den Kopf und nimmt noch einen Schluck von seinem Kaffee. Da er ahnt, dass er mit Charme bei ihr nicht viel erreichen kann, versucht er es stattdessen mit respektvollem Verhalten. »Also, meine größte Hoffnung wäre«, beginnt er vorsichtig, »natürlich nur, wenn Sie Zeit haben und einverstanden sind, dass wir – Sie und ich – vielleicht zusammen einige von Vanessas

Aufzeichnungen durchsehen könnten …« Er schaut nicht hoch, sondern spricht, möglichst unaufgeregt, zu der Tischplatte. »Auf die Weise könnten wir vielleicht eine Lösung finden, die für beide Seiten akzeptabel ist.« Jetzt schaut er auf und sucht ihren Blick. »Ich brauche Ihre Hilfe«, sagt er.

Grace presst die Lippen aufeinander, eine leichte Röte zieht über ihre Wangen. Sie ist erfreut. Fühlt sich geschmeichelt. »Das wäre … Ich glaube, das würde gehen«, sagt sie, und Becker ballt die Hände unter dem Tisch triumphierend zu Fäusten.

Sie treffen eine Vereinbarung. Grace wird ihm eine kleine Auswahl von Unterlagen geben – ein paar Notizbücher und vielleicht einige Briefe –, die er mit zur Stiftung nehmen kann. Er wird mit Sebastian reden und ihn bitten – nein, ihm sagen! –, dass er die Anwälte zurückpfeifen soll. Von jetzt an wird Grace direkt mit Becker verhandeln, und zwar nur mit Becker. Es wird keinerlei Androhungen von gerichtlichen Schritten mehr geben. Becker verspricht es feierlich und kreuzt dabei unter dem Tisch die Füße wie ein Kind.

»Dann hole ich Ihnen jetzt ein paar Notizbücher, in die Sie reinschauen können«, sagt Grace und steht auf. Becker wartet, bis die Haustür auf- und wieder zugeht, und packt dann die Gelegenheit beim Schopf. Er schlüpft aus der Küche in die Dunkelheit des vollgestopften Wohnzimmers. Der stickige, fensterlose Raum wirkt, als würde er selten genutzt. An der Wand lehnt ein mit blassgrünem Krankenhausleinen bespannter Paravent, ein kleines blaues Sofa konkurriert mit zwei schäbigen Sesseln und einem Servierwagen aus Edelstahl, auf dem ein Uraltfernseher steht, um den Platz.

Auf dem Fußboden stapeln sich Bücher, vergilbende Zeitungen und alte Ausgaben einer medizinischen Fachzeitschrift. Auf jeder Oberfläche – allen Regalen, dem Couchtisch und dem Sims über der breiten Feueröffnung des Kamins – liegen Fundstücke: Treibholz in der Farbe von Milchkaffee, Kugeln aus reinweißem Quarz, hellgrünes Glas, das das Meer glatt gewetzt und schön geformt hat. Becker sucht einen weißen Stein aus, durch den sich eine rosafarbene Linie wie eine Ader zieht, rollt ihn in seiner Handfläche hin und her und legt ihn dann zurück auf den Kaminsims.

Hinter dem Wohnzimmer beginnt ein weiterer Flur, von dem ein Bad und zwei Schlafzimmer abgehen, rechts ein kleines mit einem tadellos gemachten schmalen Bett, einem Schreibtisch und einem Schrank, und links ein größeres. Becker verharrt auf der Schwelle zu dem größeren Raum. Die Wände sind weiß gestrichen, das Doppelbett, neben dem schräg ein Sessel steht, ist nicht bezogen. Es ist Vanessas Zimmer, das weiß er, weil man durchs Fenster das Meer, einen Leuchtturm und in der Ferne eine Insel sieht. Er betrachtet die Aussicht, die sie in *Hope is Violent*, ihrem letzten Gemälde, festgehalten hat. Es wurde nur wenige Monate vor ihrem Tod fertiggestellt.

Ihm schießen Tränen in die Augen. Er weicht schnell zurück und bemerkt erst auf dem Rückweg durchs Haus, dass *alle* Wände kahl sind und sämtliche Räume nackt wirken, als wären sie all dessen beraubt, was sie einst geschmückt haben könnte. Und er gehört zu den Dieben. Als er wieder durchs Wohnzimmer kommt, nimmt er erneut den weißen Stein in die Hand. *Jedes Steinchen*, hat Sebastian gesagt, *jedes verdammte Steinchen, das sie am Strand aufgesammelt und irgendwie irgendwo abgelegt hat.* Becker lässt den Stein in seine Jackentasche gleiten und setzt sich, nur Sekunden bevor die Haustür aufgeht, wieder an den Tisch.

»Sie hat nichts datiert«, sagt Grace, als sie wieder in die Küche kommt, wobei sie in einem Notizbuch im A5-Format blättert. »Es wird also nicht einfach sein, das zu finden, was Sie suchen.« Sie legt das Notizbuch zusammen mit zwei weiteren und einer Mappe voll loser Blätter auf den Tisch. Becker knetet seine Finger, um sich nicht sofort darauf zu stürzen. »Ich glaube nicht, dass diese Hefte jemals wirklich als Informationsquelle gedacht waren«, sagt Grace. »Sie waren vermutlich einfach nur … Teil des Prozesses, dienten ihr dazu, sich über Dinge klar zu werden.«

Sie schaut ihn direkt an und wendet den Blick schnell wieder ab. Ohne es zu wollen, hat sie damit gerade ein wichtiges Argument für den Anspruch der Fairburn-Stiftung auf diese Notizbücher geliefert: Sie waren *Teil des Prozesses* – gehörten also zum künstlerischen Entstehungsprozess der Werke Vanessas. Becker lässt den Moment verstreichen, ohne darauf einzugehen.

»Wo war ich? Ach ja, sie sind nicht datiert. Daher ist mindestens eins von diesen Heften aus einer viel zu frühen Phase. Es ist aus der Zeit kurz nach ihrem Umzug auf die Insel, aber ich glaube, Sie werden es trotzdem sehr interessant finden. In dem zweiten schreibt sie über Installationen, das könnte also für Sie relevanter sein. Ich wollte das längst alles durchsehen«, fügt sie seufzend hinzu. »Ich hatte es ehrlich vor.«

»Ich weiß«, sagt Becker ruhig. »Kann ich gut verstehen, wirklich.« Sie lächelt ihn dankbar an, und er fühlt sich schlecht.

»In der Mappe sind Skizzenblätter, die können Sie natürlich alle behalten. Ich habe keine Ahnung, ob sie einen echten Wert haben oder überhaupt von Interesse sind, für mich sehen die meisten einfach nach Kritzeleien aus …«

Kunstbanausin, denkt Becker ungnädig. »Was mich fasziniert«, sagt er, »ist die allmähliche Herausbildung ihres Stils, dessen fortschreitende Entwicklung, sowohl in einzelnen Werken als auch im gesamten Œuvre. Darum gehe ich davon aus, dass fast alle dieser Skizzen wertvoll sind, vorausgesetzt, ich kann mir einen Reim auf ihre Reihenfolge machen. Aber ich vermute, dass die Notizbücher mir dabei helfen werden.«

Grace sieht skeptisch aus. »Vielleicht.«

»Das Außergewöhnliche an Vanessas Werk ist, dass es ein echtes Gefühl von Kohärenz vermittelt, obwohl sich ihr Stil im Laufe der Jahre stark verändert hat. Wenn man sich die Gemälde ansieht, die kurz nach ihrem Umzug hierher entstanden sind, ist das sehr auffällig, nicht wahr, der Unterschied zwischen einem Bild wie *South*, das, glaube ich, eines der allerersten war, die sie auf der Insel fertiggestellt hat, und *The Tide Always Comes*. Letzteres ist nur ein Jahr später entstanden, und doch hat sich etwas radikal verändert, es ist sehr viel dynamischer, und doch ist es fraglos dieselbe Hand, die den Pinsel hält, dasselbe Auge.«

Grace seufzt ungeduldig. »Davon verstehe ich nichts«, sagt sie. »Ich bin keine Kunstkritikerin. Alle verlieren sich immer so in Theorien, dabei ist vieles einfach eine Frage der Notwendigkeit. Sie erwähnten *The Tide Always Comes*. Nun, das musste sie anders malen, weil sie den Pinsel nicht richtig festhalten konnte. Sie hat einfach … Farbe auf ihre Finger gespritzt und sie direkt auf die Leinwand aufgetragen und dann erst den Pinsel benutzt. Und weil ihr gefiel, was dabei herauskam, hat es die Art beeinflusst, wie sie später an die Dinge herangegangen ist, ihre Pinselführung wurde …«

»Freier!«, ruft Becker aus. »Überschwänglicher.«

»Ja, ich nehme an …«

»Und die Farbe wird plastischer … Aber Moment, sagten Sie, dass sie den Pinsel nicht halten *konnte*?«

»Allerdings, weil sie sich das Handgelenk gebrochen hatte.« Grace schaut ihn fragend an, halb lächelnd, halb nachdenklich. »Wussten Sie das nicht? So haben wir uns kennengelernt.«

11

Carrachan, 1998

Es war ein ruhiger Tag. Grace hatte eine Viertelstunde Pause vor dem nächsten Termin und die Gelegenheit genutzt, um sich einen Kaffee zu machen, für den sie vielleicht auch wirklich die Zeit finden würde. In diesem Moment sah Grace sie – oder vielmehr *es* –, ein kleines grünes Auto, das schlingernd auf den Parkplatz fuhr und dann quer über zwei Parkbuchten zum Stehen kam. Die Fahrertür wurde brutal aufgestoßen, und eine Frau stieg aus. Sie war groß und sehr dünn, die dunkelblonden – sichtlich ungekämmten –Haare fielen über ihr Gesicht, und ihre Bewegungen wirkten unbeholfen. Das Kinn an die Brust gedrückt und die Arme um sich selbst geschlungen, stolperte sie über den Parkplatz auf den Eingang der Praxis zu.

Eine Betrunkene, dachte Grace, kippte ihren Kaffee herunter und verbrannte sich den Gaumen. Aus dem Wartezimmer hörte sie die Stimme der Arzthelferin, zuerst ruhig, dann immer lauter. Wenige Augenblicke später klopfte es an der Tür.

»Entschuldigen Sie, Dr. Haswell, hätten Sie Zeit für eine unangemeldete Patientin?«

Die Frau betrat aufrecht und mit gestrafften Schultern das Behandlungszimmer. Sie hielt sich den rechten Unterarm. »Ich glaube, ich hab mir was gebrochen«, sagte sie ruhig, als Grace sie fragte, wie sie ihr helfen könne. Als Grace sich ihr näherte, stieg ihr ein scharfer Geruch wie von Nagellackentferner in die Nase, doch die Augen der Frau waren klar, und sie wirkte konzentriert. Also war sie nicht betrunken, aber sie hatte offenkundig Schmerzen, und in ihrem Blick lag eine Wachsamkeit, die man hin und wieder bei Missbrauchsopfern beobachten konnte.

»Was ist passiert?«, fragte Grace, während sie sehr vorsichtig den Arm untersuchte. Knapp oberhalb des Handballens bildete sich ein Bluterguss, der nichts Gutes verhieß. Die Adern am Unterarm traten wie Seile hervor. Die Fingernägel waren schmutzig.

»Ich bin über dieses blöde … *Ding* gestolpert, die Abdeckung, die über der Klärgrube hinter meinem Haus liegt.« Ihre Stimme klang sanft und auf eine angenehme Art rau, und sie hatte einen deutlichen englischen Akzent. »Ich bin gerannt, weil das Telefon klingelte – mein Atelier, wo ich gerade arbeitete, liegt in einem separaten Gebäude –, und dann bin ich einfach hingeflogen.« Sie verzog das Gesicht und sog scharf die Luft ein, als Grace ihr Handgelenk drehte. »Das tut höllisch weh.«

Grace lächelte. »Das kann ich mir vorstellen, Mrs …«

»Chapman. Vanessa.«

»Vanessa, ich fürchte, Sie haben leider recht«, sagte Grace und gab ihrer Patientin ein Zeichen, sich hinzusetzen. »Ich glaube, das Gelenk ist gebrochen, aber um sicherzugehen, müssen wir es röntgen.«

»Verfluchte *Scheiße*.« Grace zuckte bei dem Schimpfwort zusammen. »Wie lange dauert es, bis es wieder heil ist?« Vanessa verzog erneut das Gesicht, als sie den Arm an ihre Brust drückte, und kniff die Augen zu, was Grace die Gelegenheit gab, sie anzuschauen, *richtig* anzuschauen: ihre dunklen Brauen, ihren energischen Mund und ihre gerade Nase, die etwas zu lang für ihr Gesicht war.

»Das kommt sehr darauf an, was wir auf dem Röntgenbild sehen«, sagte Grace. »Sind Sie selbst hergefahren?« Sie kannte die Antwort zwar, wollte aber herausfinden, ob ihre Patientin aufrichtig war.

»Musste ich ja«, antwortete Vanessa. »Ich lebe allein.«

»Sie hätten einen Krankenwagen rufen sollen«, erwiderte Grace. Vanessa lächelte kurz – abschätzig, fand Grace. »Sie hätten leicht einen Unfall verursachen können«, sagte sie in einem schroffen Ton, »wenn Sie mit so einer Verletzung Auto gefahren sind.«

»Ich hatte keine Zeit, auf einen Krankenwagen zu warten«, sagte Vanessa. »Ich wohne draußen auf Eris Island.«

»Sie wohnen auf Eris?« Grace' Herz setzte kurz aus, als würde sie ein schon halb vergessenes trauriges altes Lied hören, das sie in eine andere Zeit katapultierte.

Vanessa nickte. »Kennen Sie die Insel?«

»Ja«, sagte Grace und rollte das tragbare Röntgengerät durch den Raum. »Da bin ich früher oft gewandert. Es ist wahnsinnig schön dort, so friedlich – und die Aussicht, wenn man oben auf dem Kliff steht …« Grace rückte Vanessa in Position und zog sich hinter eine Trennwand zurück, während sie die Aufnahmen machte. »Aber ich war lange nicht mehr da. Irgendwer hat am Ende des Fahrdamms ein Tor errichtet.«

»Das war ich nicht«, sagte Vanessa. Sie klang leicht pikiert. »Das war der Makler. Er hat das Tor für den Mann dahin gestellt, dem die Insel früher gehört hat. Ich hab es wieder entfernen lassen. Es ist schon seit Monaten nicht mehr da, eigentlich schon seit letztem Jahr nicht mehr, seit der Kauf abgeschlossen ist. In Schottland gilt doch das Jedermannsrecht, oder? Wie es sich gehört.« Sie schloss erneut die Augen. »Ich betrachte mich zwar als Besitzerin des Hauses, aber nur als die Hüterin der Insel.«

Grace schmunzelte hinter der Trennwand. Diese Reichen!

Wenn Eris *ihr* gehören würde, dann würde sie einen Stacheldrahtzaun ziehen oder sich einen scharfen Hund anschaffen.

Als sie mit dem Röntgen fertig war, holte sie Vanessa ein paar Schmerztabletten und ein Glas Wasser. »Wenn Sie aufs Festland fahren konnten, hätte aber doch auch ein Rettungswagen zu Ihnen gelangen können, oder?«, fragte sie.

»Die Flut hatte gerade eingesetzt«, sagte Vanessa. Sie warf die Tabletten ein, legte den Kopf in den Nacken, um sie zu schlucken, und entblößte dabei ihren weißen Hals. In der Mitte war eine kleine Narbe zu sehen, so als hätte ihr mal jemand ein Messer an die Kehle gehalten, es sich dann aber anders überlegt. »Mir blieben nur ungefähr zwanzig, fünfundzwanzig Minuten, danach wäre der Fahrdamm überflutet gewesen. Ich hab nicht geglaubt, dass ein Rettungswagen das schaffen würde, und wollte dann nicht sechs Stunden warten müssen.«

Grace nickte. »Verständlich. Aber statt die ganze Strecke zu fahren, hätten Sie besser von der Telefonzelle am Hafen aus einen Krankenwagen gerufen.«

»Ja, das wäre wohl besser gewesen«, sagte Vanessa schuldbewusst. »Aber ich konnte nicht mehr klar denken.«

»Das kann passieren, wenn man Schmerzen hat«, lenkte Grace ein. »Meine Arzthelferin wird Ihnen erst mal eine Schiene anlegen. Kann sein, dass Sie einen Gips brauchen, aber damit warten wir noch ein, zwei Tage, bis die Schwellung nachlässt. Das hängt alles davon ab, was die Röntgenbilder zeigen.«

Als sie sich wieder an ihren Schreibtisch setzte, um Notizen in ihren Computer zu tippen, hatte sie plötzlich das Gefühl, zwei linke Hände zu haben, da sie Vanessas Blick auf sich spürte. »Wie kommen Sie denn nach Hause?«, fragte sie, bestrebt, sich auf praktische Fragen zu konzentrieren. »Es ist wirklich nicht gut, wenn Sie jetzt fahren.«

Vanessa verzog das Gesicht. »Na ja … Ich kann sowieso nicht sofort zurück, jetzt ist ja Flut. Erst gegen vier kann ich wieder auf die Insel. Ich könnte ein Taxi nehmen … Aber ich weiß nicht, was ich dann mit dem Auto machen soll.«

Grace blickte hoch. »Das stelle ich mir herausfordernd vor, wenn man den Gezeiten so ausgeliefert ist.« Vanessa zuckte nur grinsend die Achseln, was Grace verstimmte, weil sie sich verspottet fühlte; offenbar fand Vanessa ihre Anmerkung banal. Trotzdem bot sie ihr, ohne zu zögern, Hilfe an. »Sie brauchen sich kein Taxi zu nehmen«, sagte sie. »Wenn Sie ohnehin bis heute Nachmittag warten müssen, kann ich Sie fahren. Ich bin montags nur bis drei hier.«

»Oh, nein, das kann ich nicht annehmen.« Vanessa stand auf und schüttelte energisch den Kopf. »Ich möchte Ihnen keine Umstände machen.«

»Machen Sie auch nicht«, erwiderte Grace. »Es ist ewig her, dass ich auf der Insel war.«

»Aber wie kommen Sie denn zurück, wenn Sie mich mit meinem Wagen fahren?«

»Ich kann über den Damm zurücklaufen. Das ist ja nicht so weit. Und vom Dorf bringt mich ein Bus hierher zurück.« Noch während Grace das sagte, fragte sie sich, warum sie für diese Frau so eine Mühe auf sich nahm. Sie strahlte irgendetwas aus – eine Art anspruchsvolle Aura, die vielleicht ganz selbstverständlich mit Schönheit oder Reichtum einherging –, das Grace zugleich ärgerte und anzog, und obwohl sie sich dessen bewusst war, konnte sie ihr einfach nichts abschlagen.

An diesem Nachmittag blies kein nennenswerter Wind. Das Wasser in der Bucht war wie Glas, und die Insel schimmerte im üppigen Sonnenschein des Hochsommers grün, violett und gelb, da sich Stechginster und Heidekraut in das dichte Farn des steilen Hangs mischten. Grace und Vanessa kurbelten ihre Fenster herunter, als sie sich Eris näherten, und sofort zog der salzige Geruch von Seetang in den Wagen.

»Wann waren Sie zuletzt hier?«, fragte Vanessa.

»Oh.« Grace atmete langsam aus und merkte jetzt erst, dass sie die Luft angehalten hatte. »Das ist lange her. Als ich in der Praxis in Carrachan anfing, 1991, war ich oft hier. Damals bin ich oft mit dem Rad rübergefahren und dann zum Kliff hochgelaufen. Doch dann, ich glaube, das war '93, vielleicht auch '94, gab es diese schlimmen Winterstürme – ich nehme aber an, das war vor Ihrer Zeit?«

»Oh ja, ich bin erst letztes Jahr hergezogen. Davor habe ich in England gewohnt, in Oxfordshire.«

»Die Stürme waren wirklich ziemlich heftig damals. Einmal wurde ein Teil des Fahrdamms weggeschwemmt, und man konnte gar nicht mehr rüber. Jedenfalls nicht, ohne sich in Gefahr zu bringen. Zu der Zeit wohnte niemand auf der Insel, und es hat Monate gedauert, bis der Damm repariert wurde. Und nicht lange danach hat dann, wie gesagt, jemand ein Tor errichtet … Es ist wirklich schön, mal wieder hier rauszukommen.« Grace blickte mit einem schüchternen Lächeln zu Vanessa.

Vanessa ließ sie den Weg hochfahren, der hinter dem Haus endete. Das Gebäude selbst war nicht mehr die armselige Ruine, die Grace in Erinnerung hatte. Der Kieselrauputz war weiß überstrichen worden, und die Holzfensterrahmen leuchteten sonnengelb. Das Haus war L-förmig um einen Innenhof herumgebaut. Früher hatte es auch eine ergänzende dritte Seite um den Hof gegeben, wahrscheinlich eine Scheune, aber die war schon lange eingestürzt. Grace parkte den Wagen im Hof und folgte Vanessa den Hügel hinauf zu einem Außengebäude.

»Passen Sie auf!«, rief Vanessa ihr über die Schulter zu. »Da, sehen Sie? Das ist die Stelle, wo ich gestolpert bin.« Sie wies nach links, und Grace erblickte eine halb von Gras überwucherte Betonplatte. Auf der Hügelkuppe stand eine Scheune mit einer riesigen Tür an der Seite, die aus einer gewaltigen verrosteten Metallplatte bestand. Sie war zurückgeschoben worden und gab den Blick in einen höhlenartigen Innenraum frei, in den durch ein Fenster an der Westseite ein großer Streifen Nachmittagssonne fiel. An den Wänden hingen lose Blätter, auf die grobe Konturen gezeichnet waren, und vor dem Fenster im hinteren Teil des Raums stand eine Töpferscheibe.

»Ich dachte, Sie wären Malerin«, sagte Grace, und Vanessa sah sie fragend an. »Ich meine, ich erinnere mich, damals gelesen zu haben, eine Künstlerin hätte die Insel gekauft. Und ich hab immer gedacht …«

»Ich *bin* Malerin«, sagte Vanessa lächelnd und hob ihren gesunden Arm, um ihre Augen vor der Sonne zu schützen. »Aber ich male zurzeit nicht so häufig.« Sie machte ein paar Schritte zurück und lud Grace in den Raum ein. Sie standen nun nebeneinander und betrachteten die Skizzen an der Wand – die in Grace' Augen nicht mehr waren als eine bunte Ansammlung von Linien. »Ich interessiere mich neuerdings mehr fürs Töpfern. Ich … bin offenbar gerade in einer Übergangsphase und versuche, mich vom Kopf auf die Füße zu stellen. Oder die Hände.« Sie schaute Grace wieder lächelnd an. »Es wäre allerdings auch dringend an der Zeit, ein gutes Auge zu entwickeln.« Ganz langsam und behutsam hakte sie sich bei Grace unter. Grace zuckte überrascht zusammen, und eine tiefe Röte stieg ihr vom Hals ins Gesicht. »Wollen wir einen Tee trinken?«, fragte Vanessa. »Oder hätten Sie Lust auf einen Spaziergang durch den Wald, hoch zum Kliff?«

Grace zog ihren Arm zurück, machte einen Schritt nach hinten und stieß dabei gegen eine Bank. Ein Steinhammer rollte herab und stürzte mit großem Gepolter zu Boden. »Oh …« Sofort fiel sie auf die Knie und hob ihn, Entschuldigungen murmelnd, wieder auf.

»Ach, das macht doch nichts«, sagte Vanessa. »Wollen Sie nicht zum Kliff?« Dann stieß sie ihr lautes, kehliges Lachen aus. »Vielleicht glauben Sie, ich hätte Sie unter falschen Vorwänden hierhergelockt. Dass ich, wie Ted Bundy, eine Verletzung vorgetäuscht habe, damit ich mein böses Spiel mit Ihnen treiben kann.« Sie brach ab. »Großer Gott, das war ein *Witz*, Dr. Haswell! Sie sehen ja wirklich aus, als hätten Sie Angst!«

»Seien Sie nicht albern«, sagte Grace, ihr Gesicht war heiß, und ihr rannen Schweißperlen über den Rücken. »Ich hab natürlich keine Angst.«

Vanessa Chapmans Tagebuch

Hand noch nicht ausgeheilt. Kann ein bisschen schreiben, malen nicht. Ton geht natürlich auch nicht. Wetter herrlich, würde jeden Tag schwimmen, wenn das verfluchte Handgelenk nicht wäre. Stattdessen durchkämme ich Wald und Strand und arrangiere die Dinge, die ich mitbringe, immer wieder neu.
G findet mich sehr seltsam! Sie kommt häufig mit frischen Lebensmitteln und Dorftratsch her. Sie kennt hier jeden, zieht das Alleinsein der Menge jedoch vor, wie ich. Sie kennt Geschichten über die Insel; darüber, wann die Bäume gefällt wurden, über Leute, die beim Versuch, herüberzuschwimmen, abgetrieben wurden. Auch das hat sie mir erzählt: Vor Hunderten von Jahren haben die Dorfbewohner ihre Toten hier draußen auf Eris bestattet, damit sie vor den Wölfen sicher waren.

12

Zwiebeln gehackt, Knoblauch gepresst, eine Drehung des Handgelenks, ein Schaben mit dem Messer, ein sanftes Zischen, als das Gemüse in erhitztes Öl gleitet.

Auf dem Herd steht ein alter orangefarbener Le-Creuset-Schmortopf, in dem Grace allabendlich die Tomatensauce für ihre Nudeln zubereitet. Gleicher Topf, gleiche Zutaten, das immer gleiche Abendessen. Früher hat sie richtig gekocht – sie ist eine gute Köchin –, doch im Lauf der Zeit, angesichts des Alleinseins, ist ihr Repertoire von einer ganzen Reihe nach und nach zu einer bloßen Handvoll von Gerichten geschrumpft, bis schließlich nur noch ein einziges Essen übrig blieb.

Früher hat sie beim Kochen Radio gehört, aber irgendwann hat sie das gelassen. Sie kann sich nicht erinnern, wann genau, aber sie weiß noch, dass es an dem Punkt war, als der Trost, den sie aus dem Hören anderer Stimmen zog, von dem Unbehagen über die dröhnende Stille nach dem Ausschalten des Geräts vor dem Schlafengehen aufgewogen wurde. Jetzt, nach Beckers Besuch, ist die Stille so ohrenbetäubend wie das Läuten einer Glocke.

Sie hat ihm die Hand geschüttelt, als er ging, und sie eine Spur zu lang festgehalten.

Vanessa hat ständig alle Menschen um sich herum berührt; zuerst war dieses ganze Handhalten und Unterhaken ein ziemlicher Schock für Grace gewesen, aber andere schienen es zu mögen. Grace beobachtete, wie sie sich unter ihrer Berührung entspannten und Vanessa erlaubten, sie weiter in ihre Umlaufbahn zu ziehen. Grace war das nie richtig gelungen.

Becker wird sie also für sonderbar halten. Für schwermütig und verschroben. Für eine einsame, ängstliche alte Frau.

Und damit liegt er auch nicht falsch, oder?

Nach dem Essen geht sie den Hügel hoch zum Atelier. Sie hält das Licht der Taschenlampe vor sich auf den Boden gerichtet und hebt den Blick nicht, schaut nicht zum Waldrand, hinter dem doch nichts anderes ist als Dunkelheit. Wovor sollte sie sich auch fürchten? Im Wald gibt es Geister, das stimmt, aber eigentlich sind die doch überall. Im Atelier und oben auf dem Kliff, in Vanessas Schlafzimmer und auch hier auf dem Weg. Und wenn sie sich nur ein paar Meter weiter rechts halten würde, dann würde sie da hinten auf den Betondeckel der Klärgrube stoßen, über den Vanessa damals gestolpert ist, und würde auch dort heimgesucht werden.

Sie schiebt die Tür zum Atelier auf und schaltet das Licht an, dann zieht sie unter einem der Regale eine Standheizung hervor und schließt sie an den Strom an. Anschließend macht sie die Tür zu und legt den Riegel vor. So ist sie absolut sicher.

Mit Mr Becker hat sie sich auch sicher gefühlt. Albern, oder? Zuerst hat er ihr Angst eingejagt und dann ein Gefühl von Sicherheit vermittelt.

Er gehört zu der Sorte Mann, denkt sie, als sie den nächstgelegenen Karton mit Unterlagen öffnet, der dir die Einkäufe zum Auto tragen würde. Der mit anfassen würde, wenn du ein Sofa verrücken müsstest. Oder dir einen Topf vom obersten Regal herunterholen. Der sich einschalten würde, wenn er sieht, dass du in Schwierigkeiten steckst.

Hätte Vanessa ihn gemocht? Grace glaubt, ja. Kritiker konnte sie nicht leiden, aber begeisterte Verehrer hatten es ihr angetan.

Sie hätte ihn angelächelt, ihren Charme spielen lassen und seinen Arm oder seine Hand genommen. Sie suchte immer Körperkontakt, berührte andere schnell, umarmte sie. All die Dinge, die über sie geschrieben wurden, dass sie unterkühlt sei oder unnahbar … Diese Leute kannten sie nicht. Nicht richtig jedenfalls. Sie war herzlich, wenn sie es sein wollte. Sie wusste einfach, wen sie mochte und wen nicht.

James Becker erinnert sie an jemanden. Das ist es, darum fühlt sie sich ihm auch näher, als sie sollte. Er erinnert sie an Nick Riley, einen jungen Mann aus ihrem Studium. Mr Becker hat eine ähnliche Art, vermittelt denselben Eindruck von Höflichkeit. Von Anstand. Und auch äußerlich gibt es kleinere Ähnlichkeiten: milchig weiße Haut, lange blonde Augenwimpern.

Ist das der Grund, warum sie sich so fühlt? Warum sie plötzlich diesen stechenden Schmerz in der Seite verspürt, sich an der Werkbank abstützen und erst einmal Atem schöpfen muss? Warum sie so unerwartet Trauer überkommt? Weil er wie Nick ist, der sie im Stich gelassen hat?

Hat sie Mr Becker deshalb angelogen? Weil sie wollte, dass er gut über sie denkt? Weil sie ihm gefallen wollte?

Sie hat diesen Kanadier *doch* gesehen. Den, der vom Kliff gestürzt ist. Sie war in der Küche, als er vorbeiging; er hat sie am Fenster gesehen und ihr lächelnd zugewunken. Er war so jung. Sie hätte hinauslaufen und ihn warnen, ihm sagen können, dass er sich vorsehen sollte.

Man kann nicht jeden retten.

Sie geht an die hintere Wand des Ateliers, hockt sich hin und öffnet den niedrigen Schrank. Hier war doch eine Kiste mit den Knochen drin, oder? Vielleicht sogar mehr als eine. Sie greift ins Dunkle und zieht eine Palisanderholzkiste heraus. Na bitte. Sie ist voll mit kleinen Dingen, vergilbenden und schmutzigen Bruchstücken; sie wühlt darin herum und hebt die einzelnen Stücke hoch. Sie liegen leicht in der Hand, das sind Tierknochen, ohne Frage. Sie stammen nicht von einem Menschen. Sie ist überzeugt, dass die Leute in dem Londoner Museum sich irren. Es ist kein Menschenknochen. Das kann nicht sein.

Sie schließt die Kiste wieder und steht auf.

Aber es *könnte* natürlich sein! Dieser arme Kanadier war nicht der Erste, der vom Kliff gefallen ist. Es ist nicht wahrscheinlich, aber möglich ist alles. Ihr läuft ein Kribbeln über den Rücken, und sie hört Vanessa sagen: *Ich träume davon, in Asche herumzustochern.*

Sie dreht sich um, geht um den Trockenofen herum, öffnet die Verriegelung und klappt die Tür auf. Sie späht in den dunklen Hohlraum, atmet einen schwachen Duft von Öl und Seife ein. Der Ofen ist leer, schon vor langer Zeit ausgefegt worden.

Division II ist ohne jeden Zweifel Vanessas Werk. Das hat Grace zu Mr Becker gesagt, und es ist wahr, nur dass es sich nicht wahr *anfühlt*, nicht nach der ganzen Wahrheit, denn Vanessa war nicht ganz bei Sinnen in jener Zeit. Sie war verschlossen, feindselig, nicht sie selbst; ihr Rücken wurde krumm, und ihre Augen wurden gelb, und ein saurer Geruch ging von ihr aus. Es war, als würde sie sich vor Grace' Augen verwandeln, in jemand anderen, in *etwas anderes*. Etwas Animalisches. Sie saß den ganzen Tag in der Küche und rauchte, geisterte nur nachts herum, wenn Grace ins Bett gegangen war. Grace hörte ihre nackten Füße auf den Fußboden klatschen, wenn sie von Zimmer zu Zimmer ging; und sie hörte die Haustür zuschlagen, wenn sie in die Nacht hinaustrat. Wo bist du gewesen, hat Grace sie dann morgens gefragt, wenn Vanessa wieder am Küchentisch saß und ihre Zigaretten rauchte. Wo gehst du nachts hin? Doch sie antwortete nicht.

Ich träume davon, in Asche herumzustochern, in Asche herumzustochern und Knochen zu finden.

Aber das war später, oder? Und sie sprach von etwas völlig anderem. Dennoch fragt Grace sich, ob Vanessa irgendwo in all den Tausenden von Seiten Notizen und Kritzeleien etwas über diese Träume geschrieben hat. Wenn ja, sollte Grace diese Worte finden und eliminieren.

Grace hat vor Becker zwar so getan, als hätte sie die Notizbücher, die sie ihm überreichte, wahllos von irgendeinem Stapel heruntergenommen, doch auch das stimmte nicht. Sie hatte keine Zeit, alles durchzulesen, aber sie hat gezielt ein Notizbuch aus der Phase dazugelegt, in der sie und Vanessa sich kennenlernten, und einige spätere absichtlich zurückbehalten. Obendrein hat sie noch ein paar der schrecklichen Briefe von Douglas Lennox hinzugefügt. Wenn Lennox' Sohn sie zu Gesicht bekommt, wird er sich gut überlegen, ob er Vanessas Privatkorrespondenz veröffentlichen will.

Grace ist sich sehr wohl bewusst, dass irgendwann die Stunde der Wahrheit kommen wird. Die Leute von der Fairburn-Stiftung werden die fehlenden Gemälde nicht einfach vergessen. Irgendwann muss sie sich eine Erklärung einfallen lassen. Wie viel einfacher doch alles wäre, wenn Douglas vor der Ausstellung des Erbscheins erschossen worden wäre und nicht danach!

Sie nimmt sich den ersten Karton mit Unterlagen vor. Es gibt keine Ordnung, alles ist durcheinander – Notizbücher und Fotografien, Skizzen, Briefe und Postkarten, auf Papierschnipsel gekritzelte Notizen, Einkaufslisten. Grace sortiert alles auf vorläufige Stapel: Notizbücher auf die eine Seite, Briefe auf die andere, und so weiter, und als sie damit fertig ist, geht sie zum zweiten Karton über und dann zum dritten. Sie versucht, ihren Blick nirgendwo länger verharren zu lassen, nichts zu lesen. Wenn sie anfängt zu lesen, wird sie nie fertig: Dann kommt sie vom Kurs ab. Aber hin und wieder gleitet ihr Blick unwillkürlich doch über verblasste blaue Tinte und bleibt an einem reich verschnörkelten, verheißungsvollen großen G hängen.

Die Winde sind mild in letzter Zeit, warm – bei Flut gehen G und ich schwimmen, und es ist himmlisch.

Plötzlich wird ihr Herz weich, ihre Augen füllen sich mit Tränen. Sie wischt sie rasch mit dem Handrücken weg und lässt ihren Blick auf der Seite nach oben wandern.

G hat frei – sie beschließt, die Zeit hier zu verbringen. Ich hab sie gefragt, ob sie nicht gern verreisen würde – in die Ferien, um ihre Familie zu besuchen. Sie schaute mich an, als wäre ich übergeschnappt. Ich bin auf jeden Fall dankbar. Wir trinken abends Wein und picknicken auf dem Kliff. Die Winde sind mild in letzter Zeit, warm – bei Flut gehen G und ich schwimmen, und es ist himmlisch.

13

Das ist ein höllischer Sommer, drückend heiß, in der Luft liegen Pollen, Kohlenmonoxid und Schuldzuweisungen. Aber J und ich haben endlich, endlich, eine Vereinbarung getroffen. Wir gehen getrennte Wege, er zieht zu Celia, und wir verkaufen das Haus. Er kriegt drei Viertel des Erlöses, ich den Rest, aber ich bekomme mein Geld im Voraus, damit ich ein Gebot auf die Insel abgeben kann.
Celia hat das alles abgesegnet – schließlich wird es ihr Geld sein.
Mir bricht das Herz, aber ich spüre es kaum, weil der Rest von mir vor Freude zittert.
Ich werde frei sein.

Becker liest, als Helena ins Arbeitszimmer kommt. Es ist früh und noch nicht richtig hell, nasse Schneeflocken fallen vom Himmel, bleiben aber nicht liegen. Er dreht sich nicht zu ihr um, freut sich aber schon darauf, gleich ihre weichen Hände auf seinen Schultern und dann ihre warmen Lippen an seinem Hals zu spüren.

»Hallo.« Ihr Morgenatem ist zuckersüß. Sie setzt sich auf die Schreibtischkante, der Gürtel ihres burgunderroten Bademantels ist locker über ihrem Babybauch verknotet, ihre Hände umklammern einen Becher mit dampfendem Tee. »Wie geht es deiner Vanessa?«

Er verzieht das Gesicht. »Sie ist seltsam«, sagt er und liest ihr den Absatz vor, den er gerade beendet hat. »Sie liebt ihn, sehnt sich aber danach, frei zu sein; *sie zittert vor Freude* bei dem Gedanken daran, ihn zu verlassen. Sie ist ein Rätsel.«

Helena zuckt die Achseln. »Ganz und gar nicht«, sagt sie. Becker zieht die Augenbrauen hoch, und sie lacht, dann legt sie einen Fuß auf seinen Schoß. Er versteht den Wink und massiert ihr die Fußsohle. »Man kann jemanden von ganzem Herzen lieben und sich trotzdem verzweifelt wünschen, ihn loszuwerden. Manche Menschen sind einfach …« Sie unterbricht sich, um sanft auf ihren Tee zu blasen. »Schwer auszuhalten, egal, wie sehr man sie liebt. Und Julian hat sie schrecklich behandelt, oder? Sogar notorisch. Er hat Werke von ihr verkauft, um seine Schulden zu bezahlen, sich durch die Betten gevögelt. Seine Affäre mit Celia Gray fand in aller Öffentlichkeit statt, was sehr demütigend war. Sie muss ihn dafür gehasst haben.«

»Aber das ist es ja gerade – sie hat ihn nicht gehasst«, erwidert Becker. »Sie hat ihn geliebt. Ihr bricht das Herz, schreibt sie hier.«

»Aber das ist nur ihr Herz, nicht wahr?« Sie lächelt ihn an. »Was ist mit dem Rest?« Sie beißt auf ihre Unterlippe und lässt ihren Fuß sanft seinen Oberschenkel emporgleiten. »Über sein Herz kann man sich hinwegsetzen, über andere Partien nicht so.«

Er lacht atemlos auf und greift nach ihr.

Ihr Sex ist hart in letzter Zeit, an der Grenze zum Brutalen. Er möchte Helena wegen ihres Zustands mit Respekt und Ehrerbietung begegnen, vergisst sich dann aber jedes Mal, und kaum ist er gekommen, weicht seine Befriedigung einem schlechten Gewissen. Die Auflösung der Grenzen zwischen ihren Körpern, zwischen seinem Selbst und ihrem, macht ihn glücklich, doch jetzt, wo da noch etwas anderes ist, *jemand anders*, wird es kompliziert.

Hinterher fällt es ihm schwer, ihr in die Augen zu sehen, und sie schubst ihn so heftig, dass er mit dem Kopf gegen den Fuß des Schreibtischs stößt. Er kommt auf die Knie hoch und reibt sich den Hinterkopf. »Womit hab ich das denn verdient?«, fragt er, als wüsste er es nicht.

»Kannst du nur Heilige oder Hure?«, sagt sie streng und hüllt sich wieder in ihren Bademantel. Sie gestattet ihm zwar, ihr aufzuhelfen, aber sobald sie steht, entreißt sie ihm ihre Hand. »Ich hab Sebastian zum Abendessen eingeladen«, sagt sie und wirft die Worte lässig hin, wie jemand, der Steine übers Wasser hüpfen lässt. »Sorgst du dafür, dass wir guten Wein dahaben? Aber bloß nichts aus dem Supermarkt.«

Vor dem Hintereingang des großen Hauses parkt ein Lieferwagen, was bedeutet, dass ein neues Werk eingetroffen ist. Becker nimmt an, dass es entweder etwas sehr Altes oder sehr Neues ist, denn er wurde nicht über eine Neuanschaffung informiert. Vier Männer – zwei im Lieferwagen und zwei davor – laden einen länglichen Gegenstand aus, der wie ein riesiger Teppich aussieht. Becker springt hinzu, um die mittlere Partie zu stützen, und sie tragen ihn zusammen ins Haus.

Sebastian und seine Mutter stehen in freudiger Erwartung im Mittelsaal. Lady Emmeline verzieht verächtlich den Mund, als sie Becker bemerkt. Sie wirft ihm einen Blick zu, der ihm das Blut in den Adern gefrieren lässt, und wendet sich ihrem Sohn zu. »Sag mir Bescheid, wenn er an seinem Platz ist«, sagt sie und geht mit energisch klackernden Absätzen übers Parkett davon.

»Morgen, Emmeline!«, ruft Becker ihr laut hinterher.

Sebastian schüttelt den Kopf. »Jetzt lass ihr doch wenigstens ihren Titel, um Himmels willen.«

Becker sieht Sebastian durchdringend an. »Es ist doch völlig egal, wie ich sie anspreche. Für sie werde ich immer der Schmutzfink aus der Gosse sein, der sich hier eingeschlichen hat.«

»Du wirst für sie immer der Mann sein, der die Verlobung ihres Sohns torpediert hat«, sagt Sebastian nicht besonders leise. Er wendet sich den Lieferanten zu. »Er kommt ins blaue Zimmer«, sagt er gut gelaunt und streckt den Arm aus wie ein Museumsführer. »Hier entlang, ich zeige Ihnen den Weg.«

In seinem Büro scrollt Becker durch die Nachrichtenseiten, aber die Schlagzeilen ziehen ungelesen an ihm vorbei, da er sich im Stillen selbst kasteit. Warum hat er das gesagt? Es gab keinen Grund, gehässig zu werden.

Nicht lange nach seiner Ankunft in Fairburn gab es einmal Streit um die Platzierung einer Skulptur – einer unverzeihlich hässlichen Skulptur –, die eine Erwerbung von Sebastian war, und aus irgendeinem Grund, an den er sich nicht mehr erinnern kann, hat Becker sich damals dazu hinreißen lassen, vollkommen auszurasten: Er ist laut geworden und hat herumgepöbelt. Als er danach auf den Stufen saß, die zur östlichen Gartenanlage hinunterführen, und sich lächerlich vorkam, gesellte Helena sich zu ihm. Oh, dachte er damals, das hat mir gerade noch gefehlt, die vornehme junge Dame mit dem Treuhandfonds und dem sehr mäßigen Abschluss in Kunstgeschichte ist gekommen, um mir den Kopf zu waschen und mir Benimmunterricht zu erteilen.

Aber so war es nicht. Sie hat ihn gebeten, ihr eine Zigarette zu drehen, und ihm dann einen Rat gegeben. *Lass dich von denen nicht ärgern*, sagte sie. *Lass sie nicht so nah an dich ran. Du bist zu temperamentvoll.* Er weiß noch, dass er rot angelaufen ist, als sie das sagte, und erstarrte. *Diese Leute sind vollkommen kalt und gnadenlos*, sagte sie zu ihm. *Lass dir nicht immer in die Karten schauen. Lass sie nicht so leicht sehen, wer du bist.*

Es wurmt ihn, dass er diesen Rat heute Morgen nicht beherzigt hat, doch ebenso sehr ärgert er sich – ungerechtfertigterweise – auch über Sebastian. Er möchte nicht an all das Unrecht erinnert werden, das er, Becker, seinem Arbeitgeber getan hat.

Er ist immer noch verstimmt, als Sebastian eine Stunde später seinen Kopf zur Tür hereinstreckt. »Beck. Willst du den Aubusson mal an seinem Platz sehen?«

Pflichtbewusst und schweigend folgt Becker ihm durch die Eingangshalle zum »blauen Zimmer«, das wegen seiner Vorhänge so heißt. In dessen Mitte liegt nun ein alter Aubusson-Teppich in Blau- und Cremetönen.

Er ist überhaupt nicht Beckers Geschmack. »Ein sehr edles Stück«, sagt er.

»Nicht wahr?«

Becker nickt und presst die Lippen fest aufeinander. »*Sehr* edel. Wo hast du ihn her? Du hast mir gar nicht gesagt, dass du einen suchst.«

Sebastian geht in die Hocke und streicht mit dem Handrücken über die Wolle. »Mutter hat ihn bei einer Auktion erstanden. Ohne es mir zu sagen«, sagt er und richtet sich zu seiner vollen Größe auf. Er wirft Becker einen vielsagenden Blick zu, und sie lächeln beide. »Tut mir leid wegen vorhin«, sagt er.

»Nein, nein, schon gut, ich … hab mich blöd verhalten.«

»Auch wieder wahr.« Sebastian klopft ihm lachend auf die Schulter. »Aber trotzdem. Es liegt nicht nur an der Sache mit Hels.« Er dreht sich um und geht mit Becker durch die Eingangshalle zurück zu dessen Büro. »Dass Mutter dich nicht leiden kann, meine ich. Das hat noch andere Gründe.«

»Ich weiß«, sagt Becker.

»Es liegt nicht *nur* daran, dass du ein Schmutzfink aus der Gosse bist«, sagt Sebastian glucksend. »Die Sache ist komplizierter, und das weißt du auch. Es hat mit meinem Vater zu tun und mit Vanessa, und … na ja, deine Anwesenheit erinnert sie ständig an Vanessa und alles, was passiert ist …«

»Aber Vanessas Werke wären doch so oder so hier, auch ohne mich.«

»Ja, natürlich. Aber sie verbindet mit dir eben viele negative Assoziationen, du verkörperst sie geradezu.« Er zuckt die Achseln. »Außerdem hat sie ohnehin extrem schlechte Laune, seit sie letzte Woche beim Arzt war.«

Sie haben die Tür zu Beckers Büro erreicht. »Es ist doch alles in Ordnung, oder?«, fragt Becker, registriert aber beschämt, wie sehr ihn die Vorstellung, Lady Emmeline könnte krank sein, erfreut.

Sebastian schnaubt spöttisch und schüttelt den Kopf. »Lady Em überlebt uns am Ende alle«, sagt er. »Der Arzt meinte, dass sie nicht schläft und die ganze Zeit so … ruhelos ist, deute auf eine Posttraumatische Belastungsstörung hin. Und das wollte sie nicht hören, wie du dir vorstellen kannst.« Er betritt vor Becker das Büro und geht zu dem Fenster hinter dem Schreibtisch. Draußen schneit es immer noch, jetzt heftiger, und der Schnee bleibt liegen. »Fairerweise muss man sagen, dass diese Störung heutzutage so gut wie *jedem* attestiert wird, oder? PTBS, meine ich. Früher musste man dafür von Terroristen in die Luft gesprengt werden oder unter feindlichem Beschuss stehen. Heute reicht es, wenn man mit dem Auto die Familienkatze erwischt.« Er dreht sich um und lächelt Becker zerknirscht an, der nickt und dann wegschaut. »Ich weiß, was du jetzt denkst: Aber sie hat gar keine Katze überfahren. Sie hat ihrem Mann versehentlich einen Genickschuss verpasst, und er ist vor ihren Augen verblutet.« Becker wundert sich jedes Mal aufs Neue, wie Sebastian es schafft, von diesem – und anderen – Unglücksfällen völlig unberührt zu erscheinen. »Das weiß ich, und du weißt es auch«, fährt Sebastian fort. »Aber der Arzt weiß es nicht. Ihm haben wir die offizielle Version der Geschichte präsentiert, genau wie der Polizei und der Presse und allen anderen. Aber das war wahrscheinlich ein Fehler. Ich glaube, wir hätten auf seine Diskretion zählen können …« Sebastian schüttelt lächelnd den Kopf. »Aber so ist es nun mal gelaufen.«

Es ist so gelaufen, dass Mr Bryant – der Wildhüter, der nicht viel jünger als Sebastians Mutter ist und für die Familie gearbeitet hat, seit er ein Teenager war – den verirrten Schuss auf seine Kappe genommen hat, um Lady Emmeline die Tortur einer polizeilichen Untersuchung und die damit einhergehende Belagerung durch die Presse zu ersparen. Der Vorfall wurde natürlich trotzdem untersucht, Bryant dabei aber von jeder Verfehlung freigesprochen – die Schuld, wenn es denn eine gab, lag bei Douglas selbst, der ins Schussfeld getreten war und sich so selbst in Gefahr gebracht hatte. Und wenige Monate später trat Bryant in den Ruhestand. Sehr wahrscheinlich mit einer wesentlich großzügigeren Rente, als er sonst zu erwarten gehabt hätte, denkt Becker.

»Tut mir leid, Seb«, sagt Becker. »Manchmal vergesse ich, um was du dich alles kümmern musst.«

Sebastian schnaubt spöttisch. »Was soll schon schiefgehen, wenn eine Gruppe von Achtzigjährigen mit Hochleistungsgewehren durch die Gegend läuft?« Sein Lächeln bekommt etwas Angestrengtes. »Sie hatten da draußen nichts verloren, keiner von ihnen, aber was soll man machen? Stell dir nur mal vor, ich würde versuchen, Emmeline in die Quere zu kommen.«

Becker lenkt das Gespräch auf Profaneres – auf eine Auktion in Edinburgh, die Sebastian besuchen will, auf die Führungen durchs Haus, die sie vielleicht ab dem nächsten Frühjahr anbieten wollen und für die Sebastian schon ein bisschen Werbung machen könnte.

»Ich hab die Journalistin von der *Sunday Times* überredet, mir ihr Manuskript zu schicken, um sicherzugehen, dass keine Fehler drin sind. Ich leite dir den Text per E-Mail weiter, dann kannst du mal schnell drübergucken, ja?«

»Sicher«, sagt Becker. »Taugt er denn was?«

Sebastian wiegt zweifelnd den Kopf. »Den Pulitzerpreis bekommt sie nicht dafür.«

DUNKLE GENÜSSE IM FAIRBURN HOUSE

Maria Atwater über ihre Vorbesichtigung der erweiterten Lennox-Collection.

Die letzten Jahre waren eine Achterbahnfahrt für Sebastian Lennox. 2016 wurde er zum Geschäftsführer der Fairburn Foundation ernannt, einer von seinem Vater, Sir Douglas, gegründeten wohltätigen Stiftung, und gleich im folgenden Jahr erfuhr sein Amt eine überraschende Aufwertung, als Fairburn den künstlerischen Nachlass von Vanessa Chapman erbte.

Doch auch Katastrophen und Tragödien ließen nicht lange auf sich warten. Im Sommer 2019 kam Sir Douglas Lennox bei einem Jagdunfall auf dem Anwesen der Familie ums Leben. Wenige Monate später sagte Lennox' Verlobte die geplante Hochzeit ab. Dann kam Covid und machte die Pläne für die erste große Ausstellung der Stiftung im Fairburn House, dem Stammhaus der angesehenen Familie, zunichte.

»Das war eine schwierige Zeit«, sagt Sebastian, »aber nicht schwieriger als für viele andere Menschen auch. Und jetzt blicken wir mit großer Zuversicht in die Zukunft.«

Den vielleicht beeindruckendsten Teil der Lennox-Collection stellen die Chapmans dar, von denen viele nie zuvor gezeigt wurden. Zu deren Highlights gehört eine Reihe von kleinen, aber außerordentlich starken Seestücken und Gemälden von Eris Island zu allen Gezeiten und in allen Wetterlagen. Besonders eindringlich ist *Hope is Violent*, das wohl letzte zu Lebzeiten der Künstlerin vollendete Bild, welches uns eine dramatische Ansicht der Insel Sheepshead bietet, wie sie sich von Chapmans Schlafzimmerfenster aus bietet.

Am spannendsten ist jedoch eine Gruppe von fünf Werken der verstorbenen Malerin, die in ihren

Tagebüchern als ihre »schwarzen Gemälde« Erwähnung finden – riesige Leinwände, die sich unter dem Gewicht der dick aufgetragenen Farbe in leuchtenden Grün- und Blautönen fast zu biegen scheinen. Drei davon sind pure Abstraktionen, zwei jedoch zeigen raubtierhaft grinsende Figuren bei grenzüberschreitenden Handlungen; es sind düstere Märchen, die von allen Werken Chapmans den stärksten narrativen Charakter haben.

Die im geräumigen und behutsam ausgeleuchteten Großen Saal von Fairbourne House präsentierten schwarzen Gemälde sind frappierend und mysteriös. »Sie haben etwas sehr Unheimliches, Albtraumhaftes an sich, doch wir wissen nicht, worum es in ihnen geht«, sagt Lennox. »Im Augenblick können wir nur spekulieren – ist die Figur in diesen Bildern Julians Chapman [Vanessas verstorbener Mann]? Oder ist es eine Personifikation des Krebses, der sie getötet hat? Wir hoffen, mehr darüber zu erfahren, wo diese außergewöhnlichen Gemälde herrühren und was sie darstellen, wenn wir vollen Zugang zu Chapmans schriftlichen Aufzeichnungen haben.«

Zu weiteren Überraschungen im Nachlass gehört eine kleine Anzahl von Skulpturen, darunter *Beached*, *Division I* und *Division II*, die in der viel gelobten *Twenty One*-Ausstellung im Pariser Musée d'Art Moderne gezeigt wurden.

»Diese Arbeiten faszinieren nicht zuletzt deswegen, weil sie offenbar auf eine frühe Periode im Werk Chapmans Bezug nehmen«, sagt James Becker, der künstlerische Leiter der Fairburn-Stiftung. Becker, ein alter Studienfreund von Sebastian Lennox, ist ein Chapman-Experte. »Bevor [Chapman] als expressionistische Malerin bekannt wurde, hat sie Assemblagen geschaffen, Arrangements von Objekten, die sie in der Nähe ihres Hauses in Oxfordshire gefunden hatte. Diese frühen Werke wurden von Kritikern in ihrer Bedeutung herabgesetzt, indem man sie als ›Volkskunst‹

abqualifizierte, woraufhin Chapman den Glauben an dieses künstlerische Verfahren scheinbar verlor und es nicht weiter anwendete. Die Entdeckung dieser Skulpturen beweist jedoch, dass ihr Interesse an der Arbeit mit gefundenen Objekten aus der Natur nie erloschen ist. Hier sehen wir vielmehr, was für eine kraftvolle Wirkung diese Fundstücke im Zusammenspiel mit gestalteten Objekten entfalten.«

Eine Auswahl von Chapmans Skulpturen ist noch bis November in der Ausstellung *Skulptur und Natur* in der Tate Modern zu sehen. Das Fairburn House ist ab Anfang 2022 für die Öffentlichkeit zugänglich.

14

»Wie fandest du den *Sunday Times*-Artikel denn?«, fragt Sebastian, während er an der Küchenarbeitsplatte geschickt ein Bund Petersilie klein schneidet. Er hat ein Geschirrtuch über seine Schulter geworfen, im Aschenbecher neben ihm steckt eine brennende Zigarette. Er sieht aus, als gehörte ihm die Wohnung. Ihm *gehört* die Wohnung.

»Ganz okay«, antwortet Becker schlecht gelaunt. Am liebsten würde er sagen, der Text war gut, bis auf die Stelle, wo du über die schwarzen Gemälde schwafelst und dem Werk einer Künstlerin, über die du kaum was weißt, einfach munter irgendwelche Inhalte und Bedeutungen unterjubelst. Aber er beißt sich auf die Zunge. Er ist gerade eine halbe Stunde zum nächstgelegenen Weinladen gefahren, um etwas Besseres als Supermarktplörre zu erstehen. Dann kam er in ein warmes Haus zurück, in dem es nach Essen roch und in dem seine schwangere Frau mit ihrem Ex-Verlobten – seinem Herrn und Gebieter – lachend Wein trank; ihm ist danach zumute, schlecht gelaunt zu sein.

»Ich fand ihn gut«, sagt Helena. Sie steht am Kochfeld, kippt die Pfanne mit einer Hand und gibt mit der anderen löffelweise geschmolzene Butter über Seezungenfilets.

»Ich dachte, wir essen Beef Ribs«, sagt Becker knapp. Sie dreht sich um und schaut ihn mit der Spur eines Lächelns auf den Lippen an. Er hält zwei Flaschen Barbaresco hoch.

»Oh«. Sie legt den Kopf schief und zieht die Nase kraus. »Tut mir leid, Liebling. Ich hab's mir anders überlegt. Aber das macht nichts, Seb hat Chablis mitgebracht.«

Becker reißt die Kühlschranktür unnötig energisch auf, aber weder Sebastian noch Helena scheinen es zu bemerken. Er gießt sich ein großes Glas Weißwein ein und trinkt einen Schluck. Der Wein ist sehr gut. Er schlägt die Kühlschranktür wieder zu, und diesmal weckt er Helenas Aufmerksamkeit. Sie wirft ihm einen kurzen Blick zu und warnt ihn, indem sie ganz leicht den Kopf schüttelt.

Es gibt eine stillschweigende, aber bindende Übereinkunft zwischen den dreien. Sie werden sich wie Erwachsene benehmen, zivilisiert. Nur so können sie weiter dicht nebeneinander wohnen und zusammenarbeiten, Freunde sein. Der Schmerz und der Verlust müssen unter der Oberfläche bleiben, damit sie schließlich irgendwann ganz verschwinden. Das ist jedenfalls die Theorie. Eigenartigerweise findet jedoch ausgerechnet Becker dieses kleine Dreieck ungut und unrealistisch. Helena betrachtet das Ganze ziemlich unaufgeregt; vielleicht ist sie schon ihr Leben lang daran gewöhnt, dass Männer um ihre Gunst konkurrieren. Auch Sebastian – der Verlierer – trägt es mit Fassung. Becker hat gewonnen, warum kann er das Thema also nicht einfach hinter sich lassen?

»Ich fand den Artikel gut«, sagt Helena noch einmal, »vor allem im Hinblick auf die Leserschaft. Was da über die schwarzen Gemälde stand, war super – wie war das noch mal? Verblüffend, unheilvoll … Das war alles sehr verkaufsfördernd. Und es war gut, dass du diesen Julian-Bezug untergebracht hast, Seb. Das ist genau das, was die Leute fasziniert.«

Im Gegensatz zu seinem Geschwätz über Assemblage, denkt Becker verbittert, aber sie hat natürlich recht. Verkaufen ist nicht seine Stärke. Das ist nicht das, wofür er hier ist.

Während des Abendessens sprechen sie über bevorstehende Ausstellungen in London, eine Band, die Helena nächsten Monat in Glasgow sehen möchte, alte Freunde, Leute, mit denen Helena und Sebastian zu tun hatten, als sie jünger waren. Ihre Familien kennen sich schon ewig – Helenas Mutter ist mit Emmeline zur Schule gegangen. Sebastian ist charmant, Becker verhält sich ruhig und höflich; er versucht, sich seine Anspannung nicht anmerken zu lassen. Helena sitzt zwischen ihnen, mal ist sie Vermittlerin, mal gießt sie Öl ins Feuer; sie kann die Gemüter mit einer Handbewegung besänftigen und dann mit einem Wort oder einem Blick wieder in Wallung bringen.

Als das Gespräch auf Emmeline kommt, legt Helena ihre Hand auf Sebastians. »Ist doch klar, dass sie nicht darüber reden kann, Seb. Was passiert ist, war … unvorstellbar. Ihre Generation, ihre Klasse, redet ja ohnehin nicht, oder? Sie zeigen keine Schwäche. Aber bei dir ist es was anderes.« Sebastian lächelt sie liebevoll an, zieht seine Hand aber unter ihrer weg, als sie hinzufügt: »Du solltest unbedingt mal mit jemandem reden.«

»Ich weiß nicht, ob ihr das gefallen würde«, sagt er, dann leert er sein Glas und schüttelt den Kopf, als würde er etwas von sich weisen. Er wendet sich Becker zu. »Erzähl uns endlich, wie's auf Eris war«, sagt er. »Du hast noch kein Wort über die böse Hexe verloren.«

Becker verdreht die Augen. Helena tritt unter dem Tisch gegen sein Bein. »Komm schon, Beck. Wie war sie denn so?«

»Sie war nett«, sagt er. »Ein bisschen verängstigt. Und sehr einsam, glaube ich. Das Haus ist in keinem guten Zustand. Es wirkte geradezu … nackt. Sie tat mir leid.« Er lässt seine Hand in die Tasche seiner Jeans gleiten und spielt mit dem weißen Kieselstein, den er aus dem Haus mitgenommen hat. »Wir haben ihr schon sehr viel weggenommen.«

»Hast du wegen der fehlenden Werke Druck gemacht?«, fragt Sebastian ungerührt. Kalt und gnadenlos, das trifft es.

Becker seufzt und gießt sich Wein nach. »Wir haben noch nicht mal Beweise dafür, dass etwas fehlt. Douglas hat behauptet, Vanessa hätte ihm bestimmte Gemälde für eine Ausstellung zugesagt, aber da es diese Ausstellung nie gegeben hat …«

»Er hat sie gesehen!«, unterbricht Sebastian ihn. »Mein Vater war ein paar Monate vor der geplanten Ausstellung auf Eris und hat sie in ihrem Atelier gesehen. Das hat er mir erzählt. Er hat die Bilder gesehen und Dutzende von Keramiken, die für ihre Einzelausstellung bestimmt waren. Sie waren da«, Sebastian sticht mit dem Zeigefinger auf die Tischplatte, »im Atelier, fertig zum Abtransport – das war doch einer der Gründe, warum er so am Boden zerstört war, als sie die Ausstellung plötzlich gecancelt hat.« Helena versucht zu vermitteln, doch Sebastian hebt die Hand. »Hör mal zu, selbst wenn sie die Gemälde privat verkauft hätte, wäre es seltsam, dass wir keine einzige Spur davon gefunden haben.«

Becker schüttelt den Kopf. »Du hast recht, das ist seltsam. Aber es beweist trotzdem nichts. Wir haben keinerlei Nachweis, das Einzige, was wir haben, ist …«

»Das Wort meines Vaters.«

In der frostigen Stille, die nun folgt, schiebt Helena ihren Stuhl nach hinten. Sebastian erhebt sich halb, aber Helena schüttelt den Kopf. Daraufhin lehnt er sich wieder zurück, nimmt ihre Fingerspitzen und drückt sie, eine Geste der Entschuldigung. »Ich kümmere mich später um das schmutzige Geschirr«, sagt er.

»Ja, weiß ich doch«, erwidert sie und streckt ihr Kinn vor. »Ich wollte Tee kochen. Möchtest du einen? Oder Kaffee oder …«

»Whisky«, sagt Sebastian. Er reckt die Arme über den Kopf und gähnt ausgiebig. »Ich nehme einen Whisky.«

Becker steht auf, um eine Flasche Springback aus dem Schrank zu holen. »Was ist mit *Division II*?«, fragt er. »Wann bekommen wir das zurück?« Er findet die Flasche und dreht sich um.

Sebastian hört nicht hin; er beobachtet Helena, die den Tisch abräumt.

»Sebastian?«

»Das ist ... äh ... in einem privaten Labor in London. Die haben bessere Geräte ...«

»Herrgott noch mal!« Becker knallt die Flasche auf den Tisch. Helena zuckt zusammen und sieht ihn wütend an; dann stellt sie die Teetasse, die sie in der Hand hält, auf die Arbeitsfläche und geht aus dem Raum. Weder Becker noch Sebastian sagen ein Wort, während sie hören, wie Helena nach oben geht und die Schlafzimmertür zuschlägt.

Sebastian wirft die Hände hoch. »Ich hab genau das getan, was du vorgeschlagen hast: Ich hab die Leute von der Tate gebeten, einen weiteren Gerichtsmediziner hinzuzuziehen, und das haben sie getan. Der Mann war derselben Meinung wie der, der den Brief geschrieben hat – er glaubt, dass es sich um einen Menschenknochen handelt. Eine menschliche Rippe. Also sind wir jetzt moralisch verpflichtet, der Sache nachzugehen, zumindest bis wir eine Vorstellung davon haben, wie alt der Knochen ist. Wir haben gar keine andere Wahl.«

Sie einigen sich: Die Untersuchung wird durchgeführt, aber Becker kann dabei sein, wenn man den Glaskasten öffnet. Dazu, schätzt Sebastian, wird es frühestens in ein paar Wochen kommen. Der Fall hat in dem Labor keine Priorität.

»Wir werden den Versicherungen Bescheid geben müssen«, sagt Sebastian.

»Und Grace Haswell«, erwidert Becker.

Sebastian schüttelt irritiert den Kopf. »Das geht sie nichts an,

Beck.« Sie trinken ihren Whisky aus, und Sebastian verabschiedet sich. Als er weg ist, erledigt Becker den Abwasch, bringt die Küche in Ordnung und räumt alles weg bis auf die Flasche und ein Glas. Er schenkt sich noch einen Drink ein, schaltet das Licht aus und setzt sich im Dunkeln vor das verglimmende Feuer im Kamin.

Er hat keinen Streit wegen Grace Haswell angefangen, aber während er nun sinnierend in die Glut starrt, liefert er die Argumente für seine Haltung nach. Es geht sie sehr wohl etwas an. Wenn du mit Grace gesprochen hättest, wenn du sie über Vanessas Fingerabdrücke, ihre DNA, ihren Atem hättest reden hören, würdest du das auch so sehen.

Er hat keinen Streit angefangen, weil er mit Sebastian ebenso wenig streiten will, wie er Grace vor den Kopf stoßen möchte. Er möchte es allen recht machen. Er ist nicht kalt und gnadenlos.

Die Krux ist: Er fühlt sich schon jetzt schuldig, und er will seine Schuld nicht noch vergrößern. Er hat sich in der Vergangenheit schlecht benommen und will die Waage irgendwie ins Gleichgewicht bringen, obwohl er genau weiß, dass es aussichtslos ist. Er kann die Zeit nicht zurückdrehen. Er kann nicht in seine ersten Studienjahre zurückreisen, in denen er sich mit Sebastian angefreundet hat. Und zwar nicht etwa, weil er ihn mochte – Seb war für ihn damals einfach nur einer von den vielen privilegierten Hohlköpfen, die die Colleges in Oxford bevölkern –, sondern weil er wusste, dass er der Sohn von Douglas Lennox war und Douglas der Galerist von Vanessa. Genauso wenig kann Becker den Tag ungeschehen machen, an dem er Helena, nur drei Tage nach Douglas' Tod, mit in sein Haus genommen und den Nachmittag mit ihr im Bett verbracht hat.

Das würde er auch nicht wollen.

Aber er kann das jetzt richtig machen. Er kann den Job, den Sebastian ihm gegeben hat, so gut wie nur irgend möglich ausfüllen; er kann das Museum zum Erfolg führen, die Sammlung in ihrem besten Licht zeigen, er kann Vanessas Werk ehren und das Andenken an seine Mutter.

All das wird er tun, für Sebastian und für Grace und auch für Vanessa.

Vanessa Chapmans Tagebuch

Ich habe Mäuse.
Mäuse, ein undichtes Dach, vermodernde Bodendielen und Feuchtigkeit. Die Elektrik im Haus ist lebensgefährlich, und es stinkt abscheulich aus der Klärgrube.
So glücklich war ich seit Jahren nicht.
Der Aga-Herd funktioniert noch, also wohne ich in der Küche und arbeite draußen, wenn ich kann. Ich male den ganzen Tag lang – gestern hatte ich fast bis zehn Uhr gutes Licht. Ich bin auf den Eris Rock hochgestiegen – den höchsten Punkt der Insel. Ein außergewöhnlich weicher Sonnenuntergang, der Himmel wie Fondant – zuerst blasse Grau- und weiche Weißtöne, dann kam Altrosa und dunkler werdendes Bernsteingelb, ein Orange zum Anbeißen und ein warmes Gelb, fast wie der Ton einer Sonnenblume von Van Gogh. Ich konnte die Farbe gar nicht schnell genug auf die Leinwand kriegen. Der Himmel ist das eine; das Meer ist ein anderes Thema. Der Himmel fordert mich heraus, aber das Meer verwirrt mich: Es ist ruhelos, ständig im Wandel begriffen. Dieses aus der Tiefe kommende Aufwallen, diese Gewalt!
Unmöglich einzufangen.

~

Ich war am Strand, um Meeresstudien zu betreiben, aber nicht sonderlich erfolgreich. Ich erfasse die Welle, den Sog der Strömung, die Formen dieses Auf und Abs, aber der entscheidende Moment entzieht sich mir, der Moment des Brechens, wenn all die aufgestaute Energie entfesselt wird und furchtbares Chaos herrscht. Unmöglich.

~

Gestern gab es ein heftiges Unwetter; in Küche und Wohnzimmer lief Wasser durchs Dach. Überall Kurzschlüsse. Jetzt nur noch Kerzen. Ich kann nicht aufs Festland rüber, und dieses Wetter soll, glaube ich, noch zwei bis drei Tage anhalten. Es ist beängstigend und aufregend zugleich – ich zeichne die ganze Zeit. In diesen Skizzen steckt irgendetwas, aber ich komme nicht darauf, was. Immer, wenn ich versuche, es zu fassen zu kriegen, entzieht es sich mir.
Ich habe Kekse und eine Flasche Whisky und genug Tabak für zwei Tage. Drei, wenn ich sehr sparsam bin.

Die Arbeiten am Haus haben begonnen: Zuerst das Dach, ein neues Fenster in der Küche, damit mehr Licht hereinfällt. Erneuerung der Bodendielen im Schlafzimmer, Bekämpfung der Feuchtigkeit. Einbau einer neuen Küche und eine neue Verkabelung für das ganze Haus.
Dann die Scheune. Großes Panoramafenster mit Blick nach Süden, Vergrößerung des Eingangs auf der Ostseite – diese Seite wird fast vollständig offen sein, wenn die Tür aufgeschoben ist, sodass das Atelier nur drei Wände hat, Licht aus dem Süden & Osten und jede Menge frische Luft.
Dafür wird der Rest des Geldes von J draufgehen, aber da wir das Haus profitabler verkaufen konnten, als wir dachten, schuldet er mir noch fünfzehntausend. Außerdem habe ich zwei fertige Bilder, die ich Douglas geben kann – South *und* Low Tide *–, und noch eins von der Scheune mit dem Wald dahinter, das aber noch nicht ganz fertig ist. Ich werde ihm sagen, dass er sie möglichst gut zu Geld machen soll.*

~

Heftige Sturmböen, die das Dach abzureißen drohen und das Malen draußen unmöglich machen. Aber ich beschäftige mich. Der Wald ist die reinste Fundgrube: Tannenzapfen und Samen, Zähne und alte Knochen. Auch der Strand ist ergiebig. Prächtige rundliche Steine in Altrosatönen, Terracotta und reinstem Weiß. Quallen! Und Muschelschalen natürlich, Seetang in Rostbraun und grellstem Grün, hellblaues Glas. Bei Ebbe kann man mehr als einen halben Kilometer über den Meeresgrund nach draußen laufen. Und wenn ich zurückkomme, sind meine Taschen prall gefüllt.
Die Ideen prasseln nur so auf mich ein.

Die schiere Weite der Landschaft – Meer und Himmel – ist belebend. Die Luft absolut bleifrei! Sie lädt zu einer vollkommen anderen Ästhetik ein. Ich fühle mich nicht länger zwischen staubigen Platanen, Häusern und Hecken eingeklemmt und von den trostlosen weißen Himmeln Englands niedergedrückt. Hier ist der Himmel wunderbar azurblau oder bedrohlich metallisch blaugrau, herrlich orange und pfirsichfarben und blassgelb.

~

Bin im Erledigungsmodus. War in Carrachan beim Zahnarzt. Neue Krone einsetzen. Heute Nachmittag habe ich einen Termin wegen eines Quads, mit dem ich meine Bilder leichter den Hügel hochtransportieren kann. Der Mann aus dem Dorfladen (Sandy?) will mir ein Boot verkaufen. Aber ich glaube, ich bleibe lieber weiter der Gnade der Gezeiten ausgeliefert. Ich weiß sowieso nicht, ob ich je den Mut hätte, Boot zu fahren. Die Strömung hier ist furchterregend. Einer der Gründe dafür, dass ich selten am Strand male – ich habe Angst, dass sie mich mitreißt.
Am Donnerstag kam Douglas und blieb übers Wochenende. Ich fühle mich wohl mit ihm, aber er ist sehr fordernd – körperlich und intellektuell. Er möchte, dass ich mir Gedanken über eine Einzelausstellung mache – er macht sich Sorgen, dass ich hier draußen in Vergessenheit gerate … Aber ich bin noch nicht so weit. Ich möchte hier erst mal richtig ankommen, dieses Gefühl von Lebendigkeit und Einfallsreichtum genießen, ohne konzeptionell denken und planen zu müssen.

Gestern war ein Journalist vom Sunday Telegraph *hier. Douglas' Idee. Für eine Reportage darüber, »wie Künstler leben«. Das kam für mich zur Unzeit – das Atelier ist noch nicht fertig, und ich habe keine Arbeiten hier, die ich vorzeigen möchte.*
D klagt, ich würde mich zu sehr an meine Werke klammern – er glaubt, das läge an mangelndem Selbstvertrauen. Aber das stimmt nicht. Ich mache das sehr bewusst. Ich übergebe der Welt mein Werk, wenn ich dazu bereit bin, und lasse mich weder hetzen noch maßregeln oder drangsalieren. Die Zeiten sind vorbei.

~

Mark sagt, dass er nächste Woche mit dem Lieferwagen hochkommt, er bringt Frances' alte Fußdrehscheibe mit.

~

20 kg Porzellanmasse aus Carrachan geholt. Dach immer noch undicht, gestern war ein Mann hier, der zweitausend Pfund für die Reparatur haben will!
J beantwortet meine Briefe nicht. Werde nach Süden fahren und das Geld aus dem Bastard rauspressen müssen. Keine Ahnung, warum er so knauserig ist, Celia ist unfassbar reich – das gefällt ihm am meisten an ihr.

~

Das Atelier ist endlich fertig. Gestern habe ich zum ersten Mal den Brennofen angefeuert!

~

Ich arbeite mindestens vom Morgengrauen bis zur Abenddämmerung. Ich merke kaum, wie die Zeit vergeht, esse fast nichts, schreibe wenig. Ich bin so erfüllt, dass ich das Gefühl habe, nichts anderes zu brauchen. Mit Keramiken zu arbeiten, ist eine Freude. Keine der Ängste, die mich beim Malen quälen – mit Ton hat man so viel mehr Freiheit: Nichts ist festgelegt, nichts fertig, bis er gebrannt ist. Ich arbeite fast ausschließlich an der Drehscheibe – große, elegante Objekte mit langen Hälsen. Ich experimentiere mit Farbe. Der Umzug hierher hat mir eine ganz neue Palette eröffnet: Ich atme Luft ein, die kalt, frisch und kristallin ist. Sie fühlt sich weiß an und manchmal blau oder violett. Ich stelle sie mir als Nadeln in meiner Lunge vor (das klingt brutal, ist es aber nicht). Ich habe bessere Laune und finde allmählich eine Leichtigkeit, die mir gefehlt hat.

~

D hat mir den Artikel aus dem Sunday Tel. *geschickt. Ein tolles Foto, das oben auf dem Eris Rock aufgenommen wurde, und ein anderes von mir im Atelier, mit wütendem Blick. Ich werde als attraktiv, kratzbürstig, verstockt und verschlossen beschrieben. Über meine Arbeit steht nicht viel da. (D sagt, das sei meine Schuld, weil ich so wenig großzügig gewesen sei.) Zitate von »Freunden« (welchen Freunden???), die besagen, dass meine Arbeit mich aufzehre und ich nie Zeit für irgendetwas anderes (z. B. meine Ehe) hätte, dass ich zielstrebig und besessen sei. All der übliche Mist, der über Frauen geschrieben wird, die sich nicht mit Leib und Seele der Familie alias der eintönigen Häuslichkeit verschreiben. Am Ende eine Zeile, in der steht, ich hätte »maßgeblichen Anteil am Zerbrechen der Ehe von Mark Brice« gehabt. Unfair und unwahr. Ich wette, das kam von Isobel, der rachsüchtigen Ziege.*

Derart sauer war ich hier die ganze Zeit noch nicht. Habe D angerufen und ihm gesagt, dass es das letzte Mal gewesen ist, dass ich mit einem verfluchten Journalisten gesprochen habe. Danach bin ich den Hügel hinaufgegangen, bis ganz nach oben zum Kliff, und hab aufs Meer hinausgeschaut, zu den Inseln. Erst beim Umdrehen habe ich gesehen, dass die Flut eingelaufen war. Ich war von der Welt abgeschnitten, konnte nirgends hin, und keiner konnte mich stören. Ich bin runter ins Atelier, hab das alles ausgeblendet und war wieder ruhig und gelassen.
Jetzt, in der Küche, im Dunkeln, sehne ich mich danach, etwas zu erschaffen, das dieses Gefühl des Losgelöstseins vom Rest der Welt vermitteln kann. Wie kann man es einfangen? Das Gefühl der Abspaltung – rein und schmerzhaft und befreiend.

~

J schreibt wütend, dass ich unsere schmutzige Wäsche nicht in der Presse waschen sollte???? Er droht damit, herzukommen. Habe seinen Brief in den Müll geworfen, bin zurück ins Atelier und habe den ganzen Tag gearbeitet, ohne auch nur einmal an ihn zu denken.

~

Die Dunkelheit hier ist abrupt, absolut und unmenschlich.
Bei Seenebel gibt es überhaupt kein Licht außer dem Blinkzeichen, das der Leuchtturm auf dem Sheepshead alle drei Sekunden aussendet.

~

An manchen Tagen geht die Sonne kaum auf.

~

Kein Licht, kein Schatten, und trotzdem will ich unbedingt malen.

~

Vor einer Weile (zwei Tagen oder drei?) bin ich zu meiner Stelle im Süden der Insel gegangen, um mein Gemälde vom Sheepshead fertigzustellen. Merkwürdiges Wetter: Als ich das Haus verließ, war es hell, aber bis ich alles hergerichtet hatte, war der Himmel ganz merkwürdig gelb – wie Gas in der Atmosphäre – und das Meer war vollkommen ruhig – schwarz und Furcht einflößend. Es war wie das Ende der Welt! Ich habe ein neues Bild angefangen und mit einem Gefühl der Dringlichkeit gemalt, das ich nicht erklären kann, nur dass die Dunkelheit und die Angst mich einzusaugen und zu verschlingen schienen.
Jetzt steht dieses Bild – das innerhalb von Stunden fertig war – im Gästezimmer, und ich kann es kaum anschauen. Es ist wie eine unheimliche übernatürliche Erscheinung, beklemmend. Ein schwarzes Gemälde.

15

Becker hält die Zigarette locker zwischen den Lippen und reibt sich die Hände, um sie zu wärmen. Er beugt sich über das Geländer der Fußgängerbrücke, das Wasser unten ist mit einer dünnen Eisschicht überzogen. Ihm schwirrt der Kopf. Ein schwarzes Gemälde! Und dessen Entstehung hat nichts mit ihrem Krebs oder Julian Chapman oder irgendetwas anderem zu tun, das Sebastian sich ausgedacht hat. Es ist ein Bild vom Meer. Dem unmöglich einzufangenden Meer! Sie hat einen Weg gefunden, es zu malen.

Er hat einen Großteil der letzten Nacht damit verbracht, das erste Notizbuch durchzugehen, ganz in Ruhe, darin zu schwelgen, seine eigenen Notizen zu machen. Knochen erwähnt Vanessa nur einmal – *der Wald ist die reinste Fundgrube … Zähne und alte Knochen …* Warum alte Knochen? Wusste sie, dass sie alt waren? Oder ist das nur eine Redewendung? Knochen sind immer alt, oder? Sie könnte die Rippe also bereits auf einem dieser ersten Streifzüge durch den Wald gefunden haben, kurz nach ihrem Umzug auf die Insel, vor mehr als zwanzig Jahren. Sie könnte jahrelang in ihrem Atelier herumgelegen haben, bevor sie Verwendung dafür fand.

(Er denkt kurz über die Zähne nach. Was für Zähne waren das wohl? *Die* können doch sicher nicht von einem Menschen gewesen sein, oder? Schließlich muss man kein Gerichtsmediziner sein, um einen menschlichen Zahn zu erkennen.)

Die Knochenfrage ist jetzt ohnehin nicht mehr relevant, oder? Die Fachleute halten ihn für einen Menschenknochen und werden ihn untersuchen. Darauf hat er keinen Einfluss.

Seine Zigarette ist aufgeraucht, er geht zum Haupthaus hoch und betritt es, wie immer, durch den Hintereingang. Als er am Ende der Eingangshalle abbiegt, sieht er sofort, dass seine Bürotür nur angelehnt ist. Empört eilt er den Gang entlang, die Hände zu Fäusten geballt. Ja, das ist Sebastians Haus, aber auch in seinem Arbeitsbereich hat er doch wohl Anspruch auf ein bisschen Privatsphäre, oder? Er stößt energisch die Tür auf, um ihn zur Rede zu stellen.

Lady Emmeline sitzt an seinem Schreibtisch. Sie schaut hoch und betrachtet ihn kühl. Auf der Tischplatte sind mit Bleistift und blauer Tinte beschriftete Blätter ausgebreitet – alle aus der Mappe, die er von der Insel mitgebracht hat.

»Haben Sie vor, die auszustellen?«, fragt sie.

»Ähm … ein paar davon schon, ja«, antwortet Becker. »Aber ich hatte noch keine Zeit, sie alle zu lesen. Es gibt viel Material, und ich …«

Sie hebt die Hand, um ihn zum Schweigen zu bringen, ihre Miene wirkt gequält; sie kneift kurz die Augen zu. »Was … finden Sie denn so interessant«, fragt sie, während sie sich ein Stück von ihm abwendet, »an Mrs Chapman? Sebastian sagt, sie erinnere Sie an Ihre Mutter, stimmt das?« Sie dreht sich ihm ganz langsam wieder zu und zieht die Lippen zurück, entblößt ihre Zähne. »Sie ist auch an Krebs gestorben, oder?«

»J… ja, das ist richtig«, stammelt Becker. »Als ich noch ein Kind war …«

»War sie denn auch so eine Hure?«

Becker ist sprachlos, wie gelähmt. Emmeline kommt um den Schreibtisch herum zur Tür, ohne ihren Blick von ihm abzuwenden. »Sollten Sie die Absicht hegen, mich im Zuge Ihrer Arbeit als Kurator zu demütigen, versichere ich Ihnen, dass Sie dafür bezahlen werden, Mr Becker. Haben Sie mich verstanden? Und falls Sie glauben, eine ältere Dame wie ich wäre nicht dazu in der Lage, Ihnen zu schaden, kann ich Ihnen versprechen, dass Sie sich täuschen.«

Sie zieht, einen Hauch von L'Air du Temps zurücklassend, an ihm vorbei, ihre Absätze klackern auf den Marmorfliesen. Becker bleibt noch eine Weile wie erstarrt stehen.

Er fühlt sich, als hätte ihm jemand ins Gesicht geschlagen, und stellt beschämt fest, dass er den Tränen nahe ist. Schnell schließt er die Bürotür, tritt an den Schreibtisch und saugt schmerzhaft scharf die Luft ein. Dann greift er nach dem Brief, den Emmeline in der Hand gehalten hat, als er ins Zimmer kam, und dreht das Blatt so, dass er es lesen kann.

November 1999

Vanessa

Seit Deinem letzten Besuch sind meine Gedanken ständig bei Dir. Im Augenblick würde ich meine Frau und meinen Sohn in einem brennenden Haus dem Tod ausliefern, wenn ich Dich nur wiederhaben könnte, eine Nacht mit Dir verbringen könnte, eine Stunde. Ich denke an nichts anderes als Deine süßen Lippen, Deine köstliche Möse.

Ich muss Dich sehen.

Douglas

Becker spürt, dass sein Gesicht glühend heiß wird. Er zerrt verlegen an seinem Kragen, so als teilten er und Emmeline nun ein schmutziges Geheimnis. Er geht um den Schreibtisch herum, setzt sich, sammelt die Blätter ein, die sie ausgebreitet hat und sortiert sie grob. Als er sie wieder in die Mappe schiebt, entdeckt er darin Briefe von Vanessa an ihre gute Freundin Frances Levy, einen weiteren Brief von einem potenziellen Käufer, eine grobe Skizze des Ateliers sowie einen Briefbogen mit dem Kopf von Douglas Lennox' Glasgow Modern Gallery mit einer Notiz in Douglas' energischer Handschrift.

Ich sollte Dir Deine verfluchte Kehle durchschneiden für das, was Du mir angetan hast.

16

Im Bett schmiegt er sich hinter Helena, seine rechte Hand legt er auf ihre Hüfte, seine Lippen drückt er in ihren Nacken. Sie riecht reif, *fast überreif*, denkt er in der Dunkelheit lächelnd. Sie schiebt eine Hand über sein Bein und fährt sanft mit den Fingernägeln über seinen Oberschenkel.

»Ich hab heute Morgen Emmeline in meinem Büro angetroffen«, sagt er.

»Wie?«

»Sie hat meine Mutter als Hure bezeichnet.«

»*Was?*« Helena rückt von ihm ab, dreht sich um und stützt sich auf einen Ellbogen.

Er verzieht das Gesicht. »Na ja, eigentlich ist das nicht ganz fair. Sie hat Vanessa eine Hure genannt und mich dann gefragt, ob meine Mutter auch eine gewesen sei.«

Helena schüttelt ungläubig den Kopf. »Das ist ja schrecklich, Beck. Sie ist … Ich glaube wirklich, sie verliert langsam den Verstand.«

Becker dreht sich auf den Rücken. »Ich weiß nicht«, sagt er. »Sie war dabei, in den Unterlagen zu lesen, die Grace Haswell mir mitgegeben hat. Dabei war auch ein Brief von Douglas an Vanessa, der … eindeutig *unanständig* war.«

»Im Ernst?« Helena schiebt ein Bein über seines. »Wie unanständig?«, haucht sie ihm ins Ohr. Als Becker lacht, legt sie sich wieder hin und streicht ihre Haare nach hinten, damit sie den

Kopf auf seine Schulter betten kann. »Das war mit Sicherheit keine angenehme Lektüre für sie, aber es ist ja nicht so, als hätte sie es nicht gewusst. Soweit ich gehört habe, war Douglas keineswegs diskret. Und Vanessa war nicht die Einzige – er war ihr ständig untreu.«

»Dann sollten wir sie wohl bedauern«, sagt Becker. »Das muss demütigend sein.«

»Ja, vielleicht«, murmelt Helena. »Aber dafür kannst du ja nichts. Oder deine Mutter.«

»Nein, absolut nicht.« Becker betrachtet den Riss in der Decke, der in der hinteren Ecke beginnt und sich seit seinem Einzug vor drei Jahren spinnennetzartig immer weiter in die Mitte vorgearbeitet hat. Er sollte etwas dagegen unternehmen, denkt er, jemanden herbestellen, der sich das anschaut. Wenn er zu lange wartet, kommt irgendwann die ganze Decke runter. »War Emmeline immer schon so?«, fragt er, aber Helena antwortet nicht; sie bewegt sich in seinen Armen, ihr Atem wird langsamer und tiefer, sie schläft ein. Er liegt noch lange wach und lauscht auf Helenas leise Atemzüge, während er den Riss in der Decke anschaut und betet, dass das Dach nicht einstürzt.

17

Grace sitzt mit einem Stoß Briefe vor sich am Küchentisch. Es ist fast zwei Uhr in der Nacht; der Tee, den sie vor einer Stunde aufgegossen hat, steht unberührt in der Kanne, kalt und bitter. In einer Stunde setzt die Flut ein, dann wird sie ins Bett gehen, doch bis dahin setzt sie ihre Arbeit fort, liest, wägt ab und sortiert die Briefe auf ordentliche kleine Stapel.

Die Fenster rappeln, und sie blickt auf. Draußen herrscht pechschwarze Dunkelheit, aber es ist klar, dass ein Sturm aufzieht. Sie macht sich eine Notiz, damit sie nicht vergisst, auf der Südseite des Hauses die Läden zu schließen – wo der Wind mit voller Wucht auftrifft –, und sich zu vergewissern, dass die Tür zum Atelier ebenfalls fest geschlossen ist.

Sie zieht eine Decke über ihre Schultern und wendet sich wieder dem Brief zu, der vor ihr liegt. Vanessa hat ihn an ihre Künstlerfreundin Frances Levy geschrieben, und er gehört zu einem ganzen Bündel von Briefen, die Grace im letzten Jahr von Frances' Tochter Leah erhalten hat, nachdem Frances an Covid gestorben war. Grace liest die Schreiben und sortiert sie, indem sie sie in eine inhaltliche Reihenfolge bringt. So erhält sie Einblick in ein fünfundzwanzigjähriges Gespräch, das sich fast ausschließlich um die Werke drehte, die die beiden erschaffen haben, Frances unten in Cornwall und Vanessa in Oxfordshire sowie später hier oben auf Eris.

VANESSA: *Die Farbe ist das A und O! Erst seitdem ich mir das Handgelenk gebrochen habe, bin ich mir der Materialität der Farbe so richtig bewusst geworden. Ich liebe dieses Gefühl, mich auf der Leinwand auf etwas Plastischeres hinzubewegen. Manchmal frage ich mich allerdings, ob all die Veränderungen, die konstante Metamorphose, das Gesamtwerk nicht inkohärenter erscheinen lassen.*

FRANCES: *Ist das nicht unser Bestreben – eine ästhetische Sprache zu entwickeln, so wie ein Autor allmählich seine Stimme findet? Dein Übergang von der Figuration zur Abstraktion und zurück gehört zu Deiner Sprache, und es ist gut, dass sie sich gelegentlich wandelt, sich entwickelt, sie sollte es sogar – schließlich müssen wir uns verändern, wenn wir relevant bleiben wollen.*

VANESSA: *Um Relevanz mache ich mir keine Sorgen. Ungemachte Betten oder durchgeschnittene Haie interessieren mich nicht! Trotzdem bin ich in ständiger Bewegung begriffen, wie Sand. Ich denke, was man macht, sollte davon beeinflusst sein, wo, wie und womit man es macht. Ich wache jeden Morgen auf und bin begeistert, hier zu sein – durch das Meer vom Land getrennt –, die Sprache der Natur und der Gezeiten zu sprechen, nicht die der Politik oder der Gesellschaft.*

Grace beißt die Zähne zusammen. Die Briefe sind in einem Ton verfasst, den sie Vanessas »Kunst-Sprache« nennt, die hochtrabende Ausdrucksweise, mit der sie Leute, die sie als über ihr stehend betrachtete, beeindrucken wollte. Mit Grace hat sie nie so gesprochen. Den Großteil der Korrespondenz zwischen Vanessa und Frances findet Grace entweder verwirrend oder banal.

Wie konnten die beiden sich so wichtig nehmen? Sie haben Bilder gemalt, um Himmels willen, und keinen Krebs geheilt. Aber sie kann sich vorstellen, dass Becker sich für genau so etwas interessiert, daher landen alle Briefe, die sich um Kunst drehen, auf dem Stapel, der an die Fairburn-Stiftung gehen soll. Andere, in die das Leben einbricht – Liebesaffären, Freundschaften, Feindschaften –, kommen auf den »Privat«-Stapel.

FRANCES: *Dora hat mich besucht. Sie und Mark haben sich wieder getrennt. Sie war sehr verzweifelt und bat mich, zu ihren Gunsten zu intervenieren – Dich zu bitten, die Sache mit Mark zu beenden. Ich habe ihr schon gesagt, dass ich nicht über Dich bestimmen kann! Aber lass mich nur das hier sagen: Wenn Dir Mark nicht wichtig ist (als Liebhaber, meine ich, ich weiß, dass er als Freund wichtig ist), dann beende es. Verfolge die Sache nicht weiter und lass ihn nicht zu Dir zurückkommen. Sie ist am Boden zerstört. Es war schlimm und traurig, sie so zu sehen. Das Baby ist erst acht Monate alt – ich mache mir Sorgen, dass Dora damit nicht fertigwird.*

VANESSA: *Frances, Du weißt doch, dass diese Sache mit Mark eigentlich nicht von mir ausgeht. Ich mache andauernd mit ihm Schluss (auch jetzt ist gerade Schluss), aber er kommt trotzdem immer wieder zurück. Dora tut mir leid. Es tut mir leid, dass sie so verletzt ist. Aber ich glaube, ihr Problem ist Mark und nicht ich. Schrecklich der Gedanke, wie sie sich mit dem Kind abmüht – ich kann mir gar nicht vorstellen, wie sich das anfühlt, ich bin ewig dankbar dafür, dass ich nicht schwanger werden konnte, als Julian es wollte. Mir kam es schon immer so vor, dass Familie das Gegenteil von Freiheit ist.*

Grace hat sich zuerst gewundert, als Leah ihr die Briefe überließ – wollte sie die Briefe ihrer Mutter denn nicht selbst behalten? Sie hat sie separat aufbewahrt, weil sie dachte, dass Leah ihre Entscheidung vielleicht übereilt getroffen hätte, wie es bei Trauernden manchmal vorkommt, und es sich womöglich noch einmal anders überlegen würde, doch das war nicht geschehen. Und als Grace die Briefe nun liest, glaubt sie auch zu verstehen warum. Leah wird darin selten erwähnt, und wenn, dann nur in einem Nachsatz. Oder schlimmer.

> FRANCES: *Was das Thema Familie angeht, liegst Du falsch! Man kann absolut Mutter und zugleich frei sein. Und auch noch arbeiten! Schau Dir die Hepworth an. (Obwohl ich mich, wenn ich ehrlich bin, manchmal frage, warum sie immer weitermacht. Ein Kind reicht! Warum sollte man seine Liebe so sehr strecken?)*

Leah ist die Jüngste von dreien.

Als Grace den Brief auf den »Privat«-Stapel legt, fällt ihr Blick auf ihren eigenen Namen, der gegen Ende erwähnt wird. Sie nimmt das Blatt wieder in die Hand.

> FRANCES: *Ist G immer noch die ganze Zeit bei Dir? Du musst aufpassen, V, Du weißt ja, dass Du dazu neigst, Groupies anzuziehen. Ich kann mir vorstellen, dass sie Dich sehr glamourös findet. Ihr eigenes Leben muss so eintönig sein – endlos Antibiotika zu verteilen und die Leute dafür zu schelten, dass sie rauchen und zu viel trinken. Wie freudlos! Wir sollten Mitleid mit ihr haben.*

Grace zerknüllt den Brief in ihrer Faust. Dann streicht sie ihn mit einem ungeduldigen Seufzen wieder glatt, indem sie ihn auf die Tischplatte legt und mit dem Handballen darüberfährt. Idiotisch, sich das so zu Herzen zu nehmen, aber trotzdem … *Antibiotika zu verteilen!* Wie lachhaft. Klar hat sie Erkältungskrankheiten behandelt, aber auch einen Fischer, der seine rechte Hand nur dank Grace' Sachkenntnis und schnellem Handeln weiter benutzen konnte; und eine Dreijährige, die zur Impfung gegen Masern, Mumps und Röteln in die Praxis kam und mit einer Überweisung zum Nierenfacharzt wieder ging. Wenn Grace nicht gewesen wäre, wäre ihre seltene Krebsart wahrscheinlich noch monatelang unentdeckt geblieben; und dann wäre es vielleicht zu spät gewesen. Dieses kleine Mädchen hat letztes Jahr geheiratet und erwartet jetzt sein erstes eigenes Kind. Sie ist Grace' Vermächtnis – und was hat Frances denn hinterlassen? Tontöpfe?

Als Grace den nächsten Brief liest, spürt sie, wie ihr das Herz überfließt. Ihr schießen Tränen in die Augen.

> VANESSA: *Ich glaube nicht, dass wir Grace bemitleiden sollten. Sie hat ein richtiges Leben, einen richtigen Beruf! Sie ist hier verwurzelt, mit der Gemeinde auf eine Weise verbunden, wie ich es nie sein werde. Ich beneide sie darum. Die Leute verlassen sich auf sie. Ich verlasse mich auf sie. Sie ist <u>kein</u> Groupie. Sie ist eine gute Freundin. Ich genieße es, dass sie sich nicht für die Kunstwelt interessiert – sie hält das alles für prätentiösen Mist und hat (meistens) recht. Wir kommen sehr gut miteinander aus, und falls (wenn) ich mal allein sein muss, sage ich es ihr. Das ist nie ein Problem.*

Voller Stolz legt Grace den Brief oben auf den Stapel, den sie Becker geben will. Er soll sehen, wie sehr Vanessa sie geliebt hat, dass sie ein wesentlicher Teil von Vanessas Geschichte ist. Nach kurzem Zögern nimmt sie auch den Brief, in dem Frances ihre Kinder erwähnt, von dem privaten Stapel und fügt ihn dem für Becker hinzu.

Es gibt noch einen Stoß Briefe, die sortiert werden müssen, die Carlisle-Briefe, nennt sie sie in Gedanken. Aber weil sie sich denen noch nicht stellen will, nimmt sie sich die Fotos vor. Davon gibt sie die meisten leichten Herzens her: Den Großteil hat Vanessa auf der Insel aufgenommen. Sie malte nicht gern nach Vorlagen, aber sie hat sie als Anhaltspunkte genutzt oder als Erinnerung daran, wie das Licht zu einer bestimmten Zeit, an einem bestimmten Tag, ausgesehen hat.

Einige Fotos stammen noch aus ihrem Leben in Oxfordshire – vor allem von Partys, auf denen gestylte Leute grüppchenweise mit Drinks in den Händen in irgendwelchen Gärten herumstehen. Aber es sind auch ein paar Schnappschüsse von Besuchern auf Eris dabei: Frances und Mark und einige andere Künstlerfreunde, eine wenig schmeichelhafte Aufnahme von Grace, wie sie steif auf einer Bank sitzt und auf den Strand hinunterblickt, und eine von Douglas und Emmeline Lennox, die einen Stempel von 1999 trägt.

Auf dem Bild sehen beide Lennox braun gebrannt und glamourös aus, sie tragen Sonnenbrillen und lehnen rauchend an der Motorhaube von Douglas' Aston Martin. Zwischen ihnen liegt ein Gewehr. Sie wollten damals noch weiterfahren, meint Grace sich zu erinnern, zu einer Jagd. Emmeline ging gern auf die Jagd; eines Nachmittags ist sie losgezogen und mit zwei Kaninchen für Cacciatore zurückgekommen. Sie hat ihnen sogar selbst das Fell abgezogen.

Während Vanessa mit Douglas im Atelier verschwand, um ihm zu zeigen, woran sie gerade arbeitete, half Grace Emmeline beim

Kochen. Sie würfelte Zwiebeln, Sellerie und Karotten und hörte sich Emmelines Klagen über ihr Personal und die Wanderer an, die dauernd über ihr Anwesen liefen. Am letzten Wochenende, hatte sie Grace erzählt, habe sie einen Hund erschossen, der die Kühe in Angst und Schrecken versetzt habe.

»Wie furchtbar«, sagte Grace.

Emmeline zog ihre Mundwinkel nach unten. »Daran waren die Wanderer schuld«, sagte sie achselzuckend, »die haben ihn von der Leine gelassen. Sie hatten ein Kind bei sich. Es hat geheult und geheult und ein furchtbares Theater gemacht. Als hätte ich seine Mutter erschossen.«

Grace verabscheute Emmeline zutiefst. Sie erinnert sich noch, wie sie die Kartoffeln geschrubbt hat und die Haut an ihren Fingerknöcheln dabei ganz rot und rau geworden ist. Aber sie weiß auch noch, welche klammheimliche Freude ihr damals der Gedanke bereitet hat, dass Vanessa wahrscheinlich alles andere tat, als Douglas ihre Arbeit zu zeigen.

Sie nimmt das Foto in die Hand und betrachtet es blinzelnd noch einmal, studiert Emmelines Gesicht, ihren energischen Mund, das hochgereckte Kinn. Sie erinnert sich noch an ihre entsetzte Miene, als Douglas und Vanessa, später als geplant, mit verknitterten Kleidern und nach Sex riechend aus dem Atelier zurückkamen. Und sie weiß noch gut, dass ihre eigene klammheimliche Freude in dem Moment verflogen ist wie Rauch.

Sie erwacht um kurz vor neun und zieht den Vorhang zurück, um Licht hereinzulassen. Die Scheibe hängt voller Regentropfen, der weich aussehende Himmel ist mit Wolken gesprenkelt. Sie öffnet das Fenster, beugt sich hinaus und schmeckt Salz auf der Zunge. Die kupferfarbenen Farne am Hang leuchten, das gedeckte Grün des Waldes sieht einladend aus.

Sie zieht sich schnell an und verlässt das Haus, bevor sie es sich wieder ausreden kann. Sie ist im Laufe des letzten Jahres dicker geworden, unfitter, und muss aufhören, sich gehen zu lassen. Das einsame Leben hier draußen auf der Insel erfordert ein gewisses Maß an Fitness.

Die Flut zieht sich zurück, das Wasser in der Bucht sieht aus wie getüpfelt. Am anderen Ende des Fahrdamms sieht sie eine Gestalt, die zu Fuß unterwegs ist. Auf diese Entfernung kann sie nicht erkennen, wer es ist, aber er scheint etwas zu tragen, vielleicht einen Eimer? Ein Muschelsammler.

Sie wendet dem Meer den Rücken zu und geht, erschrocken darüber, wie schnell sie atemlos wird, den Hügel hoch. Sie war nie schlank, aber immer stark: Hände wie ein Metzger, hat ein Mann mal zu ihr gesagt, und Beine, die einen Jumbojet kickstarten könnten. Der zum Wald hochführende Hang ist steil, aber früher ist sie hier neben Vanessa hochgegangen und konnte mit ihr mithalten, obwohl Vanessa größer und dünner war und viel längere Beine hatte. Jetzt bleibt sie ungefähr alle zwanzig Schritte keuchend stehen und spürt den Schweiß zwischen ihren Brüsten und auf ihrem Rücken.

Auf der Hügelkuppe liegt das Atelier, dann folgt eine kleine Baumgruppe, und dahinter geht es weniger steil bergauf. In dem Wald, der seit Langem nicht mehr gepflegt wird, ist es dunkel und kalt wie in einer Höhle, und es riecht penetrant nach verrottendem Laub. Sobald man ihn betritt, ist das Meeresrauschen gedämpft, lediglich das unheilvolle Knarren der alten Kiefern und die Möwenschreie sind noch zu hören.

Grace geht in gleichmäßigem Tempo den Pfad entlang, der sich in nördlicher Richtung ins Zentrum des Waldes hineinschlängelt, um dann eine scharfe Kurve zurück nach Südwesten zu beschreiben und erneut anzusteigen. Sie hat diese Biegung gerade hinter sich gelassen, als sie aus dem Augenwinkel plötzlich etwas Knallrotes sieht. Ihr stockt der Atem, ihr Puls schnellt in die Höhe. Aber es ist bloß eine Coladose. Herrgott noch mal! Sie presst die Kiefer zusammen und geht hin, um sie aufzuheben. Wanderer nehmen ihren Müll normalerweise mit, aber nicht immer. Manchmal kommen Jugendliche hierher, die Klebstoff oder Gas oder was immer ihnen in die Finger fällt schnüffeln. Im Winter jedoch nicht so häufig.

Sie nimmt die Dose mit zum westlichen Waldrand, wo zwei riesige, vor fast dreißig Jahren bei einem Unwetter umgestürzte Bäume den Pfad zu einem deutlichen Umweg zwingen. Die Stämme sind irgendwann verrottet, aber dennoch fühlt sich dieser Teil des Waldes anders an. Weil durch eine Lücke im Blätterdach Licht einfällt, wachsen hier kleinere Pflanzen, Bergulme, Stechpalme und Weißdorn, dessen Beeren leuchten wie Blutstropfen. Der Boden unter Grace' Füßen ist fest und unberührt. Sie schiebt mit den Füßen das herabgefallene Laub beiseite, dann hockt sie sich hin, drückt ihre Hand auf die kalte Erde und fährt mit den Fingern darüber. Die feuchten Gerüche des Gestrüpps erinnern sie an etwas, an einen Campingurlaub, ans Schlafen unter freiem Himmel. Ein anderes Leben.

Sie richtet sich mühsam wieder auf, dreht sich um und geht zügig den Hügel hinunter in Richtung Haus. Erst als sie am Atelier vorbei ist, bemerkt sie, dass jemand auf der Bank sitzt und auf den Strand hinunterschaut – der Muschelsammler. Ein Kind, das eine gelbe Warnjacke trägt, zu seinen Füßen steht ein blauer Eimer.

»Hallo?«, ruft sie zögerlich. Sie hat keine Lust, sich um ein Kind zu kümmern, das sich verirrt hat. Aber als es sich umdreht, erkennt Grace mit Erleichterung, dass es gar kein Kind ist, sondern Marguerite, deren faltiges Gesicht sich zu einem Lächeln verzieht. Sie rutscht von der Bank und hebt ihren Eimer hoch.

»Allô!« Sie trägt eine Schürze und Gummistiefel, die Warnweste ist viel zu groß für sie. Sie hält Grace den Eimer hin und zeigt ihr ihre kleine Muschel- und Seetangernte. »Willst du was davon?«, fragt sie und reißt erwartungsvoll die Augen auf.

»Oh, nein, nein«, sagt Grace kopfschüttelnd, »für mich nicht, danke.«

»Magst du sie nicht?«

Grace schüttelt erneut den Kopf. Sie mag zwar durchaus Muscheln, aber sie hat Bedenken, welche zu essen, die an der Küste gesammelt wurden; es vergeht kein Tag, ohne dass etwas über Firmen in der Zeitung steht, die ihr Abwasser ins Meer pumpen.

»Eine schicke Jacke hast du da«, sagt Grace, und Marguerite kichert. »Sie sieht allerdings nicht so aus, als wäre sie sonderlich warm.« Marguerite schüttelt den Kopf und schaut sie an, als wäre sie bei etwas Verbotenem ertappt worden. »Möchtest du auf einen Kaffee mit reinkommen?«, fragt Grace, und die alte Frau nickt und setzt erneut ein Lächeln auf. Dann trottet sie neben Grace zum Haus.

Marguerite ist jetzt in ihren Siebzigern, aber im Gegensatz zu Grace bleibt sie drahtig und flink, ihre gebräunten Unterarme sind schlank und muskulös. Sie stellt den Eimer draußen vor der Tür ab, zieht ihre Gummistiefel aus und tapst auf feuchten Socken ins Haus. Ihre Augen leuchten, als sie die Papierstapel auf dem Tisch erblickt. Nachdem Grace mehrmals erfolglos versucht hat, sie davon abzuhalten, einzelne Blätter hochzuheben und an der falschen Stelle wieder abzulegen, gibt sie auf. Sie kocht Kaffee, während Marguerite Skizzen und alte Fotos bestaunt und Grace stolz mit ihren Zahnlücken angrinst, wenn sie etwas oder jemanden erkennt.

Plötzlich hält sie inne und schaut Grace mit ernster Miene

an. »Am Hafen ist ein Mann«, sagt sie feierlich. »Er beobachtet dich.«

Am Hafen? Grace geht zum Fenster und nimmt das Fernglas vom Fensterbrett. »Jetzt?« An der Hafenmauer parken keine Autos, sie sieht absolut niemanden.

»Non, non, il y a deux jours.«

»Auf Englisch, Marguerite«, sagt Grace und stellt das Fernglas wieder weg. »Sonst verstehe ich nichts.«

»Nicht heute.« Marguerite schüttelt den Kopf. »Es sind zwei Tage, vielleicht auch drei, vier, fünf. Ein Mann. Schaut rüber, wartet.«

Grace nickt. »Kein Problem, das war bloß jemand, der mit mir sprechen musste.« Marguerite meint wahrscheinlich Becker, vielleicht aber auch nicht. Sie leidet schon seit Jahren an Demenz. Anfangs waren ihre Gedächtnislücken nur leicht zu spüren, doch in der letzten Zeit verschlechtert sich ihr Zustand rasant – die fast zweijährige Isolation wegen Corona hat sicherlich dazu beigetragen. Sie fürchtet sich vor Fremden und bringt andauernd alles durcheinander; Figuren aus einem Leben tauchen plötzlich in einem anderen auf. »Wegen dem brauchst du dir keine Sorgen zu machen«, sagt Grace. »Er hat mich hier besucht, aber jetzt ist er wieder weg.«

»Kommt er wieder?«

»Ja, vielleicht …«

»Oh.« In Marguerites Augen stehen Tränen, mit ihren Fingern nestelt sie an ihren Haarspitzen herum.

Grace setzt sich neben sie. »Das ist okay, Marguerite. Der Mann ist nicht böse. Du brauchst keine Angst vor ihm zu haben. Du brauchst überhaupt keine Angst zu haben.«

»Doch«, sagt sie kopfschüttelnd, »doch, doch.«

»Er ist nicht … Stuart. Stuart kommt nicht wieder.«

»Nein«, sagt Marguerite. Tränen laufen über ihre Wangen, und sie wischt sie mit ihren Fingerspitzen weg. »Aber vielleicht doch? *On ne sait jamais.* Wir wissen nie.«

Grace drückt Marguerites Hand. »Doch, das wissen wir. Das habe ich dir doch schon gesagt. Er kommt nicht wieder.« Stuart war Marguerites Mann; er ist seit mehr als zwanzig Jahren tot, und trotzdem hat sie immer noch Angst vor ihm. »Komm jetzt, schau dir die Bilder an, so ist es gut.« Grace schiebt ihr einen Schuhkarton mit unsortierten Fotografien hin. »Ich hole den Kaffee, und du schaust dir die Fotos an.« Marguerite tut, was sie soll, und redet dabei leise mit sich selbst – wahrscheinlich auf Französisch, Grace versteht kein Wort. Sie brüht einen starken Kaffee auf – sie weiß genau, wie Marguerite ihn gern trinkt –, stellt einen Becher und die Zuckerdose vor sie und beobachtet amüsiert, wie Marguerite Zucker in ihren Kaffee gibt, *ein Löffel, zwei, drei …*

»Das reicht«, sagt Grace lachend und hält die Hand der älteren Besucherin fest. Marguerite kichert.

Marguerite pustet auf ihren Kaffee, bevor sie ihn probiert, trinkt einen Schluck und lächelt. »Gut«, sagt sie. »Sehr gut.« Sie nimmt noch einen Schluck, lässt unter dem Stuhl die Beine baumeln und schaut sich um. Dabei legt sie den Kopf schief wie ein Fuchs, der auf Beute lauscht. »Wo ist denn dein Freund?«

»Mein Freund? Meinst du meine Freundin? Vanessa?«

»Ja.« Marguerite nickt. »Und wo ist er?«

»*Sie* ist tot, Marguerite, schon eine ganze Weile. Weißt du nicht mehr? Du warst auf ihrer Beerdigung.« Marguerites Lächeln erlischt. »Sie war sehr lange sehr krank, und dann ist sie gestorben.«

»*Ah, non.*« Vanessa hatte immer Zeit für Marguerite, sie war nett zu ihr, ohne je in ihre Privatsphäre einzudringen. Vanessa besaß das Talent, den Leuten das zu geben, was sie brauchten.

Nun ist Marguerite erneut den Tränen nahe, und Grace versucht vergeblich, sie mit weiteren Fotos und Skizzen abzulenken. »Aber wo ist denn dein Freund?«, fragt Marguerite wieder mit sorgenvoller Miene.

So geht es immer mit ihr. Es gibt immer wieder eine andere Frage, einen anderen Freund, einen anderen Mann, irgendetwas oder irgendjemanden, vor dem sie sich fürchtet. Und einen Augenblick später ist alles vergessen.

Als Grace ihr anbietet, sie zum Hafen zurückzufahren, zögert Marguerite. »Gut für mich!«, sagt sie grinsend und bewegt die Füße wie beim Gehen. »Hält mich jung!« Ihr Schneidezahn aus Porzellan, der einen ausgefallenen ersetzt, hat sich vom Nikotin und vom Kaffee verfärbt und verleiht ihr einen etwas ungepflegten Eindruck. »Danke schön, danke schön«, singt sie und küsst Grace auf beide Wangen. »Danke, danke, danke schön.« Und weg ist sie. Den Eimer schwingend geht sie den Weg zum Meer hinunter und kräht ihre Dankeschöns in den Wind.

In der Küche bringt Grace die Brief- und Fotostapel wieder in Ordnung. Dann geht sie rasch die Bilder in dem Schuhkarton durch, von denen die meisten wahrscheinlich für niemanden interessant sind. Die kann Becker gern haben.

Schließlich wendet sie sich den Carlisle-Briefen zu, die Vanessa und Grace sich über einen Zeitraum von achtzehn Monaten geschrieben haben. Damals, in dem Jahr nach Julian Chapmans Verschwinden, war Grace nicht auf der Insel, weil sie als Vertretungsärztin in Nordengland arbeitete.

Januar 2003

Liebe Vanessa,

ich behaupte ganz und gar nicht zu wissen, wie Du Dich fühlst. Wie könnte ich? Ich tu auch nicht so, als würde ich verstehen, wie Du mir stundenlang seine Fehler, seine Untreue, seine Manipulationen und seine Schwindeleien beschreiben und ihn dann so freundlich in Dein Haus aufnehmen, mit ihm ins Bett gehen und Reisen nach Marokko oder Venedig, oder wohin auch immer ihr abhauen wolltet, planen konntest. Aber das spielt ja jetzt auch keine Rolle mehr.

Nichts von alledem spielt jetzt noch eine Rolle. Das Einzige, was mir wichtig ist, bist <u>Du</u> und ist Dein Glück. Du weißt, dass ich Dich sehr liebe und alles für Dich tun würde, und dazu gehört auch, dass ich Dich in Ruhe lasse, wenn es noch immer das ist, was Du willst. Aber ich mache mir schreckliche Sorgen um Dich, weil Du ganz allein da draußen bist. Ich weiß, wie ängstlich Du manchmal sein kannst. Wenn Du mich brauchst, lass es mich wissen, und ich werde zurückkommen, nach Eris und zu Dir.

Immer Deine
Grace

Als Grace das liest, wundert sie sich, wie sie es geschafft hat, so vernünftig zu klingen, so resigniert. Beim Wiederlesen von Vanessas Antwort hat sie das Gefühl, dass eine Wunde in ihrer Brust erneut aufreißt und sich ein klaffendes Loch auftut, durch das schmerzhaft der Wind pfeift.

Ich weiß nicht, wie ich auf Deinen Brief antworten soll, und will nur sagen, dass ich nicht möchte, dass Du nach Eris zurückkommst. Du weißt Dinge, die Du nicht wissen solltest, und ich bin mir nicht sicher, ob ich Deine Nähe je wieder aushalten kann. Ich hoffe, Du verstehst, was ich meine.

Der Brief geht noch weiter, aber Grace erträgt es nicht, weiterzulesen. Sie dreht das Blatt um und nimmt einen anderen Brief zur Hand, der nur aus wenigen Worten besteht.

Ich brauche Dich. Bitte komm.

Sie hat auch noch Notizzettel aus der Zeit danach, kurze Einkaufslisten, Bitten um mehr Paracetamol, Whisky, Orangen, Zigaretten; manchmal kleine Skizzen, von dem Ausblick aus dem Küchenfenster, den Wolken, einer Idee für eine Vase, lustige kleine Zeichnungen von Seehunden, die sich am Strand sonnen, gebogen wie Croissants, die Flossen fröhlich zum Gruß erhoben.

Während sie diese Zettel nun betrachtet, ist sie ihrem jüngeren Selbst dankbar, dem Selbst, das wusste, dass es nichts wegwerfen durfte, und jedes Zettelchen, jedes Wort, das Vanessa geschrieben hat, sorgsam aufbewahrt hat. Vanessa hat das Malen am Ende vollkommen aufgegeben und nur noch vereinzelt Nachrichten geschrieben, die oft unleserlich waren. Sie klebte sie an den Kühlschrank oder warf sie einfach auf den Boden, damit Grace sie dort fand – mit dicht gedrängtem, kaum lesbarem Gekritzel bedeckte Papierschnipsel.

bitte hilf bitte hilf mir grace bitte hilf mir

Vanessa Chapmans Tagebuch

Ich habe über das nachgedacht, was Frances vor vielen Jahren über das Verwischen von Grenzen zwischen Abstraktion und figurativer Darstellung gesagt hat – damals fand ich es selbstverständlich, ja, sogar trivial, aber in einem gewissen Sinn hat sie recht. Es ist das, was ich anstrebe. Nicht gebunden zu sein. Die Grenzen zwischen Abstraktion und Figuration, Organischem und Anorganischem, Gewöhnlichem und Verblüffendem vielleicht nicht zu verwischen, aber aufzulösen.
Also. Habe an einem neuen Objekt gearbeitet – einem Gefäß –, das aus Keramikscherben gemacht ist. Die einzelnen Scherben entstammen nicht alle demselben zerbrochenen Gegenstand, sondern ich erschaffe etwas Neues, Ungleichmäßiges, Verblüffendes – Schale und keine Schale, Vase und keine Vase. Denke darüber nach, Fundstücke darüberzuhängen, sodass sie einen direkten Bezug zu dem Gefäß haben, aber nicht davon umschlossen werden. Bewege mich damit auf eine Art Skulptur zu, nehme ich an. Schwer zu erklären, aber ich sehe sie allmählich vor mir. Fertige sehr viele Skizzen an.

~

Die aufgehängten Gebilde werden statisch sein, man kann sie aus verschiedenen Perspektiven sehen & genießen & interpretieren, sodass sich die Form des Ganzen verändert.

Der Raum zwischen den Objekten ist genauso wichtig wie die Objekte selbst, Schatten ebenso wichtig wie Licht.
Ich hatte die Idee, das Ganze in Glas einzuschließen??? Bin aber zwiegespalten: Mir gefällt die Distanz, die das schaffen würde, habe aber Sorge, dass es auch einen Verlust an Unmittelbarkeit bedeutet? Einbußen in der Beziehung zum Betrachter mit sich bringt?
Aber zu wem stelle ich überhaupt eine Beziehung her? Ich habe nicht vor, irgendetwas vorzuzeigen. Wer würde es auch für mich ausstellen?
Habe alle meine Brücken hinter mir abgebrochen, und die Flut ist eingelaufen.

~

Division *ist fertig.*
Ich habe am Freitag das Glas vom Glaser geholt und gestern alles zusammengesetzt. Es hat lange gedauert, bis ich alle Teile genau so arrangiert hatte, wie ich sie haben wollte, das war eine schwierige Fummelarbeit. Aber diesmal hat mir der Vorgang richtig Spaß gemacht, es fühlte sich eher nach einem kreativen Prozess als nur nach einer Reparatur an.
Es hat mir sehr viel Freude gemacht, jedes einzelne Objekt in der Hand zu wiegen, zu spüren, wie es an dem Draht zieht, die Masse eines Objekts im Verhältnis zu einem anderen abzuschätzen.
Als ich fertig war, war es schon sehr spät, und sobald alles erledigt und das Glas eingesetzt war, machte ich einen Schritt zurück und drehte mich unwillkürlich zur Seite, so als wollte ich fragen: Und? Was meinst du? Aber da war niemand. Kein Julian, kein Douglas, keine Frances, keine Grace. Nicht mal ein Mond! Nur eine ganze Insel im Dunkeln. Ich war sehr niedergeschlagen.

Ich bin zum Haus runtergegangen und habe allein eine ganze Flasche Wein getrunken, um mich zu trösten/zu feiern. Wenigstens gefällt mir das Werk – alles andere, was ich in der letzten Zeit gemacht habe, erschien mir wie ein Scheitern. Also ein Fortschritt! Aber vielleicht sollte ich es nächstes Mal mit einem größeren Maßstab versuchen? Etwas Komplexeres in Angriff nehmen? Jetzt habe ich etwas, worüber ich nachdenken kann. Eine neue Richtung, die ich erkunden kann! Kreative Arbeit ist so ein gutes Gegengewicht für Verzweiflung. Im Moment muss mir meine eigene Bewertung dieser Vorboten einer neuen Entwicklung genügen. Ich weiß, dass es nicht ewig so sein wird.
Die Flut kann nicht ewig bleiben.
Oder?

~

Gut, dass Sommer ist, denn ich glaube, die Dunkelheit des Winters würde mich jetzt umbringen.
Ich träume die ganze Zeit von Julian, von seinem schönen Gesicht und seiner Grausamkeit.
Es kam noch ein Brief von Isobel. Sie ist so wütend auf mich.
Ich weiß nicht, wie ich mit dieser Wut umgehen soll, sie hat auf nichts geantwortet, was ich ihr in meinem Brief geschrieben habe.
Ich frage mich, ob sie ihn überhaupt gelesen hat.
Ich träume so oft von Julian, dass ich versucht habe, ihn zu malen, um zu sehen, ob ich den Geist auf die Weise austreiben kann.
Doch als ich es versuchte, konnte ich ihn nicht länger heraufbeschwören.
Vielleicht verdiene ich es nicht.

~

Letzte Nacht haben sich Regen und ein Seenebel angeschlichen und uns so dicht eingehüllt, dass man vom Schlafzimmerfenster aus das Wasser nicht mehr sehen konnte. Ich wartete endlos darauf, dass er sich lichten würde, doch er verschwand nicht, und irgendwann habe ich einen Lagerkoller bekommen und bin im Wald spazieren gegangen. Es war unheimlich, furchterregend, die Nebelschwaden hingen wie Gespenster zwischen den Bäumen.
Ich konnte nicht mehr als ein paar Schritte auf einmal gehen, dann musste ich mich umdrehen, weil ich ganz sicher war, dass dort jemand war.
Manchmal stelle ich mir die schrecklichsten Dinge vor.

~

Ich habe ein perfekt erhaltenes Vogelskelett gefunden. Es ist winzig, vielleicht von einer Meise oder einem Spatzen. Ich bin noch mal den ganzen Weg zurückgegangen, um eine Schachtel zu holen, in der ich es transportieren konnte, und habe es dann ins Atelier gebracht. Ich habe keine Ahnung, was ich damit machen werde, aber es fasziniert mich. Gedanken an den Tod stimulieren mich in der letzten Zeit häufiger.

~

Aus irgendeinem Grund muss ich dauernd daran denken, wie ich mir das Handgelenk gebrochen habe. Das Knacken! Die plötzliche Wahrnehmung von gleißender Helligkeit; das Gefühl, dass mein Kopf ganz frei wird. Die Klarheit, die der Schmerz bringt.
Schmerz ist klar, Trauer ist ein Nebel.
Alleinsein ist ebenfalls klärend, erhellend.
Liebe vernebelt, wie die Trauer.

Etwas aus der Zerstörung heraus zu erschaffen, erfordert Mut, es ist ein Willensakt, gewalttätig, wie Hoffnung.

~

Ich habe einen kleinen harten Knoten in meiner rechten Brust entdeckt, er ist unnachgiebig, fast wie ein kleiner Knorpel unter der Haut. Ich muss ihn jemandem zeigen, aber ich mag den Arzt nicht, der Grace' Stelle bekommen hat, er ist jung und mir nicht ganz geheuer. Als ich zuletzt bei ihm war, hat er meinen Körper nicht angeschaut, wie ein Arzt seine Patientin anschaut, sondern so, wie ein Mann eine Frau ansieht.

18

Becker zuckt zurück, als hätte er einen Schlag versetzt bekommen. Ist das der Beginn von Vanessas Krankheit? Zum ersten Mal, seit er angefangen hat, ihre Notizbücher zu lesen, hat er das Gefühl, ihre Privatsphäre zu verletzen. Es ist nicht einfach das schlechte Gewissen, das jemanden plagt, der einen Blick in ein privates Tagebuch wirft und dort etwas sehr Persönliches entdeckt, sondern schlimmer: Er weiß etwas, was die Verfasserin nicht weiß, er kennt das schlimme Ende schon, bevor sie es überhaupt in Betracht gezogen hat.

Er legt das Tagebuch auf dem Tisch ab. Es ist spät, nach Mitternacht, er ist erschöpft, und trotzdem weiß er, dass er keinen Schlaf finden wird. Er ist allein, und er ist beunruhigt. Helena ist nach London gefahren, plötzlich, aber nicht vollkommen unerwartet. Ihre Schwester hat eine ihrer regelmäßig wiederkehrenden Beziehungskrisen, während derer sie Helena üblicherweise zu sich zitiert, um sie zu beraten und zu trösten. Und Komplotte mit ihr zu schmieden. Die beiden halten zusammen wie Pech und Schwefel.

Sie war schon weg, als er nach Hause kam. Er musste den ganzen Weg bis nach Penrith runterfahren, um sich ein paar Skulpturen anzusehen, an denen Sebastian interessiert ist – sie waren sehr gut, aber der Verkäufer wollte zu viel dafür haben. Auf dem Rückweg ist dann ein Bagger vom Auflieger eines Lkw gerutscht und auf die Fahrbahn der M6 gefallen. Wie durch ein Wunder ist niemand verletzt worden, aber seine Fahrt hat sich dadurch um zwei Stunden verlängert.

Als er zu Hause ankam, fand er eine Nachricht:

Krise in Chelsea! Seb nimmt mich mit bis zum Bahnhof. Bis Samstag. Xxx

Jetzt ist er ängstlich und frustriert. Braucht ihre Schwester sie wirklich? Nächsten Monat wird sie einen neuen Freund haben, und ein oder zwei Monate später steht die nächste Trennung an.

Er greift nach seinem Weinglas und hebt es an die Lippen. Der Wein ist warm und schmeckt sauer. Er steht auf, schüttet ihn in den Ausguss, spült das Glas aus und füllt es mit Wasser aus dem Hahn. Er trinkt einen großen Schluck und betrachtet sein Spiegelbild in der Fensterscheibe. Er sieht blass aus, seine Augen sind eingesunken. Er wendet sich ab, kehrt zum Tisch zurück und sieht, dass die Seiten des Tagebuchs sich von selbst umgeschlagen haben. Er schaut auf eine neue Seite.

Es ist kalt, über der Insel hängt ein feiner Nebel, das Meer ist unruhig.
Als ich heute Morgen im Wald spazieren war, habe ich einen Knochen gefunden, sauber abgenagt.

Wenn er an Zeichen glauben würde, an Geister, dann würde er jetzt davon ausgehen, dass sie hier in diesem Raum ist und die Seite über ihre Krankheit umgeblättert hat, um ihn zu der Stelle zu führen, die er gesucht hat.

Als ich heute Morgen im Wald spazieren war, habe ich einen Knochen gefunden, sauber abgenagt.

Er war vollkommen weiß, fast leuchtend, trocken und glatt. Als ich ihn aufhob, stellte ich fest, dass er angeknackst war, fast ganz durchgebrochen. Ich wusste sofort, was ich daraus machen wollte, sah das gesamte neue Werk vor mir.
Ich habe ihn ins Atelier gebracht – er ist formschön, grazil, leicht und doch irgendwie kräftig, und er fasst sich gut an. Vielleicht von einem Schaf? Oder einem Reh? G wüsste es.
Ihn in der Hand zu halten, verlieh mir, glaube ich, ein Gefühl von Kontrolle.

Er liest diese Zeilen wieder und wieder: Das ist es. Das muss es sein. Sie hat den Knochen gefunden und geglaubt, er wäre von einem Schaf oder Reh. Es hat damit nichts Seltsames oder Unheimliches auf sich. Becker lehnt sich in seinem Stuhl zurück und atmet auf. Er stellt fest, dass er erleichtert ist, ehrlich erleichtert – was bedeutet, dass er ihr in irgendeiner Weise misstraut haben muss. Wie dumm von ihm! Grace hat ja gesagt, dass es dumm sei, und sie hatte recht.

Er liest weiter.

Marguerite hat mich heute Morgen besucht. Sie hat nach Grace gefragt und wirkte irritiert, weil sie nicht hier war. Als ich ihr erzählte, dass Grace in Carlisle und schon mehr als ein Jahr weg ist, war sie ganz aufgebracht, sie schüttelte immer wieder den Kopf und sagte nein, nein, nein.
Ich hab ihr einen Brandy eingeschenkt, was sie ein wenig aufgemuntert hat. Sie fing an, Französisch mit mir zu sprechen, und ich verstand nur ungefähr jedes dritte Wort, aber es war viel von bösen Männern die Rede. Sie scheint den Kontakt zum Hier und Jetzt zu verlieren – nur wenige Augenblicke, nachdem ich ihr erzählt hatte, dass Grace in Carlisle ist, sagte sie, sie hätte

sie gesehen. Ich fragte, wann hast du sie gesehen? Heute? Letzte Woche? Und sie sagte immer wieder, »bevor die Sonne aufgeht«. Ich hab Angst bekommen und angefangen mir vorzustellen, Grace wäre zurückgekommen und würde sich irgendwo hier auf der Insel aufhalten, im Wald, und mich beobachten. Jetzt erscheint mir das komplett verblödet, aber nachdem M gegangen war, habe ich tatsächlich die Praxis in Carlisle angerufen und darum gebeten, mit Grace sprechen zu können. Sie sagten mir, sie sei bei einem Patienten und könne nicht ans Telefon kommen. Ich habe mich so geschämt. Wie konnte ich Angst vor ihr haben? Was ist aus mir geworden? Aus uns?

Becker klappt das Notizbuch zu. Er ist verwirrt – er hat keine Ahnung, wer Marguerite ist oder warum Grace nicht auf der Insel ist –, aber das überwiegende Gefühl ist einfach Erleichterung. Vanessa hat den Knochen im Wald gefunden, sie hat ihn gefunden und aufgehoben, genauso, wie sie einen Kieselstein am Strand aufgehoben hätte, mehr ist an der Sache nicht dran. Es wird keine grundlegende Neubewertung der Person Vanessa Chapman geben, und sie wird nicht in Ungnade fallen – weder sie noch James Becker, ihr größter Fan.

Vanessa Chapmans Tagebuch

Ich habe mir von Mr MacAndrew, dem Bauern, von dem ich meine Eier bekomme, ein Gewehr ausgeliehen.
Ich glaube nicht, dass man sich Gewehre ausleihen sollte, oder?
Na ja, jedenfalls ist das Quad kaputtgegangen, und der Mann, der hier war, um es zu reparieren, war schroff und merkwürdig. Als er ins Atelier kam, um sich sein Geld zu holen, hat er den Ausgang blockiert, und als ich an ihm vorbeigehen wollte, hat er sich mir in den Weg gestellt und ganz schrecklich fies gegrinst. Ich habe ihm sein Geld gegeben, und er ist abgezogen. Ich hörte ihn lachen, als er zu seinem Lieferwagen hinunterging. Er wollte mir Angst einjagen.
Ich fühlte mich verletzlich wie noch nie hier oben.
Als ich Mr McAndrew davon erzählte, hat er mir das Gewehr gegeben.

19

Es ist acht Uhr morgens, und Becker steht im Großen Saal von Fairburn House. Der Raum ist kaum erhellt. Becker hat einen Punktstrahler eingeschaltet, um ein einzelnes Gemälde anzuleuchten: eine große Leinwand, ein Meter zwanzig mal neunzig Zentimeter, in Schwarz- und Grautönen bemalt. Irgendwo in dieser dunklen Fläche ist ein Durchgang zu erkennen, eine Türöffnung vielleicht, und darin eine Gestalt, eine Person mit einem maskenhaften Gesicht, die Andeutung einer Bewegung um den Mund, das Rot und Weiß eines Lächelns.

Becker hält eines von Vanessas Notizbüchern in der Hand. Er blättert zu einer Seite, die er sehr früh an diesem Morgen markiert hat.

Ich habe ihn gemalt. Den Mann in der Türöffnung, ich habe sein Grinsen gemalt.

Der Titel *Black II* wird nicht erwähnt, aber Becker ist sicher, dass Vanessa sich auf dieses Gemälde bezieht: ein Mann in einer Türöffnung, grinsend. Eine ganz harmlos klingende Beschreibung, aber das Gemälde ist alles andere als das. Durch den geschickten Auftrag der Ölfarbe und eine sparsame Farbgebung auf dem für sie typischen schmalen Grat zwischen Abstraktion und figurativer Darstellung wandelnd, hat Vanessa ihre panische Angst so deutlich auf die Leinwand gebannt, dass man sie beinahe riechen kann.

Es ist nicht Julian, und es ist nicht Douglas. Es ist einfach ein Mann, der gekommen ist, um etwas zu reparieren, ein Mann, der ihr Angst eingejagt hat. Manch anderer könnte diese Enthüllung enttäuschend finden oder belanglos, aber Becker ist Feuer und Flamme. Mit jeder Zeile, die er liest, lernt er sie besser kennen, versteht besser, wovon sie getrieben war. Jetzt weiß er das: Vanessa malte, was sie liebte, sie malte ihre Freiheit, sie malte das Meer. Sie malte, was sie fürchtete.

Falls er richtigliegt. Allerdings wüsste er nicht, warum er nicht richtigliegen sollte – sie *muss* sich an dieser Stelle auf *Black II* beziehen, oder? Der einzige Mensch, der es ihm bestätigen könnte, ist Grace.

Ungefähr eine Stunde später trifft er Sebastian am Frühstückstisch in der hinteren Küche an. Eine Kanne Kaffee neben sich, tropft er Himbeermarmelade auf was immer er gerade liest. Er hört Becker kommen, blickt hoch und grinst. Becker erwidert das Lächeln, doch als er Sebastian mit seiner Serviette über eine Seite wischen sieht und eines von Vanessas Notizbüchern erkennt, fällt es ihm buchstäblich aus dem Gesicht.

Sebastian bekommt seine Reaktion mit. »Es ist nur ein winziges bisschen Konfitüre, Beck. Reg dich ab.«

Diese *Unverfrorenheit*, wütet Becker innerlich, dieser nonchalante Umgang mit Dingen, die kostbar sind. Er soll sich abregen? Er könnte diesem anmaßenden Arschloch eine reinhauen, so sauer ist er. »Wo hast du das her?«

Sebastian lächelt ihn aufreizend charmant an. »Hab ich mir gestern stibitzt, als ich Hels abgeholt hab. Jetzt guck nicht so. Gehört doch eh mir.«

»Was?«, knurrt Becker. »Das Buch oder Helena?«

Sebastian schiebt seinen Stuhl zurück und wischt sich Krümel von der Hose. »Das ist unter deinem Niveau«, sagt er im Aufstehen und hat recht, und sofort hasst Becker sich dafür, dass er sich bloßgestellt, sich mal wieder als der Schwächere erwiesen hat.

»Das Buch gehört nicht dir«, sagt Becker, das Kinn vorgereckt und die Arme vor der Brust verschränkt. »Es ist Eigentum der Stiftung.«

»Mein Gott, du wachst total eifersüchtig über alles, was sie angeht, merkst du das, Beck?«, sagt Sebastian und tritt näher an ihn heran, so nah, dass sie sich Auge in Auge gegenüberstünden, wenn Becker etwas größer wäre. »Ich meine Vanessa, nicht deine Frau.« Becker macht einen Schritt zurück, und Sebastian drückt ihm das Notizbuch an die Brust. »Hast du das hier schon gelesen?« Becker blickt es an und schüttelt den Kopf. »Dann schau dir die Rückseite an. Los, mach schon, schau sie dir an. Da sind die Werke aufgelistet, die bei der Ausstellung in der Galerie meines Vaters gezeigt werden sollten.«

Becker nimmt das Notizbuch und dreht es hin und her, um es auf weitere Schäden zu untersuchen. Sebastian bläst hörbar die Luft aus. Becker wendet sich, wie angewiesen, der Rückseite zu.

Glasgow Modern Sep. 2002

Keramikarbeiten:

Meer-Serie 1–9, Eris-Serie 1–12, Flourish 1–3, Breathe 4, 7, 8, 9 & 12

Möglicherweise ein paar kleinere Werke?? Vasen?

Gemälde:
To Me She is a Wolf

Darkness Causes Us Not Discomfort (Black I), Black II, Follow Me

Totem

North

The Tide Always Comes: Summer & Winter

Eris Rock: Arrival, Spring, Winter & Winter II

Hollow

Meer-Serie: Sundown, Storm I & II, Wreck, Revival.

Jetzt ist es Sebastian, der mit verschränkten Armen und herausfordernder Miene dasteht. »Nach meiner Zählung sind das mindestens neunundzwanzig Keramikarbeiten und *achtzehn* Gemälde«, sagt er mit einem Anflug von Triumph in der Stimme.

Becker schaut auf die Liste und überschlägt es im Kopf – Sebastians Berechnung stimmt. Als die Werke an die Fairburn-Stiftung geliefert wurden, waren insgesamt nur fünfzehn Keramikarbeiten darunter, und er sieht auf Anhieb, dass eine ganze Reihe der aufgelisteten Gemälde fehlt.

»Mein Vater hatte recht!«, sagt Sebastian. »Du wolltest einen Beweis? Nun, da ist er, oder nicht? Und sie braucht gar nicht damit anzufangen, uns was von privaten Verkäufen zu erzählen – wir haben mit allen Auktionshäusern gesprochen und alle Sammler unter die Lupe genommen. Es gibt nirgends eine Spur von ihnen.«

Becker lässt sich schwer auf dem Küchentisch nieder und betrachtet stirnrunzelnd die Liste vor ihm. »Das ergibt keinen Sinn«, murmelt er. »Wir haben … vier Bilder der schwarzen Serie, aber *Totem* nicht und auch *North* nicht. Wir haben *Wreck*, aber nicht *Revival* … das sind … Mein Gott, über mindestens *sechs* von diesen Werken hat sie keine Rechenschaft abgelegt.«

»Nicht wahr? Haswell belügt uns, Becker. Sie lügt schon die ganze Zeit, und ehrlich gesagt sehe ich keinen Grund mehr, warum …«

»Es kann sein«, unterbricht Becker ihn, »dass Vanessa die Namen einiger Werke geändert hat. Manche Künstler machen das, obwohl ich bezweifle …«

»Ach, jetzt *komm* schon!« Sebastian wirft genervt die Hände hoch. »Du klammerst dich an Strohhalme!«

Das tut er tatsächlich, und er weiß es auch. Er nickt, reibt sich die Stirn und kneift die Augen zu. »Aber … was sagen wir denn jetzt? Unterstellen wir ihr, dass sie die Gemälde irgendwo versteckt hat?« Er schaut zu Sebastian hoch, der heftig nickt. »Aber warum sollte sie das tun? Sie kann sie doch eh nicht verkaufen, nicht auf legale Weise. Wer würde ihr denn Geld dafür geben, ohne Provenienz?«

Sebastian setzt sich wieder hin und zuckt übertrieben die Achseln. »Weiß der Himmel! Vielleicht geht es ihr gar nicht um Geld, vielleicht macht sie es aus Gehässigkeit? Oder Wut? Vielleicht hat sie erwartet, dass Vanessa *ihr* alles vermacht, und dann stellte sich raus …«

»Dass sie mit nichts dastand.«

»Mit *nichts*? Sie hat ein Haus bekommen! Und eine verdammte Insel!« Sebastian zeigt in die Richtung, von der er glaubt, dass Eris dort liegen müsse. »Hör zu, weiß der Himmel, warum sie sie zurückbehalten hat, ich habe keine Ahnung. Ich weiß nur, dass sie Dinge hat, die uns gehören, und es wird Zeit, dass du dich darum kümmerst. Dass du dich um *sie* kümmerst. Und wenn du glaubst, dazu nicht in der Lage zu sein …«

Die Küchentür, die in den Garten hinausführt, schlägt zu, und sie erschrecken beide. Emmeline kommt, schwarz gekleidet und krumm wie eine Hexe, mit ihren tierischen Begleitern von einem Spaziergang zurück.

»O hallo!« Sebastian wechselt von einem Moment zum nächsten die Tonlage. Gut gelaunt und ehrerbietig nähert er sich Emmeline, um sie zu begrüßen. Sie dreht ihm jedoch den Rücken zu und stützt sich auf der Arbeitsfläche ab, während die Hunde aufgeregt winselnd um ihre Beine streichen. Emmeline zieht einen ihrer Gummistiefel aus und hält dann – den bestrumpften Fuß in der Luft, das Knie gebeugt wie ein Pferd, das einen Huf schont – mitten in der Bewegung inne. »Mutter?«, sagt Sebastian. »Ist alles in Ordnung?«

»Mir geht's … gut«, sagt sie gereizt, doch das stimmt offensichtlich nicht. Sebastian ist sofort neben ihr und stützt ihren Ellenbogen. Sie macht sich los. »Lass das Theater, Sebastian, mir fehlt nichts.«

»Du blutest ja …«

»Die verfluchte Hündin läuft mir dauernd zwischen die Füße«, faucht Emmeline. »Sie ist so eine Nervensäge.« Sie erlaubt Sebastian, ihr Halt zu geben, während sie ihren zweiten Stiefel auszieht. Emmeline hat Blut an den Händen, und Becker sieht selbst aus drei Metern Entfernung, dass sie zittert. Er steht auf, steckt das Notizbuch, in dem Sebastian gelesen hat, in seine Tasche und schleicht ohne ein Wort aus dem Raum.

Vanessa Chapmans Tagebuch

Was für ein furchtbarer Start ins neue Jahr. Celia Gray ist tot – ein Autounfall in Südfrankreich. Niemand anders war beteiligt – sie ist von der Straße abgekommen und gegen einen Baum geprallt. Julian war, Gott sei Dank, nicht dabei.
Armer, armer Julian. Er tut mir so leid – er wollte das alles so sehr. Sie, natürlich, aber auch das Leben, das sie ihm geboten hat. All das schöne Geld! Es war so verlockend und zum Greifen nah, und jetzt ist es weg.
Weiß der Himmel, was er jetzt tun wird.

20

Becker schreibt an diesem Nachmittag an Grace und ist überrascht, dass er fast postwendend eine Antwort erhält, in der steht, er könne gern am Wochenende nach Eris kommen. Samstag sei gut. *Meinen Sie morgen?*, schreibt er zurück. Ja, morgen.

Er ruft bei Helena an, um ihr mitzuteilen, dass er nicht da sein wird, wenn sie aus London zurückkommt, landet aber direkt auf der Mailbox. Er ist in Versuchung, auf Instagram nachzusehen, weil er ahnt, dass er dort Belege für Lunchs in schicken Restaurants, Bar- und vielleicht auch Theaterbesuche finden wird – Einblicke in ein anderes Leben, von dem er sich ausgeschlossen fühlt. Dass sein Ausschluss selbst gewählt ist, macht es für ihn nicht angenehmer. Er schaut nicht nach. Zu gefährlich.

Dieses Gefühl – diese Sehnsucht nach ihr – lässt ihn manchmal nostalgisch auf die Zeit zurückblicken, in der sie noch nicht seine Frau war, als er nur davon träumen konnte, mit ihr zusammen zu sein. Es ist auf eine seltsame Art prickelnd, sie sich eher als verbotenes Objekt der Begierde vorzustellen, denn als Ehefrau.

In seiner Anfangszeit bei der Fairburn-Stiftung ist Helena immer unerwartet bei ihm im Büro vorbeigekommen. Sie streckte ihren Kopf zur Tür herein und stellte ihm, immer atemlos, immer in Eile, eine Frage, die ihr ebenso gut auch ein anderer hätte beantworten können – ihr zukünftiger Mann zum Beispiel. Wenn zufällig jemand anders dazukam, wurde sie nervös und lief rot an.

Becker glaubte damals, dass er sich das einbilden müsse. Es konnte gar nicht anders sein! Doch dann kam sie eines unfassbar herrlichen Frühlingsabends – die Mauersegler zogen im Tiefflug über den Rasen, und auf den cremefarbenen Magnolienblüten vor seinem Bürofenster lag ein goldenes Licht – genau in dem Moment herein, als er den Computer herunterfuhr. Sie war zum Ausgehen ausstaffiert, dünnes Seidenkleid in der Farbe eines Sonnenuntergangs, High Heels, roter Lippenstift. Sie trat rasch ein, schloss die Tür hinter sich, kam um den Schreibtisch herum, beugte sich zu ihm herab und küsste ihn, bevor er auch nur ein Wort sagen konnte, auf den Mund. Anschließend richtete sie sich wieder auf und machte einen Schritt zurück. Sie wartete darauf, dass er etwas sagte, und lächelte traurig, als er es nicht tat. »Die Einladungen gehen nächste Woche raus«, sagte sie nur und war wieder verschwunden, bevor ihm irgendeine Erwiderung eingefallen war.

Wenn er jetzt daran denkt, windet er sich innerlich; er war so feige. Er hat nichts getan und nichts gesagt. Schlimmer noch: Er hat sich vor ihr versteckt, sich abgewendet und Reißaus genommen, wann immer sie ihm in den Gängen des Hauses entgegenkam. Die Hochzeitseinladungen wurden verschickt.

Und das war's dann.

Allerdings intervenierte das Schicksal – in der unwahrscheinlichen Gestalt von Lady Emmeline Lennox. Ein Stolpern in der Heide, ein Fehlschuss, und Douglas war tot. Die Hochzeit musste verschoben werden. Und während Sebastian seine gramgebeugte Mutter tröstete und seinen Vater betrauerte, trat Becker in Aktion.

Im Spätsommer, als Erika und Weidenröschen die Wiesen violett färbten, holte Becker Helena vom Bahnhof ab. Er tat es im Auftrag Sebastians, da dieser mit seiner Mutter in die Stadt musste, um Regelungen für die Beisetzung zu treffen. Becker nahm Helena am Bahnsteig in Empfang und brachte sie zum Anwesen, nur dass er sie nicht am Haupthaus absetzte, sondern zur Wildhüter-Lodge weiterfuhr.

Es haut ihn heute noch um, wenn er an diesen Tag denkt, an die Hitze, die weit geöffneten Fenster, an die im Laufe des Nachmittags langsam länger werdenden Schatten, an die Gewissheit, dass Sebastian nicht vor dem Abend zurück sein würde und sie stundenlang ihm gehörte.

In der blauen Abenddämmerung stand er auf, um Gläser mit Wasser zu holen, und als er zurück ins Zimmer kam, brachte er den Mut auf, sie direkt zu fragen: »Was ist das hier, Helena? Hast du kalte Füße bekommen?«

Sie saß auf dem Bett, mit geröteten Wangen und schweißnassem Haar, die Beine an die Brust gezogen. »Glaubst du, ich mache so was leichtfertig?«, fragte sie verletzt. »Glaubst du, ich betrüge ihn aus einer Laune heraus?«

Becker schüttelte den Kopf und reichte ihr eines der Gläser, während er wieder ins Bett stieg. »Nein«, sagte er, »aber ich verstehe wirklich nicht, warum du es tust, was genau du willst.« Er hat gezittert, das weiß er noch, seine Hand hat gebebt, als er das Glas an die Lippen hob.

Es schien eine Ewigkeit zu vergehen, bevor sie antwortete. »Als ich dich zum ersten Mal gesehen habe«, begann sie vorsichtig, »an dem Abend, als wir alle zusammensaßen und was getrunken haben, weißt du noch? Seb und ich, Emmeline und Douglas und du, oben im Haupthaus. Da warst du sehr still … und hast sehr leise gesprochen … Was für ein *Waschlappen*, dachte ich zuerst. Gut aussehend, aber nicht auf die gleiche Art wie Sebastian …« Becker verzog das Gesicht. »Ja, stimmt doch«, sagte sie achselzuckend. »Und das weißt du auch.« Sie schlug die Beine übereinander und zog ein Kissen auf ihren Schoß. »Aber dann fing Douglas an, dir Fragen über die Arbeit zu stellen, über Chapman, und auf einmal warst du wie ausgewechselt … Du warst in irgendeinem Punkt nicht seiner Meinung, irgendwas Kuratorisches; ich glaube, es ging darum, wie man die Sammlung am besten präsentiert. Douglas hat rumgebrüllt und gepoltert und darauf beharrt, alles müsse strikt chronologisch geordnet werden. Aber du hast dagegengehalten, mit dem Argument, die Skulpturen, die du gerade erst entdeckt hattest, bezögen sich unmittelbar auf ihre frühen Landschaftsbilder von Oxfordshire, bei denen sie Grashalme und Samen und andere Dinge in die Farbe gedrückt hatte. Die Installationen stellten für dich eine andere Umgangsweise mit Fundstücken und natürlichen Objekten dar …«

»Und er hat mich ganz schön zusammengestaucht«, erwiderte Becker und zog eine Grimasse. »Er sagte, ich solle aufhören, schlau daherzureden wie ein Doktorand, und anfangen, wie der Kurator einer *kommerziellen* Ausstellungsfläche zu denken.«

Helena lachte. »Ja, und dann hat Seb versucht, seinen Senf dazuzugeben – und sich natürlich auf die Seite seines Vaters geschlagen. Ich weiß nicht mehr, was er gesagt hat, wahrscheinlich weil er nicht wirklich was zu sagen hatte; alles, was aus seinem Mund kam, war so aalglatt und oberflächlich, und du warst die ganze Zeit so … kontrolliert.« Sie lächelte und lief rot an. »Das fand ich sehr anziehend. Nachher musste ich dauernd daran denken, wie eisern du deine Position verteidigt hast.« Sie errötete noch mehr. »Und genau in dem Moment wurde mir zum ersten Mal klar, dass du *Substanz* hast und Seb, so süß er auch ist, nichts draufhat.«

Becker durchlebt noch einmal das köstliche, berauschende, beschämende Gefühl der Genugtuung, das Sebastians Herabsetzung ihm damals bereitet hat.

»Er kann nichts dafür«, fügte Helena hinzu. »Er hat immer alles serviert bekommen, brauchte sich nie richtig anzustrengen, musste nie um irgendwas kämpfen … Und weißt du was? Ich bin genauso. Ich bin selbst auch so ein Leichtgewicht. Ich würde beim kleinsten Windchen wegwehen, darum brauche ich jemanden, der mir Halt gibt. Und ich möchte, dass du das bist.«

Erst später, als sie unter der Dusche war und er sich unten in der Küche einen Wein einschenkte und darüber nachdachte, was er ihr sagen sollte, wenn sie ging, wurde ihm schlagartig bewusst, dass er seine Kuratoren-Stelle unter diesen Umständen nicht halten konnte. Dass er Vanessa aufgeben musste, wenn er Helena haben wollte. Der Gedanke ließ ihn mitten in der Bewegung erstarren, das Glas knapp vor dem Mund. Er wollte das alles so sehr, diese Gelegenheit, Vanessa zu studieren, ihre eigenen Worte zu lesen, über sie zu schreiben, sich völlig in sie zu versenken. Sein ganzes Leben war auf diesen Punkt zugelaufen, und jetzt würde er unverrichteter Dinge wieder gehen müssen.

Das ist es nicht wert, hat er gedacht. Das ist sie nicht wert. Es war nur ein ganz kurzer Gedanke – der vielleicht den Bruchteil einer Sekunde durch seinen Kopf ging –, aber er *hat* es gedacht.

Als Helena ungeschminkt und die langen Haare zu einem Knoten gebunden nach unten kam, waren ihre Augen ein wenig gerötet, vom Shampoo oder vom Weinen. Sie war atemberaubend. *Natürlich* war sie es wert. »Ich werde kündigen«, sagte er zu ihr. »Wir gehen weg, irgendwo anders hin.«

Sie zog ein Gesicht. »Wieso?«

»*Wieso?*«, fragte er ungläubig. »Du bist … mit ihm verlobt, Helena, und wir …«

»Becker!« Sie küsste ihn mit offenem Mund. »Jetzt sei nicht so spießig! Ja, es wird Ärger geben. Er wird wütend sein, und zuerst wird es schmerzhaft für ihn sein, aber er wird drüber wegkommen. In ein oder zwei Monaten wird er eine andere haben, und ein, zwei Monate später wieder eine andere. Mach dir um Sebastian keine Gedanken.«

Also blieb er. Sie blieben. Und Sebastian – der freundliche, immer Haltung bewahrende Sebastian – kam darüber hinweg. Er verschwand für ein paar Monate, tauchte auf den Malediven, wanderte in Spanien, gabelte Frauen auf und ließ sie wieder fallen, und als die Pandemie kam, kehrte er allein zurück. Er hege keinen Groll gegen sie, schwor er. Es sei nur fair, der Bessere habe gewonnen.

Becker verbringt den Rest des Nachmittags damit, seinen Schreibtisch aufzuräumen, E-Mails zu verschicken, mit ein paar Auktionshäusern über bevorstehende Verkäufe zu sprechen und einen privaten Sammler zu kontaktieren, um die Möglichkeit einer Leihgabe für die im nächsten Sommer geplante Ausstellung zu sondieren.

Als er gerade loswill, streckt Sebastian den Kopf zur Tür herein. Er trägt einen Abendanzug, die Krawatte ist noch nicht gebunden, seine Wangen sind mit kunstvoll getrimmten Stoppeln bedeckt. »Hast du zufällig das Notizbuch mitgehen lassen, in dem ich gelesen habe?«, fragt er. »Das mit der Liste?«

Becker seufzt genervt. »Ich fahre morgen nach Eris, da muss ich es ihr zeigen – es ist das Einzige, was annähernd wie ein Beweis dafür aussieht, dass Werke fehlen.«

Sebastian nickt. »Gut, meinetwegen.« Er wendet sich zum Gehen, scheint es sich dann aber anders zu überlegen. »Du hältst mich auf dem Laufenden, ja? Ich will wissen, wie sie reagiert, wenn sie's schwarz auf weiß vor sich hat.« Becker nickt, antwortet aber nicht. »Ich mein's ernst, Becker. Diesmal will ich Ergebnisse sehen – du musst ihr mal zeigen, wo der Hammer hängt.«

»Na schön«, erwidert Becker. »Aber ich finde immer noch, dass es zumindest einen Versuch wert ist, sich mit ihr gut zu stellen.« Sebastian verdreht die Augen, aber Becker redet trotzdem weiter. »Ich hab das Gefühl, dass sich die Sache am Ende komplizierter gestalten wird, als du glaubst. Schließlich hat Grace uns das Notizbuch mit der Liste ja selbst gegeben. Warum sollte sie das tun, wenn sie versuchen würde, etwas zu verbergen?«

Sebastian zuckt die Achseln und schaut auf seine Armbanduhr. Er hat die Aufmerksamkeitsspanne einer Mücke, denkt Becker, er ist schon wieder bei der nächsten Sache, schon aus der Tür, auf dem Weg zum Abendessen. »Halt mich einfach auf dem Laufenden«, sagt er. Er hat jetzt sein Telefon in der Hand und liest etwas, während er sich entfernt; kurz bevor er aus Beckers Blickfeld verschwindet, bleibt er stehen. Und dreht sich um. »Hast du dich eigentlich je gefragt, wie es kam, dass wir alles bekommen haben, Beck?«

»Bitte?«

»Findest du das nicht merkwürdig?«, fragt Sebastian. »Diese Haswell war seit zwanzig Jahren Vanessas Freundin, ihre Pflegerin, ihre Partnerin, und trotzdem hat Vanessa dafür gesorgt, dass sie nach ihrem Tod – wie *du* es formuliert hast – mit nichts dastand. Was glaubst du, was der Grund dafür war?«

Vanessa Chapmans Tagebuch

Ich weiß nicht so recht, wie ich darüber schreiben soll. Ich werde versuchen, alles wiederzugeben, woran ich mich erinnere, aber ich bezweifle, dass mir das ganz genau gelingt.

Es war gegen vier, ich arbeitete im Atelier, es war dunkel, noch nicht stockfinster, aber die Sonne hatte sich den ganzen Tag nicht gezeigt.

Kalt und stürmisch.

Ich glaubte, ein Auto gehört zu haben, und ging raus, aber ich sah nichts, keine Lichter auf dem Fahrdamm oder auf dem Weg, also ging ich wieder rein und arbeitete weiter. Ich hatte gerade ein paar Sachen für den Glasurbrand in den Ofen gestellt, als ich dachte, ich hätte jemanden am Fenster vorbeigehen sehen.

Ein, zwei Augenblicke später erschien ein Mann in der Tür. Ich wusste sofort, dass er mir wehtun würde, es war der Typ, der letzten Winter das Quad repariert hat.

Das Gewehr lehnte an der Wand, und ich griff danach. Er kam auf mich zu – sagte nichts, gab keinen Ton von sich, kam einfach nur auf mich zu. Ich legte das Gewehr an. Als er weiterging, versuchte ich zu schießen, doch die Waffe ging nicht los. Also wollte ich ihm damit eins überziehen, aber ich war zu langsam.

Er packte mich und drückte mich auf den Boden.

Ich hab geschrien und geschrien, er legte eine Hand auf meine Kehle und versuchte mit der anderen, mir die Jeans auszuziehen. Ich muss die Augen zugemacht haben, denn das Nächste, woran ich mich erinnere, ist, dass ich ein furchtbares gurgelndes Geräusch hörte und er nicht länger auf mir drauf lag. Ich kapierte, dass noch jemand im Raum war.

Grace hatte einen der Drähte, mit denen ich den Ton schneide, um seinen Hals geschlungen und ihn nach hinten gezogen. Er trat um sich und versuchte, sich zu befreien, seine Finger unter den Draht zu bekommen, damit er ihm nicht weiter in den Hals schnitt.

Er kämpfte eine ganze Weile, trat weiter um sich und gab dieses schlimme würgende Geräusch von sich.

Ich glaube nicht, dass ich zu dem Zeitpunkt irgendetwas gemacht habe. Aber ich war, glaube ich, auf die Knie hochgekommen.

Nach einer Weile hörte er auf zu kämpfen. Grace schubste ihn nach vorn, sodass er mit dem Gesicht nach unten dalag, hielt den Draht aber weiter fest um seinen Hals und rief mir zu, ich solle die Polizei rufen.

Ich tat noch immer nichts. Ich zitterte so heftig, dass ich fürchtete, meine Bewegungen nicht koordinieren zu können.

Sie rief wieder, ruf in Gottes Namen die Polizei, nimm das Gewehr mit und ruf die Polizei.

Da stand ich auf und rannte zum Haus. Ich rief bei der Polizei an. Ich weinte am Telefon, erzählte ihnen, ein Mann hätte uns angegriffen und meine Freundin hätte ihn umgebracht. Ich konnte ihre Fragen gar nicht beantworten, ich weinte die ganze Zeit nur.

Er war nicht tot.

Als ich wieder nach oben ging, hörte ich ihn fluchen und schreien – Grace hatte seine Knöchel mit Schnur fixiert und ihm mit ihrem Gürtel die Handgelenke zusammengebunden. Der Draht lag noch um seinen Hals.

So verharrten wir, bis die Polizei kam. Grace kniete in seinem Kreuz und hielt den Draht stramm, ich stand mit dem Gewehr über ihm.

Während der gesamten Wartezeit hörte er nicht auf zu reden; er zählte pausenlos auf, auf welche Arten er mir wehtun wollte, was er mir alles antun und welche Werkzeuge er dafür benutzen würde.
Die Polizei brauchte eineinhalb Stunden.
Grace blieb über Nacht.
Ich verdanke ihr mein Leben.
Ich verdanke ihr alles.

21

Grace erinnert sich an einen der seltenen Abende, an denen sie zusammen im Atelier saßen und sich unterhielten. Vielleicht bei einem Glas Wein? Die Sonne stand noch hoch am Himmel, es war Sommer. Vanessa saß an der Töpferscheibe und erzählte Grace – auf eine Weise, wie sie selten mit Grace redete – von ihrer Arbeit.

»Das Schwierige an Ton«, sagte sie, »ist, dass du alles daraus machen kannst.« Sie saß mit vorgebeugtem Kopf da, die Haare hatte sie im Nacken zusammengebunden, aber hin und wieder fiel ihr eine Strähne über die Augen, und sie schob sie weg, indem sie mit der Wange über ihre hochgezogene Schulter strich.

Sie tauchte ihre Fingerspitzen ins Wasser und legte sie dann wieder um den Ton auf der Scheibe, um ihn anzufeuchten. »Ich meine nicht, dass die Arbeit damit schwierig ist. Steingut ist ziemlich leicht zu machen, Porzellan ist natürlich schwerer, aber ich meine wirklich nicht diese Art von schwierig. Ich meine, wenn man alles herstellen kann – *alles!* –, wofür soll man sich dann entscheiden? Es gibt zu viele Möglichkeiten.«

Erneutes Eintauchen, Anfeuchten, Schulterhochziehen. »Es gibt einen Bildhauer, Isamu Noguchi – ein ganz hervorragender Mann, er starb in den Achtzigern. Der hat jedenfalls mal gesagt, Ton sei *zu* veränderlich, *zu* nachgiebig, er lasse einem zu viel Freiheit … Oh!« Sie setzte sich lachend auf. Der geformte Ton auf der Drehscheibe war in der Mitte eingesunken, in sich zusammengesackt, und stand nun krumm und schief da wie ein Betrunkener auf dem Gehweg nach der Sperrstunde. »Ich glaube nicht, dass ich je zu viel Freiheit haben könnte …«

Sie lächelte Grace an, wischte sich die Hände ab und nippte an ihrem Wein. Es war ein Rosé, denkt Grace, oder vielleicht auch ein Schaumwein. »Hast du nicht Lust, es mal zu versuchen?«, fragte Vanessa, streckte den Arm aus und winkte Grace näher heran, doch Grace schüttelte lachend den Kopf.

»Andererseits hat Noguchi vielleicht doch recht«, sagte Vanessa, während sie den Ton wieder zu einer festen Masse verknetete und in die Mitte der Scheibe legte. »Denn wenn man so sehr von Zweifeln geplagt ist wie ich, ist es eine Quälerei, so viele Möglichkeiten zu haben …« Sie fing wieder von vorn an, tauchte ihre Finger in die Wasserschale und trieb die Drehscheibe mit dem Fuß an.

»*Ich* liebe an der Arbeit mit Ton ja, dass es egal ist, wenn was schiefgeht«, sagte sie. »Man wirft einfach alles zurück auf die Scheibe und beginnt von vorn, formt etwas Neues; jedes Mal, wenn man wieder anfängt, entsteht etwas Neues … Das ist ein riesiger Unterschied zum Malen, wo alle falschen Flecken und Fehler immer dableiben. Selbst wenn man die Farbe wegkratzt, bleiben die vernichteten Bilder wie Geister vorhanden. Anders beim Töpfern. Sobald man aus dem Ton etwas Neues geformt hat, ist das Alte verschwunden, ausradiert! Selbst wenn man es zurückhaben wollte, könnte man es nicht wiederherstellen. Es ist sinnlos, es zu versuchen. Man muss also lernen«, sie beugte sich vor, biss sich vor Konzentration auf die Unterlippe und legte die Stirn in Falten, »das, was davor war, loszulassen. Das Vergangene loszulassen.«

Grace ist in ihrem Schlafzimmer, früher auch das hintere Zimmer oder das Gästezimmer genannt – tatsächlich nennt sie es in Gedanken immer noch das Gästezimmer, obwohl sie selbst darin schläft, genauso wie das Haus für sie immer noch Vanessas Haus ist und nicht ihr eigenes. Es wird immer Vanessas Haus bleiben, und das Zimmer auf der Südseite, das, von dem aus man das Meer sieht, wird immer Vanessas Zimmer bleiben. Aber wenn Becker hier ist, wird Grace – sollte er sich entschließen, über Nacht zu bleiben – in Vanessas Zimmer umziehen, und er bekommt das Gästezimmer.

Es gibt Momente, an die Grace sich bewusst nicht zurückerinnert, weil es ihrer geistigen Gesundheit nicht guttun würde; dazu gehören auch die letzten bedeutsamen Stunden, die sie in Vanessas Zimmer verbracht hat. Seither steht das Zimmer leer. Es ist nicht *unberührt* – Grace putzt dort von Zeit zu Zeit und öffnet im Sommer die Fenster, um die Seeluft hereinzulassen, damit es in dem Raum nach Salz und Tang riecht statt nach Staub und Feuchtigkeit –, aber im Wesentlichen sieht das Zimmer noch so aus wie an dem Tag, an dem der Wagen über den Damm gefahren kam, um Vanessas Leiche abzuholen. Die Möbel stehen immer noch an derselben Stelle, das Bett, der Schreibtisch und die Kommode an der Wand, selbst der Sessel neben dem Bett, auf dem Grace früher oft gesessen hat.

Grace muss nicht in diesem Zimmer schlafen – sie könnte auch das Sofa nehmen oder Becker das Sofa anbieten, aber das würde Fragen aufwerfen, oder? Es würde peinlich und seltsam wirken. Schließlich ist es nur ein Zimmer und kein Schrein, nicht heilig. Und es spukt dort auch nicht.

Eins nach dem anderen. Sie muss das Gästezimmer vorbereiten, das Bett abziehen, die Bettwäsche waschen, ihre persönlichen Dinge wegräumen: die Hemdblusen, die über der Rückenlehne des Sessels hängen, die Haarbürste und die Feuchtigkeitscreme auf der Frisierkommode. Eigentlich sollte es für ihn keinen Grund geben, in ihren Schrank zu schauen, trotzdem nimmt sie lieber die zwei Gemälde heraus, die sie hinter ihren Mänteln aufbewahrt, und bringt sie ins Wohnzimmer. Sie verrückt den alten, leinenbespannten Paravent und öffnet die dahinterliegende Tür, die in einen kleinen fensterlosen Raum führt. Sie sind beide nie dahintergekommen, wozu der gut sein sollte. *Ein Priesterloch!*, behauptete Vanessa gern, aber so etwas gab es hier oben nicht. Vanessa hat ihn als Dunkelkammer benutzt. Und Grace verwendet ihn nun als Lagerraum.

Als sie den Paravent wegschiebt, meldet sich ihr schlechtes Gewissen. Diese Gemälde stehen ihr rechtmäßig nicht zu. Bis jetzt hat sie sich gestattet, es als Versehen einzustufen, dass sie noch hier sind. Sie standen eben ganz hinten im Schrank und sind dort vergessen worden. Nun verstößt sie jedoch bewusst gegen Vanessas letzten Willen, und das behagt ihr nicht. Obwohl es, wenn sie ehrlich mit sich ist, nicht das erste Mal wäre.

Außerdem kann sie Becker eine Menge anderer Dinge geben: Im Wohnzimmer stehen Kartons voller Skizzen, zwei unvollendete und ungerahmte Gemälde, noch mehr Notizbücher und ein Stapel Briefe bereit. Die Briefe von Douglas Lennox hat sie mit Bedacht ganz obenauf gelegt; die Briefe, in denen er bedürftig und aggressiv wirkt, unglaublich verletzt über ihre Zurückweisung, verbittert bis zur Verblendung. *Wie kannst Du nur behaupten, es hätte nichts bedeutet? Willst Du allen Ernstes meine Frau als Ausrede benutzen? Die Frauen Deiner anderen Liebhaber waren Dir doch auch immer egal.* Grace weiß, dass ihr Verhalten kleinkariert ist, doch es hat auch einen Sinn: Es ist nicht leicht, sich vor dem prüfenden Blick der Öffentlichkeit zu entblößen. Aber es ist auch nicht leicht, die, die man geliebt hat, entblößt zu sehen.

Sie wickelt das kleinere Gemälde in ein altes Handtuch und bringt es in den kleinen Lagerraum. Er ist fast leer, nur zwei alte

Koffer stehen dort und ein paar Kisten mit ihren eigenen persönlichen Unterlagen, die sie seit ihrem Umzug aus dem Dorf hier aufbewahrt. Sie lehnt das kleine Bild gegen einen der alten Koffer und geht das größere Bild holen. Als sie es so dreht, dass die Leinwand zur Wand zeigt, verrutscht das Tuch, in das sie es gewickelt hat, ein wenig, und oben auf dem Holzrahmen wird Vanessas Kennzeichnung sichtbar: *Totem*.

Vergangenes loszulassen, ist zwangsläufig ein selektives Unterfangen. An manchen Dingen hält man fest, und andere gibt man auf. Indem Grace bestimmte Porträts und Briefe zurückbehält, klammert sie sich an das, was sie und Vanessa füreinander waren. Es soll kein Stoff für Erklärungen, Interpretationen oder Spekulationen sein; es gehörte ausschließlich ihnen. Und jetzt gehört es ihr allein.

All die Jahre hat sie im Gästezimmer geschlafen und wurde, wenn jemand über Vanessa schrieb, mal als Weggefährtin oder Pflegerin bezeichnet, mal als Freundin und gelegentlich als Partnerin – und alle diese Begriffe waren grundfalsch, wenngleich weder Vanessa noch sie je erklärt hätte, inwiefern. Vanessa nicht, weil ihr Erklärungen grundsätzlich widerstrebten, und Grace nicht, weil sie nie gefragt wurde.

Was hätte sie sagen können, wenn sie jemand gefragt hätte? Wie hätte sie es erklären können, wenn alle anderen Arten von Liebe der romantischen Liebe stets untergeordnet werden? Was sie und Vanessa geteilt hatten, war nicht romantisch gewesen, aber es war deswegen nicht weniger wert. *Nur eine Freundin*, sagen die Leute immer. *Ach, sie ist nur eine Freundin*. Als wäre eine Freundin etwas Alltägliches, als könnte eine Freundin nicht die Welt bedeuten.

Meine Liebste, hätte Grace sagen können, wenn sie gefragt worden wäre, *sie war meine Liebste*.

Zurück in der Küche setzt sie sich an den Tisch und erstellt eine Liste von Dingen, die sie noch besorgen muss, bevor Becker eintrifft. Milch, Brot, Eier und Bacon fürs Frühstück, ein Hähnchen fürs Abendessen, Gemüse. Wein. Es ist lange her, dass sie richtig für jemanden gekocht hat, lange her, dass sie Gäste im Haus hatte. Ganz früher, bevor Grace ins Gästezimmer gezogen ist, kamen Vanessas Künstlerfreunde häufig zu Besuch, und manchmal kamen auch Leute aus dem Dorf, zum Lunch oder auf einen Drink, doch sie blieben für gewöhnlich nicht, es sei denn, sie hatten das Zeitfenster für den Damm verpasst. Der Letzte, der hier übernachtete, war wahrscheinlich Julian. Aber der war eigentlich kein Gast, er tauchte einfach eines Tages auf, uneingeladen.

22

Eris, Sommer 2002

In Vanessas Küche stand ein Mann. Er war blond, hatte leichte Geheimratsecken und einen tief gebräunten Oberkörper. Er trug weite Shorts, wie junge Leute sie bevorzugen, und sonst nichts. Als er sich zu ihr umdrehte, sah Grace, dass seine Hose so tief saß, dass der obere Beckenrand und ein Büschel Schamhaare entblößt waren.

»Du musst Grace sein«, sagte der Mann und streckte ihr die Hand hin. »Ich bin Julian. Was kochst du uns heute Abend?«

Grace ignorierte seine Hand und hievte die Einkaufstaschen auf den Küchentisch. »Ich koche nicht. Ich habe ein paar Sachen für Vanessa besorgt«, sagte sie. »Wenn man sie sich selbst überlassen würde, dann würde sie verhungern.«

»Nett von dir«, sagte Julian. Er spähte in eine der Taschen, nahm ein Päckchen Hackfleisch heraus, zog eine Augenbraue hoch und legte es wieder zurück. »Hast du auch Zigaretten mitgebracht?«, fragte er und schaute lächelnd zu ihr hoch.

Grace wandte ihm den Rücken zu. »Sie würde zwar verhungern, aber die vergisst sie nie«, sagte sie und verließ den Raum. Sie ging durch die Diele und aus dem Haus, marschierte über den Hof und direkt den Hügel hinauf.

Vanessa töpferte, sie trieb das Schwungrad mit dem Fuß an und war voll und ganz auf ihre Aufgabe konzentriert, trotzdem sagte sie, noch bevor Grace sie ansprechen konnte, in einem mahnenden Ton: »Ich arbeite.«

»Ich habe dir ein paar Lebensmittel gebracht«, sagte Grace.

»Danke.« Statt aufzublicken, drehte Vanessa sich so, dass sie von der Tür abgewandt war. Und von Grace.

Grace rührte sich nicht vom Fleck. Ein, zwei Minuten blieb sie vollkommen still in der Tür stehen. Sie wartete darauf, dass Vanessa sie anschaute und ihr eine Erklärung gab – sich rechtfertigte, ihr den Grund nannte, warum er da war –, *irgendetwas* sagte.

Doch Vanessa ließ sich nicht erweichen. Als Grace sich frustriert umdrehte, sah sie, dass er ihr ein Stück gefolgt war. Auf halber Höhe den Hügel hinauf stand er mit einer Zigarette in der Hand auf dem Weg und beobachtete sie, im Gesicht sein dümmliches Lächeln.

Sie würde an ihm vorbeigehen müssen. Den ganzen Weg bis zum Auto würde sie ertragen müssen, wie er ihr nachschaute, würde seinen Blick auf ihren bleichen, fleischigen Gliedern spüren, auf den Schweißflecken unter ihren Armen, auf ihrem von der Sommerallergie aufgequollenen Gesicht. Er bewegte sich nicht von der Stelle, während sie hinunterging, er stand einfach nur da, rauchte und sagte leise *»A bientôt«*, als sie vorbeikam.

Da Grace damals noch ihr Cottage im Dorf hatte, hätte sie es vermeiden können, Julian noch einmal zu begegnen. Nur ertrug sie es nicht, sich fernzuhalten. Dass er auf ihrer beider Insel war, ärgerte sie derart, dass sie unbedingt wissen wollte, *warum* und *für wie lange*.

Am Tag nach dem ersten Zusammentreffen fuhr sie erneut auf die Insel, wider alle Vernunft hoffend, dass er weg wäre. Doch der kleine rote Sportwagen stand noch im Hof.

Grace parkte direkt daneben und ging erneut den Hügel hoch. Die Ateliertür stand offen.

»Vee?«, rief Grace. Das Atelier war leer.

Leer! Vanessa hatte es wochenlang kaum einmal verlassen; sie hatte wie eine Wahnsinnige gearbeitet, um die Ausstellung in Glasgow vorzubereiten. Dass sie nichts aß, wenn Grace keine Lebensmittel vorbeibrachte, wie Grace es Julian gegenüber dargestellt hatte, war keine Übertreibung gewesen. Manchmal flehte sie Vanessa förmlich an, eine Pause einzulegen, einen kleinen Spaziergang zu machen, zu schwimmen, wie sie es vorher getan hatte. *Das ist nicht gut für dich*, sagte sie, *wenn du dich den ganzen Tag hier einsperrst und all den Staub und die Farbe einatmest, du musst Pausen machen.* Doch Vanessa wehrte sich, weigerte sich, arbeitete sogar noch mehr.

Aber jetzt, kaum dass *er* aufgetaucht war, drehte sich die Scheibe nicht mehr und das Atelier stand *leer*?

Hatte Vanessa alles, was sie über ihn gesagt hatte – dass er untreu sei, verschwenderisch, oberflächlich, egozentrisch und jähzornig – einfach vergessen? Galt das alles nicht mehr, sobald er in seinem Angeberauto mit seiner Sonnenbräune und seinem Lächeln hier aufkreuzte? In Grace braute sich eine Wut zusammen wie ein Unwetter, hinter ihren Augen zogen Wolken des Zorns auf.

Sie stapfte zum Haus hinunter. Die Tür war geschlossen. Sie zögerte, lauschte, überlegte sogar, anzuklopfen. Aber das war doch auch ihr Haus, oder? War es nicht über die Wochen und Monate des Zusammenwohnens auch zu ihrem geworden? Sie drückte die Tür auf und rief Vanessas Namen.

Im Haus war es warm und still. Sie ging durchs Wohnzimmer zu Vanessas Schlafzimmer, das Bett war ungemacht, es roch nach Zigarettenrauch und Sex. In der Küche herrschte Chaos, in der Spüle stapelte sich schmutziges Geschirr, Kaffeesatz war auf der

Arbeitsfläche und auf dem Boden verteilt. Neben einem überquellenden Aschenbecher auf dem Tisch stand eine offene Cognacflasche. Die Lebensmittel, die Grace am Vortag, Vanessas Wünschen und Bedürfnissen entsprechend, sorgsam aus den Supermarktregalen ausgewählt hatte, standen ungekühlt noch in den Einkaufstüten neben dem Aga-Herd.

Grace wollte gerade gehen, als sie einen Schrei hörte. Sie eilte zum offenen Fenster und schaute hinaus. Vanessa war mit ihm am Strand; er jagte ihr nach und packte sie, und sie kreischte. Sie spielten, wie Kinder.

Grace wusste, dass sie fahren sollte, doch sie konnte es nicht, *konnte* einfach nicht weggehen, ohne Vanessa in die Augen gesehen zu haben. Sie kochte Wasser und machte sich einen Tee, aber als sie ihn trinken wollte, war ihre schmerzende Kehle wie zugeschnürt. Sie gab es auf, stellte sich ans Fenster und heftete ihren Blick wartend auf die oberen Stufen der Treppe. Irgendwann kamen sie. Atemlos blieben sie oben stehen, um sich zu küssen, und Julian schob seine Hand grob zwischen Vanessas Beine. Mit vor Scham glühendem Gesicht und einer schäumenden Wut im Bauch zwang sich Grace, sich wieder an den Tisch zu setzen. Dabei ertappt zu werden, wie sie sie beobachtete, wäre ihr unerträglich gewesen.

»Du liebe Zeit!«, rief Julian lachend, als er sie dort fand. »Du bist da. Und was hast du uns heute mitgebracht? Champagner? Austern? *Hackfleisch?*« Er lachte erneut. »Wir haben überlegt, unten am Strand ein Feuer zu machen, was meinst du? Hast du uns was zum Grillen mitgebracht?«

»Das würde ohnehin nur nass werden«, erwiderte Grace säuerlich. »Die Flut setzt gerade ein.«

»Ach, Grace, du bist so eine Spaßbremse, *ma petite boule*. Findest du nicht auch, dass sie eine Spaßbremse ist, Nessa?«

Vanessa setzte sich an den Tisch, nahm Grace' Hand und drückte ihre Finger. Sie war knallrot im Gesicht. Vor Aufregung, Anstrengung oder, vielleicht, Verlegenheit?

»Du solltest wieder fahren«, sagte Vanessa und lächelte Grace an, ohne ihr in die Augen zu sehen. Sie drückte wieder ihre Hand. »Fahr, ich komm dich bald besuchen.«

Grace verließ das Haus. Als sie auf dem Weg zum Auto am offenen Küchenfenster vorbeiging, hörte sie Julian über Vanessas Lachen hinweg sagen: »Warum kommt sie denn andauernd her? Was will sie hier, *la petite boule de suif*? Ein Stück von dir, Ness? Ist es das, was sie will?«

Etwas früher in diesem Jahr war Grace befördert worden und von Carrachan weggegangen, um die neue Dorfpraxis in Eris zu leiten. Bei gutem Wetter traf man sie mittags meistens auf einer der Bänke am Hafen an, wo sie ihre Sandwiches verspeiste. Und dort suchte Vanessa sie am nächsten Tag auf.

»Du bist verstimmt«, sagte Vanessa, als sie sich neben sie setzte.

Das war sie; sie hatte einen schrecklichen Vormittag gehabt. Die letzte halbe Stunde vor der Mittagspause hatte sie mit der Mutter eines Kindes verbracht, das in den See im alten Steinbruch ein paar Kilometer weiter nördlich gefallen und ertrunken war. Die Mutter war halb wahnsinnig vor Kummer und Verzweiflung und konnte nicht mehr schlafen. *Bitte, Frau Doktor, bitte geben Sie mir was!* Doch Grace hatte ihr bereits die Höchstmenge an Pillen verschrieben, die sie ihr gefahrlos geben konnte, und musste sie wegschicken. Sie hatte nicht vor, Vanessa davon zu erzählen, denn es würde sie nicht interessieren. Vanessa war zu egozentrisch, um es nachvollziehen zu können.

Grace kaute stur weiter ihr Sandwich mit Thunfisch und Mais

und schaute sie nicht an. »Er hat mit mir geredet wie mit einer Dienstbotin.«

Vanessa lachte. »Julian redet mit allen so. Das würde ich nicht persönlich nehmen.«

»Spricht er mit dir auch so?«

»Nein, mit mir nicht«, sagte Vanessa. »Ich bin seine Ehefrau.«

Nun schaute Grace sie an. »Bist du das? Siehst du dich so? Als seine *Ehefrau*?« Sie sprach dieses Wort mit einer solchen Verachtung aus, dass Vanessa zurückzuckte.

»Na ja … Meine *Berufung* ist es sicher nicht«, sagte Vanessa, und ihre Wangen liefen rot an. »Es ist einfach eine Tatsache. Wir sind nicht geschieden.« Sie stand auf. »Wir sind noch nicht geschieden.« Sie schaute an Grace vorbei aufs Wasser. »Hör zu, komm einfach … ein, zwei Tage nicht zum Haus. Er würde dich nur nerven. In Ordnung? Ich fahre am Donnerstag nach Glasgow, um mit Douglas über die Ausstellung zu reden, und komme am Samstag oder spätestens Sonntag zurück. Bis dahin ist er weg.«

Grace hob die Hand, um ihre Augen vor der Sonne abzuschirmen. »Er verschwindet wieder aus unserem Leben?«

Vanessa drehte sich zu ihr um und schaute sie fragend an. »Er ist gar nicht in deinem Leben, Grace«, sagte sie. »Sondern in meinem.«

Als sie wegging, rief Grace ihr nach: »Ich hab euch über mich reden hören. Ich hab gehört, wie er mich genannt hat, und ich hab's nachgeschlagen. Fettkloß bedeutet es. Er hat mich als Fettkloß bezeichnet, und du hast gelacht.«

Vanessa verlangsamte ihre Schritte kurz, drehte sich aber nicht um.

Als Grace am folgenden Nachmittag von der Arbeit nach Hause kam, saß Vanessa mit einer fast leeren Weinflasche neben sich vor der Haustür in der Sonne. Sie erhob sich schwankend.

»Bist du mit dem Auto hier?«, fragte Grace entsetzt und stürmte auf sie zu. »Du bist betrunken, Vanessa. Du bist betrunken durchs Dorf gefahren. An der Schule vorbei! Ich sollte …« Sie packte den Kragen von Vanessas Shirt und zerdrückte ihn in ihrer Faust. »Ich sollte die Polizei rufen!«

»Grace!« Vanessa umklammerte mit beiden Händen ihren Unterarm. »Bitte …«

Grace ließ sie los. Dann riss sie Vanessa den Autoschlüssel aus der Hand, marschierte an ihr vorbei ins Haus und schlug die Tür hinter sich zu.

Vanessa fand sie in der Küche, wo sie gerade Wasser direkt aus dem Hahn trank.

»Moppelchen«, sagte Vanessa. »Es bedeutet Moppelchen. Es … es war nicht böse gemeint.«

Grace richtete sich auf und drehte das Wasser ab. »Doch, war es.« Sie betrachtete Vanessa, ihre glasigen Augen, ihre bockige Miene; sie wollte sie ohrfeigen. »Männer wie er … begegnen Frauen wie mir – *hässlichen* Frauen – mit einer besonderen Form der Verachtung. Ich habe sie mein Leben lang zu spüren bekommen. Eine hässliche Frau ist für Männer wie deinen Ehemann kaum noch ein Mensch. Das ist widerwärtig, aber es schockiert mich nicht mehr. Schlimmer und vollends erbärmlich finde ich es aber, wenn Frauen wie du – die hübschen, die *auserwählten* – da auch noch mitspielen. Wenn du affektiert lachst, weil ein Mann dir ein bisschen Aufmerksamkeit schenkt, und seine Gemeinheiten auf die Weise feige unterstützt. Das ist armselig.«

»Aber so ist es doch gar nicht«, sagte Vanessa. Sie biss sich auf die Unterlippe und brach in Tränen aus. Grace wandte sich angewidert ab. Vanessa umklammerte Grace' Handgelenk. »*Ich* bin nicht so.«

Grace versuchte sich von ihr loszumachen, aber Vanessa ließ das nicht zu. Stattdessen schlang sie ihre Arme um Grace' Taille und weinte in ihr T-Shirt. Grace stand stocksteif da, ließ die Arme hängen und atmete tief durch.

»Ich weiß nicht, warum ich das zugelassen habe«, sagte Vanessa. »Ich weiß nicht, warum ich ihn wieder aufgenommen habe.«

»Er schmeichelt dir«, sagte Grace. »Er nutzt deine Eitelkeit aus.«

»Ja«, sagte sie in Grace' Nacken. »Ja, das stimmt. Wenn er mich anfasst, fühle ich mich, als würden meine Knochen schmelzen. Für ein paar Augenblicke, ein paar Stunden fühle ich mich … so *begehrt*. Und das Gefühl hat eine wahnsinnige Macht über mich.« Grace versuchte erneut, sich aus ihrer Umklammerung zu lösen, doch Vanessa ließ nicht locker. »Er schmeichelt mir, ist nett zu mir, verführt mich, und das ist so wohltuend.« Sie hob den Kopf und schaute Grace in die Augen. »Der Sex ist so gut. Es tut sagenhaft gut, wenn man im Bett so ein Gefühl vermittelt bekommt, findest du nicht?«

Grace riss sich aus Vanessas unangenehmer Umarmung los. Sie wollte sich die Ohren zuhalten und singen wie ein Kind, um Vanessas Stimme nicht mehr hören zu müssen, doch Vanessa redete weiter, während sie ihr durch den Raum folgte. »Aber dann, kaum dass er gekommen ist, fängt er an, über Geld zu reden, darüber, was er alles braucht, wie viel er anderen noch schuldet, wo er überall hin will … Und nennt *mich* egozentrisch!« Sie schüttelte den Kopf. »Er fragt mich, warum ich nicht einfach teilen kann, wenn ich doch alles habe, was ich brauche – das Haus, das Atelier und die Insel.«

Grace schnaubte ungläubig. »Er kann doch nicht im Ernst glauben, *du* hättest irgendwas abzugeben? Um Himmels willen, du kannst ja kaum die Stromrechnung bezahlen.«

Vanessa schniefte und wischte sich über die Augen. Dann ging sie zur Spüle, stellte das Wasser an und nahm ein Glas aus dem Schrank. »Er hat es nicht gesagt, aber ich lese zwischen den Zeilen, dass er sich Geld von Leuten geliehen hat, von denen er sich besser ferngehalten hätte.«

»Und jetzt erwartet er, dass du ihm aus der Klemme hilfst? Wenn er Dummheiten gemacht hat, muss er auch dafür geradestehen …«

Vanessa wandte sich ihr wieder zu, ihre Miene war sorgenvoll. »Es liegt an der Geschichte mit Celia Gray. Er dachte, er hätte das große Los gezogen. Er bräuchte sich um nichts mehr Sorgen zu machen. Aber dann ist sie gestorben, und sie hatten noch nicht geheiratet, weil *wir* ja noch verheiratet sind, darum hat er nichts bekommen …«

»Und dafür gibt er dir die Schuld!« Grace war befremdet. »Er gibt dir die Schuld und schlimmer noch: Du hast Mitleid mit ihm!«

Vanessa trank das Glas aus und stellte es auf die Arbeitsfläche. »Ja, stimmt«, sagte sie. »Ganz schön verblödet, oder? Er tut mir leid, und ich hab mir von ihm den Kopf verdrehen lassen, hab mich von ihm bequasseln lassen. Ich bin völlig aus dem Konzept gekommen … und weiß nicht mehr, wo ich bin. Wer ich bin. Ich vernachlässige die Dinge, die mir wirklich wichtig sind, meine Arbeit …« Sie biss sich auf die Unterlippe. »Und dich.« Grace senkte den Kopf. »Gott, ich hätte ihn nie über meine Schwelle lassen sollen, er ist ein verfluchter Vampir.« Vanessa näherte sich Grace noch einmal und legte ihren gekrümmten Zeigefinger sanft unter ihr Kinn. Grace schloss die Augen. »Er war gemein zu dir, Gracie. Ja, allerdings, und ich weiß nicht, warum ich gelacht habe; es war nämlich gar nicht lustig. Ich fand es auch in dem Moment schon nicht lustig, genauso wenig wie jetzt. Das ist unverzeihlich.«

Grace seufzte. »Aber ich verzeihe dir«, sagte sie leise, ohne ihre Augen zu öffnen.

Vanessa blieb über Nacht. Vor Sonnenaufgang stand sie auf, um die Ebbe nicht zu verpassen, und kehrte auf die Insel zurück. Am nächsten Tag, dem Donnerstag, brach sie früh wieder auf, diesmal fuhr sie nach Glasgow, um mit Douglas die Pläne für die Ausstellung festzuzurren.

Um die Mittagszeit sah Grace von ihrer Bank am Hafen aus Julians kleinen Sportwagen. Er raste über den Damm und kam doppelt so schnell wie erlaubt den Hügel ins Dorf hochgebrettert.

Am Sonntag fuhr Grace, weil die Läden im Dorf geschlossen hatten, zum Markt in Carrachan, um Lebensmittel und Blumen für Vanessas Begrüßung zu kaufen, aber als sie nachmittags auf die Insel kam, stand Vanessas Auto bereits im Hof. Die Fahrertür war offen, doch als Grace ihren Namen rief, bekam sie keine Antwort. Grace fand sie im Atelier. Sie kniete auf dem Boden.

Sie hatte Blut in den Haaren, an ihren Kleidern und Händen.

23

Als Erstes sieht Becker das Gewehr. Es lehnt gleich in der Diele an der Bank. Grace bemerkt seinen Blick. »Keine Sorge«, sagt sie mit einem schiefen Grinsen. »Das ist nur Show. Sie müssen Ihr Abendessen nicht selbst schießen.«

Becker lacht nervös auf. »Ist es noch dasselbe?«, fragt er.

Grace runzelt die Stirn. »Dasselbe wie …?«

»Wie damals … als Vanessa sich eines geliehen hat, Sie wissen schon, von dem Bauern …«

»Oh.« Grace nickt und läuft rot an, als sie versteht, was er meint. »Sie haben die Stelle gelesen.«

»Sie ist … grauenerregend.«

Grace nickt wieder. »Ja, das war es auch. Und das Gewehr hat uns herzlich wenig geholfen.« Sie sieht nachdenklich aus. »Aber vermutlich hätten wir ihn damit zumindest totschlagen können.« Sie dreht sich um und führt Becker ins Wohnzimmer, wo drei Kartons mit Unterlagen auf dem Couchtisch stehen. »Die sind für Sie«, sagt sie. »Das sollte Ihren Boss erst einmal bei Laune halten.«

Wird es nicht, ganz und gar nicht, denkt Becker, doch er hat bereits entschieden, dieses Thema nicht direkt anzusprechen. Vorerst verleiht er seiner Begeisterung und Dankbarkeit Ausdruck und folgt ihr in die Küche, wo sie den Kessel mit Wasser füllt, während er am Aga-Herd steht und aus dem Fenster in Richtung Festland schaut.

»Wer war er?«, fragt er.

»Wer war … Oh, sind wir wieder bei der Waffe? Einfach irgendwer. Stuart Cummins. Ein Lkw-Fahrer und Gelegenheitsmechaniker. Seine Frau Marguerite kam ziemlich regelmäßig in meine Praxis – mit gebrochenen Fingern, einer Platzwunde an der Lippe, kleineren Kopfverletzungen. Und anderen Dingen, Frauendingen.« Sie reicht ihm eine Tasse Tee. Ihre Miene ist verschlossen, den Blick hält sie gesenkt. »Sie hat ihn nie angezeigt. Die beiden wohnten in einem von den Cottages am Hafen. Sie können sie von hier aus sehen.« Sie weist in die Richtung. »Ihres ist das Letzte auf der linken Seite.«

»Das ganz am Ende?« Er erinnert sich an das sorgenvolle Gesicht am Fenster, das dann plötzlich verschwunden war. »Aber jetzt wohnen sie nicht mehr da?«

»Marguerite schon. Stuart ist schon lange tot, Gott sei Dank.«

Dann war sie es also doch. »Marguerite …«, sagt er laut. »Sie war mit dem Mann verheiratet, der Vanessa attackiert hat? Vanessa erwähnt in einem der Notizbücher einen Besuch von Marguerite. Sie machte wohl irgendwie einen verwirrten Eindruck …«

Grace lächelt wehmütig. »Marguerite ist schon seit Jahren krank. Inzwischen hat sie Alzheimer, aber schon davor war ihr mentaler Zustand sehr fragil. Ihr Mann hat ihr viele grausame Dinge angetan, aber das Grausamste von allen war, dass er ihr nie gesagt hat, wann er wiederkommt.« Sie stehen nebeneinander und schauen über das Wasser auf die Cottages. »Wenn er einen Auftrag hatte, fuhr er weg, und sie wusste nie, wann er zurückkommt. Ob es in ein paar Stunden oder Tagen sein würde. Darum hatte sie nie Ruhe vor ihm. Sie hat jahrelang immer nur gewartet, sie stand am Fenster und hat Ausschau nach ihm gehalten.«

Der bewölkte Himmel reißt auf, und plötzlich ist der Raum von warmem Licht erfüllt. Grace strahlt ihn an. »Schauen Sie sich das an!« Der Sand sieht golden aus, die Wolken sind zartgelb und rosa. Die beiden schauen dem Wind einen Moment lang schweigend dabei zu, wie er seine Wunder wirkt: Er peitscht das grüne Wasser so auf, dass sich weiße Schaumkronen bilden. Dann schiebt sich eine neue Wolke vor die Sonne, und das Licht verschwindet wieder.

»Was ist aus ihm geworden?«, fragt Becker. »Dem Ehemann, meine ich, diesem Mechaniker?«

Grace zuckt die Achseln. »Keine Ahnung. Er hat eine geringere Strafe bekommen, als er verdiente. Wenn sie von all den Dingen gewusst hätten, die er Marguerite angetan hat …« Sie verschränkt die Finger und stützt ihr Kinn darauf. »Nach seinem Überfall auf Vanessa bin ich hier rausgezogen. Mein Cottage im Dorf habe ich erst einmal behalten, weil ich noch Bereitschaftsdienst hatte und wegen der Gezeiten nicht die ganze Zeit hier sein konnte. Aber ich blieb, sooft ich konnte. Vanessa war sehr mitgenommen, sehr ängstlich. Eine Zeit lang ist sie nicht mehr allein in den Wald gegangen, und sie hat angefangen, hier überall Waffen zu verstecken.« Grace gibt ein seltsames kleines Lachen von sich. »Messer im Atelier, einen Hammer an der Haustür …«

Sie schüttelt den Kopf und presst die Lippen zu einer dünnen Linie zusammen. »Das hat mich sehr wütend gemacht.« Ihre dunklen Augen sehen in dem spärlichen Licht schwarz aus. »Und ich bin immer noch wütend. Darüber, dass jemand einen Ort derart beschmutzen kann … So was passiert andauernd: Du gehst irgendwo spazieren oder schwimmen oder laufen, ganz egal, was dein Ding ist oder was dir Spaß macht. Du gehst zu einem bestimmten Ort, der schön und unbelastet ist, und machst, was du gern machst, und dann kommt jemand – vermutlich nicht immer ein Mann, aber für gewöhnlich ein Mann – und verwandelt ihn in einen hässlichen Ort. Danach fühlst du dich nie mehr sicher und bist auch nie mehr dieselbe. Der Ort ist verändert, und du bist es auch, und zwar keineswegs zum Besseren.«

Becker kommt es so vor, als würde sie das halb ihm erzählen und halb zu sich selbst sprechen; sie klingt wütend und verbittert, und er fühlt sich tumb, unbeholfen. Er möchte sich bei ihr entschuldigen, aber wofür? Dafür, dass er zufällig ein traumatisches Ereignis heraufbeschworen hat? Für das Verhalten von Männern? Allen Männern? Einigen? Während er noch überlegt, was er sagen könnte, verändert sich ihre Laune, ihr Wetter. Die Wolken sind weggeweht, und ihre Miene hellt sich auf. »Möchten Sie das Atelier sehen?«, fragt sie.

Es liegt im Windschatten des Hügels, dessen Böschung jetzt, wo die Sonne hinter den Eris Rock abgetaucht ist, ein dunkles Grün angenommen hat. Ein ausgetretener Pfad führt einen steilen Hang hoch, der nach ein paar Hundert Metern zu einem Plateau verflacht. Und dort steht das Atelier.

Becker kaut vor Anspannung auf seinem Daumennagel, während Grace sich an dem Vorhängeschloss zu schaffen macht, und hält die Luft an, als sie die riesige Metalltür aufschiebt, sie wie den sprichwörtlichen Stein wegrollt. Da ist es nun. Ein höhlenartiger Raum, dessen rechte Wand Regale säumen, links steht eine uralte Fußdrehscheibe und auf der gegenüberliegenden Seite der Brennofen.

Becker tritt ein. Die Luft ist drinnen kühler und trockener, es riecht nach Staub und Schwefel. Durch das lange Panoramafenster, das Vanessa hat einbauen lassen, schaut man nach Süden, über den grasbewachsenen Hang aufs Meer und bis nach Sheepshead Island.

In der Mitte des Raums steht ein Tapeziertisch, auf dem sich noch mehr Kartons türmen. »Das sind die Sachen, die ich erst sortieren muss«, sagt Grace. »Und wie Sie sehen, ist es noch ganz schön viel.« Sie zeigt auf den nächstgelegenen Karton. »Ich habe eine Menge Fotos gefunden, aber ich weiß nicht, ob Sie die haben wollen.«

Natürlich will er sie! Sie dokumentieren auf faszinierende Weise Vanessas Jahre auf Eris; es gibt Dutzende und Aberdutzende Aufnahmen vom Haus, von den Arbeiten am Dach, der Renovierung der Scheune. Und weitere Dutzende von der Insel selbst, von ihrer sich wandelnden Landschaft, rostfarbenem Farn, violettem Heidekraut und grellgelbem Stechginster. »Hat sie die als Vorlagen benutzt?«, fragt Becker, während er Fotos vom Meer zu allen möglichen Stunden des Tages und bei jedem Wetter durchgeht, von umgestürzten Bäumen im Wald, von Seetanghaufen, die über den Sand verteilt sind wie Leichen.

»Nicht oft. Na ja, jedenfalls nicht in den Anfangsjahren«, erwidert Grace. Sie öffnet und schließt die Schränke am hinteren Ende des Ateliers, als suchte sie etwas. »Später, als sie krank wurde und nicht mehr so gut draußen arbeiten konnte, dann schon. Sie wollte sie aber trotzdem behalten, zur Sicherheit. Um sich an das Licht zu erinnern, hat sie gesagt, obwohl sie sich dann beklagt hat, dass das Licht auf den Fotos anders aussah.«

»Ja, da hat sie recht«, sagt er, während er das nächste Foto heraussucht. »Das Licht sieht auf Fotos immer anders aus.« Auf dem Bild, das er in der Hand hält, stehen zwei Personen nebeneinander, die Ellenbogen auf ein Geländer gestützt und hinter sich das Meer. Eine der beiden ist Grace – viele Jahre jünger, aber im Wesentlichen gleich aussehend mit ihrem Topfschnitt, ihrem runden weichen Gesicht und dem fliehenden Kinn unter ihrem schüchternen Lächeln. Die andere Person ist groß, fohlenartig und langbeinig, sie trägt ein Trägerhemd und Shorts, die dunkelblonden Haare fallen über ihre knochigen Schultern – Vanessa, vermutet er, ist sich jedoch nicht sicher, da ihr Gesicht verborgen ist. Nein, nicht verborgen, sondern *ausradiert*. Es wurde weggekratzt.

»O Gott.« Grace erscheint neben ihm. »Das ist ein sehr altes Bild, es gehört mir.« Becker dreht es um. *Grace und Nick, St. Malo '81.*

»Ich dachte, das wäre Vanessa«, sagt er, aber Grace schüttelt den Kopf und nimmt das Foto an sich. Sie betrachtet es einen Moment lang. »Nein, das ist sie nicht. Das ist Nick. Ich weiß nicht, warum sie das getan hat …«

»Vanessa hat das getan?«, fragt er, stellt aber fest, dass es ihn nicht sonderlich überrascht. In ihren Tagebüchern zeigt sich hier und da ihr Jähzorn, und gelegentlich blitzt auch Bosheit auf.

»In manchen Dingen konnte sie ziemlich sonderbar sein. Besitzergreifend«, sagt Grace leise, »was ich immer ein bisschen unfair fand, wenn man bedenkt, dass sie für sich selbst uneingeschränkte Freiheit einforderte. Nick Riley war ein Studienfreund von mir. Wir haben eine Zeit lang zusammengewohnt. Einmal haben wir einen Campingurlaub gemacht, gemeinsam mit einer weiteren Frau, Audrey. Sie muss das Foto gemacht haben.« Sie wirkt, als wäre ihr unbehaglich zumute, ein bisschen peinlich berührt. »Nick und ich waren für eine Weile sehr eng befreundet. Es war keine Liebesbeziehung, aber … er war schon was Besonderes für mich. Er war ziemlich hübsch. Und Schönheit hat Vanessa immer als ihre Sphäre betrachtet.«

Grace steckt das Foto in die Tasche ihrer Strickjacke. Dann geht sie von ihm weg, zu einem Holzschränkchen unter dem Fenster, und öffnet eine Schublade. »Das klingt, als wäre sie schrecklich gewesen, aber das war sie ganz und gar nicht«, fährt sie fort. »Sie war ein bisschen jähzornig, mehr nicht. Ah, da ist es ja.«

Sie nimmt etwas aus einer der Schubladen, ein Kästchen aus Holz. »Schauen Sie mal«, sagt sie und stellt es auf den Tisch. »Kommen Sie und schauen Sie sich das an.« Es ist ein Rosenholzkästchen mit Perlmuttintarsien. Grace klappt es auf: Im Inneren liegen Knochen. Knochen und Knochenfragmente, zerbrochene, entfärbte Teilstücke, von denen jedoch keines so rein ist wie der Knochen in *Division II.* In Beckers Augen sehen sie alle winzig aus, so als stammten sie von einem kleinen Tier, einem Nagetier vielleicht, aber was weiß er schon?

»Könnte ich die mitnehmen?«, fragt er. »Ich glaube, sie könnten nützlich sein, und auf jeden Fall handelt es sich ja um … um Dinge, die sie gesammelt hat, um sie in ihrer Kunst zu verwenden, oder?«

»Mmm.« Grace nickt. »In Ordnung.« Sie wendet sich wieder dem Schränkchen zu. »Es gibt irgendwo noch so eine Kiste, mit kleinen Steinen und Muschelschalen, und eine mit Federn, und oh, schauen Sie hier …« Sie holt ein anderes, einfacheres Kästchen heraus, und als sie es aufklappt, kommt darin ein kleiner Vogelschädel zum Vorschein. Becker nimmt ihn behutsam zwischen Daumen und Zeigefinger, dreht ihn um und betrachtet die Augenhöhlen und den hübschen kleinen Schnabel. »Vielleicht ein Spatz?«, sagt Grace.

Becker zuckt die Achseln; er hat keine Ahnung, aber was er sieht, erinnert ihn an etwas, das er in einem der Notizbücher gelesen hat. »Sie hat irgendwo geschrieben, sie hätte einen Vogelschädel gefunden … oder vielleicht ein Skelett? Das war ungefähr zur selben Zeit, in der sie auch erwähnte, dass sie *Division II* fertiggestellt hätte … Ich glaube, Sie waren damals nicht hier. Habe ich das richtig verstanden?«

Grace ignoriert die Frage und wühlt in den Knochenfragmenten herum. »Ich bin mir ziemlich sicher, dass die hier nicht von Menschen sind«, sagt sie. »Fühlen Sie mal, wie leicht sie sind.« Sie reicht ihm eins der größeren Stücke. »Menschliche Knochen sind viel dichter als die von Tieren. Dieser ist wahrscheinlich von einem Lamm. Ich dachte eigentlich, es wären irgendwo noch größere.« Sie hält die Finger an die Lippen, neigt den Kopf ein bisschen nach hinten und denkt nach. »Wissen Sie, sie hat Kopien hergestellt, sie hat Formen aus Gips gemacht und sie dann gegossen. So ist auch *Division II* entstanden – sie fand Knochen oder Knochenstücke und hat sie dann mit Keramiken verbunden, was ziemlich sauber gelingt. Tatsächlich werden Knochen heute auch in der Medizin auf diese Weise repariert oder ersetzt …«

»Grace.« Becker sieht eine Gelegenheit und unterbricht sie. »Wegen der Keramikarbeiten – ich wollte Sie zu denen befragen, die sie für die Ausstellung in der Glasgow Modern gemacht hat.« Grace richtet ihre Aufmerksamkeit wieder auf ihn und schaut ihn mit hochgezogenen Augenbrauen an, erwartungsvoll. »In einem der Notizbücher, die Sie mir zu lesen gegeben haben, gibt es eine Liste, eine Aufzählung der Werke, auf die Vanessa und Douglas sich für die Ausstellung geeinigt hatten. Erinnern Sie sich daran? In der Liste sind an die dreißig Keramikarbeiten aufgeführt, aber fast keine davon ist bei der Fairburn angekommen. Wissen Sie, was aus ihnen geworden ist? Hat sie sie verkauft? Gibt es irgendwelche Belege darüber?«

Grace klappt den Rosenholzkasten zu. »Wussten Sie eigentlich, dass ich ihr gebrochenes Handgelenk gerichtet habe?«, fragt sie. »Hatte ich Ihnen erzählt, oder? Das war unsere erste Begegnung. Sie ist über die Betonplatte da draußen gestolpert, gleich rechts vom Weg, das ist der Deckel der Klärgrube.« Sie stellt den Kasten zurück aufs Regal. »Wir haben uns wegen eines gebrochenen Knochens kennengelernt«, sagt sie und wendet sich ihm fröhlich lächelnd wieder zu. »Und dann hat sie später begonnen, mit gebrochenen Knochen zu arbeiten. Ich finde das sehr bemerkenswert.« Sie macht eine kurze Pause, dann wird ihre Miene ernst. »Kann ich Ihnen vertrauen, Mr Becker?«

»Natürlich«, sagt Becker in der Hoffnung, dass sie endlich seine Frage beantwortet.

Aber sie tut es nicht. Sie lächelt nur wieder und sagt: »Gut. Dann können Sie sich hier allein weiter umsehen, während ich mich um das Abendessen kümmere. Wollen wir in einer halben Stunde sagen? Schließen Sie ab, wenn Sie fertig sind. Da rechts liegt eine Taschenlampe. Die können Sie nehmen, damit Sie sehen, wo Sie hintreten. Passen Sie auf dem Weg nach unten auf, der Boden ist ziemlich uneben.«

Draußen schaut er ihr nach, während sie vorsichtig den Hügel hinuntergeht und in der Dunkelheit verschwindet. Dann hört er, wie sie die Haustür schließt.

Er ist allein.

Hinter einem Wolkenschleier hängt eine zarte Mondsichel, der Lichtstrahl aus dem Leuchtturm streicht übers Meer. Es herrscht Stillwasser, der Gezeitenstrom kehrt sich um. Ein scharfer, ängstlich klingender Schrei lässt ihn zusammenzucken. Eine Silbermöwe fegt über ihn hinweg, und er zieht sich ins Atelier zurück.

Endlich hat er Vanessa für sich.

Er blättert durch die Seiten in dem Karton, der ihm am nächsten steht, sieht grobe Skizzen durch, von denen viele nur aus ein paar Linien bestehen. Zwischen den Zeichnungen von den Inseln und dem Wald findet er auch Figurenskizzen; eine kniende Figur und eine liegende, aus unterschiedlichen Perspektiven dargestellt. Vielleicht Studien? Falls ja, dann allerdings nicht für Gemälde, die er kennt.

Während er diese Blätter betrachtet, diese Kartons, hat er den Eindruck, dass es, egal, wie viele von ihnen er noch durchsieht, immer irgendwo noch mehr geben wird und noch mehr und noch mehr: Grace ist wie eine Magierin, die Briefe und Skizzen und Knochen aus dem Nichts hervorzaubert. Oder vielleicht auch eine Katze, die ihm ihre Schätze vor die Füße legt. Nur dass es nicht *ihre* Schätze sind, oder? Außerdem bringen Katzen ohnehin keine Schätze, sondern sie bringen ihre Jagdbeute.

Grace verbirgt Dinge vor ihm. Ihre Art, seine Frage nach den verschwundenen Keramiken zu ignorieren, lässt daran keinen Zweifel. Es kann sogar sein, dass sie *buchstäblich* Sachen vor ihm versteckt: Das Haus ist nicht groß, aber es muss hier auch Lagerräume geben, einen Keller vielleicht oder einen Dachboden. Hat sie nicht irgendwann sogar mal einen Lagerraum erwähnt? Er wird ihr wohl eine Chance geben müssen, es zu leugnen.

Er geht in den hinteren Teil des Ateliers, öffnet den Brennofen und atmet den Geruch von altem Staub und Asche ein. Wenn er sich Vanessa hier vorstellt, wie sie mit klopfendem Herzen genau diese Tür öffnet, um nachzusehen, ob ihr Werk den Brennprozess überstanden hat, spürt er ein Kribbeln auf der Haut. Wenn er könnte, würde er zu gern die ganze Nacht hier, zwischen ihren Sachen, verbringen, trotz der Kälte. Aber er darf nicht unhöflich sein. Und er hat noch zu tun, Fragen zu stellen.

Die Taschenlampe zwischen die Zähne geklemmt, schiebt er die Metalltür wieder zu und bringt das Vorhängeschloss an. Er hat sich kaum umgedreht, als die Taschenlampe ein paarmal flackert und dann ganz ausgeht, sodass er im Stockfinsteren steht. Er zückt sein Handy und schafft es nach wenigen Augenblicken, die Taschenlampe darin zu aktivieren. Na also. Der Lichtstrahl erhellt einen schmalen Streifen Gras vor ihm; dahinter beginnt die schwarze Nacht. Mit dem Handy vor sich geht Becker langsam den Weg hinunter und bemerkt währenddessen, dass er hier überhaupt keinen Empfang hat.

Im Haus ist es warm und hell, in der Küche steht die Luft, es riecht nach dem Brathähnchen im Ofen und nach Holzrauch. Grace öffnet eine Flasche Rotwein, ihr blasses Gesicht ist gerötet, sie hat Schweißflecken unter den Achseln. »Trinken Sie Wein?«, fragt sie und reicht ihm ein Glas, bevor er antworten kann. »Setzen Sie sich, setzen Sie sich.« Sie wuselt leise murmelnd um ihn herum, *wo hab ich sie hingetan, wo stecken sie bloß …* Sie findet die gesuchten Streichhölzer und zündet eine Kerze an. Die ganze Szenerie wirkt plötzlich seltsam romantisch, mit dem Wein, dem gedämpften Licht und der brennenden Kerze auf dem gedeckten Tisch, und Becker verspürt einen Anflug von Panik. Er denkt an die Zimmerwirtin in der Geschichte von Roald Dahl, die junge Männer in ihr Haus lockt, nur um sie zu vergiften und auszustopfen. Er tastet nach dem Handy in seiner Tasche.

»Es gibt hier gar keinen Empfang«, klagt er.

»Nur wenn Sie aufs Kliff hochgehen«, sagt Grace, »und das würde ich Ihnen bei Dunkelheit nicht empfehlen. Müssen Sie denn jemanden anrufen? Wir haben WLAN. Sie können über dieses Dingens telefonieren.«

Er lächelt. »WhatsApp.«

»Allerdings«, runzelt sie die Stirn, »habe ich keine Ahnung, was das Passwort ist.«

»Das steht normalerweise auf dem Router.«

»Oh, gut, der ist in Vanessas Zimmer. Ich schaue mal schnell nach.«

Sie verschwindet und kehrt wenige Augenblicke später mit einem Zettel zurück, auf den sie den Code geschrieben hat.

»Danke«, sagt er und steht vom Tisch auf. »Ich möchte nur schnell hören, ob bei Hels alles in Ordnung ist. Ich verschwinde mal kurz, um sie anzurufen …« Er signalisiert ihr, dass er ins Wohnzimmer wechseln möchte.

»Ja, natürlich.«

Helena geht nicht ans Telefon, darum schreibt er ihr stattdessen eine Nachricht, dass er auf der Insel keinen Empfang hat und sie ihn über WhatsApp kontaktieren soll, wenn sie ihn braucht. Er wartet einen Moment, um zu sehen, ob sie antwortet, kehrt jedoch, da die kleinen Häkchen beharrlich grau bleiben, in die Küche zurück, setzt sich wieder an den Tisch und trinkt einen großen Schluck Wein. Er versucht, nicht daran zu denken, wie Sebastian bei ihr vorbeischaut, um nach ihr zu sehen.

»Alles in Ordnung?«, fragt Grace, ohne sich umzudrehen.

»Ja, alles gut«, sagt Becker und nimmt noch einen Schluck. Jetzt, da er an Sebastian gedacht hat, hat er seine Stimme im Ohr und hört ihn *jetzt mach schon, verdammt noch mal* sagen. »Grace, ich muss Sie noch mal auf die Gemälde und Keramiken auf dieser Liste ansprechen, die ich vorhin erwähnt habe.«

Grace bückt sich, um den Backofen aufzumachen, hebt den Bräter heraus und stellt ihn geräuschvoll auf den Herd.

»Ich war immer für Vanessa da«, sagt sie.

»Ja«, sagt Becker frustriert, »das weiß ich, und ich …«

»Nein, tun sie nicht.« Sie dreht sich zu ihm um, zieht die Ofenhandschuhe aus und wischt sich mit dem Handrücken über die Stirn. Ihre Miene ist finster. »Ich war immer für sie da, vom Tag unserer ersten Begegnung an, als sie sich das Handgelenk gebrochen hatte. Ich war der Mensch, auf den sie sich verlassen hat – sie war immer so sehr in ihre Arbeit vertieft, dass sie vergessen hat zu essen, darum habe ich ihr Lebensmittel gebracht. Ich habe für sie gekocht. Ich habe Sachen repariert, wenn sie kaputt waren, und wenn ich es nicht selbst machen konnte, habe ich jemanden gefunden, der es konnte. Ich war ihr Handlanger, ich habe ihr das Leben erleichtert. Ich habe ihr zugehört, wenn sie geredet hat, sogar wenn die Hälfte von dem, worüber sie sprach, mir vollkommen fremd war. Ich war hier, als dieser Mann sie überfallen hat. Ich habe sie beschützt. Und ich war hier, um die Scherben aufzusammeln, als ihre Welt zusammenbrach. Nach der Sache mit Julian.« Sie schiebt Becker ein Tranchiermesser und eine Fleischgabel zu. »Wären Sie wohl so gut?«, fragt sie und deutet auf den Vogel. »Ich muss Ihnen etwas zeigen.«

Becker wappnet sich innerlich für die gefürchtete Auseinandersetzung, während er ungeschickt an dem Hähnchen herumsäbelt. Er weiß, was sie sagen wird: Für all das, was sie getan hat, verdient sie einen Ausgleich, und teilweise würde er ihr da durchaus zustimmen. Es erscheint nur fair, dass sie für alles, was sie für Vanessa getan hat, belohnt wird, doch er weiß – genau wie Sebastian es weiß und sie selbst bestimmt auch –, dass es hier nicht um fair oder unfair geht, sondern darum, was Vanessa Chapman in ihrem Testament verfügt hat.

Als Grace zurückkommt, betrachtet sie missbilligend das Chaos, das er angerichtet hat, und reicht ihm ein Stück Küchenrolle. Dann legt sie ein Blatt vor ihn auf den Tisch und greift nun selbst zu Tranchiermesser und Fleischgabel. »Lesen Sie das«, sagt sie, während sie zu Ende bringt, was er begonnen hat.

Es ist ein Brief auf einem Blatt voller dunkelbrauner Flecken, verfasst in Vanessas Handschrift, die ihm inzwischen vertraut ist.

J, wir können uns nicht dauernd im Kreis drehen!

Ich komme am Wochenende zurück, und dann musst Du weg sein. Es ist kein Geld mehr im Topf.

Wir haben uns geliebt, und wir haben uns gehasst, und jetzt können wir frei voneinander sein.

Ist das nicht wunderbar?

Du musst Deinen eigenen Weg finden.

In Liebe,
Nessa

»Sie waren zusammen gewesen in dieser Woche«, sagt Grace, während sie ihm einen Teller anreicht. »Sie haben Zeit miteinander verbracht, miteinander geschlafen. Und sie haben sich gestritten, weil er, wie immer, auf Geld aus war. Ich habe mich da nicht eingemischt und bin zurück in mein Cottage im Dorf gefahren. Ich wollte nicht die ganze Zeit dabei sein. Und um ehrlich zu sein, mochte ich ihn nicht.« Sie stellt auch sich einen Teller hin und setzt sich. »Jedenfalls ist er an dem Samstag angekommen. Sie hatten ein paar Tage zusammen, und donnerstags ist Vanessa dann nach Glasgow gefahren, um dort Douglas Lennox zu treffen und mit ihm die letzten Absprachen für die Ausstellung zu treffen – die sollte ungefähr einen Monat später beginnen. Ein paar Gemälde hat Vanessa im Auto mitgenommen – die, die jetzt bei Ihnen sind. Der Rest, die ganzen Keramiken und die größten Gemälde, sollte später folgen, in einem Lieferwagen. Das meiste stand im Atelier und brauchte nur noch verpackt zu werden.

Vanessa reiste also an diesem Donnerstag ab, und zwar früh, wegen der Gezeiten. Julian schlief noch, darum hat sie ihm diesen Brief hinterlassen.« Grace nimmt eine Gabel von ihrem Essen und kaut dann kopfschüttelnd. »Das darf nicht bekannt werden, haben Sie verstanden, Mr Becker? Sie wollte nie, dass auch nur ein Wort davon an die Öffentlichkeit dringt.«

»Ja, in Ordnung«, erwidert Becker ungeduldig. »Aber was denn eigentlich? Wovon reden Sie?«

»Vanessa hat ihm diesen Brief ans Bett gelegt, und bei ihrer Rückkehr am Sonntag hat sie den Zettel zwischen all den Trümmern im Atelier wiedergefunden. Sämtliche Keramiken waren zerschlagen und die Gemälde aufgeschlitzt. Alles war zerstört.«

24

Eris, Sommer 2002

Als sie an diesem Sonntag auf der Insel ankam, stand Vanessas Auto im Hof. Da im Haus jedoch niemand war, ging Grace den Hügel zum Atelier hinauf. Während sie sich näherte, hörte sie ein merkwürdiges schabendes Geräusch, das so klang, als würde ein Werkzeug über die Töpferscheibe kratzen, nur lauter, viel lauter.

Als sie die Tür erreichte, begriff sie, dass es Vanessa war; sie weinte und stieß Wehklagen aus, der merkwürdige Lärm drang aus ihrer Kehle. Sie saß auf dem Boden und war mit Blut besudelt. Es klebte in ihren Haaren, auf ihren Kleidern und an ihren Händen. Auch auf dem Fußboden war Blut.

»Vanessa!« Grace rannte zu ihr und fiel auf die Knie. »Was ist passiert? Vanessa, bist du verletzt? Was ist passiert?« Vanessa sagte nichts, machte nur einfach weiter dieses schreckliche Geräusch und ballte die Hände zu Fäusten, bis Blut durch ihre Finger tropfte.

»Hör auf, Vanessa! *Hör auf!*« Grace versuchte, Vanessas Hände zu öffnen und ihre Finger auseinanderzubekommen. Sie fing selbst auch an zu weinen und rief: »Hat dir jemand wehgetan? Antworte mir! Bitte erzähl mir, was passiert ist.«

»Alles«, flüsterte Vanessa. Sie schwang einen Arm zur Seite, öffnete ihre Faust, und blutige Porzellanscherben fielen heraus. »Es ist alles hin.«

Grace ertrug es kaum, sich umzuschauen. Um sie herum lagen

überall Trümmer und Scherben. In den Gemälden, die an den Wänden lehnten, klafften obszöne Risse wie Wunden.

»Deine Hände«, sagte Grace. Vanessa öffnete ihre rechte Faust, und Grace zog einen zerknüllten Zettel heraus, einen Brief. An Julian. »Wo ist er, Vanessa?«, sagte Grace. »Wo ist Julian jetzt?«

Vanessa schüttelte den Kopf und schloss die Augen.

Als sie sie irgendwann wieder aufschlug, half Grace ihr aufzustehen und führte sie, einen Arm um ihre Schultern gelegt und mit dem anderen ihr linkes Handgelenk festhaltend, zum Waschbecken. Vanessa wehrte sich nicht, als Grace ihre Hände unter fließendes Wasser hielt; stumm und reglos stand sie da, während Grace sich alle Mühe gab, die restlichen Porzellansplitter aus ihren Fingern und Handflächen zu zupfen.

Keine von ihnen sagte ein Wort.

Einige Zeit später brachte Grace Vanessa hinunter zum Haus. Sie setzte sie auf den Rand der Badewanne, während sie ihr das Blut abwusch und ihre Hände desinfizierte und verband. Danach gab sie ihr eine Schlaftablette und steckte sie ins Bett. Anschließend ging sie wieder hoch ins Atelier. Sie sammelte die größeren Scherben vom Boden auf und legte sie vorsichtig grüppchenweise auf den Tisch, wobei sie herauszufinden versuchte, welche Bruchstücke zueinandergehörten. Sie fegte und wischte den Boden und spritzte den letzten Rest Blut und Schutt mit dem Schlauch auf den Rasen draußen, wo sie in der Erde versickerten.

Es war ein schöner, milder Abend, vom Meer wehte eine leise Brise über die Stechginsterbüsche und trug den Duft von Seetang und Kokosnuss mit sich, doch jeder Atemzug, den Grace tat, roch nach Blut und Desinfektionsmittel. Als sie endlich fertig war, setzte sie sich in die Küche und trank Whisky, um den metallischen Geschmack, den sie im Mund hatte, hinunterzuspülen.

Sie schaute nach Vanessa, die noch schlief, dann rief sie die Notfallnummer der Praxis an, um ihnen dort mitzuteilen, dass sie am nächsten Tag nicht kommen konnte. Es war der erste Tag seit zehn Jahren, an dem sie nicht bei der Arbeit erscheinen würde.

Sie schlief mit der offenen Whiskyflasche vor sich am Küchentisch ein.

Irgendwann nach Mitternacht schreckte sie hoch. Sie setzte sich auf, wischte sich den Speichel vom Mund, kreiste mit ihren schmerzenden Schultern und neigte den Kopf von einer Seite auf die andere, um ihre Halsmuskulatur zu dehnen. Sie wollte gerade aufstehen, als sie bemerkte, dass sie nicht allein war. Vanessa saß in der Dunkelheit auf der anderen Seite des Tisches, ihr Gesicht war weiß wie eine Totenmaske.

Grace schnappte nach Luft. »Gott, hast du mich erschreckt!« Sie stand auf, um das Licht anzuschalten.

»Nein, nicht!«, knurrte Vanessa. Dann setzte sie sanfter nach: »Bitte.«

Grace setzte sich wieder. »Wie geht es dir? Was machen die Hände?« Als Vanessa nicht antwortete, fügte sie hinzu: »Ich habe mir für morgen freigenommen. Als Erstes werde ich bei der Polizei anrufen.«

»Nein.«

»Das ist Sachbeschädigung, Vanessa.«

»Nein.«

Grace blies langsam die Luft aus. »Na gut … Aber wir müssen wenigstens die Galerie kontaktieren, wir …«

»Nein, Grace. *Wir* brauchen niemanden zu kontaktieren. Ruf niemanden an. Erzähl es niemandem. Mach gar nichts.«

»Du musst es ihnen doch sagen, du …«

»Sag mir nicht, was ich zu tun habe!«, zischte Vanessa. »Es ist alles hin. Verstehst du? *Alles.*«

»Ich weiß, ich …«

»Bitte lass mich in Ruhe. Lass mich um Himmels willen in Ruhe und geh ins Bett.«

Als Grace am nächsten Morgen aufstand, klingelte das Telefon. Vanessa saß in der Küche, trank Kaffee und wickelte die Verbände von ihren Händen ab. »Geh nicht dran«, sagte sie, als Grace auf das Telefon zuging. »Könntest du ins Dorf fahren und mir Zigaretten besorgen?« Sie hatte Ringe in der Farbe von Blutergüssen unter den Augen, doch ihr Blick war klar, ihre Stimme fest.

»Natürlich«, erwiderte Grace vorsichtig. »Brauchst du sonst noch was? Soll ich dir was zu essen machen?« Vanessa schüttelte den Kopf. Als Grace zu ihr kam, um ihre Hände zu untersuchen, wandte sie das Gesicht ab, wehrte sich aber nicht. »Halt sie sauber«, sagte Grace. »Und trocken. Versuch, nicht zu viel zu machen.«

»Zu viel von was?«, fragte Vanessa und fing an, in einem hohen, seltsamen Ton zu lachen.

Das Telefon klingelte ohne Unterlass. Vanessa nahm nicht ab. Sie tat gar nichts, sie bewegte sich kaum einmal aus der Küche heraus, sie saß einfach da, rauchte, trank Kaffee und starrte aufs Meer, auf den Fahrdamm, so als wartete sie auf jemanden.

Und nach sechs Tagen, am späten Sonntagnachmittag, kam jemand.

Zuerst war Grace erleichtert. Sie ging gerade am Strand spazieren, als der Streifenwagen langsam über den Damm fuhr. Endlich, dachte sie, endlich kommt sie zur Vernunft. Sie beschleunigte ihre Schritte und eilte auf die Treppe zu: Sie wollte für Vanessa da sein, wenn sie es ihnen erzählte.

Sie waren alle in der Küche – zwei junge Männer in Uniform standen betreten in der Nähe der Tür, Vanessa saß weiterhin rauchend am Küchentisch. Grace schob einen der Polizisten aus dem Weg und hastete in den Raum.

»Ich bin Vanessas Freundin«, verkündete sie. »Ich wohne auch hier.«

»Na ja, nicht wirklich«, sagte Vanessa.

Die Polizisten wechselten einen schnellen Blick.

»Wir sind wegen Mr Chapman hier«, sagte der Ältere von ihnen. »Um zu fragen, wann Sie ihn zuletzt gesehen haben.«

»Er ist verschollen«, sagte Vanessa schnell und schaute Grace zum ersten Mal an, seit sie den Raum betreten hatte.

»Verschollen?«, wiederholte Grace.

»Ja, laut Isobel. Offenbar ist er nicht zu ihrem Geburtstag gekommen.«

Grace lachte laut auf. »Und das bedeutet dann, dass er verschollen ist? Wenn er nicht zu einer Geburtstagsparty kommt?«

Vanessa zuckte die Achseln. »Es ist schon seltsam. Er hat sie nicht angerufen oder so. Das ist ungewöhnlich. Sie stehen sich sehr nahe.«

»Habe ich das richtig verstanden, dass er hier zu Besuch war?«, sagte der erste Polizist.

Grace brauchte einen Moment, um zu kapieren, dass er mit ihr redete. »Das stimmt«, antwortete sie. »Er war letzte Woche hier … nein, vorletzte Woche. Am Donnerstag ist er wieder gefahren. Ich war nicht hier, sondern in meinem Cottage im Dorf, aber ich habe ihn gesehen … das heißt, ich habe sein Auto gesehen. Ich hab gesehen, wie er am Donnerstag durchs Dorf gefahren ist, um die Mittagszeit.«

»Sie haben sein Auto gesehen?«

»Ja, es ist knallrot, ein Sportwagen – von der Sorte sieht man hier nicht viele. Und er fährt wie ein Geisteskranker, darum fällt er auf.«

Der zweite Polizist, der Jüngere der beiden, schmunzelte. »Wie ein Geisteskranker? Er fuhr schnell, meinen Sie?«

Grace nickte.

Der Ältere wandte sich an Vanessa. »Und es war nichts seltsam an dem Besuch Ihres Mannes? Es gab keinen Streit oder so was?«

Vanessa runzelte die Stirn. »Na ja … Sie wissen, dass wir getrennt sind? Wir wollen uns scheiden lassen. Aber einvernehmlich. Er war hier, um mit mir über einige Gelddinge zu sprechen, und …«

»Er ist den ganzen Weg hier hochgekommen?«, fragte der Jüngere. »Aus Oxford? Warum hat er nicht angerufen?«

»Wir sind immer noch befreundet«, sagte Vanessa, und ihre leise, heisere Stimme wurde hart wie Glas. »Wie ich bereits sagte. Verstehen Sie, was einvernehmlich bedeutet?«

Der Polizist lief bis zu den Ohrenspitzen rot an. Vanessa wandte sich an seinen Kollegen. »Es ist, wie gesagt, seltsam, dass er den Geburtstag seiner Schwester versäumt hat, aber es ist auch nicht komplett untypisch für Julian, einfach abzutauchen. Er hat … eine Menge Freunde, normalerweise mehrere Freundinnen, ohne Ende Leute, denen er Geld schuldet, und er trinkt ziemlich viel. Wie Sie sehen, ist er nicht hier.« Sie wedelte mit der Hand durch die Luft. »Aber schauen Sie sich ruhig um, wenn Sie möchten. Soweit ich weiß, ist er am Donnerstag abgereist, wie Grace Ihnen schon erzählt hat, nicht lange, nachdem ich nach Glasgow gefahren bin. Als ich am Sonntag gegen Mittag zurückkam, war sein Wagen weg, darum bin ich davon ausgegangen, dass er zurück in den Süden gefahren ist.«

Sie schauten sich nicht um. Sie glaubten ihr einfach, gaben ihr ihre Kärtchen, rasselten den üblichen Spruch herunter, *wenn Ihnen noch etwas einfällt*, und weg waren sie.

Sobald die Polizisten wieder in ihrem Wagen saßen und zurück aufs Festland fuhren, stand Vanessa auf und verließ die Küche. Sie ging aus dem Haus und den Hügel hinauf, und Grace folgte ihr. »Warum hast du es ihnen nicht gesagt?«, rief Grace.

Vanessa ignorierte sie, und als Grace ihre Frage wiederholte, wirbelte sie mit wutverzerrter Miene herum. »Ihnen *was* gesagt, Grace? Dass er mein komplettes Werk zerstört hat? Was, wenn ihm was passiert ist? Wenn ich ihnen sage, was er getan hat, werden Sie denken, dass *ich* ihm auch was getan habe. Die Presse wird es rausfinden, und dann schlagen die Journalisten hier am Strand ihre Zelte auf und belagern meine Insel. Sie werden mich niemals in Ruhe lassen.«

»Aber … warum sollten Sie glauben, dass du irgendwas damit zu tun hast?«, protestierte Grace. »Du warst in Glasgow, Vanessa, du warst in der Galerie, wie hättest du ihm irgendwas tun können?«

Vanessa sagte nichts; sie stand einfach nur da und biss sich auf die Lippe, ihr Blick schweifte zur Seite ab. Sie blinzelte heftig, dann warf sie ihre Haare über die Schultern nach hinten, drehte sich um und marschierte zum Atelier.

Das Telefon klingelte und klingelte, und Grace durfte nicht abnehmen.

Einige Tage später kam wieder ein Polizist, diesmal ein anderer, ein Mann in Zivil, unten aus dem Süden, und er bestand darauf, mit Vanessa allein zu sprechen. Grace blieb in der Diele stehen und hörte, dass er ihr dieselben Fragen stellte, die die anderen Beamten ihr auch schon gestellt hatten, und noch einige mehr.

In welcher Beziehung *genau* stehen Sie zu Mrs Haswell?, fragte er Vanessa. Wo schläft sie? Wie haben Mrs Haswell und Mr Chapman sich verstanden? Haben *sie* miteinander gestritten? Am Ende der Befragung erzählte der Detective Vanessa, dass zwar einige Leute bestätigt hätten, den roten Sportwagen am Donnerstag um die Mittagszeit im Dorf gesehen zu haben, ein Zeuge hätte jedoch behauptet, er sei später an diesem Tag, abends, wieder über den Damm zurück auf die Insel gefahren.

»Ich war nicht hier!«, herrschte Vanessa ihn an. »Wie oft denn noch, verflucht noch mal!«

In diesem Moment kehrte Grace schnell ins Zimmer zurück, um die Situation zu entschärfen, bevor Vanessa sich noch in Schwierigkeiten brachte. »Am Donnerstagabend, sagen Sie?«, fragte sie. »Um welche Uhrzeit denn am Donnerstagabend?«

Der Detective schaute sie mit zusammengekniffenen Augen an. »Wo waren Sie denn am Donnerstagabend?«

»Nun ja, ich … ich war bei der Arbeit«, sagte Grace. »Ich war bis sechs in der Praxis oder vielleicht auch ein bisschen länger. Uns steht eine Kontrolle ins Haus, da müssen wir jede Menge Papierkram erledigen. Danach habe ich Marguerite noch ihre Tabletten vorbeigebracht, weil sie mal wieder vergessen hat, sie abzuholen, und …«

»Marguerite?«

»Eine Patientin.«

»Ist es normal, dass Sie Hausbesuche machen?«

»Eigentlich nicht, aber Marguerite wohnt gleich um die Ecke von der Praxis, in einem der Cottages am Hafen, und sie ist … nun, sie ist ziemlich einsam, darum versuche ich, hin und wieder bei ihr vorbeizuschauen. Sie hatte, wie gesagt, vergessen, ihre Tabletten gegen Bluthochdruck abzuholen. Darum habe ich sie ihr gebracht, und dann hat sie mich zum Abendessen eingeladen, was mir sehr lieb war, weil ich den ganzen Tag in Eile gewesen und nicht zum Einkaufen gekommen war. Ja, dann haben wir also zusammen gegessen und …«

»Was haben Sie gegessen?«

Grace zuckte die Achseln. »Ähm … Französische Zwiebelsuppe. Salat. Dazu haben wir beide ein Glas Rotwein getrunken und dann Kaffee.«

»Um welche Uhrzeit sind Sie gegangen?«

»Ich bin noch ein bisschen geblieben, weil sie, wie gesagt, einsam ist. Aber es war, glaube ich, noch hell. Es war noch hell, aber der Fahrdamm stand schon unter Wasser, also …« Grace schaute auf die Gezeitentabelle an der Küchenwand. »Muss es irgendwann zwischen 20 und 21:30 Uhr gewesen sein.«

»Die Flut war schon eingelaufen?«

»Ja, sie hatte gerade eingesetzt.« Grace schaute Vanessa an, die aus dem Fenster starrte und gar nicht zuzuhören schien. »Es war knapp zu spät, um rüberzufahren.«

»Knapp?«, wiederholte der Detective.

»Ja«, sagte Grace. »Wenn man einen Geländewagen gehabt und sich ausgekannt hätte, dann hätte man es vielleicht noch schaffen können …«

»Die Insel ist kein Privateigentum, müssen Sie wissen«, schaltete Vanessa sich plötzlich doch wieder in das Gespräch ein. »Jeder hätte hier rüberfahren können. Und es kommen auch oft Leute her, vor allem im Sommer. Sie kommen, um zum Kliff hochzulaufen.«

»Nachts?«, fragte der Detective.

»Abends«, erwiderte Vanessa spitz. »Die Sonnenuntergänge können hier atemberaubend sein.«

Grace runzelte die Stirn und kaute auf ihrer Unterlippe. »Vanessa«, sagte sie leise, »du glaubst doch nicht, dass er versucht hätte, rüberzufahren, oder? Bei einsetzender Flut?«

Vanessa schlug die Hand vor den Mund, in ihren Augen standen plötzlich Tränen. Doch der Detective schüttelte den Kopf.

»Das kann nicht sein. Das hätte unser Zeuge ja gesehen, oder? Außerdem wäre dann sein Auto gefunden worden.«

Vanessa zog die Zähne über ihre Unterlippe. »Es gab da mal einen Zwischenfall. Ist allerdings schon eine Weile her. Sechs Jahre, vielleicht auch sieben?« Sie suchte Bestätigung bei Grace, und Grace nickte. »Das war, bevor ich hierhergezogen bin. Da ist jemand auf dem Damm in Schwierigkeiten gekommen. Sein Auto wurde weggeschwemmt, und es hat Wochen gedauert, bis man es gefunden hat.«

»Aber damals gab es ein Unwetter«, sagte Grace. »Ein ganz schlimmes Unwetter.«

Der Detective schaute sie lange an. »Und an dem Tag, über den wir jetzt reden?«

»Da war es ruhig«, antwortete Grace. »Es ist Sommer. Da herrscht in der Bucht meistens völlige Windstille.«

Der Detective nickte langsam und schaute wieder in seine Notizen. Dann wandte er sich erneut Vanessa zu. »Können Sie mir den Namen des Hotels geben, in dem Sie in Glasgow gewohnt haben?«, fragte er.

Vanessa legte den Kopf in den Nacken und seufzte. »Ich war in keinem Hotel«, sagte sie und schaute ihm direkt in die Augen. »Ich habe in Douglas Lennox' Zweitwohnung am Blythswood Square gewohnt. Wenn Sie ihn fragen, wird er das wahrscheinlich abstreiten. Er hat Angst vor seiner Frau. Er glaubt, wenn sie ihn verlässt, wird sie ihn ausnehmen wie eine Weihnachtsgans.«

Der Detective blickte zwischen Vanessa und Grace hin und her. »Sie haben ein Verhältnis mit Mr Lennox?«

Vanessa presste die Lippen zusammen, als müsste sie ein Grinsen unterdrücken. »Er ist ein Galerist, der meine Arbeiten ausstellt. Wir schlafen hin und wieder miteinander.«

Der Detective schob seinen Stuhl zurück und stand auf. »Haben Sie was dagegen, wenn ich mich hier ein bisschen umschaue, Mrs Chapman?«

Zwei Tage später kamen weitere Polizisten, ein Dutzend sogar, um die gesamte Insel zu durchkämmen, genau wie Vanessa es befürchtet hatte. Sie durchsuchten das Haus, sie gingen aufs Kliff hoch und spähten über den Rand, und sie stöberten im Wald herum. Sie fanden nichts von Bedeutung. Aber Blutspuren im Atelier. »Das ist meins«, sagte Vanessa dem Detective. »Ich habe eine Vase fallen lassen und mich beim Aufsammeln an den Scherben geschnitten.« Sie hielt ihre immer noch verbundenen Hände hoch.

Im Haus klingelte weiter das Telefon, und Vanessa konnte es sich nicht länger leisten, es zu ignorieren. Nicht, wenn die Polizei da war. Sie musste wütende Anrufe von Douglas ertragen und hysterische von Isobel.

Sie brachte all das mit eisiger, maskenhafter Miene hinter sich, als hätte es nichts mit ihr zu tun. Sie beantwortete alle Fragen: War er depressiv (ein bisschen, manchmal, er war in Trauer, weil seine Freundin erst vor einem halben Jahr bei einem Unfall ums Leben gekommen war), hatte er Geldprobleme (ja, ja, ja, hab ich Ihnen doch schon gesagt, ja), glauben Sie, er könnte sich das Leben genommen haben (...).

Das Blut erwies sich als Vanessas, wie sie gesagt hatte.

Ungefähr einen Monat, nachdem die Polizei da gewesen war, fand ein Fischer ein paar Kilometer südwestlich von Sheepshead Island eine schwarze Brieftasche in seinem Netz; und darin steckte Julian Chapmans Kreditkarte.

Weitere Spuren von ihm oder seinem Auto wurden nicht gefunden.

Er war weg.

25

»Er hat einfach … Er hat alles zerstört?« Becker hat diesen Satz schon mehrfach wiederholt; es scheint ihm nicht in den Kopf zu gehen. Die Einzelheiten von Julians Verschwinden – das verschollene Auto, die Brieftasche –, über all das wurde damals berichtet, aber *das*? Dieser Akt des Vandalismus? Davon hat er noch nie etwas gehört. »Er hat alles zerstört, was sie gemacht hatte? Alles, woran sie gerade arbeitete? Und das war der Grund, warum sie die Ausstellung abgesagt hat?« Grace nickt. Sie sitzt ihm gegenüber, die Hände im Schoß, das Kinn fast auf der Brust. Sie streicht mit dem Handrücken über ihre Wange. »Aber … warum hat sie es Douglas denn nicht wenigstens erklärt? Sie hätte sich damit so viel Schmerz und Kosten ersparen können – Gott, den Gerichtsprozess, jahrelange Anschuldigungen …«

Grace blickt auf und bewegt ihren Kopf langsam hin und her. »Douglas hätte gewollt, dass sie zur Polizei geht, das war ihr klar. Er hätte gewollt, dass sie Ansprüche auf Versicherungsleistungen geltend macht oder gerichtlich eine Entschädigung einklagt, aber das … wollte sie einfach nicht. Ich habe versucht, sie dazu zu bewegen, das können Sie mir glauben, aber sie hatte Angst …« Ihre Stimme wird leiser, und sie senkt erneut den Kopf.

»Angst? Vor der Polizei, meinen Sie? Sie hatte Angst, verdächtigt zu werden?«

Als Grace wieder aufschaut, bemerkt er etwas Verhaltenes in ihrer Miene. »J… ja«, sagt sie vorsichtig. »Sie hat befürchtet, dass die Polizei sie verdächtigen würde. Und sie hatte Angst davor, was aus ihrem Zufluchtsort, aus Eris, werden würde, wenn die Leute dachten, Julian könnte hier irgendwo sein. Aber darüber hinaus … glaube ich, dass sie auch einfach untröstlich war. Und unter Schock stand. Sie wollte dem, was passiert war, der Gewalttätigkeit, die darin steckte, nicht ins Auge sehen.«

Sie schenkt sich noch ein bisschen Wein ein, und als sie auch ihm etwas eingießt, sieht er, dass ihre Hand zittert.

»Tut mir leid«, sagt er. »Es muss Sie sehr mitnehmen, darüber zu sprechen.«

Grace neigt den Kopf und lächelt ihn traurig an. »Es hat sie verändert«, sagt sie leise. »Was in diesem Sommer geschah, hat ihren Blick auf die Welt verändert …« Sie berührt erneut ihr Gesicht und schaut weg, aus dem Fenster. Auf der anderen Seite des Kanals erklimmt ein Auto mit eingeschaltetem Fernlicht den Hügel. »Danach war sie nie wieder dieselbe.«

Sie trinken eine Weile schweigend ihren Wein. Beckers Gedanken rasen, er hat so viele Fragen, nicht zuletzt die, ob er diese Geschichte wirklich vertraulich behandeln kann. Es ist ja nicht so, dass er es geschworen hätte, oder? Er hat Verständnis dafür geäußert, dass Vanessa die Sache nicht öffentlich bekannt machen wollte, aber er hat nichts versprochen. Und realistischerweise kann er das Sebastian auch gar nicht verschweigen.

»Grace«, sagt er schließlich. »Ich verstehe, warum Vanessa Angst davor hatte, diese Sache öffentlich zu machen, aber ich glaube, ich bin verpflichtet, Sebastian Lennox darüber zu informieren, was mit den Werken geschehen ist.«

»Nein, sind Sie nicht!« Sie schüttelt heftig den Kopf. »Wir reden hier über Werke, die vor zwanzig Jahren zerstört wurden, lange bevor die Fairburn-Stiftung Vanessas Nachlass geerbt hat. Sie haben nichts mit Lennox zu tun. Bitte, Vanessa fände es unerträglich, wenn all das jetzt an die Öffentlichkeit gezerrt würde und alle wieder darüber spekulieren würden, was sie getan oder nicht getan hat. Wenn Sie ihr Andenken respektieren, lassen Sie die Sache auf sich beruhen.«

Er ist hin- und hergerissen zwischen der Vorstellung, dass Vanessa es wirklich unerträglich fände, und dem Gedanken, dass dies ein wesentlicher Teil ihrer Geschichte ist. Denn es hat mit Sicherheit alles geprägt, was danach kam. Er denkt an *Division II*, an dessen zarte Komponenten hinter Glas, wo sie vor der Welt geschützt sind.

Bis jetzt.

»Erinnern Sie sich an irgendwelche Details der Werke, die zerstört wurden?«, fragt Becker. »Wie sie aussahen, meine ich, welche Form sie hatten? Vasen, Schalen, war irgendetwas dabei, das mehr in Richtung Skulptur ging?«

Grace schüttelt den Kopf. »Tut mir leid, an die Keramikarbeiten kann ich mich wirklich nicht so gut erinnern … Bei den Gemälden ist es etwas besser, aber die Porzellanteile … verschmelzen in meiner Vorstellung irgendwie alle.« Sie zuckt schuldbewusst die Achseln.

Becker wird wütend. Sie haben mit einem Genie zusammengelebt, denkt er, und haben nicht mal richtig hingeguckt. »Die Titel waren auch nicht sehr hilfreich«, fährt Grace fort. »Sie waren immer so schwammig. Wie *Flourish* oder *Breathe* … Ich habe nie verstanden, warum sie die Dinge nicht beim Namen genannt hat. Wahrscheinlich entlarve ich mich damit als Kulturbanausin, aber warum bitte *Hope is Violent*? Warum nicht *Leuchtturm auf Sheepshead*? Warum *Totem* und nicht *Grace mit Vogel?*«

»*Totem?*«, wiederholt Becker. »*Totem* war ein Porträt? Von Ihnen?«

»Ich hielt darauf eine Holzschnitzerei in der Hand«, sagt sie mit heiserer Stimme, »einen kleinen Vogel.«

Er ist sich nicht sicher, ob es daher kommt, dass er zu viel Wein getrunken hat oder dass es so schummrig in der Küche ist, aber er braucht eine Weile, um zu merken, dass Grace weint.

»Grace«, sagt er, »es tut mir leid …« Er greift über den Tisch und tätschelt ihr unbeholfen das Handgelenk. Sie dreht ihre Hand um, hält seine Finger fest und drückt sie kurz. Dann neigt sie den Kopf und wischt sich die Tränen mit dem Stoff ihres Shirts von der Wange. So bleiben sie einen Moment lang sitzen, bis Beckers Telefon gnädigerweise einen Piepton von sich gibt und ihm einen Vorwand liefert, seine Hand zurückzuziehen.

»Entschuldigung«, sagt Becker, als er die Nachricht liest. Sie ist von Helena – sie ist erschöpft und wird früh schlafen gehen. Er schaut stirnrunzelnd auf seine Armbanduhr. Es ist noch nicht mal halb zehn.

Grace schnieft. »Ist alles in Ordnung?«, fragt sie.

Er nickt. »Ja, alles gut, das war … meine Frau.«

»Stimmt irgendwas nicht? Sie sehen besorgt aus.«

»Ach«, sagt er lächelnd, »nein, nein, es ist nichts.«

Grace klopft leicht mit den Fingerspitzen auf ihre Wangen. »Nach nichts sieht es aber nicht aus.«

Becker schüttelt den Kopf. »Das liegt an mir. Ich mache mir Sorgen um sie. Die Schwangerschaft und die stressige Situation in der Stiftung …«

Grace zieht die Augenbrauen hoch. »Situation? Sie meinen *unsere* Situation?«

»Oh, nein, nein«, sagt Becker und schüttelt erneut den Kopf. »Das meine ich nicht.«

Er ist betrunken, merkt er, er muss betrunken sein, weil er zu viel redet, und ehe er sichs versieht, schwadroniert er los, schüttet ihr sein Herz aus: »Helena war verlobt, als wir uns kennenlernten«, sagt er, »mit Sebastian Lennox.« Grace' Augenbrauen kriechen noch weiter an ihren Haaransatz heran, und Becker läuft rot an. Er fingert an den Fransen der Tischdecke herum. »Sie … äh … hat es sich anders überlegt.« Er schaut hoch. »Aber ohne dass ich das forciert hätte«, sagt er, und Grace lächelt. »Nein, nein, ehrlich. Ich hab nicht versucht, sie ihm auszuspannen. Ich hätte mir nie, nicht eine Sekunde lang, träumen lassen, dass sie ihn für mich verlässt. Er ist die bei Weitem bessere Partie.«

Grace legt den Kopf schief und schaut ihn an. »Ihre Helena scheint eine gute Menschenkenntnis zu besitzen«, sagt sie. »Nicht alle wollen einen großspurigen oder sich förmlich aufdrängenden oder furchtbar reichen Partner. Es gibt Leute, die einen Blick für das Wesentliche haben, nicht wahr? Und manchmal haben Menschen wie wir unsere eigenen heimlichen Vorzüge.«

Becker nickt und lächelt dümmlich; er ist sich nicht sicher, was sie meint. Menschen wie wir? Heißt das, sie und er? Was stellt sie sich denn vor, was sie gemeinsam haben?

»Und will dieser Sebastian Sie jetzt loswerden?«, fragt Grace und beugt sich vor, um den letzten Rest Rotwein in Beckers Glas zu gießen.

»Nein, Sebastian ist weitaus toleranter, als ich es unter diesen Umständen gewesen wäre«, sagt Becker, lacht nervös und errötet noch mehr. »Sebs Mutter ist das Problem. Sie konnte mich von Anfang an nicht leiden, sie fand mich schon immer ordinär, aber jetzt hasst sie mich und ist ziemlich … *unangenehm* geworden.«

»Ach, Emmeline war schon immer unangenehm«, erwidert Grace und erhebt sich.

»Natürlich.« Becker schiebt seinen Stuhl zurück und steht auf, um ihr beim Abräumen zu helfen. »Ich hatte vergessen, dass Sie sie kennen.«

Grace lehnt seine Hilfe mit einer Handbewegung ab. »Ja, aber nur flüchtig«, sagt sie. »Sie war ab und zu mit Douglas hier, aber mit Leuten wie mir hat sie sich nicht lange abgegeben.«

Becker kann es sich genau vorstellen. Für Emmeline war Grace bestimmt kaum mehr als eine Bedienstete. »Ich sollte wohl ein bisschen mehr Verständnis für sie aufbringen, nach allem, was sie durchgemacht hat …«

Grace schnaubt verächtlich. »Sie sollte doch wohl froh sein, dass sie den geilen alten Bock los ist, nachdem sie jahrzehntelang unter seiner Untreue gelitten hat.«

»Die Umstände waren sehr schockierend«, murmelt Becker, »weshalb sie nicht nur trauert, sondern auch Schuldgefühle hat …«

»Schuldgefühle?«, wiederholt Grace und dreht sich zu ihm um. »Wieso denn das?«

Der beduselte Becker braucht einen Moment, um zu begreifen, dass er zu viel gesagt hat, aber jetzt ist es zu spät; er sieht Grace an, dass sie die Wahrheit erraten hat. »Emmeline hat den Schuss selbst abgegeben?«, fragt sie. »Du meine Güte. Das ist ja ein Ding.«

»Die Familie hat die Presse da rausgehalten«, sagt Becker und verflucht sich insgeheim. »Alle wollten sie schützen … Sie hatte genug gelitten.«

»Verstehe«, sagt Grace. Sie lehnt an der Arbeitsfläche und faltet das Geschirrtuch, das sie in der Hand hält, immer wieder von vorn. »Aber ich bin ehrlich erstaunt«, sagt sie. »Die Frau konnte einem Kaninchen mit einem Luftgewehr ins Auge schießen.«

Becker setzt sich gerade hin. »Bitte?«

Grace nickt. »O ja, Emmeline ist eine hervorragende Schützin. Früher hat sie damit angegeben, dass sie an den Olympischen Spielen hätte teilnehmen können, wenn es Frauen damals schon erlaubt worden wäre.«

Becker schiebt sein Weinglas weg und erhebt sich schwankend. Er hat Mühe, noch klar zu denken – hat sie gerade wirklich suggeriert, Emmeline könnte Douglas *absichtlich* erschossen haben?

»Ich … ich sollte jetzt wohl mal schlafen gehen«, sagt er.

»Oh.« Grace ist sichtlich enttäuscht. »Ich wollte Ihnen noch etwas zeigen. Noch etwas mit Ihnen besprechen, bevor Sie die Notizbücher mit zur Fairburn-Stiftung nehmen. Aber ich muss sicher sein, dass ich Ihnen vertrauen kann, Mr Becker.« Sie blickt ihn mit großen Augen flehentlich an. »Ich kann Ihnen doch vertrauen, oder?«

Grace schaltet das Deckenlicht an. Becker setzt sich wieder. Er beobachtet, wegen der plötzlichen Helligkeit blinzelnd, wie sie in den Karton greift, aus dem sie auch schon Vanessas Brief an Julian gezogen hat, und ein Notizbuch herausholt. »Das hier sind, wie Sie sich bestimmt schon gedacht haben, Sachen, die ich lieber behalten hätte. Die Notizbücher können Sie haben, aber ich möchte Sie bitten, sie nicht auszustellen. *Bitte*. Ihr zuliebe«, sagt sie, als sie ihm das Büchlein reicht. »Und mir zuliebe.«

Das Notizbuch sieht genauso aus wie die, die er in der Fairburn-Stiftung gelesen hat, nur dass Vanessas Handschrift in diesem nicht elegant und schwungvoll ist, sondern krakelig und ungleichmäßig. Sie folgt nicht mehr den Linien auf dem Papier, sondern wandert mal hierhin, mal dorthin und biegt in seltsamen Winkeln ab, auch die Ecken sind vollgekritzelt. Viele der Seiten sind leer bis auf schwache, scheinbar unzusammenhängende Bleistiftspuren und einige wenige kaum lesbare Satzfetzen.

»Als der Krebs zurückkam«, erklärt Grace, »hatte sie überall Metastasen, auch im Gehirn.« Auf ihrer Unterlippe kauend, beobachtet sie Becker beim Durchblättern des Notizbuchs. »Sie wurde von schrecklichen Kopfschmerzen gequält, und die Sehkraft in ihrem rechten Auge ließ nach. Keramiken hatte sie schon lange keine mehr hergestellt – ihre Kraft reichte nicht mehr, um den Ton zu formen. Aber zu diesem Zeitpunkt konnte sie auch nicht mehr malen, und selbst das Zeichnen fiel ihr schwer. Sie wurde – sowohl auf dem Papier als auch im richtigen Leben – weniger kohärent. Man kann sehen, dass sie manchmal nicht für sich selbst zu schreiben scheint, sondern, wie in den älteren Büchern, *an* jemanden schreibt. Manchmal an Frances und manchmal auch an mich.«

Becker überfliegt die Seiten und versucht ihr Gekritzel zu verstehen. Einiges davon klingt sehr nach Vanessa.

Ich strebe nach Substanz, im wörtlichen Sinne, nach physischer Substanz. Wieder Holz oder Stein?

An manchen Stellen weniger.

Wo ist er hingegangen wo bist du hingegangen wo bin ich hingegangen?

Manches davon ist schwer erträglich.

Lässt das Licht nach, oder lasse ich nach?

Anderes klingt verzweifelt.

Du musst mir helfen. Das bist du mir schuldig.

Der letzte Satz ist so kraftvoll unterstrichen, dass sie dabei das Blatt zerrissen hat.

»Sie hat mich angefleht, ihr zu helfen«, sagt Grace. »Ab einem bestimmten Punkt drehte sich alles nur noch darum. Alle unsere

Gespräche. Wenn sie mit mir sprach, hat sie von nichts anderem gesprochen, sie hat mich angefleht und angefleht, und am Ende habe ich es getan. Ich habe getan, worum sie mich gebeten hat.«

Becker ist eine lange Weile sprachlos. »Sie haben ihr *geholfen*?«, wiederholt er schließlich. Er bekommt trotz der Wärme im Raum eine Gänsehaut. Er hat einen Kloß im Hals, der so hart ist wie ein Pfirsichkern.

»Ich glaube nicht, dass in diesen Notizbüchern irgendetwas steht, was beweiskräftig wäre«, sagt Grace leise. »Vanessa schreibt irgendwo über Morphin, aber nichts, was mich in Verruf bringt. Nichts, was mich überführen würde, glaube ich. Ich bezweifle, dass überhaupt viel passieren würde, wenn es rauskäme – denn ich bin sicher, es ist zu spät, um mir noch irgendetwas nachzuweisen. Wir waren vorsichtig. Ich habe ihr die Dosis in einer Nacht gegeben, in der ein Unwetter tobte, drei Tage bevor der Rettungswagen kam, um sie abzuholen.« Sie schaut ihm direkt in die Augen. »Ich fürchte mich nicht vor der Polizei, und es geht mir auch nicht um mein Ansehen als Ärztin, denn ich bin mir ziemlich sicher, dass ich diesmal für immer im Ruhestand bin.« Sie seufzt, und die Luft entweicht ihr mit einem Zittern. »Aber wenn die Leute das lesen würden, dann würde es Spekulationen geben, Streit, die Presse würde sich wieder auf alles stürzen. Sie konnte Journalisten nicht ausstehen, müssen Sie wissen, von Anfang an. Und sie würde es hassen, wenn sie jetzt noch ihre Leiche fleddern könnten.« Grace geht vom Tisch weg und legt ihm dabei sanft eine Hand auf die Schulter. »Es geschieht alles zu ihrem Schutz. Alles, was ich tue, und alles, was ich getan habe.«

Becker sitzt eine Weile allein in der Küche und versucht, sich einen Reim auf all das zu machen, was er erfahren hat: über Julian und Emmeline und darüber, was Grace für Vanessa getan – oder ihr angetan – hat. Ihm brummt der Schädel, er hat einen Knoten im Hirn und schafft es nicht, seine verworrenen Gedanken zu ordnen. Egal, an welchem Faden er zieht, der Knoten scheint immer nur noch fester zu werden.

Irgendwann tastet er sich vorsichtig durch das düstere Wohnzimmer, um nicht gegen die Möbel zu stoßen, und begibt sich in sein Schlafzimmer. Er setzt sich aufs Bett, stützt den Kopf in die Hände, lauscht den Wellen und versucht den Raum mit der Macht seiner Gedanken daran zu hindern, sich zu drehen. Was passiert jetzt? Was passiert morgen? Wird er ihr die Wahrheit sagen, wird er ihr erzählen, dass man *Division II* öffnet? Dass Vanessas letzter Atem vielleicht bereits entwichen sein könnte?

Er wird von einem lauten Piepton geweckt. Er hat vergessen, seinen Wecker auszustellen. Sein Herz rast, er setzt sich in der Dunkelheit auf, tastet auf dem Nachttisch nach dem Handy und stößt dabei etwas um.

Mist.

Es ist nicht sein Wecker, es ist ein WhatsApp-Anruf, von Helena.

»Beck? Hörst du mich?« Sie spricht mit tränenerstickter Stimme, sie klingt, als wäre sie in einem leeren Raum.

»Ja, ich höre dich, was ist los?«

»Au!« Sie fängt an zu weinen, und ihm bleibt das Herz stehen.

»Was ist, Helena? Wo bist du? Helena?«

»Da ist Blut. Ich blute.«

»O mein Gott, wo bist du denn? Bist du in London?«

»Nein, ich bin zu Hause, im Bad, ich …«

»Okay, okay.« Er versucht, nicht zu panisch zu klingen. »Ist es … Wie viel Blut? Tropft es?«

»Nein, ich glaub nicht.« Ihre Stimme ist nur noch ein Hauch.

»Ruf einen Rettungswagen. Nein, *ich* rufe ihn. Nein, ach, verdammt, das geht ja nicht. Ich hab keinen Empfang. *Du* rufst den Rettungswagen, und ich rufe Sebastian an und sage ihm, er soll zu dir kommen und mit dir auf die Rettung warten. Geh aus dem Bad raus, Hels, geh nach unten und schließ die Haustür auf. Jetzt sofort. Ich rufe Seb an.«

»Ok.« Sie gibt ein seltsames Geräusch von sich, irgendetwas zwischen Lachen und Weinen. »Ich hab Angst, Beck.«

Er wählt mit bebenden Händen Sebastians Nummer. Es klingelt und klingelt; er legt auf, versucht es wieder und wieder. Beim dritten Mal geht Sebastian ans Telefon.

»Helena blutet, du musst ihr helfen.« Er versucht, nicht zu schreien, hat aber Mühe, seine Angst unter Kontrolle zu halten. »Du musst zu ihr gehen, jetzt sofort! Stell keine Fragen, bitte, bitte geh einfach!«

»Ich gehe«, sagt Sebastian. »Schon unterwegs!« Becker hat das Gespräch kaum beendet, als ihm die Flut einfällt. Er springt in seine Kleider, sprintet durchs Wohnzimmer zur Haustür und rennt nach draußen. Das Wasser schlägt bereits sanft gegen den Fahrdamm. Er eilt zurück ins Haus und sammelt seine restlichen Sachen ein. Er muss Grace eine Nachricht hinterlassen, kann aber nichts finden, worauf er sie schreiben könnte. Also nimmt er eine Handvoll Papiere aus dem Karton, den Grace stehen gelassen hat. Es sind Briefe und Karten – die kann er nicht verwenden. In der Innentasche seiner Jacke findet er eine Quittung und schreibt darauf. Während er seine Nachricht formuliert, fällt sein Blick auf ein Wort in dem Brief ganz oben auf dem Stapel: *Division*. Er nimmt den Brief, stopft ihn in seine Jacke und rennt aus der Tür.

26

Als Grace die Augen aufschlägt, sieht sie den Sessel mit dem ausgebleichten orangen Bezug neben ihrem Bett und dahinter eine nackte Wand. Einen Moment lang weiß sie nicht, wo sie ist, dann fällt ihr wieder ein, dass sie in Vanessas Bett liegt. Sie starrt die Wand an und versucht sich zu erinnern, was früher dort hing, auf welches Bild Vanessa geschaut hat, wenn Grace neben ihrem Bett saß.

Wie hieß es noch gleich? *Dawn in Winter*. Ein Gemälde des Kanals, das eisgrüne Meer, das sich vom Land zurückzieht, der Fahrdamm lenkt den Blick des Betrachters aufs Festland, zu den schneebedeckten Hügeln. Eins der frühesten Landschaftsbilder, die Vanessa von Eris gemalt hat, und zugleich eins ihrer Lieblingswerke. Viele der ersten auf der Insel entstandenen Gemälde waren Morgenbilder; Vanessa liebte es, draußen am Strand oder auf dem Hügel zu sein, wenn der Tag anbrach, Hoffnung in der Luft lag und sie in ihrer Freiheit schwelgte. Jetzt hat die Fairburn-Stiftung *Dawn in Winter*. Grace fragt sich, wo es wohl heute hängt. An der Wand einer prachtvollen Galerie mit Gewölbedecke kann sie es sich nur schwer vorstellen. Es war ein bescheidenes, eher alltägliches Bild.

Sie kann Becker fragen! Erst jetzt fällt ihr wieder ein, dass sie nicht allein ist, dass sie jemanden zum Reden hat.

Ein Blick auf den Wecker neben dem Bett verrät ihr, dass sie den Gezeitenwechsel verschlafen hat. Sie dreht sich um und erspäht durch den Spalt zwischen den Vorhängen einen blauen Himmel. Sie verspürt ein leichtes Glücksgefühl: Sie merkt noch den Wein von gestern Abend, auch wenn Becker ein bisschen mehr getrunken hat als sie. Und sie ist erholt, dank ihm hat sie lange und tief geschlafen. Dank der Wohltat, ihn als Gast hier zu haben.

Es war *herrlich* gestern Abend. Wieder für jemanden zu kochen, das Brot zu teilen, Wein zu trinken, bis in die frühen Morgenstunden zu plaudern. Sie fragt sich, ob sie ihn überreden kann, noch eine Nacht zu bleiben. Sie hat Nudeln da und Würste vom Metzger und …

Plötzlich verspürt sie einen Stich. Sie hat ihm von dem Morphin erzählt. Das war leichtsinnig. Aber er hat ihr auch etwas anvertraut, nicht wahr? Er hat ihr von seiner Ehe erzählt, von den Problemen, die er bei der Fairburn-Stiftung hat. Sie haben eine Verbindung aufgebaut, sie sind jetzt Freunde. Sie kann ihm vertrauen. Sie können sich gegenseitig vertrauen.

Ihr Blick wandert noch einmal zum Wecker. Es ist inzwischen fast neun, sie sollte ihn wecken. Unter der Dusche schmiedet sie Pläne für ihren gemeinsamen Tag: Kaffee und ein schnelles Frühstück, dann ein Spaziergang durch den Wald, bis hoch zum Kliff. Auf dem Rückweg können sie einige der Stellen auf der Südseite der Insel aufsuchen, an denen Vanessa gern gemalt hat. Und danach noch ein wenig Zeit im Atelier verbringen? Am Strand spazieren gehen? Dann wird sie ihn einladen, noch ein bisschen länger zu bleiben. So wie jemand erst nach dem ersten Bissen merkt, wie hungrig er ist, hat Grace erst mit Beckers Auftauchen begriffen, wie einsam sie sich gefühlt hat.

Sie gestattet sich, in eine kleine Träumerei abzudriften, in eine Zukunft, in der Becker tagelang, gar wochenlang auf der Insel bleibt, manchmal mit Frau und Kind, manchmal ohne. Sie werden am Strand spazieren gehen, Grace wird kochen, und abends werden sie lange zusammensitzen, Wein trinken und über Vanessa reden. Sie wird im Gegenzug in die Stiftung eingeladen, Sebastian Lennox sieht sie jetzt anders, als eine wertvolle Person, eine Bereicherung, als jemand, der einen Beitrag zu leisten vermag. Sie hilft bei der Archivierung von Vanessas Notizen und Korrespondenz, sie kann mitreden, hat eine neue Aufgabe.

Das ist ein Tagtraum. Sie ist nicht dumm. Aber die Verbindung zwischen ihr und Becker ist nicht wegzuleugnen. Sie sind durch Vanessa miteinander verbunden und jetzt auch durch Eris, die Insel, doch ihre Zusammengehörigkeit reicht tiefer als das. Sie hat über ihn recherchiert: Er ist nicht wie die anderen Leute bei der Fairburn, er kommt nicht aus reichem Haus. Er ist wie sie, hat sich alles erarbeitet, ihm wurde nichts geschenkt. Sie vermutet, dass sie ihn in mancherlei Hinsicht besser versteht, als seine vermögende Frau oder sein Boss es können.

Zurück im Zimmer öffnet sie den Vorhang. Wie wunderbar. Das Meer ist lebhaft heute, es hat ein tropisches Aquamarinblau, und da, wo die Wolken Schatten werfen, ist es tief dunkelblau. Die Luft ist klar und die Sicht so gut, dass Grace die Tölpel erkennen kann, die sich zum Schlafen auf den Felsen von Sheepshead niedergelassen haben. Vom Kliff aus müssen sie unendlich weit sehen können.

Sie zieht ihre Wanderhose und warme Sachen an – Sonnenschein hin oder her, es wird frisch sein – und schlüpft leise in den Flur hinaus. Als sie durchs Wohnzimmer geht, bemerkt sie, dass ihre Schlafzimmertür – die Tür zum Gästezimmer – bereits offen ist. Er ist schon auf! Aber in der Küche ist er nicht; er muss zu einem Spaziergang aufgebrochen sein. Sie kocht gerade Kaffee, als sie den Zettel auf dem Tisch bemerkt, den er mit der Pfeffermühle beschwert hat, damit er nicht wegfliegt.

Tut mir sehr leid – musste weg – ein Notfall. Erkläre später alles per E-Mail.

Danke für alles. B

Eine Faust legt sich um ihr Herz und presst es zusammen, drückt so lange zu, bis kein Tropfen Blut mehr darin ist. Sie bricht in Tränen aus wie ein enttäuschtes Kind, doch dann schlägt die Wut zu, bösartig und hinterhältig, wie ein Fausthieb ins Gesicht. Sie *hasst* ihn. Die Kaffeekanne fliegt an die Wand, krachend wie ein Schuss.

27

London, 1981

Grace stand in der Schlange der Uni-Mensa, als sie nur wenige Meter entfernt Pauls unverwechselbare laute Stimme hörte. »Ich sag's dir, Kumpel, sie ist grauenvoll. Sie liegt einfach nur da. Es ist, als würd ich's mit einem Bügelbrett machen.«

Johlen, Gelächter.

Grace senkte den Kopf und drückte ihr Kinn auf die Brust, doch aus dem Augenwinkel konnte sie ihn sehen, blonder Haarschopf, pummelige Figur: Paul, der Mann, mit dem sie seit drei Wochen schlief, der Mann, an den sie ihre Unschuld verloren hatte.

»Ich bin ehrlich enttäuscht. Ich dachte, die Hässlichen müssten sich mehr anstrengen.«

Mehr Gelächter, diesmal sehr laut. Die ersten Leute drehten sich um und hörten zu.

»Na, sie sollten doch dankbar sein.«

Grace war vor Entsetzen wie angewurzelt stehen geblieben: Wenn sie sich jetzt wegbewegen würde, dann würde sie womöglich Aufmerksamkeit auf sich ziehen. Es könnte sie jemand sehen. *Sie* könnten sie sehen, und sie würden merken, dass sie sie gehört hatte, dass sie ihren Urteilsspruch, ihre Demütigung persönlich entgegengenommen hatte – und wie viel köstlicher würden sie sich dann wohl noch amüsieren?

»Du bist ein Arschloch, weißt du das?« Eine andere Stimme drang glockenklar durch den Lärm. »Ja, ich rede mit dir, Paul Connolly, du fetter Wichser. Glaubst du im Ernst, irgendwer könnte *dankbar* sein, wenn *du* auf ihm schwitzt wie ein Schwein?«

Die Rettung! In der unwahrscheinlichen Gestalt von Nicholas Riley, einem schmächtigen Typen mit milchig-weißer Haut und Sommersprossen auf der Nase. Er war auf eine stille Art gut aussehend und clever und hatte einen schrägen Humor mit einem bösartigen Einschlag, der ihn interessant machte. Nicholas hatte allein an dem Tisch neben Paul und seinen Freunden gesessen, und als er laut seine Meinung kundtat, gingen sie auf ihn los; ein paar von ihnen standen sogar auf und stolzierten zu ihm hin, um ihr Gift zu verspritzen. Grace verließ leise ihren Platz in der Schlange, legte ihr Tablett zurück auf den Stapel und floh, hungrig, aber erleichtert.

Nach diesem Tag versuchte Grace, Nicholas aus dem Weg zu gehen. Sie fürchtete sich davor, zugeben zu müssen, dass sie von dem Vorfall wusste, und, schlimmer noch, ihrer öffentlichen Bloßstellung sogar beigewohnt hatte. Aber trotz ihrer Versuche, ihm auszuweichen, begegnete sie ihm überall – es war, als würde er ihr überall auflauern. Er saß bei Vorlesungen in der Reihe vor ihr, er war in der Mittagspause auf dem Rasen am Russell Square, und selbst in der Schlange an der Kinokasse im Brunswick Centre stand er plötzlich hinter ihr.

»Das muss Schicksal sein«, sagte er und tippte ihr auf die Schulter. »Wir sind füreinander bestimmt.« Er zwinkerte ihr zu, und in dem Moment wusste sie, dass sie Freunde werden würden.

Er brachte sie zum Lachen. »Du bist nicht wie die anderen Mädchen«, sagte er gern, worüber sie mehr lachen konnte als über alles andere. Es war ein dummes Klischee, etwas, das die

Leute in idiotischen Liebesfilmen sagten, aber auf Grace traf es wirklich zu. Sie war nicht wie die anderen Mädchen. Sie war auf eine Weise anders, die man nur schwer fassen konnte, doch Nick war das egal. Er forderte sie nie auf, sich für irgendetwas zu rechtfertigen oder zu entschuldigen.

Nick hatte noch eine andere Freundin, Audrey, und auch sie war nicht wie andere Mädchen, aber in einem eher konventionellen Sinn. Sie war nicht direkt seltsam, sondern nur ein bisschen verschroben. Audrey war im Jahrgang über ihnen und wollte Fachärztin für Psychiatrie werden; sie war groß und knochig und erschreckend klug. »Audrey mag keine Menschen«, sagte Nick. »Darum will sie auch Psychiaterin werden. Um rauszufinden, warum alle so verdammt furchtbar sind.« Aber Audrey mochte Nick. Sie mochte auch Grace, und Grace mochte sie, obwohl sie sich manchmal wünschte, Audrey würde nicht existieren, denn immer wenn Audrey im Raum war, drehte Nick sich ein Stückchen von Grace weg.

Die drei mieteten sich zusammen eine Wohnung, eine armselige Bruchbude über einem Zeitungsladen auf der Goodge Street, die sie sich mit Mäusen teilen mussten, und eine Zeit lang waren die drei unzertrennlich. Sie lernten unermüdlich und zogen sich von ihren Kommilitonen und ihren Familien immer weiter zurück. Grace hatte endlich Freunde gefunden und legte die Schmach der Einsamkeit ab wie einen alten Mantel.

Im Sommer sprangen sie in Nicks Vauxhall Astra und fuhren nach Frankreich. Sie zelteten eine Woche lang auf einem Kliff in St. Malo, spielten Karten und tranken billigen Rotwein, bis sie sich übergeben mussten. Während der Weihnachtstage fuhr keiner von ihnen zur Familie, stattdessen blieben sie in der schrecklichen Wohnung, aßen Pizza oder holten sich was bei der Imbissbude und schauten zusammen Filme auf VHS.

Anfang Januar wurde Grace krank. Sie hatte schlimme Unterleibsschmerzen und bekam hohes Fieber. Nick rief ein Taxi und begleitete sie zum University College Hospital, wo eine geplatzte Zyste und eine Infektion diagnostiziert wurden. Sie wurde sofort stationär aufgenommen, bekam Infusionen und blieb acht Tage dort.

Erst am vierten Tag ging es ihr wieder gut genug, um zu bemerken, dass weder Nick noch Audrey sie besuchen kamen. Sie fragte sich, ob sie nicht vielleicht doch dagewesen waren, sie es in ihrem Delirium nur nicht registriert hatte. Aber die Krankenschwestern, die sie häufig fragten, ob sie nicht jemanden für sie anrufen sollten, beharrten darauf, dass niemand gekommen sei.

Da es in der Wohnung kein Telefon gab, erschien am Tag ihrer Entlassung auch niemand, um sie abzuholen. Daher tat sie die mitleidigen Blicke der Schwestern achselzuckend ab, trat in den bitterkalten Wind hinaus und machte sich allein auf den Weg.

Als sie an ihrem Haus ankam, nahm sie sich einen Moment Zeit, um sich zu sammeln und eine gleichgültige Miene aufzusetzen. Dann stieg sie die Treppe hoch und schloss auf.

In der Wohnung war es so kalt, als wäre seit Tagen nicht geheizt worden. Und so still, als wäre länger niemand mehr hier gewesen. Audreys und Nicks Sachen waren weg; sie waren ausgezogen, ohne ihr eine Nachricht oder eine Adresse zu hinterlassen. Grace wusste nicht, wo die Eltern ihrer Freunde lebten, und hatte auch ihre Telefonnummern nicht. Sie hatten niemandem an der Uni mitgeteilt, dass sie nicht mehr kommen würden, und die Miete hatten sie auch nicht bezahlt.

Grace verstand dieses Verhalten nicht, und es gab auch niemanden, der es ihr hätte erklären können. Sie hatte angefangen, sich als Teil einer Gruppe zu sehen, und was war sie jetzt? Sie wusste, dass das, was sie empfand, *falsch* war – das zwischen ihnen war eine Freundschaft gewesen, keine Liebesbeziehung –, also gab es auch keinen Grund für Herzschmerz. Und weil niemand gestorben war, gab es auch keinen Grund zu trauern.

Dennoch war es eine Qual für sie, wieder ihre Kurse zu besuchen. Sie war sicher, dass alle über das sprachen, was passiert war, dass alle Bescheid wussten. Grace hatte Nick und Audrey geliebt, aber diese Liebe war nicht erwidert worden.

Sie versuchte, sich in die Arbeit für die Uni zu stürzen, doch sie war erschöpft. Sie kam morgens kaum aus dem Bett. Beunruhigende, aufdringliche Gedanken suchten sie heim – immer wieder. Sie stellte sich vor, sich selbst zu verletzen oder sich das Leben zu nehmen, und dachte darüber nach, wie Nick sich dann fühlen würde. Aber sie hatte Angst, dass er es vielleicht gar nicht erfahren würde und sie sich dann womöglich völlig umsonst umgebracht hätte.

Sie sorgte sich, dass er eines Tages zurückkommen und sehen würde, was aus ihr geworden war.

Sie war sehr verängstigt.

Und sie tat, was sie tun sollte. Sie ging zum Arzt und bat um Hilfe, und sie bekam sie auch. Sie wurde an eine Psychologin überwiesen, eine freundliche, geduldige Frau, der sie sich nie ganz öffnete. Trotzdem befolgte sie deren Rat: Ruhen Sie sich aus, gestatten Sie sich erst einmal, wieder zu Kräften zu kommen. Sie stellte ihr Studium für ein Jahr zurück, zog von der Wohnung in ein möbliertes Zimmer, besorgte sich Arbeit als Sekretärin, arbeitete ehrenamtlich in einem Pflegeheim und ging einmal die Woche zur Therapie. Sie ernährte sich besser, trieb Sport, schlief gut.

Dann kehrte sie zurück an die Uni, lernte fleißig und schloss ihr Studium ab.

Sie machte alles richtig.

Von alldem blieb nicht so sehr der Schock des Verlassenwerdens oder der Schmerz der Zurückweisung zurück, sondern vielmehr eine schier unerträgliche Scham. Die demütigende Erkenntnis, dass es Regeln gab, die sie nicht verstand. Dass sie es, egal, wie sehr sie sich bemühte, niemals schaffen würde, die richtigen Gefühle auf die richtige Weise zu empfinden.

Sobald sie konnte, zog sie aus London weg, hoch nach Edinburgh und von dort hinaus in den Westen. Kleine Ortschaften, ländliche Gegenden würden versöhnlicher sein, dachte sie; dort würde sie noch einmal versuchen können, Gutes zu tun, die Dinge richtig anzugehen und ihrer *Unzulänglichkeit* zu entfliehen.

Nur folgte sie ihr; sie folgte ihr auf Schritt und Tritt, bis nach Eris.

28

Auf dem Damm, in der Zwischenwelt zwischen Insel und Festland, fühlt es sich manchmal so an, als wäre man in einer anderen Welt; dieser Meeresgrund ist unerforschtes Gelände und jedes Mal anders. Grace geht selten zu Fuß hinüber, denn sie hat immer ein bisschen Angst dabei, selbst an Tagen wie heute, bei Ebbe, wenn der Sonnenschein warm auf ihrem Gesicht liegt, die Austernfischer pfeifen, die Möwen schreien und der Himmel beruhigend blau ist.

Als sie die Rampe am Ende des Damms erreicht, ist sie leicht außer Atem. Sie schleppt sich den Hügel hinauf, und als sie auf dem Hafenparkplatz ankommt, erspäht sie Marguerite. Sie kniet vor ihrem Cottage, pflückt die welken Blüten aus ihren Rosen und singt dabei in perfekter Tonlage leise vor sich hin. Als Grace näher kommt, erschrickt sie. Sie steht rasch auf und hebt die Hände, um ihre Augen vor der Sonne abzuschirmen, dann lächelt sie. »Ah! *Madame le médecin!* Du bringst meine Pillen?«

Je mehr Marguerite den Bezug zur Gegenwart verliert, desto stärker ordnet sie die Leute in den Kontext ein, in dem sie sie kennengelernt hat. Also ist Grace ihre Ärztin, Grace gibt ihr Medikamente.

»Heute keine Pillen«, sagt Grace. »Ich dachte, ich schaue einfach mal vorbei, um Hallo zu sagen.«

Marguerite nickt. »Komm, komm«, sagt sie und nimmt Grace'

Hand. Ihre Finger sind eiskalt, so kalt wie die Erde. »Du trinkst Tee?«

Grace folgt ihr durch die Haustür in die Küche im hinteren Teil des Hauses. Während Marguerite Wasser aufsetzt, holt Grace Tassen aus dem Schrank. Sie wurden schmutzig hineingestellt und beherbergen nun grünen Schimmel. »Ich spüle sie mal schnell aus, ja?«, sagt Grace. Marguerite nickt mit einem schüchternen Lächeln. Als sie nach der Teedose auf dem oberen Regal greift, fällt Grace ein Bluterguss an der Unterseite ihres Unterarms auf; er ist dunkelviolett und wird zu den Rändern hin grünlich.

»Autsch.« Grace verzieht das Gesicht und zeigt auf den Arm. »Das tut sicher weh.«

»Autsch, *oui.*« Marguerites Miene ist ernst. »Ich bin hingefallen. Ist keine Lüge. Ehrlich, *c'est vrai.*«

Das stammt noch aus der Zeit, als Marguerite häufig mit Verletzungen in Grace' Praxis gekommen ist und immer gleich die passende Geschichte dazu geliefert hat. Mal war sie auf dem Eis ausgerutscht, mal hatte sie sich den Kopf an einer Schranktür gestoßen. Und wenn Grace dann vorsichtig nachhakte, um die Wahrheit herauszufinden, hat Marguerite stets stur auf ihrer Version beharrt. *Ist keine Lüge, c'est vrai.* Jetzt ist es höchstwahrscheinlich wirklich wahr. Grace glaubt ihr und sagt es auch. Marguerite strahlt wie ein Kind, das gelobt wurde.

Als sie von der Küche ins Wohnzimmer wechseln, wird sie jedoch unruhig und rennt alle paar Minuten zum Fenster, um über den Parkplatz hinweg auf die Straße zu schauen. »Er kommt bald zurück, glaube ich«, sagt sie, faltet ihre knochigen, von der Zeit und zahlreichen Brüchen deformierten Hände und löst sie wieder voneinander.

»Nein, Marguerite, mach dir keine Sorgen«, sagt Grace entschieden. »Er kommt nicht zurück.«

»Nein?« Marguerite lächelt vorsichtig, hoffungsvoll: Sie möchte ihr glauben.

»Komm, setz dich wieder«, sagt Grace entschieden. »Setz dich hin und trink deinen Tee. Erzähl mir, wie das mit deinem Arm passiert ist. Bist du hier im Haus gestürzt? Oder draußen?«

Marguerite denkt einen Augenblick nach und schüttelt dann langsam den Kopf. Sie legt einen krummen Finger an die Lippen. »Du tust was für mich, ich tu was für dich«, sagt sie.

»In Ordnung«, sagt Grace, auch wenn sie sich nicht sicher ist, welches Gespräch sie gerade führen. »Was soll ich denn für dich tun?« Marguerite faltet kichernd die Hände, in ihrer Miene schimmert kurz das lebhafte und kokette Mädchen durch, das sie früher gewesen sein muss. Sie arbeitete als Zimmermädchen in einem schäbigen Hotel in Lille, als sie Stuart kennenlernte, einen hünenhaften Lkw-Fahrer mit riesigen Händen und einem unwiderstehlichen Lächeln. Er überredete sie, ihre Sachen zu packen und mit ihm auf der anderen Seite des Ärmelkanals ein neues Leben zu beginnen. Die schlechteste Entscheidung, die sie je getroffen hat.

Sie kam 1992 hier an der Küste an. Grace lernte sie im Jahr darauf kennen, dem Jahr mit den heftigen Unwettern. Demselben Jahr, in dem Nick Riley plötzlich aufkreuzte und Grace bei der Arbeit überraschte. Nein, nicht überraschte. *Überraschung* trifft nicht annähernd das, was sie empfand, als Nick unangekündigt erschien, wie aus dem Nichts. Sie war geschockt, ja, fassungslos. Völlig umgehauen.

Trotzdem wirft Grace sich immer noch vor, dass sie bei diesem ersten Praxisbesuch von Marguerite in Gedanken völlig woanders war. Marguerite wollte etwas gegen Schmerzen verschrieben bekommen. Sie hätte einen Unfall gehabt, sagte sie, sei vom Fahrrad gefallen. Rückblickend war Grace klar, dass sie mehr für sie hätte tun müssen. Sie hätte mehr Fragen stellen müssen, hätte nicht zulassen dürfen, dass Marguerite ihr einredete, alles sei in Ordnung und niemand müsse hinzugezogen werden. Warum sollte das nötig sein, wo sie doch nur vom Rad gefallen war? *C'est vrai, ist keine Lüge.*

Grace war abgelenkt; sie nahm Marguerites Geschichte hin, obwohl sie sich eingestehen musste, dass ein Sturz zwar eine gebrochene Rippe erklären konnte, möglicherweise auch die Wangenknochenfraktur und den ausgeschlagenen Zahn, nicht jedoch die dunklen Blutergüsse in Fingerform an Marguerites Hals, Armen und Oberschenkeln.

Jetzt ist Marguerite wieder aufgesprungen und schaut aus dem Fenster übers Wasser. *»L'île ne se souvient pas«*, sagt sie und dreht sich zu Grace um, doch die zuckt nur die Achseln und schüttelt den Kopf. *Ich verstehe kein Wort.* »Die Insel erinnert sich nicht.« Grace presst die Lippen aufeinander, um ein Seufzen zu unterdrücken. Ihre Geduld für solche abrupt die Richtung wechselnden, rätselhaften Gespräche ist begrenzt. Marguerite blickt sie erwartungsvoll an, aber Grace schüttelt erneut den Kopf, und Marguerite wendet sich wieder ab. »Ich glaube, er kommt bald wieder«, sagt sie leise zu sich selbst.

Das Traurige, denkt Grace, oder vielmehr das *Grausame*, ist, dass Marguerite sich zwar an Stuart erinnert, jedoch den anderen Mann, mit dem sie eine Liebesgeschichte verband, nachdem ihr Ehemann ins Gefängnis gewandert ist, scheinbar vergessen hat. Inzwischen ist er tot, aber sie haben glückliche Jahre miteinander verlebt. Und anstatt liebevoll an diesen sanften und geradezu ritterlichen Bauern zurückzudenken, steht Marguerite bekümmert und voller Angst am Fenster und erwartet unaufhörlich die Rückkehr der Bestie.

Als Grace aufbrechen will, folgt Marguerite ihr zur Tür und

nimmt ihre Hand. »Wo ist dein Freund hingefahren?«, fragt sie und betrachtet forschend Grace' Miene. »Was ist passiert?«

»Nichts, Marguerite«, erwidert Grace und löst sich behutsam von ihr. »Du brauchst dir keine Sorgen zu machen. Es ist alles in Ordnung.«

Die Sonne ist hell und bleich, und sie steht niedrig am Himmel. Grace hebt beim Gehen einen Arm, um ihre Augen vor dem grellen Licht abzuschirmen. Ihr Nacken fühlt sich so verspannt an, als hätte sie jemand an den Haaren gezogen, und sie hat Kopfschmerzen. Ihre Beine sind bleischwer, sie ist hundemüde und spürt die Nachwirkungen des Weins von gestern Abend.

Sie hat Marguerite erzählt, alles sei in Ordnung, was offensichtlich nicht stimmt. Die alte Frau wird langsam zu krank, um allein zu leben, sie kommt nicht mehr zurecht. Sie könnte einen schlimmen Sturz erleiden, den Gasherd anlassen, das Haus abbrennen, sich selbst vergiften, weil sie von schmutzigem Geschirr isst. Grace sollte am Montag in der Praxis anrufen und dafür sorgen, dass ein Sozialarbeiter hergeschickt wird, der sie sich mal ansieht. Wäre das das Richtige? Besonders nett wäre es nicht. Die Behörden würden sie aus ihrem Cottage werfen und sie in irgendein schreckliches Heim stecken. *Nein*. Grace würde sie lieber hierbehalten, wo sie ein Auge auf sie haben kann.

Draußen auf dem Damm, im Windschatten der Insel, ist die Luft kalt und feucht. Am Strand rechts von ihr bewegt sich etwas, und Grace erschrickt. Ihr Herz beginnt zu rasen, doch als sie erneut hinschaut, ist dort nichts, das nachlassende Licht macht aus Schatten Monster. Sie beschleunigt ihre Schritte und schaut zum Haus hoch. Aus diesem Blickwinkel sieht man nur die schmalere Seite mit der Küche. Es wirkt klein und ungeschützt, so als könnte ein Hochwasser oder ein starker Sturm es hinwegfegen.

In dem Jahr, als Grace Marguerite kennengelernt hat, gab es zwei große Unwetter. Das Haus hat beide überlebt, aber das Dach von einer der Scheunen wurde damals zerstört. Der erste Sturm fällte die älteste Kiefer im Wald, und ihre Wurzeln rissen ein riesiges, klaffendes Loch in die Erde. Der zweite Sturm warf zwei weitere Bäume um und schwemmte einen Teil des Damms weg. Der Fahrdamm wurde einige Monate später repariert, aber die umgestürzten Riesen im Wald blieben jahrelang liegen und verrotteten nach und nach.

Vanessa kannte die Insel vor den Unwettern noch nicht, Grace schon. Sie erinnert sich an die Insel, bevor die Bäume umfielen und danach; bevor der Fahrdamm abbröckelte und nach seiner Reparatur. Sie sieht die Narben noch, auch wenn sonst niemand sie sehen kann.

Menschen haben so etwas auch, nicht wahr? Wenn sich ein Weg gabelt, wenn sich ein Leben wandelt, hinterlässt das an der Oberfläche oder darunter auch immer irgendeine Spur. Für Marguerite waren es das Verlassen ihrer Heimat und ihr Umzug an die Küste und dann später Stuarts Inhaftierung, ihre Erlösung. Für Vanessa waren es ihre Ankunft auf Eris, Julians Verschwinden und alles, was damit einherging.

Vanessa Chapmans Tagebuch

Im Haus herrscht eine Leere, die sich entsetzlich anfühlt. Ich gehe im Dunkeln ins Atelier hoch und kehre im Dunkeln zurück. Meine Gedanken drehen sich endlos im Kreis, während ich Skizzen anfertige und lausche, schaue und warte. Nichts kommt.
Niemand kommt.
Die Flut kommt.

29

Als Grace das obere Ende der Treppe erreicht, bleibt sie stehen, um Atem zu schöpfen. Dann geht sie jedoch nicht ins Haus, sondern weiter den Hügel hinauf, am Atelier vorbei, auf den Waldrand zu.

Das Licht wird schwächer, Schatten sammeln und verdichten sich. Marguerite kennt dafür eine besondere Redewendung: *l'heure entre chien et loup*, die Stunde zwischen Hund und Wolf. Es ist die Zeit, in der die Dinge anders erscheinen können, als sie sind, in der etwas Gutes bedrohlich wirken oder ein Feind in der Gestalt eines Freundes daherkommen kann.

Als Grace noch ein Kind war, drei oder vier Jahre alt vielleicht, geriet ihre Hand einmal in eine zuschlagende Tür (wer hat sie zugeschlagen? Der Wind? Ihre Mutter?), wobei die Fingerkuppe des Mittelfingers ihrer rechten Hand abgetrennt wurde. Sie selbst und die abgetrennte Fingerkuppe wurden daraufhin eilig ins Krankenhaus gebracht, wo ein Chirurg sie erfolgreich wieder annähen konnte.

Grace erinnert sich kaum noch an diesen Vorfall; irgendwann erzählte man ihr davon, vermutlich, als sie nachfragte, warum der Mittelfinger ihrer rechten Hand leicht deformiert und geringfügig kürzer war als der ihrer linken Hand.

Sehr gut weiß sie jedoch noch, dass sie damals über Nacht im Krankenhaus blieb. Jetzt, als Erwachsene und als Ärztin, kann sie sich nicht erklären, warum man sie wegen einer so geringfügigen

Verletzung dortbehielt, aber so war es. Und sie erinnert sich vor allem an eines: Als ihre Eltern sie am nächsten Morgen abholen wollten, bekam sie eine Riesenpanik. Sie wollte nicht mit ihnen mitgehen und klammerte sich heulend an die Stationsschwester. Sie war davon überzeugt, dass das nicht ihre wahren Eltern waren, dass ihre echten Eltern sie im Stich gelassen hatten, dass sie sie nicht mehr wollten und an ihrer Stelle diese Eltern-*Darsteller* gekommen waren. Diese Feinde in der Gestalt von Freunden, diese Wölfe im Schafspelz.

Die Angst hielt nicht lange an, aber sie kehrte hin und wieder in Albträumen zurück; dann wachte Grace nachts auf und lag nass geschwitzt in kalten Laken, ganz sicher, dass es einen Fehler kosmischen Ausmaßes gegeben hatte und sie nicht da war, wo sie eigentlich hingehörte. Sie konnte nicht ergründen, wo dieses Gefühl hergekommen war, denn soweit sie sich erinnerte, war ihre Kindheit weder besonders glücklich noch unglücklich gewesen. Ihre Eltern waren zwar zurückhaltend, was Gefühlsbekundungen anging, aber grausam waren sie ganz sicher nicht. Sie wurde nicht vernachlässigt, und sie vermutet, dass sie geliebt wurde. Sie schien nur nicht aus demselben Holz gemacht zu sein wie ihre Eltern, das war alles. Als sie zu einer Jugendlichen herangewachsen war, waren sie und ihre Eltern sich bereits vollkommen fremd.

Obwohl sie es nie erwähnt haben, ist Grace sicher, dass ihre Eltern ihr jene Szene im Krankenhaus nie verziehen haben. Warum denkt ein kleines Kind so etwas, müssen sie sich gefragt haben. Und das ist eine durchaus berechtigte Frage. Warum stellt ein kleines Mädchen sich vor, dass seine Eltern es im Stich gelassen haben? Was stimmte nicht mit ihr?

Als Erwachsene – und Ärztin – hat Grace sich dieser Frage immer wieder zugewandt. Sie hat die Fachliteratur gelesen und weiß, dass die Grundlagen für Bindungsmuster in den allerersten Lebensjahren gelegt werden, dass Säuglinge von einer konstant anwesenden Person versorgt werden müssen, die sie beruhigt, füttert und ihnen die richtige Form von Aufmerksamkeit schenkt. Hat es ihr daran gemangelt? Empfindet sie deshalb anders, als andere Menschen es offenbar tun? Interpretiert sie das Verhalten ihrer Mitmenschen deshalb manchmal gleich als Zuneigungsbekundung, wenn sie ihr einfach nur mit Höflichkeit begegnen? Und ist das der Grund, weshalb sie Berührung entweder als Liebkosung oder als Angriff empfindet und es für sie dazwischen nichts gibt?

Sie geht weiter, in den Wald hinein. Hier kann man sich allzu leicht Gestalten zwischen den Bäumen einbilden, welche sich im Zwielicht in Tiere verwandeln und wieder zurück, in Menschen, in Monster. Irgendwo tief im Wald schreit eine Schleiereule; Grace bekommt eine Gänsehaut, ihr Herz rast, sie spürt das Pochen im Kopf und in der Brust. Sie läuft immer weiter, in die Dunkelheit hinein, durch den Wald zu der Stelle, wo die Bäume umgestürzt sind.

Grace stand in ihrem Leben zumeist deshalb an Weggabelungen, weil sie verlassen wurde – angefangen, so vermutet sie, bei diesem ersten, diesem eingebildeten Vorfall in der Kindheit. Danach kam die Sache mit Nick und Audrey und danach in gewisser Weise auch Vanessa. Vanessa hat ihr Leben mehr verändert als irgendwer sonst, die Begegnung mit Vanessa hat sie unwiderruflich auf einen anderen Kurs gebracht. Vanessa war die Antwort auf eine Frage, von der sie gar nicht ahnte, dass sie sie gestellt hatte.

Nach Vanessas Tod musste Grace die medizinische Ausrüstung und die Medikamente zurückgeben, die sie für ihre Pflege in den letzten Wochen benötigt hatte. Weil sie ihre Buchführung über die Verwendung der Arzneimittel jedoch kreativ gestaltet hatte, verblieb ein Fläschchen mit Morphin hinten in der Schublade von Vanessas Frisierkommode, ohne dass es auffiel.

An dem Tag, an dem sie kamen, um Vanessas Leiche abzuholen, stand Grace am Küchenfenster und schaute zu, wie der Wagen zum Festland hinüberfuhr. Sie lauschte auf die dröhnende Stille im Haus, fürchtete sich vor der Dunkelheit und wünschte sich mit aller Macht, die Flut möge kommen, damit sie verlässlich in Sicherheit und ungestört war.

Sie ging spazieren. Sie wanderte durch diesen Wald direkt zum Kliff hoch und zurück; und auch in jener Nacht hörte sie den Schrei der Schleiereule.

Am folgenden Tag ging sie zu Vanessas Zimmer, verharrte jedoch vor der geschlossenen Tür. Sie stellte fest, dass sie nicht sterben wollte, ohne noch einmal im Meer geschwommen zu sein; sie wollte den Schock und den Schmerz der Kälte spüren und dann die Erleichterung, wenn ihr Körper darauf reagierte. Sie wollte das Salz auf ihren Lippen schmecken, ihre Zehen in den Sand drücken und beim Untertauchen das Getöse der Brecher hören.

Ein letztes Mal. Darum kehrte sie um, ging ins Bad, nahm ihren Badeanzug vom Haken hinter der Tür und lief hinunter ans Meer.

Am nächsten Tag stand sie wieder vor der Tür. Und wieder ging sie nicht hinein. An diesem Tag wanderte sie am Strand entlang und am nächsten stieg sie aufs Kliff hoch, und so ging es immer weiter und weiter, sie fand immer neue Dinge, die sie tun wollte, Möglichkeiten, sich zu beschäftigen, und immer wieder gab es einen Grund, dem Ruf des Fläschchens in der Schublade zu widerstehen.

Einige Wochen später bekam sie einen Anruf von ihrer alten Praxis in Carrachan; dort fehle es an Personal, hieß es, eine der beiden Ärztinnen habe unerwartet gekündigt, sie seien verzweifelt, ob es eine Möglichkeit gebe, sie zur Rückkehr zu bewegen, und sei es nur halbtags?

So begann ein neues Kapitel. Vanessa mochte gestorben sein, aber andere brauchten Grace noch. Das Morphin blieb in der Schublade.

Es ist dunkel, als sie wieder aus dem Wald heraustritt. Sie geht langsam und vorsichtig am Atelier vorbei, hält sich dabei auf dem Weg und achtet darauf, dass sie immer einen sicheren Stand hat. Das Haus liegt im Dunkeln, aber sie gestattet sich, sich vorzustellen, dass sie nicht allein ist, dass drinnen jemand auf sie wartet, dass sie nur die Tür aufschließen und das Licht anschalten muss, damit wieder Leben ins Haus kommt. Sie wird in die Küche gehen, die nach in Butter gebratenen Zwiebeln riecht, im Radio wird Musik spielen, und auf dem Tisch wird eine offene Flasche Wein stehen.

Sie macht die Haustür auf und schaltet das Licht ein. Die Stille schallt ihr wie Glockengeläut entgegen. Sie schließt hinter sich ab und geht in die Küche, wo der mit Briefen gefüllte Schuhkarton steht. Der Brief ganz oben fällt ihr ins Auge. Diesen Brief hat sie ihm nicht gezeigt, da ist sie sich ziemlich sicher. Eigentlich lag etwas anderes zuoberst.

Diesen Brief kennt sie. Sie hasst ihn sogar – aus ihm spricht Vanessa in ihrer überheblichsten, unfreundlichsten Form. Sie möchte ihn nicht noch einmal lesen und braucht es auch kaum: Sie hat ihn schon so oft gelesen, dass die grausamsten Stellen wie mit einem Skalpell in die Wände ihres Herzens geritzt sind.

Meine liebste Fran,

herzlichen Dank für den Band mit Erzählungen von Ted Chiang, den Du mir geschickt hast. Ich liebe dieses Buch, die seltsame Melancholie, die seine Geschichten verströmen, treffen exakt meine momentane Stimmung.

Ich bin immer noch vollkommen am Boden, unfähig zu arbeiten. Schleppe mich ohne Sinn und Ziel durch den Tag.

Ich versuche, meinen Kopf ganz leer zu machen und mich von meinen Händen leiten zu lassen, von der Farbe oder dem Ton, aber ich kann nicht aufhören zu denken, und über kurz oder lang finde ich mich in völliger Starre wieder, hilflos dahintreibend und gefangen zugleich.

Grace ist allgegenwärtig. Sie ist umsichtig, besorgt. Ich kann nicht atmen, wenn sie im Raum ist. Sie erstickt mich mit ihrer Aufmerksamkeit, und sie hat keine Ahnung, wie ich leide. Es gibt eine gewisse Tiefe des Gefühls, zu der sie einfach nicht fähig ist. Sie weiß gar nicht, wie es ist, die Art von sexueller Liebe zu empfinden, die ich für Julian empfunden habe. Mir ist klar, dass sie nichts dafür kann, sondern nun einmal einfach so ist, trotzdem macht mich ihr Mangel an Verständnis wütend.

Ich liebe sie, aber ich habe auch Mitleid mit ihr. Und ich wünschte, sie würde nicht so klammern. Ich stelle mir vor, wie es wäre, wenn sie weg wäre. Ich stelle mir die Freiheit und die Angst eines Lebens ohne sie vor.

Ich weiß, dass Du verärgert bist, weil ich Deine Ausstellung in Bristol versäumt habe, und ich weiß, dass ich in den letzten zwei Jahren nicht die beste Freundin für Dich war. Ich war noch mehr mit mir selbst beschäftigt als sonst.

Bitte vergib mir. Du fehlst mir so.

Könnte ich Dich besuchen kommen? Ich glaube, ich würde wieder anfangen, mehr ich selbst zu sein, wenn ich nur für eine Weile von hier wegkönnte.

In Liebe,
Vanessa

Frances hat nie auf diesen Brief geantwortet. Vanessa war deshalb sehr verletzt, und selbst als sie ungefähr ein Jahr später miteinander sprachen und Frances ihr erklärte, den Brief nie bekommen zu haben, erholte sich ihre Freundschaft nie mehr ganz davon.

Grace' Blick verschleiert sich, und sie blinzelt ihre Tränen weg. Selbst jetzt, nach all den Jahren, kränken Vanessas Worte sie zutiefst. Es stimmt nicht, dass sie *zu einer gewissen Tiefe des Gefühls nicht fähig* ist! Wenn überhaupt, empfindet sie zu viel, unverhältnismäßig viel.

Und manchmal verhält sie sich auch entsprechend.

Dass Frances nie auf Vanessas Brief geantwortet hat, lag daran, dass sie ihn nie bekommen hat. Bei einem ihrer regelmäßigen Besuche auf der Insel in den Wochen und Monaten nach Julians Verschwinden hat Grace Vanessa versprochen, ihn zum Briefkasten im Dorf zu bringen, ihn dann jedoch geöffnet. Von Vanessas Worten verletzt, reagierte sie mit einer eigenen Grausamkeit: Sie hielt den Brief zurück und ließ zu, dass Vanessa in dem Glauben lebte, ihre älteste Freundin hätte sie verstoßen.

In der Liebe und im Krieg ist alles erlaubt, aber Freundschaft ist doch ebenfalls Liebe, oder? Und manchmal auch eine Art von Krieg.

30

Als er auf die Krankenstation geht und sie sieht – Helena im Bett und Sebastian an ihrer Seite, der ihre Hand hält –, hat Becker das Gefühl, in eine alternative Dimension eingetreten zu sein. In dieser neuen Realität ist alles genau so, wie es sein sollte: Die schöne, blaublütige Helena Fitzgerald ist mit dem reichen, gut aussehenden Aristokraten Sebastian Lennox verheiratet. Sie verbringt ihre Tage und Nächte im Glanz von Fairburn House und ist nicht mit dem Angestellten in der beengten Wildhüter-Lodge untergebracht. In dieser neuen Realität hat James Becker sich nicht in eine Welt eingeschlichen, in die er nicht gehört. Er hat Helena nicht aus dem Leben herausgerissen, das sie verdient, und dabei auch noch Sebastians Herz gebrochen. Er ist allein und ungeliebt, drückt seine Nase an die Scheibe und beobachtet die beiden von außen.

Wie es sein sollte.

Becker friert, sein Magen hat sich zusammengezogen; es ist, als hätte sich ein Abgrund unter ihm aufgetan, in den er nun fällt. Und er ist selbst schuld. Weil er nicht hier war, als sie ihn brauchte. Weil er, wenn auch nur für den Bruchteil einer Sekunde, in Erwägung gezogen hat, Vanessa Helena vorzuziehen. Er ist selbst schuld, weil er nicht auf die Stimme in seinem Kopf gehört hat, diese wort- und tonlose innere Stimme, die ihn davor gewarnt hat, dass etwas Schlimmes passieren wird.

In dem Moment, in dem er das denkt, dreht Helena den Kopf in seine Richtung, und ihre Blicke treffen sich. »Beck!«, ruft sie mit brechender Stimme, entzieht Sebastian ihre Hand und streckt sie Becker entgegen. Er ist sofort an ihrer Seite und küsst sie. »Gott sei Dank bist du hier«, sagt sie. »Ich dachte schon, du kommst nie mehr.« Er zieht sie enger an sich, seiner Brust entringt sich ein Schluchzer. »Nicht weinen, du alter Softie«, flüstert Helena in sein Haar. »Mir geht's gut. *Uns* geht's gut. Es ist alles in Ordnung.«

Als sie sich schließlich voneinander lösen, bemerkt Becker, dass sie allein sind. Sebastian ist gegangen. Und es ist alles gut. Helena geht es gut und dem Baby auch. Es war nur eine normale Blutung. Na ja, etwas mehr als normal, aber es ist nichts passiert. Sie können nichts finden, was nicht in Ordnung wäre.

»Ja, was denn nun?«, fährt Becker den Arzt an. »Ist alles in Ordnung oder können Sie nichts *finden*, was nicht in Ordnung ist?«

»Lass ihn in Ruhe, Beck«, sagt Helena. »Mir geht's gut.« Sie sieht auch gut aus. Allerdings ist sie etwas blass, ihre Miene wirkt ein wenig gequält, sie hat rote Flecken im Gesicht, ihre dunklen Augen sind feucht und ihre Lippen zerbissen. Sie hält Beckers Hand so fest, dass ihm die Finger wehtun.

Fünf Tage sind vergangen, seit Becker Eris verlassen hat, und seit drei Tagen ist Helena wieder zu Hause. Becker hat sich die Woche freigenommen, und die beiden haben sich in ihren eigenen privaten Lockdown zurückgezogen. Bis auf kurze, gemächliche Spaziergänge haben sie das Haus kaum verlassen. Sie haben vor dem brennenden Kamin gesessen, Bücher gelesen, ferngesehen und ganz behutsam miteinander geschlafen. Sie haben gut gegessen und auf Alkohol verzichtet. Becker hat in den letzten zweiundsiebzig Stunden nicht eine Zigarette geraucht.

Und er geht die Wände hoch.

An diesem Morgen hat ein Techniker in einem privaten Londoner Labor den Glaskasten von *Division II* geöffnet und den

Knochen von dem goldenen Draht abgelöst, an dem er befestigt war. Becker war nicht dabei. Er hat beschlossen, stattdessen bei seiner Frau zu bleiben. Darum muss er jetzt warten und läuft nervös in dem schmalen Flur zwischen Wohnzimmer und Küche hin und her, bis der Techniker endlich anruft. Eine optische Prüfung hat ergeben, dass es sich tatsächlich um einen Menschenknochen handelt, und nun wird eine kleine Probe für weitere Tests entnommen. Bei diesen Tests können sie zumindest grob das Alter des Knochens sowie das Geschlecht und das Alter der Person bestimmen, von dem er stammt. Die Ergebnisse werden in einer, höchstens zwei Wochen erwartet.

Nach diesem Gespräch telefoniert Beck noch mit Sebastian und mit dem Kurator der Tate Modern. Helena liegt währenddessen die meiste Zeit auf dem Sofa und versucht, sich auf ihr Buch zu konzentrieren, aber am Nachmittag reicht es ihr.

»Um Himmels willen, Beck, bitte geh raus und schau den anderen beim Feuermachen zu, du machst mich wahnsinnig.« Es ist der fünfte November, Bonfire Night, und im Haupthaus gibt es eine Party für die Nachbarn und Mitarbeiter und deren Kinder.

»Bist du denn sicher, dass du mich nicht brauchst?«

Helena zieht eine Grimasse. »Mir geht's gut, aber für dein Wohlergehen kann ich nicht garantieren, wenn du weiter so nervös hier rumhampelst. Geh!«

Er geht.

Von der Brücke aus kann er sehen, wie sich auf der Westseite des Haupthauses, wo das Lagerfeuer errichtet wurde, eine Menschenschar versammelt; er hört Gelächter und kreischende Kinder, die über den Rasen tollen. Er kann rauchen, geht ihm plötzlich auf. Wenn er sich jetzt eine ansteckt, wird der Rauch von dem Feuer den Zigarettengeruch überdecken.

Er lehnt sich über das Geländer und schaut aufs Wasser hinunter. Selbst im Dämmerlicht kann er erkennen, dass es eine gefrorene Masse bildet. Er holt tief Luft, spürt ein Kratzen in der Lunge und das Zucken eines Muskels in seiner Brust. Damit macht sich das Schicksal bemerkbar, das er herausfordert. Er schiebt seine Hände in die Jackentaschen, um das Zigarettenpapier herauszufischen, stößt dabei jedoch auf etwas anderes: auf den Brief, den er aus Grace' Küche mitgenommen hat. Den hatte er vollkommen vergessen.

Das Licht reicht gerade noch aus, um ihn zu lesen.

Februar 2003

Liebe Grace,

entschuldige, dass ich auf Deine letzten Briefe nicht geantwortet habe, aber wegen der ganzen Rechtsangelegenheiten und dem undichten Dach kam ich zu nichts. Jetzt sieht es so aus, als hätten die Anwälte endlich eine Einigung mit Douglas erzielt. Es wird eine Riesenerleichterung sein, wenn das geklärt ist, denn die ganze Geschichte hat mich reichlich Nerven gekostet und sehr abgelenkt. Das Geld wird noch knapper werden, aber ich fahre ohnehin nirgendwo mehr hin und gebe nichts aus, also müsste ich klarkommen.

Ich habe eine Nachricht von Isobel bekommen – sie ist immer noch sauer auf mich. Trotz des Briefes, den ich ihr geschickt habe, beharrt sie auf der frei erfundenen Geschichte, ich hätte ihr nie meine Anteilnahme ausgesprochen. Sie ist jetzt in Frankreich – ein Mann, auf den Julians Beschreibung zutrifft, wurde offenbar irgendwo an der Riviera gesehen. Irgendwie bezweifle ich, dass sie der Sache nachgehen würde, wenn er in Riad oder Rhyl gesichtet worden wäre. Sie verschwendet, natürlich, ihre Zeit.

Ich habe in die Arbeit zurückgefunden. Das Alleinsein hat geholfen. Ich bin kreativer, wenn ich mir selbst überlassen bin, das war schon immer so. Jetzt kann ich mir die Zeit selbst einteilen und brauche mir um nichts und niemanden Gedanken zu machen. Gemalt habe ich nicht viel, aber ich habe eine neue Serie von Skulpturen begonnen – ich nenne sie Division *– und verwende dafür sowohl Fundstücke als auch Keramiken. Das ist eine neue Richtung, und ich glaube, sie ist vielversprechend.*

Ich weiß nicht, wie ich auf Deinen Brief antworten soll, und will nur sagen, dass ich nicht möchte, dass Du nach Eris zurückkommst. Du weißt Dinge, die Du nicht wissen solltest, und ich bin mir nicht sicher, ob ich Deine Nähe je wieder aushalten kann. Ich hoffe, Du verstehst, was ich meine.

Wir müssen jetzt frei voneinander sein.

Liebe Grüße
Vanessa

Ein Windstoß reißt Becker beinahe das Blatt aus der Hand. Sein Puls schnellt nach oben. Hinter ihm erhebt sich Jubel, er hört es prasseln und knacken, als das Holz Feuer fängt, und die aufgeregten Kinderstimmen gehen in begeistertes Kreischen über.

Wir müssen jetzt frei voneinander sein – fast dieselben Worte hat sie in ihrem Brief an Julian Chapman benutzt. In ihren Tagebüchern schreibt sie andauernd über Freiheit; auch in Interviews kommt sie häufig darauf zu sprechen. Ihre Freiheit scheint ihr über alles gegangen zu sein, sogar über Liebe, Freundschaft oder nette Gesellschaft. Becker fragt sich, wie weit sie wohl gegangen wäre, um wirkliche Freiheit zu erlangen. Was meint sie, wenn sie schreibt, dass Grace Dinge weiß, die sie nicht wissen sollte? Was weiß Grace? Das Gefühl der Beklemmung, das Becker im Krankenhaus abgelegt zu haben glaubte, kehrt zurück; es legt sich wie ein Umhang um seine Schultern.

Auf der anderen Seite des Freudenfeuers bricht eine Gruppe von Kindern, die Sebastian umringt, erneut in lautes Geschrei aus. Er scheint Süßigkeiten zu verteilen. Der Herr des Hauses gibt sich großzügig, denkt Becker. Als Sebastian ihn erblickt, winkt er und lächelt so herzlich, dass Becker unangenehm auf seinen eigenen Mangel an Wohlwollen erinnert wird. »Da bist du ja! Wie geht's? Was macht unsere Hels?«

Beckers Lächeln verrutscht kurz. »Ihr geht's gut«, sagt er. »Viel besser auf jeden Fall. Sie hat mich aus dem Haus gejagt – offenbar gehe ich ihr schon auf den Geist, weil ich sie dauernd umsorge.«

»Was das angeht, kann ich Abhilfe schaffen. Ich hätte einen Auftrag, der dich vielleicht ein, zwei Tage von hier wegführt. Kannst du nächste Woche noch mal nach Eris fahren?«

Becker zieht ein Gesicht. »Eigentlich würde ich im Augenblick lieber hierbleiben. Warum willst du denn, dass ich da wieder hinfahre?«

Sebastian will ihm gerade antworten, als sich ein älterer Herr mit einem Kind an seiner Seite nähert. Es ist Graham Bryant, der Wildhüter. Der *Sündenbock*, wie Becker ihn insgeheim nennt. Bryant begrüßt Sebastian, stellt seinen Enkelsohn vor und fragt nach Emmeline. »Ich erwarte sie jeden Augenblick hier draußen«, sagt Sebastian, strahlt ihn an und fährt dem Jungen mit der Hand durch die Haare. »Gehen Sie nicht weg, Sie möchte Ihnen ganz bestimmt Guten Tag sagen.«

Sein Lächeln ist wie ausgeknipst, als er sich wieder Becker zuwendet. »Ich mache mir Sorgen«, sagt er. »Darüber, was passiert, wenn sich rausstellt, dass die DNA des Knochens mit der von Julian Chapman übereinstimmt«, sagt er. »Wir werden die Sache nicht steuern können, denn die Erste, die benachrichtigt wird, ist Chapmans Schwester. Sie geht vielleicht nicht an die Presse …«

»Nach dem, was ich über Isobel gelesen habe, würde ich allerdings davon ausgehen, dass sie es tut«, unterbricht Becker ihn.

Sebastian nickt. »Und dann wird die Meute auf Eris einfallen – die Insel wird überrannt werden, das Haus, die Stelle, an der der Knochen gefunden wurde …«

Becker versteht, worauf er hinauswill. »Grace wird Panik bekommen«, sagt er. Und wer weiß, wozu sie dann fähig ist? Vielleicht versucht sie sogar, alles aus dem Weg zu schaffen, was sie als privat oder heikel einstuft.

Sebastian legt ihm freundschaftlich einen Arm um die Schultern. »Ich weiß, dass du Hels im Moment nicht allein lassen willst, und das verstehe ich auch. Aber es geht ihr schon besser – das hast du selbst gesagt. Und ich werde ein Auge auf sie haben.«

Becker lässt Sebastian am Freudenfeuer zurück. In seinem abgedunkelten Büro setzt er sich an den Schreibtisch und entwirft eine kurze E-Mail an Grace, um ihr zu erklären, warum er Eris so überstürzt verlassen hat, und zu fragen, ob es für sie in Ordnung ist, wenn er diese Woche noch einmal nach Eris kommt, um den Rest der Unterlagen zu holen. Dann entsinnt er sich eines Besseren: Es ist sicher besser, wenn er mit ihr spricht. *Freundlicher.* Er wird sie stattdessen anrufen. Er löscht die Nachricht, fährt den Computer herunter und verlässt den Raum. Dabei fällt ihm in der Dunkelheit ein Lichtstrahl auf, der aus der offenen Tür des Großen Saals in den Gang fällt.

Der Ausstellungsraum liegt mit Ausnahme der auf die Gemälde gerichteten Punktstrahler im Dunkeln. Becker tritt ein, geht langsam durch den düsteren Saal und bleibt vor *Black I – Darkness Causes Us Not Discomfort*, Vanessas erstem Seestück, stehen. Das Grün der Algen und die öligen blutroten Tupfer darin absorbieren das helle Licht des Strahlers und bewirken, dass das Dargestellte wie aufgewühlt und in heftiger Bewegung begriffen erscheint.

»Scheußlich, oder?«

Becker zuckt zusammen. Emmeline hat es irgendwie geschafft, sich an ihn anzuschleichen. In dem schwachen Licht sieht sie schmal und bleich aus, körperlos wie ein Geist.

»Wenn es nach mir ginge«, sagt sie mit Blick auf das Gemälde, »würde ich es nach draußen bringen und es zusammen mit Guy Fawkes in die Flammen werfen. Einfach scheußlich«, wiederholt sie, dann wendet sie dem Bild und Becker den Rücken zu. Sie geht gegen den Uhrzeigersinn langsam einmal durch den Raum und auf die nördliche Wand zu, wo weitere Seestücke hängen. »Sie wissen ja, dass sie sie ihm nur vermacht hat, um mir eins auszuwischen«, sagt sie.

Als Becker lacht, dreht sie sich ruckartig um. Sie trägt flache Schuhe, das ist es! Darum ist sie so klein und lautlos – sie hat auf ihre üblichen Absätze verzichtet. Vielleicht spürt sie noch die Nachwirkungen ihres Sturzes? Becker ist gerade an dem Punkt angelangt, Mitleid mit ihr zu empfinden, als sie ihm einen derart hasserfüllten Blick zuwirft, dass er beinahe spürt, wie er zusammenschrumpft.

»Glauben Sie das wirklich?«, bringt er stammelnd hervor. »Dass Vanessa an *Sie* gedacht hat, als sie starb?«

Er folgt ihr, während sie an *Monotone* vorbeigeht, einer Ansicht des Sandstrands im Mondlicht, dann an *Wreck, Arrival* und *To Me She is a Wolf*, bis sie schließlich vor *Hope is Violent* stehen bleibt.

»Das hier gefällt mir«, sagt Emmeline. »Hier ist die Pinselführung anders, irgendwie gekünstelt. Man spürt ihren Schmerz förmlich. Und dann der Himmel, diese dunkle Linie am Horizont in der Farbe von Blut. Man merkt, dass sie dem Ende nahe war.« Sie lächelt ihn kühl an. »Erinnern Sie sich an den Unsinn, den Douglas erzählt hat, als er zu ihrem Nachlass befragt wurde? All den Mist, den er über Innigkeit und über ihre *Verbindung* von sich gegeben hat …« Sie lacht bitter. »Er konnte so dämlich sein.«

Emmeline geht weiter. Draußen erhebt sich Jubel; Guy Fawkes wird verbrannt. Das Licht der Flammen tanzt über die Fensterscheiben und sorgt dafür, dass ihre Schatten – seiner und Emmelines – bedrohlich über die Wände hüpfen.

Sie haben ihren Rundgang durch den Ausstellungsraum fast beendet, als Emmeline erneut stehen bleibt, vor *Black V – The Wood for the Trees*. Sie saugt an ihren Zähnen und schnalzt missbilligend mit der Zunge.

»Manchmal muss man einen Schritt zurücktreten«, sagt Becker, »um richtig zu erkennen, was man vor sich hat. Wenn Sie sich hierhinstellen, merken Sie, dass …«

»Glauben Sie im Ernst, ich bräuchte Nachhilfe in der Beurteilung von Kunstwerken, Mr Becker?«, fällt Emmeline ihm ins Wort. »Von *Ihnen*?« Sie verzieht den Mund. »Ich bezweifle doch sehr, dass ausgerechnet Sie mir etwas beibringen können, vor allem wenn es darum geht, zu erkennen, was sich direkt vor meiner Nase abspielt.«

Diesmal folgt Becker ihr nicht, als sie weitergeht, sondern lässt sie vorauslaufen. Er bleibt in der Mitte des Saals stehen und stellt sich einen Moment vor, die gebückte kleine Gestalt vor ihm wäre einfach irgendeine freundliche alte Dame, die durch eine Kunstgalerie spaziert und auf der Suche nach den Stillleben falsch abgebogen ist.

Emmeline braucht ewig, um das Ende des Saals zu erreichen. Dort angekommen, dreht sie sich um. »Sie müssen etwas für mich tun«, ruft sie.

Jetzt, wo das Licht seitlich auf ihr Gesicht fällt, sieht es aus wie eine Totenmaske. Eingeschüchtert, aber eisern entschlossen, keine Schwäche zu zeigen, geht Becker auf sie zu und fragt so höflich wie möglich: »Was denn, Lady Emmeline?«

»Sie müssen die Sache mit dieser Hauswartin auf Eris Island zu einem Ende bringen. Und wenn das erledigt ist, möchte ich, dass Sie Ihre Kündigung einreichen, Ihre Frau nehmen und von hier verschwinden.«

Becker schüttelt den Kopf. »Das werde ich nicht tun, und das wissen Sie auch.«

Sie stößt einen erschöpften Seufzer aus, hebt den Blick zur Decke und reibt sich mit ihrem knorrigen Zeigefinger über die blutleeren Lippen. »Das wäre ebenso in Ihrem Sinne wie in meinem, Mr Becker. Ohne Sie, den Chapman-Experten, wird Sebastian das Interesse an alldem hier verlieren«, sie wedelt vage mit der Hand durch die Luft, »und zu anderen Dingen übergehen. Man muss ihn nur ein bisschen schubsen. Er hat solche Probleme, Dinge hinter sich zu lassen und nach vorn zu schauen, finden Sie nicht auch?«

»Nein, eigentlich nicht«, erwidert Becker steif.

»Nun.« Emmelines Lippen verziehen sich zu einem Lächeln, aber ihre Augen lächeln nicht mit. »Wir sprachen doch gerade darüber, dass man manchmal einen Schritt zurücktreten muss, um zu erkennen, was man vor sich hat, nicht wahr? Ich bin sicher, dass Sie, wenn *Sie* einen Schritt zurücktreten würden, sehen würden …«

»Hören Sie«, unterbricht Becker sie, und ihr fällt die Kinnlade herunter – sie ist derart perplex über seine Unverfrorenheit, dass er am liebsten lachen würde. »Ich verstehe ja, warum Vanessa Chapman nicht Ihre Lieblingskünstlerin ist«, sagt er stattdessen. »Aber ich werde nicht kündigen, nur weil Sie das gerne hätten …«

»Dann lassen Sie's«, erwidert sie scharf. »Kündigen Sie, weil es in *Ihrem* ureigenen Interesse ist. Kündigen Sie, weil mein Sohn jedes Mal, wenn Sie das Anwesen verlassen, zu Ihrer Frau hinüberrennt. Stört Sie das nicht? Sie sind kaum zum Tor rausgefahren, dann ist er schon drüben, um nach ihr zu sehen und ihr jeden Wunsch von den Augen abzulesen.« Emmeline lacht leise und krächzend. »Gibt Ihnen das nicht zu denken, Mr Becker? Schließlich wissen Sie ja, was für eine Sorte Frau sie ist. Sie wissen, wie leicht man sie …«

»Ich weiß sehr wohl, was für eine Sorte Frau Helena ist«, unterbricht Becker sie erneut. »Und was Sie offenbar nicht verstehen, ist, dass auch Sebastian es weiß. Mag sein, dass Ihr Sohn sie noch liebt, aber er akzeptiert ihre Entscheidung, weil er Helena respektiert. Und mich respektiert er auch, darum glaube ich nicht, dass ich mir Sorgen machen muss, weil er seine Zeit gern mit Hels verbringt – einer Frau, die er schon seit seiner Jugend kennt und mit der er, schon lange bevor sie zusammenkamen, befreundet war. Denn wie Sie schon sagten, ich kenne sie.«

Emmeline lacht erneut, und es ist ein gnadenloses Lachen. »Sie sind ein Dummkopf«, sagt sie. »Sie sind genauso wie Douglas war, nämlich blind.«

Jetzt hat Becker genug. Er geht zur Tür und schaut dabei zu *Black II* hoch. Das Licht fällt auf das Grinsen in der Bildmitte, und ihm läuft ein Schauder über den Rücken, als er dieses Aufblitzen scharfer weißer Zähne sieht.

»Sie ist im achten Monat, oder?«, ruft Emmeline ihm nach. »Also muss es … wann passiert sein? Ende Februar? Anfang März? Am Ende des ersten Lockdowns. Damals waren Sie in Hamburg, um sich diese Hockneys anzusehen. Alle waren ganz aufgeregt, nachdem sie so lange eingesperrt gewesen waren, und alle suchten nach irgendeiner Art von *Entspannung* …«

Becker fährt herum. Einen Moment lang glaubt er, dass er sie schlagen wird, und sieht schon vor sich, wie diese gebrechliche ältere Frau ängstlich seiner Faust auszuweichen versucht. Er holt tief Luft. »Ich sollte Mitleid mit Ihnen haben«, sagt er. »Ja, wirklich. Sie sind alt und verbittert, und ich kann mir vorstellen, dass Sie sehr einsam sind; vielleicht trauern Sie sogar. Ich sollte Mitleid mit Ihnen haben, aber das habe ich nicht, weil Sie nämlich eindeutig selbst dafür verantwortlich sind. Sie machen immer weiter, verspritzen Ihr Gift, teilen Ihre Spitzen aus, aber Fakt ist: Ich werde Sie überdauern. Wenn Sie tot sind, werde ich immer noch hier sein und Helena auch und unser Kind.«

Im Weggehen wirft er noch einen Blick auf *Hope is Violent* und muss an seine Mutter denken, wie sie so kümmerlich in ihrem Bett im Hospiz gelegen und das kleine Landschaftsbild an der Wand angeschaut hat. Unwillkürlich dreht er sich noch einmal um und sieht Emmeline an. Sie hat sich nicht von der Stelle bewegt, sie steht einfach da, bucklig und kläglich, mit hängenden Armen, die Hände zu Fäusten geballt. »Meine Mutter hat einen Sohn hinterlassen, der sie liebte«, sagt er leise. »Was glauben Sie, was Ihr Vermächtnis sein wird?« Sie sagt nichts, aber als sie sich von ihm abwendet, glaubt er sehen zu können, oder bildet er sich vielleicht nur ein, dass ihre Hände zittern.

31

Jemand erstickt, und sie kann ihn nicht retten. Für gewöhnlich ist es ein Junge, ein junger Mann oder ein Jugendlicher, der erstickt, und Grace ist nicht stark oder schnell genug, sie gelangt nicht rechtzeitig zu ihm, und wenn doch, scheitern ihre Bemühungen. Es ist kein Traum, sondern ein häufig wiederkehrender Gedanke, ein Szenario, das sich ihr unwillkürlich aufdrängt.

Begonnen hat es vor einigen Tagen, nach Beckers Besuch, und seitdem stellt dieser Gedanke sich immer wieder ein. Zuerst kam er ihr beim Aufwachen, doch er entstammte definitiv keinem Traum, so leicht konnte sie ihn nicht abtun. Er kam ihr beim Aufwachen, und jetzt ist er immer häufiger in ihrem Kopf. Wenn sie herumgeht oder wenn sie Kaffee kocht, beim Lesen und beim Radiohören stellt sie sich plötzlich diesen Mann und seine Verzweiflung vor.

Grace hat das schon einmal erlebt: Sie weiß, was das ist. Es ist ein intrusiver Gedanke, mehr nicht. Keine Erinnerung, keine Vorahnung, nur etwas Unschönes, das ihr Unterbewusstsein ihrem Bewusstsein immer wieder präsentiert, wie eine Katze, die ein Haarknäuel herauswürgt. Sie muss den Gedanken aus ihrem Kopf verbannen, aber ganz *zwanglos*, muss ihn ignorieren, ohne dass es nach Absicht aussieht. Sie muss besser auf sich achten. Spazieren gehen, gut essen, viel schlafen.

Sie muss die schlechten Angewohnheiten ablegen, die sie infolge von Nachlässigkeit angenommen hat, ihre Gezeitenfühligkeit, ihre Mondsüchtigkeit. Sie fährt nach Carrachan, um einen

Arzt aufzusuchen, lässt sich Schlaftabletten verschreiben und verordnet sich eine strikte Routine. Sie stellt den Wecker auf sechs, zwingt sich aufzustehen und spazieren zu gehen, isst Porridge zum Frühstück und trinkt dazu ihren einzigen Kaffee des Tages. Mit der Zeit geht es ihr etwas besser.

Aber der Arzt wollte ihr nur genug Tabletten für zehn Tage geben. Jetzt sind sie aufgebraucht, und sie liegt stundenlang wach. Letzte Nacht war sie bis drei Uhr wach, und als ihr Wecker nun um sechs klingelt, stößt sie ihn versehentlich vom Nachttisch, als sie ihn ausmachen will.

Als sie wieder aufwacht, sieht sie ihn. Und es ist kein intrusiver Gedanke, sondern ein echter Eindringling: Am Fenster steht ein Mann, er hat die Hände ans Gesicht gelegt und schaut ins Zimmer. Grace schreit auf. Sie fährt hoch, dabei rutscht die Bettdecke herunter und gibt den Blick auf ihren nackten Oberkörper frei. Der Mann draußen fährt erschrocken zurück, richtet sich auf wie ein scheuendes Pferd; sie hört, wie er *Oh, Entschuldigung, Entschuldigung* ruft.

Sie schnappt sich ihren Bademantel, zieht ihn an, eilt in die Diele und nimmt ihr Gewehr. Dann schließt sie die Tür auf, stürmt hinaus und blinzelt in den hellen Sonnenschein.

Der Mann weicht mit erhobenen Händen zurück: Es ist ein Wanderer, er trägt eine Wanderhose und einen Rucksack. Seine Begleiter – zwei andere Männer, wahrscheinlich in den Zwanzigern – stehen ein kleines Stück hinter ihm.

»Was glauben Sie, was Sie hier machen?«, brüllt Grace.

»Es tut mir leid«, sagt er erneut und lässt die Hände sinken. »Ich wollte doch bloß … Ich dachte, das Haus steht leer, und wollte nur sehen …«

»Leer? Draußen steht ein Auto. Das hier ist ein Privatgrundstück.«

Der Mann zieht die Augenbrauen hoch und breitet die Arme aus. »Na ja, gleich da vorn ist ein Fußgängerweg«, er zeigt über seine Schulter, »und jeder hat das Recht, sich hier zu bewegen, daher …«

»Niemand hat das Recht, durch mein Schlafzimmerfenster zu gucken. Was stimmt nicht mit Ihnen?« Der Mann wendet sich ab und entschuldigt sich erneut, aber seine Freunde grinsen süffisant. »Halten Sie sich von hier fern!«, giftet Grace sie an, zieht ihren Bademantel fester um sich und wendet sich dem Haus zu. Sie hört die Männer lachen, während sie weiterziehen, den Hügel hinauf in Richtung Kliff.

Sie kommt sich dumm vor. Es gab keinen Grund, herumzubrüllen oder überhaupt nach draußen zu gehen. Sie stellt sich vor, wie sie sich über sie lustig machen, was sie über ihre Nacktheit sagen, wie sie über ihren abstoßenden Körper witzeln, ihre schlaffe Haut und ihre hängenden Brüste, ihre große Einsamkeit.

Sie stellt das Gewehr zurück an seinen Platz in der Diele und schließt die Haustür ab. Es ist mitten am Tag, sie hat viel zu lange geschlafen und kann sicher sein, dass sie heute Nacht kein Auge zutut, dass sie das völlig zurückwirft und sie wieder ganz von vorn anfangen muss. Und kaum, dass sie alles denkt, taucht er dann auch wieder auf: Der Junge, der mit einer Hand panisch seinen Hals umklammert.

Sie zwingt sich, praktische Dinge zu erledigen: den Küchenboden zu fegen, die Dusche zu putzen, den Biomüll auf den Komposthaufen zu werfen. Es gibt noch Rechnungen, die bezahlt werden müssen, aber sie hat kein Internet – es hat sie vor vier Tagen plötzlich im Stich gelassen, und seitdem hat sie auch keinen Handyempfang mehr, sie musste ins Dorf gehen, um jemanden anzurufen deswegen. Was sie auch rechtzeitig gemacht hat, aber trotz der Beteuerungen des Callcenter-Mitarbeiters hat sich seitdem nichts getan. Sie hat keine Ahnung, warum oder wie lange es noch dauern wird – das Einzige, was sie tun kann, um die Sache zu beschleunigen, ist, noch mal ins Dorf rüberzufahren, noch mal anzurufen und noch mal in der Warteschleife zu hängen. Allein der Gedanke ermüdet sie, aber was hat sie schon für eine Wahl? Becker könnte versucht haben, sie zu kontaktieren. Er hat geschrieben, er würde ihr eine E-Mail schicken, um sein plötzliches Verschwinden zu erklären.

Sie duscht und zieht sich an, schließt das Haus ab, fährt den Weg hinunter und zuckelt unter einem knallblauen Himmel über den Damm. Zwei dicke, blass und verletzlich aussehende Seehundjunge sonnen sich am Strand unterhalb des Hauses. Sie heben ihre kleinen Köpfe wie Hunde und beobachten, wie sie vorbeifährt. *Schau mal, Vee*, möchte sie sagen. *Schau mal, da.*

An Tagen wie heute ist Vanessas Abwesenheit wie ein Messer, das in ihrer Seite steckt.

Das Dorf wirkt ungewöhnlich still. Erst als sie vor dem Laden parkt und sieht, dass er geschlossen hat, fällt ihr wieder ein, dass Sonntag ist. Also kein Kaffee und kein frisches Brot. Sie ist so enttäuscht, dass sie beinahe in Tränen ausbricht.

Arbeiten die Internet-Leute denn auch sonntags? Wie sich herausstellt, ja. Grace verbringt eine halbe Stunde in der Warteschleife, aber am Ende nimmt jemand ab. Ja, sagt die Frau, es liegt eine Störung vor. Das ist mir klar, erwidert Grace, ich weiß, dass eine Störung vorliegt. Das merke ich daran, dass ich weder heute Internet habe noch an den letzten vier Tagen welches hatte. Ihre Gesprächspartnerin versichert ihr, dass es ihr sehr leidtue. Sie würden der Sache nachgehen und sie in ein paar Stunden zurückrufen. Um welche Zeit es denn passen würde?

Wenn sie auf den Anruf wartet, kommt sie nicht mehr rechtzeitig vor der Flut zurück, also passt gar keine Uhrzeit. Aber das kann sie einer Frau, die in einem Callcenter in Gateshead oder möglicherweise gar Bangalore sitzt, nicht erklären, darum lacht sie nur hilflos auf und sagt: So bald wie möglich. Rufen Sie mich so bald wie möglich an.

Als sie zurück zum Hafen hinunterfährt, sieht sie im Augenwinkel am Ende des Parkplatzes etwas Gelbes; sie hält an und parkt direkt an der Hafenmauer.

Marguerite sitzt auf der Bank vor ihrem Cottage. Sie trägt ihre Warnjacke und raucht eine Zigarette. Grace geht zu ihr, um Hallo zu sagen, und hebt grüßend die Hand.

»Ich sehe dich«, sagt Marguerite schnell, *»à l'heure bleue*, vor Sonnenaufgang.«

Grace schüttelt den Kopf. »Das kann nicht sein, Marguerite. Ich hab heute total verschlafen.«

Marguerite zieht einen Schmollmund. Grace' Widerrede hat sie gekränkt. Grace lächelt sie an. »Wie geht's dir denn? Was macht dein Arm?« Marguerite runzelt ihre schmale Stirn. »Dein Arm, Marguerite. Du hattest dir wehgetan?«

»Ah, ça va«, sagt sie und wischt Grace' Sorge mit ihrer Zigarette beiseite. Grace zeigt darauf und schüttelt den Kopf. Marguerite schaut sie finster an, steckt die Zigarette aufreizend langsam zwischen die Lippen und nimmt einen kräftigen Zug. Dann grinst sie schelmisch und fängt an zu lachen. Plötzlich schießt ihr ein neuer Gedanke durch den Kopf, und ihre Miene verändert sich. »Kommt dein Freund zurück?«

Grace' Lächeln erstarrt. »Vielleicht«, sagt sie und wendet sich zum Gehen. Sie hat heute nicht die Energie für diese Art von Gespräch. »Pass auf dich auf, Marguerite!«, ruft sie ihr noch über die Schulter hinweg zu. »Rauch nicht zu viele davon, in Ordnung?«

Gleichzeitig fragt sie sich jedoch, warum sie sich die Mühe überhaupt macht, denn Marguerite wird ohnehin nicht auf sie hören, und warum sollte sie auch? Allzu viel Zeit kann sie nicht mehr haben, warum sollte sie dann nicht die Vergnügungen genießen, die ihr geblieben sind?

Als Grace nach Hause kommt, ist die Internetverbindung wie durch ein Wunder wiederhergestellt. Grace' Freude darüber wird jedoch schnell durch die Entdeckung getrübt, dass sie keine neuen WhatsApp-Nachrichten und auch keine E-Mails bekommen hat, wenn man von Spam und einem Google-Alert absieht, den sie vor Jahren eingerichtet hat und der nach Vanessas Namen sucht.

Der Alert führt zu einem Zeitungsinterview mit Sebastian Lennox. *Ein künstlerisches Vermächtnis* lautet die Überschrift. Darunter ein Foto des feingliedrig und elegant aussehenden Lennox – er ähnelt seiner Mutter. Der Vater sah eher aus wie ein Glasgower Gangster. Sebastian ist auf dem Rasen von Fairburn House neben einer Bronzeplastik von Barbara Hepworth abgelichtet und der Artikel zusätzlich mit anderen Kunstwerken illustriert: einem Francis Cadell von der Insel Iona, einem schönen Stillleben von Samuel Peploe und Vanessas *Hope is Violent*.

Der Artikel selbst ist ziemlich fade, ein nach Schema F geschriebenes Samstags-Feature, randvoll mit Klischees: Der »Familiensitz« der Lennox' wurde »liebevoll restauriert«; sein Vater Douglas war ein »Furcht einflößender Patriarch«, dessen Leben frühzeitig durch einen »tragischen Jagdunfall« endete, seine Mutter war eine »Gesellschaftsschönheit« und hat eine »fragile Konstitution«. Dann folgt der unvermeidliche kurze Abriss des Rechtsstreits zwischen Vanessa und Douglas und des überraschenden Inhalts von Vanessas Letztem Willen.

»Natürlich waren wir geschockt«, sagt Lennox zu Chapmans Hinterlassenschaft. »Obwohl mein Vater und Vanessa sich einmal nahegestanden hatten, war ihre nachfolgende Auseinandersetzung spektakulär und ziemlich hart.«
Lennox glaubt jedoch, dass Chapman trotz des bösen Bluts zwischen ihr und Douglas Lennox gewusst habe, dass Fairburn das passende Zuhause für ihr Werk sein würde. »Vanessa konnte davon ausgehen, dass wir ihre Kunstwerke und ihr Vermächtnis in Ehren halten«, sagt er. Aber natürlich könnte dieses Testament auch einen prosaischeren Grund gehabt haben: Chapman starb kinderlos, ohne nahe Familienangehörige – sie hatte niemand anderen, dem sie ihr Werk hätte vererben können.

Grace blinzelt. Sie liest den letzten Abschnitt noch mal und scrollt dann immer weiter nach unten, bis James Becker erwähnt wird, der Kurator, den Lennox speziell wegen seiner genauen Kenntnis des Werks von Vanessa Chapman in die Fairburn-Stiftung geholt hat. »Dass ich diese Sammlung betreuen darf, ist für mich wie ein wahr gewordener Traum«, sagt Becker.

Grace muss gegen ihren Willen lächeln, als sie die Beschreibung Beckers als jungenhaft und ernst liest, als »Absolvent einer öffentlichen Schule, der sich in Oxford durch seine Leistungen hervorgetan hat«. Sie liest mit einer Hand auf der Brust weiter und empfindet fast so etwas wie mütterlichen Stolz.

Es folgt ein Zitat von Becker über die Ausstellung, die sie im kommenden Jahr auf die Beine stellen wollen und die zum ersten Mal über sechzig Gemälde, Zeichnungen, Installationen und Keramikarbeiten Chapmans zugleich präsentieren werde, von denen ein Großteil noch nie zuvor gezeigt worden sei.

»Meiner Ansicht nach könnte diese Sammlung zu einer Neubewertung von Chapmans Bedeutung beitragen und sie als eine Hauptfigur des britischen abstrakten Expressionismus etablieren«, sagt Becker. »Bis jetzt ist ihre Leistung weitgehend übersehen worden, zum Teil weil sie eine Frau ist, und zum Teil weil sie zu Beginn ihrer Karriere nicht im Einklang mit den damals angesagteren Konzeptkünstlern der Young-British-Artists-Bewegung stand.«

Ein anderer Experte, ein Mann, von dem Grace noch nie gehört hat, sagt, dass es Vanessas eigene Schuld sei, wenn ihr Werk bislang ignoriert wurde: Sie sei schließlich diejenige, die sich aus der Kunstszene zurückgezogen und der Welt ihr Werk vorenthalten habe. Diese Feststellung liefert – wenig überraschend – das Stichwort für den üblichen Schund, die Phrasen über die »schwierige Schönheit«, ihre »zahlreichen Liebhaber«, ihre »turbulente Ehe« und vor allem über Julians mysteriöses Verschwinden von Eris Island.

»Ich war kürzlich auf Eris«, wird Becker zitiert. Grace merkt auf, sie liest erwartungsvoll weiter. »Ich habe Vanessas Haus und ihr Atelier gesehen, die Orte, an denen sie lebte und arbeitete, die Insel, die sie liebte, die Landschaft, die sie inspirierte. Zudem hatte ich das Vergnügen, einige ihrer Notizbücher und Briefe zu lesen, und kann es kaum erwarten, sie mit der Welt zu teilen, ihr Werk einem ganz neuen Publikum vorzustellen.«

Grace möchte umblättern. Sie möchte weiter herunterscrollen zu der Stelle, wo Becker erwähnt, wie sie beide zusammen am Küchentisch gesessen, Vanessas Texte gelesen und über ihr Leben geredet haben, sie möchte die Stelle lesen, wo Becker über Grace' Wichtigkeit für Vanessa spricht, über ihre Zuneigung und Treue zu ihr. Aber da ist keine Seite, die man umblättern, und keine

Stelle, zu der man scrollen könnte. Grace wird nicht erwähnt, nirgends.

Die Klinge gleitet noch ein Stück tiefer in ihre Seite.

Marguerite hat ihre Zigaretten, welche Vergnügungen sind Grace geblieben? Sie kann im kalten Meer schwimmen und auf der Insel spazieren gehen, aber am Strand ist sie jetzt einsam, und im Wald hat sie Angst. Sie denkt an die Männer von heute Morgen, daran, wie sie sie ausgelacht haben; sie stellt sich ihre Gesichter vor, und eines von ihnen verändert sich allmählich, das Lachen des Mannes verwandelt sich in Panik, er wird zu dem erstickenden Jungen. Grace schließt die Augen. Sind sie eigentlich wieder gegangen, diese Männer? Oder sind sie noch auf der Insel? Die Flut hat eingesetzt, aber sie hat nicht gesehen, wie sie Eris verließen. Warten sie auf die Dunkelheit? Und was werden sie ihr dann antun?

Ihre Hände zittern leicht, als sie durch die Diele zurück zur Haustür geht. Sie legt ihre Hand auf den Riegel, zögert jedoch, bevor sie ihn zurückschiebt. Wenn sie die Tür jetzt öffnet, wenn sie jetzt hinausgeht, wird sie den Hang, den Fußweg, der zum Atelier hochführt, und den Wald sehen, doch das wird nicht helfen. Danach wird sie auch nicht wirklich wissen, ob die Männer noch auf der Insel sind. Sie wird in der Kälte stehen und warten müssen, sie wird warten müssen, bis sie den Hügel hinunter und über den Damm zurück aufs Festland gehen. Und was, wenn sie es nicht tun? Will sie dann die ganze Nacht dort warten?

Da ist es weitaus besser, die Tür verriegelt zu lassen und sich nicht mehr darum zu kümmern, sich zu sagen, dass sie schon weg sein werden, und die Sache damit als erledigt zu betrachten. Dem Wahn standzuhalten. Sich rational zu verhalten, sich zu beschäftigen. Zu kochen, zu essen, ein Buch zu lesen und ins Bett zu gehen.

Aber sie stellt fest, dass sie sich nicht rühren kann. Sie kann sich nicht dazu bringen, all das einfach zu tun, denn sie weiß, dass sie es morgen wieder tun muss und auch am Tag danach – dass es immer so sein wird.

Das ist wohl kaum eine *Offenbarung*, und doch fühlt es sich wie eine an, als sie mit der Hand am Riegel dort an der Tür steht. Es gab ihre Arbeit, und es gab Vanessa, und dann war da die Pandemie, die wieder Arbeit bedeutete – anstrengende, knallharte Arbeit –, aber obwohl sie anstrengend war und manchmal unerträglich, hat Grace sie irgendwann beinahe als einen Segen betrachtet. Sie wurde nicht nur gebraucht, sie war unentbehrlich. Welche Aufgabe ist jetzt noch für sie übrig? Ihr Tagtraum wird nicht in Erfüllung gehen: Becker wird sie nicht zusammen mit seiner Familie besuchen, er wird sie nicht an dem Fairburn-Projekt beteiligen, man wird sie vergessen. Man hat sie bereits vergessen.

Irgendwann, nach einer gefühlten Ewigkeit, reißt sie ihre kalten Finger schließlich doch von dem Riegel los und wendet sich von der Haustür ab. Sie holt nach und nach drei Gemälde aus dem versteckten Lager hinter dem Paravent im Wohnzimmer: zuerst das kleine Porträt, dann *Totem* und zuletzt das größte von den dreien, das schon vor Vanessas Tod in dem Lager stand, ihr letztes schwarzes Gemälde.

Sie bringt alle drei Bilder in Vanessas Zimmer und stellt sie so an der dem Bett gegenüberliegenden Wand auf, dass die Fronten zu ihr zeigen. Jetzt hat sie nur sich selbst als Gesellschaft.

Sie kehrt in die Küche zurück und durchwühlt den Karton mit den Unterlagen, die sie für sich selbst behalten hat. Für eine durchaus eitle Frau war Vanessa seltsam kamerascheu; es gibt nur sehr wenige Fotos von ihr und keines, auf dem sie mit Grace zu sehen ist. Ganzen unten in dem Karton stößt Grace auf ein paar Fotos von Vanessa mit Frances in Cornwall, am Strand von Porthmeor, zusammen mit dem Foto von ihr selbst mit dem armen Nick Riley, dessen schönes Gesicht weggekratzt ist. Sie nimmt beide Fotos mit ins Schlafzimmer, stellt sie auf den Sessel neben dem Bett und faltet sie so, dass Frances und Nick nicht mehr zu sehen sind, sondern nur noch Vanessa und Grace.

Besser.

Sie öffnet das Fenster. Es ist sehr kalt, aber es geht kein Wind. Das Meer ist friedlich, die Nacht bricht rasch herein, und die Luft ist blau und unbewegt, die Möwen werden leiser, während sie wie Geister über der Küste dahintreiben.

Grace zittert leicht, als sie zu Vanessas Frisierkommode geht und die Schublade aufzieht. Sie nimmt eine Spritze und ein 300ml-Fläschchen Morphinsulfat, 10g/5ml, heraus und stellt beides auf den Nachttisch. Dann holt sie, fast so, als wäre es ein nachträglicher Einfall, ein Trinkglas und eine Flasche Lagavulin aus der Küche und bringt beides in Vanessas Zimmer.

Sie schließt die Tür ab.

Sie sehnt ein Unwetter herbei. In der Nacht, als Vanessa starb, krachten die Wellen gegen die Felsen, und Regen und Gischt schlugen gegen die Fenster, aber sie waren vor all dem sicher, vor den Stürmen und der hungrigen See, sie waren zusammen, geschützt und trocken und unerreichbar. Grace würde auch gern in einer solchen Nacht gehen.

Sie gießt sich einen Fingerbreit Whisky ein und prostet ihrem eigenen Bild zu. Dann wickelt sie sich in eine Decke ein, lehnt sich gegen das Kopfteil und überlässt sich der Wärme des Whiskys, dem Bild von dem erstickenden jungen Mann und den lange aufgestauten Tränen.

32

Bei Verstand bleibt man mit einem Trick.

Einer Technik: Bei Verstand bleibt man, indem man daran festhält – wenn man zu lange lockerlässt und seinem Verstand gestattet, Orte aufzusuchen, die er fürchtet oder nach denen er sich sehnt, riskiert man, dass er einem entgleitet. Man erlaubt es sich nicht, bestimmte Dinge wieder wachzurufen, wenn einem der eigene Verstand etwas wert ist.

Grace erinnert sich an jenen Nachmittag im Atelier, an die panische Angst und den Nervenkitzel, die sie damals empfanden. An die Erregung, die sie verspürte, als sie diesem Mann den Draht um den Hals schlang und ihn nach hinten zerrte. An die aufregenden Geräusche, die er gemacht hat: seinen überraschten Aufschrei, das Wutgebrüll danach und die Würgelaute eines Erstickenden, als sie ihre Hände zusammenführte und die Schlinge fest zuzog. Sie erinnert sich an ihr Hochgefühl, als seine Knie nachgaben, ihre Euphorie, als sie die Kontrolle hatte und den Draht um seinen Hals spannte, immer enger und enger, bis er ihm in die Kehle schnitt und Blut auf den Kragen seines Overalls tropfte. Sie erinnert sich an ihr Verlangen – oh, diese beinahe überwältigende Lust –, die Schlinge noch enger zu ziehen, nachdem Vanessa sie allein gelassen hatte, nachdem sie zum Haus gerannt war, um die Polizei zu rufen. In dem Moment hat sie danach gelechzt, ihm die Strafe zu verpassen, die er verdiente. Sie widerstand, aber nicht aus Mitleid, sondern aus Angst; aus Angst davor, was Vanessa von ihr denken könnte, aus Angst davor, dass Vanessa sie als die erkennen könnte, die sie wirklich war.

Grace erinnert sich an die Tage und Wochen nach Julians Verschwinden, daran, wie schwierig Vanessa wurde: irrational, verschlossen, verschroben. Und still. Sie belog die Polizei und wollte weder Douglas noch der Presse erklären, warum sie das Ausstellungsprojekt abgesagt hatte, sie arbeitete nicht, sie ging nicht spazieren, sie schwamm nicht im Meer. Sie saß über den Aschenbecher gebeugt in der Küche, rauchte und ließ das Telefon klingeln, bis sie es eines Tages aus der Wand riss und aus dem Fenster warf.

Grace brachte Lebensmittel. Sie kochte Mahlzeiten, die nicht gegessen wurden, sie putzte und räumte auf und schaute die Post durch. Sie belog, falls erforderlich, die Polizei und jeden, der fragte: Sie hielt sich an Vanessas Version der Ereignisse.

In der ersten Woche des neuen Jahres, sechs Monate nach Julians Verschwinden, fuhr Grace nach Carrachan, um ein neues Telefon zu kaufen. Sie war gerade dabei, es in der Küche anzuschließen, als Vanessa sich vom Fenster abwandte und sie anschaute wie schon seit Monaten nicht mehr. »Warum bist du eigentlich *immer* hier?«, fragte sie. »Jedes Mal, wenn ich mich umdrehe, bist du da, mit deiner Suppe und deinen Plattitüden. Ich will dich nicht hier haben.« Grace verspürte plötzlich eine Kälte in ihrem Innern, die durch und durch ging. »Ich wollte dich noch nie hier haben.«

»Das ist nicht wahr«, sagte Grace. Sie stand aufrecht da, den Blick geradeaus gerichtet. »Vanessa, du weißt, dass das nicht stimmt.«

Vanessa drückte ihre Zigarette aus und zündete sich sofort eine neue an. »Nein, du hast recht«, sagte sie seufzend und kratzte an der trockenen Haut an ihren Handflächen herum. »Das stimmt nicht. Ich wollte dich hier haben.« Sie blinzelte langsam. Als ihr Blick und Grace' Blick sich trafen, waren ihre Augen kalt wie das Meer im Januar. »Aber jetzt möchte ich es nicht.«

Grace erinnert sich daran, wie sie auf dem ausgebleichten orangenen Sessel neben Vanessas Bett saß. Es war Mittag, aber es war schummrig in dem Zimmer, die Vorhänge waren zugezogen, damit kein Licht hereinfiel. Vanessa fluchte über das Meeresrauschen. »Ich halt das nicht aus, ich halt das nicht aus«, sagte sie andauernd, »das macht mich noch wahnsinnig, ich kann es nicht ausblenden.« Grace hatte zwei Tage lang kaum geschlafen, sie war erschöpft, am Ende ihrer Kräfte. »Ich kann die Flut nicht anhalten, Vanessa. Benutz die Ohrstöpsel, die ich dir gegeben habe, komm schon …«

»Lass mich in Ruhe!«, zischte Vanessa und schlug ihre Hand weg. Sie war gemein und ungehalten, halb wahnsinnig vor Schmerz und spuckte Gift und Galle. »Lass mich gehen, du hässliche alte Kuh, warum lässt du mich nicht gehen? *Boule de suif, boule de suif*, er hatte recht! Er hatte recht, was dich angeht. Du ziehst mich nach unten, du hältst mich gegen meinen Willen hier, du sperrst mich ein. Du willst mich nicht gehen lassen! Warum willst du mich nicht gehen lassen?«

Bei Verstand bleibt man mit einem Trick.

Wenn Grace sich erlaubt, daran zu denken, weiß sie nicht recht, ob sie Vanessa die zusätzliche Dosis Morphin am Ende gegeben hat, um sie von ihren Schmerzen zu erlösen, oder einfach um sie zum Schweigen zu bringen.

33

Als sie frierend aufwacht, ist das Fenster noch offen, und die Whiskyflasche steht halb leer auf dem Nachttisch, doch das Siegel auf dem Morphin-Fläschchen ist noch intakt.

Sie hat eine Sprachnachricht von Mr Becker auf ihrem Handy. »Ich muss mit Ihnen reden. Ich würde es lieber persönlich tun als am Telefon. Wäre es in Ordnung, wenn ich Sie diese Woche besuchen käme?«

Grace schaut sich die Wettervorhersage im Internet an und wirft einen Blick auf die Gezeitentabelle.

Am besten nächstes Wochenende, schreibt sie ihm zurück. *Für die Woche drauf ist ein Unwetter vorhergesagt. Samstag – jederzeit nach halb elf. Niedrigwasser ist um halb zwei.*

Sie steht auf, schließt das Fenster und kriecht zurück in Vanessas Bett. Sie schläft schnell wieder ein, während sie sich vorstellt, Becker, Nick Riley, Vanessa und sie selbst wären hier – alle in diesem Haus, und draußen würde ein Unwetter toben. Im Holzofen würde ein Feuer brennen, das Essen stünde auf dem Tisch, und sie wären alle zusammen, sicher vor dem Sturm.

Vanessa Chapmans Tagebuch

Frauen sollen ja nicht schauen, nicht wahr? Sie sollen angeschaut werden.
Und wenn sie etwas Brutales oder Hässliches oder Angsterregendes sehen, sollen sie ihre Augen bedecken und ohnmächtig werden, sie sollen zurückschrecken. Sie sollen wegschauen.
Sie sollen nicht näher herangehen, interessiert die Augen zukneifen und ganz genau hinsehen, untersuchen, beobachten und auswerten.
Sie sollen sich Schreckliches nicht zu eigen machen.

34

Der Himmel über ihm ist schiefergrau, die Kiefern zittern im Wind. Ein Sturm zieht heran – Grace zufolge soll er Sonntagnacht auf die Küste treffen, also hat Becker achtundvierzig Stunden, aber er hofft, am Ende des Tages wieder aufbrechen zu können oder spätestens morgen früh.

Im Radio reden sie über *Wenn die Gondeln Trauer tragen*. Schon wieder du Maurier! Die Filmadaption wird in ein paar Jahren fünfzig Jahre alt, und es ist von einer Wiederveröffentlichung die Rede. Der Mann im Radio spricht über hypnotischen Horror, über die Streiche, die einem eine gequälte Psyche spielt, über sich wiederholende Muster und Motive, die den Zuschauer daran erinnern, dass manche Arten von Trauer unumgänglich und manche Schicksale unvermeidlich sind.

Becker schaltet das Radio aus.

Kurz bevor er die Küstenstraße erreicht, hält er an einer Tankstelle. Er tankt voll, geht in den kleinen Laden, um an der Kasse zu bezahlen, hält sein Handy an den Kartenleser und spürt das beruhigende Brummen. Auf dem Rückweg zum Auto brummt es ein zweites Mal. Er schaut auf sein Handy und sieht, dass er eine Nachricht bekommen hat, von Helena.

Hey, kannst du rüberkommen? Wir müssen reden x

Er bleibt mitten auf dem Außenbereich der Tankstelle stehen und starrt auf den Bildschirm. *Rüberkommen?*

Der Fahrer eines Volvo Kombi, der gerade losfahren will, hupt ihn an, und Becker springt aus dem Weg. Er schaut wieder auf sein Display.

Diese Nachricht wurde gelöscht.

Becker angelt seinen Schlüssel aus der Tasche, schließt das Auto auf und setzt sich ans Steuer. *Jedes Mal, wenn Sie das Anwesen verlassen, rennt mein Sohn zu Ihrer Frau hinüber.* Seine Hände zittern leicht, als er den Wagen startet. *Mach dir keine Sorgen wegen Hels. Ich werde ein Auge auf sie haben.* Er fährt los. *Du könntest zu Grace Haswell fahren und mit ihr reden, komm schon, ich weiß doch, dass du darauf brennst, nach Eris rauszufahren.*

Helena war diejenige, die als Erste vorgeschlagen hat, dass er nach Eris fährt. Sie waren in seinem Büro, alle drei, am ersten Tag, als sie das mit dem Knochen erfahren haben – und Helena hat ihm gesagt, dass er fahren soll. Sein Herz rast, er spürt einen leichten Schwindel. Er schaut in den Rückspiegel – hinter ihm ist niemand. Er nimmt das Telefon wieder zur Hand. Er könnte sie anrufen. Und was sagen? Er könnte links in die Straße vor ihm abbiegen, den ganzen Weg zurückfahren und unangekündigt nach Hause kommen. Er stellt sich vor, wie er die Tür zur Lodge aufmacht und leise die Treppe hochgeht.

Er macht das Handy aus und biegt rechts ab, Richtung Eris.

Grace wartet auf der anderen Seite des Damms auf ihn, vor der Kette, mit über der Brust verschränkten Armen.

»Soll ich den Wagen hochfahren?«, fragt er beim Aussteigen, aber sie schüttelt den Kopf.

»Nein, ich glaube nicht.« Sie schaut ihn an, ohne zu lächeln. »Es gab etwas, worüber Sie mit mir sprechen wollten?«

Er bläst laut die Luft aus. *Ach du lieber Himmel.* »Ja, Grace, es gibt Dinge, über die ich mit Ihnen reden muss. Ich fahre hier hin und her, weil ich versuche, die Sache mit Vanessas Nachlass zum Abschluss zu bringen, und wir müssen das jetzt wirklich mal gebacken kriegen. Wir …«

»Oh, verstehe«, fällt sie ihm ins Wort. »Und ich dachte, Sie kämen vielleicht, um sich zu entschuldigen. Oder den Brief zurückzubringen, den Sie gestohlen haben?«

Sie hat ihn auf dem falschen Fuß erwischt, er murmelt eine Entschuldigung, doch sie geht bereits weg, nicht zum Haus hinauf, sondern zum Strand.

Die Hände tief in die Jackentaschen gestopft und die Augen wegen des hellen Lichts und der herumfliegenden Sandkörner zusammengekniffen, geht Becker ihr nach. Da er ein paar Schritte hinter ihr ist, hat er Mühe zu verstehen, was sie sagt, denn der Wind verschluckt ihre Worte.

»Das war ein Vertrauensbruch«, ruft sie. »Sie haben mir versprochen, dass wir zusammenarbeiten würden, aber dann haben Sie den Brief gestohlen und sind ohne ein Wort verschwunden, Sie …«

»Sie haben recht«, sagt er und ärgert sich über sich selbst, weil er sich in eine unterlegene Position gebracht hat. »Das hätte ich nicht tun sollen. Aber ich habe das Wort *Division* gelesen und konnte nicht widerstehen … Ich war so fertig mit den Nerven, dass ich nicht richtig denken konnte …«

»Dass Sie nicht an mich denken konnten? An meine Wünsche? Daran, wie ich mich fühlen würde, wenn Sie einen Brief mitnehmen, von dem ich Ihnen gesagt hatte, dass er privat ist? Nein, ganz sicher nicht. Ich habe den Artikel in der Zeitung gesehen.

Jeder, der ihn liest, hat keine Ahnung, dass ich überhaupt existiere. Ich bin nur ein Hindernis für Sie, hab ich recht? Eine *Unannehmlichkeit.*«

»Das ist nicht wahr«, sagt Becker und verfällt in einen Trab, um mit ihr mithalten zu können. Er fühlt sich lächerlich und zugleich verachtenswert. »Bitte glauben Sie das nicht. Dieses Gefühl wollte ich Ihnen nie vermitteln. Es war auf keinen Fall meine Absicht, den Verlust von Vanessas Arbeit noch schwieriger für Sie zu machen.«

»Das ist kein *Verlust*«, erwidert Grace scharf und wirbelt zu ihm herum. Ihr Gesicht ist fleckig, ihre Wangen feucht von Tränen. »Ich habe nichts verloren, sie hat alles verschenkt. Wie Sie in der Zeitung schon sagten, sie hatte niemand anderen, dem sie es hätte vererben können, nicht wahr? Sie hatte niemanden in ihrem Leben.«

Becker schüttelt vehement den Kopf. »Das sind nicht meine Worte, das sind die Worte des Journalisten, und er hatte unrecht. Hätte er das mir gegenüber so formuliert, hätte ich die Sache gleich richtiggestellt.« Aber noch während er das sagt, fällt ihm Sebastians Äußerung wieder ein: Wie kommt es, dass Grace mit so wenig zurückblieb, wenn sie und Vanessa sich doch so nahestanden? *Was glaubst du, was der Grund dafür war?*

So weit draußen kann Becker sehen, dass das Meer sehr unruhig ist, die vom Wind aufgepeitschten Wellen tragen giftig aussehende gelbe Schaumkronen. »Sie haben Eris verlassen, stimmt's?«, sagt er zu Grace. »Zu der Zeit, aus der der Brief stammt, lebten Sie woanders, irgendwo in England …«

»Carlisle.«

»Ja, genau, und Vanessa hat Ihnen geschrieben, sie sagte …« Eine Kakofonie von Schreien unterbricht ihn – einige Möwen über ihnen legen sich in den Wind, stürzen herab und drehen sich wie Jagdflugzeuge in einem Luftkampf.

Grace verschränkt die Arme und geht, nun etwas langsamer, auf das Meer zu. »Vanessa wollte mich nicht mehr um sich haben«, sagt sie. »Nach der Sache mit Julian ... hat sie sich verändert.« Becker überlässt ihr die Führung und bleibt an ihrer Schulter, vorsichtig darauf bedacht, sie nicht zu bedrängen, aber auch darauf, sich kein Wort entgehen zu lassen. »Sie wurde schwierig. Verschwiegen, wachsam ... Sie verhielt sich wie jemand mit einer Posttraumatischen Belastungsstörung.« Sie wirft ihm einen schnellen Blick zu. »Wissen Sie, wie das ist? Sie war übermäßig vorsichtig, ängstlich, fuhr schnell aus der Haut ... Als ich ihr vorschlug, sich Hilfe zu holen – richtige Hilfe, bei einem Psychologen –, wurde sie wütend.«

Becker staunt über die Parallele zu Emmelines Situation – auch sie steht im Verdacht, an einer solchen Störung zu leiden, und auch sie reagiert empört bei der Vorstellung, sie könnte professionelle Hilfe nötig haben. Da ihm die Vorstellung nicht behagt, zwischen Vanessa und Emmeline könnten Ähnlichkeiten bestehen, schlägt er sich diesen Gedanken jedoch gleich wieder aus dem Kopf. »Hat sie denn Hilfe bekommen?«, fragt er. »Hat *Ihnen* jemand mit ihr geholfen? In den späteren Notizbüchern ist nicht oft von anderen Menschen die Rede, dort erwähnt sie auch Frances kaum noch oder ...«

»Sie hat zu allen den Kontakt abgebrochen«, sagt Grace. »Sie wollte keine Menschenseele sehen. Ich bin monatelang wie auf rohen Eiern gelaufen. Und dann, kurz nach Weihnachten, ungefähr sechs Monate nachdem das alles passiert war, bat sie mich plötzlich zu gehen. Sie hat sich«, Grace bläst die Wangen auf und stößt dann kräftig die Luft aus, »ziemlich herzlos verhalten.«

Sie wendet sich ihm zu und verzieht ihr Gesicht zu einem angestrengten Lächeln. »Ich war vollkommen aufgelöst, kam ihrem Wunsch aber nach. Ich besorgte mir eine Stelle als Vertretungsärztin in England, und weg war ich. Ich dachte … Ich vermutete, dass sie trauern musste, dass sie allein sein musste, um fertigzuwerden mit … welcher Schuld sie auch immer fühlte.« Ihre Blicke begegnen sich, und Becker stutzt über ihre Andeutung. »Ich habe ihr oft geschrieben, aber monatelang keine Antwort bekommen. Bis dann dieser Brief kam, der, den Sie mitgenommen haben.«

»Wenn Sie sagen, dass sie mit ihrer Schuld fertigwerden musste«, sagte Becker, »meinen Sie dann … Was meinen Sie damit?«

Grace schirmt die Augen mit der Hand ab und schaut blinzelnd aufs Wasser. »Wir sollten zurückgehen«, sagt sie und ignoriert seine Frage. »Die Gezeiten wechseln. Und wir wollen ja nicht, dass die Flut uns hier draußen erwischt.« Für Becker sieht es so aus, als wäre das Wasser noch in sicherer Entfernung, und er sagt es auch. »Sie würden staunen, wie schnell das Wasser zurückkommt«, entgegnet Grace. »Und wie schnell Sie den Halt verlieren, selbst in seichtem Wasser.«

Sie drehen um. Fetzen von Meeresschaum jagen über den Sand dahin wie Vögel, und der Himmel vor ihnen sieht bedrohlich nach Regen aus, aber mit dem Wind im Rücken ist es leichter, sich zu unterhalten.

»Sie sagten, Vanessa hätte sich schuldig gefühlt?«

Grace nickt und wirft einen Blick zurück, in Richtung Wasser. »Wegen Julian«, sagt sie.

»Wegen Julian?«

Sie nickt wieder, ungeduldig. »Ja, wegen Julian. Vermutlich dachte sie, sie hätte mehr für ihn tun können.«

»Mehr? Wie meinen Sie das?«

»Ihm mehr Zeit geben oder mehr Geld, nehme ich an, worauf er ja immer aus war.« Sie schüttelt den Kopf. »Wir haben nie richtig darüber gesprochen. Nachdem ich weggegangen war, haben wir eigentlich nicht mehr über ihn geredet.«

»Aber Sie sind zurückgekehrt?« Sie schaut ihn an. »Ich meine, *offensichtlich* sind Sie ja irgendwann zurückgekehrt.«

»Sie hat einen Knoten entdeckt«, sagt Grace. »Und weil sie sich fürchtete, bat sie mich, zurückzukommen. Sie hat mich angefleht zu kommen.«

Sie gehen rasch und schweigend weiter, Beckers Blick ist auf den feuchten grauen Sand unter seinen Füßen gerichtet.

Am Fuß der Treppe stolpert Grace und fällt auf ihr linkes Knie. Becker versucht, ihr aufzuhelfen, doch sie schlägt ihn wütend weg und kommt schließlich rot angelaufen und atemlos wieder auf die Beine.

»Was haben Sie sonst noch getan?«, faucht sie ihn an.

»Wie bitte?«

»Sie schmollen wie ein geprügelter Hund, seit Sie hier angekommen sind. Das mit dem Brief haben Sie zugegeben, über das Interview haben wir gesprochen. Was haben Sie mir sonst noch zu sagen?«

Für jemanden mit so wenig Sozialkompetenz kann Grace bemerkenswert clever sein, denkt Becker. Während ihres Gesprächs haben ihn die ganze Zeit Helenas gelöschte SMS-Nachricht und all die quälenden Szenarios beschäftigt, die sie heraufbeschwört. Aber das wird er Grace ganz sicher nicht anvertrauen.

Stattdessen erzählt er ihr von der Skulptur. »Der Glaskasten von *Division II* ist geöffnet worden«, sagt er unumwunden. Und bevor Grace reagieren kann, schickt er auch den Rest hinterher:

»Tests wurden noch keine durchgeführt, aber es handelt sich ohne Zweifel um einen Menschenknochen.«

Grace wendet sich von ihm ab. Sie klopft sich Sand von den Knien und Oberschenkeln und steigt die ersten Stufen hoch. Ihre Fingerknöchel treten weiß hervor, als sie sich am Geländer festhält. »Habe ich Ihnen von den Wölfen erzählt?«, fragt sie.

»Den Wölfen?«

»Die Menschen, die an dieser Küste lebten, haben über Hunderte von Jahren ihre Toten auf die Inseln gebracht und hier draußen bestattet, damit sie nicht wieder ausgebuddelt werden konnten. Damit sie vor den Wölfen sicher waren.«

Vanessa Chapmans Tagebuch

Für wen schreibe ich das alles? Vermutlich nicht für mich selbst, als Gedächtnisstütze, denn wenn ich aus diesem Grund schreiben würde, würde ich dann nicht alles notieren, ohne irgendetwas auszulassen?

Ich habe viel an Douglas gedacht. Seit ich wieder krank geworden bin, habe ich entdeckt, dass ich ihm schreiben, ihm alles erklären möchte, aber ich habe das Gefühl, dass es zu spät ist. Warum habe ich ihm nicht gleich die Wahrheit gesagt? Ich konnte mich nicht erinnern, darum habe ich die Antwort in meinen Notizbüchern gesucht und nichts gefunden – sie waren absolut keine Hilfe. Wenn ich die Antwort damals kannte, wenn ich sie je gekannt habe, dann habe ich sie nicht für mich selbst festgehalten.

(aber sind diese Bücher nicht mein Selbst?)

Mein Gedächtnis ist nicht besonders gut. Aber ich glaube, das ist nichts Neues. Ich glaube nicht, dass es je gut war, zumindest nicht auf die Art, wie ich es jetzt gebrauchen könnte. Ich erinnere mich nicht mehr an den genauen Hergang der Dinge, die Abfolge der Ereignisse, daran, wer was zu wem gesagt hat und wann.

Ich habe noch Bilder im Kopf, Momentaufnahmen. Ich sehe meine blutigen Hände, weißes Porzellan überall auf dem Atelierboden.

Die zerstörten Bilder. Ich sehe die Gesichter der Polizisten, wie sie mich angesehen haben, mit heruntergezogenen Mundwinkeln, zweifelnd, unsicher. Als wüssten sie, dass ich sie angelogen habe.

Das denke ich jetzt: Selbst bevor ich mit dem Lügen begonnen habe, war es schon zu spät, die Wahrheit zu sagen.

Es war schon zu spät: Das Blut war weggewaschen, die Beweise waren zerstört. Wie hätte ich da noch zu ihnen (der Polizei, zu irgendwem?) sagen können: Schauen Sie, was er getan hat! Er hat versucht, mich umzubringen! (Denn ich muss annehmen, dass Julian genau das versucht hat, dass er gewusst haben muss, dass ich mich, wenn ich diesen Trümmerhaufen sehe, mitten hineinlegen und sterben wollen würde.)

Als ich schließlich in der Lage war, das Gesamtbild zu betrachten, war es bereits zu spät. Ich war im Krieg: mit Douglas, mit mir selbst und auch mit Grace, auch wenn sie davon nichts zu wissen schien.

Ich kann mich nicht erinnern, wann ich angefangen habe, die einzelnen Puzzleteile zusammenzufügen, wann das war, dass ich einen Schritt zurückgetreten bin und das Gesamtbild betrachten konnte, wann aus den Bäumen ein Wald wurde und der Schafspelz herabfiel und mir den Wolf zeigte. Vielleicht habe ich es sofort gesehen, war aber zu erschrocken, um es mir einzugestehen. Womöglich war ich zu erschrocken, oder ich habe zu sehr geliebt. Ich glaube nicht, dass ich damals wusste, wie mörderisch Liebe sein kann.

Ich weiß nur, dass es bereits zu spät war.
Und jetzt ist es zu spät, es zu sagen.

Wie kann ich Douglas jetzt schreiben? Es ergibt doch für mich selbst alles kaum Sinn.

Ich habe den Schrecken genommen und etwas daraus gemacht: Ich habe gemalt und kreiert, und jetzt habe ich etwas zu geben. Ich kann freundlich sein, ich kann großzügig sein. Ich kann bei Douglas Wiedergutmachung leisten. Die Werke, die ich ihm versprochen habe, kann ich ihm nicht geben, aber ich kann ihm alles geben, was ich seither gemacht habe. Und Grace gegenüber kann ich Gnade walten lassen.

35

Sie hören das Geräusch, sobald Grace die Haustür aufmacht. Irgendetwas fällt herunter, und dann erklingt ein Schmerzensschrei.

Im Haus ist jemand.

»Die Tür war doch abgeschlossen!«, ruft Grace aus, macht auf dem Absatz kehrt und drückt in dem Versuch, zu fliehen, ihren Körper gegen Beckers. Er weicht angewidert zurück, als er ihren weichen Bauch und ihre Brüste spürt, und presst sich flach an die Wand.

Grace quetscht sich panisch an ihm vorbei und rennt auf den Rasen vor dem Haus hinaus. Becker schnappt sich das Gewehr und schleicht in die Küche. Leer. Er bleibt ganz still stehen und lauscht. Er würde am liebsten loslachen – das ist doch lächerlich. Er lässt das Gewehr sinken, lehnt es an einen Stuhl, zieht seine Jacke aus und wirft sie auf den Tisch – *da!* Moment. Es ist *doch* jemand im Haus. Er hört ziemlich sicher ein gedämpftes Geräusch, für Schritte ist es zu leise, es ist eher ein Rascheln, so als würde etwas über den Boden geschleift.

»Hallo?«, ruft Becker und nimmt das Gewehr wieder zur Hand. »Ist da jemand?«

Er geht zurück in die Diele, von dort ins Wohnzimmer und springt dann schnell in das hintere Schlafzimmer. Es ist leer. Er kommt wieder heraus, verharrt mit angehaltenem Atem im Flur und lauscht erneut. Die Stille dehnt sich aus, drückt gegen ihn.

Dann hört er etwas hinter sich und zuckt vor Schreck zusammen; aber es ist bloß Grace, sie schließt die Haustür hinter sich. Ihm ist wieder nach Kichern zumute. Er fühlt sich wie ein Kind, das einen Horrorfilm schaut und irgendwo in diesem seltsamen Schwebezustand zwischen Schrecken und Vergnügen gefangen auf den nächsten Schockmoment wartet.

Grace späht um die Tür herum ins Wohnzimmer, ihre Augen sind weit aufgerissen, ihr Gesicht kalkweiß. Becker schaut sie achselzuckend an und schüttelt den Kopf, als plötzlich ein schreckliches Kreischen aus Vanessas Zimmer dringt. Grace schreit auf, und Becker rennt mit klopfendem Herzen und erhobener Waffe auf die Lärmquelle zu.

Eine Silbermöwe flattert an der Wand unterhalb des Fensters in Vanessas Zimmer hin und her. Es ist ein Jungtier, seine Federn sind noch gesprenkelt, und es kreischt verzweifelt.

»Ein Vogel«, sagt Becker und stellt das Gewehr auf dem Boden ab. »Es ist bloß ein Vogel, der hier eingeschlossen wurde.«

Grace schiebt sich ins Zimmer. Als sie den Vogel sieht, sinken ihre Schultern erleichtert herab, ihr Gleichmut ist schnell wiederhergestellt, und sie reagiert pragmatisch und vernünftig. Sie holt ein altes Laken aus dem Trockenschrank, faltet es auseinander und wirft es wie ein Netz über die Möwe. Becker tritt vor und hebt das Tier behutsam vom Boden auf, lässt es aber, von seinen kraftvollen Flügelschlägen überrascht, gleich wieder fallen.

Grace ist weniger zaghaft. Sie grabscht sich das Bündel und drückt es an ihre Brust. Der Vogel kämpft wild gegen sie an und stößt markerschütternde Schreie aus, doch Grace lässt sich davon nicht beirren; sie eilt ans Fenster, beugt sich so weit hinaus, wie sie kann, breitet die Arme aus und hält einen Zipfel des Lakens fest, während sie das widerspenstige, kreischende Bündel in die Freiheit entlässt.

Die Möwe trudelt kurz im freien Fall durch die Luft, doch dann übernimmt der Instinkt; sie dreht ab, steigt in den Wind auf und fliegt über das Haus davon.

Becker hilft Grace dabei, das Laken wieder ins Zimmer zu ziehen. Ihre Blicke treffen sich, und sie fangen vor Erleichterung über die Pause in der Anspannung zwischen ihnen an zu lachen.

Grace ergreift Beckers Hand und drückt sie; er ist perplex und muss sich zusammennehmen, um sie ihr nicht zu entreißen, bis er sich der Tür zuwendet und ein Ölgemälde bemerkt, das an der Wand lehnt.

Er zieht seine Hand zurück und schnappt vor Erstaunen und Freude laut nach Luft. Entzückt betrachtet er das Gemälde, das ihm, was den Malstil angeht, vertraut vorkommt, aber ansonsten vollkommen neu ist. Dieses Bild – das Porträt einer Frau, die einen hölzernen Vogel in der Hand hält – verblüfft ihn derart, dass er eine Weile braucht, um zu begreifen, was er vor sich hat.

Grace mit Vogel.

»*Totem*«, sagt er schließlich.

»Richtig«, erwidert Grace.

Sie rollt das Laken zu einem Bündel zusammen und verlässt den Raum. Als Becker ihr nachschaut, entdeckt er ein weiteres, kleineres Porträt, ebenfalls von Grace, das neben dem großen an der Wand lehnt, und daneben, halb hinter der Zimmertür verborgen, noch ein drittes Bild, größer und dunkler. Langsam, mit schmerzhaftem Herzklopfen, geht er darauf zu und drückt die Tür zu.

Es ist ein schwarzes Gemälde, das er noch nie gesehen hat. Die schwarze Farbe wurde mit breiten, gestischen Strichen mit dem Palettenmesser aufgetragen und ist von Grau- und Pflaumentönen, tiefen Rottönen und Sprenkeln aus Gold überlagert.

Ein Lichtkreis nimmt die Mitte des Gemäldes ein, so als wäre ein Scheinwerfer direkt auf die Figuren im Zentrum gerichtet und würde sie auf frischer Tat ertappen. Die erste Figur liegt ausgestreckt auf dem Bauch, ihr Kopf ist nach hinten gebogen; die zweite Gestalt kniet auf ihr und berührt die liegende am Hals oder im Gesicht. Dahinter steht eine dritte Figur, ein Beobachter, und an dessen Mund deutet eine Spur von Weiß das Aufblitzen von Zähnen, eine Grimasse oder ein Lächeln an.

Becker hört Grace' Schritte im Flur und tritt einen Schritt von der Tür zurück. Als sie die Tür aufdrückt, blickt sie nach links, auf die Bilder und dann zu ihm. Ihre Lippen bilden eine feste Linie. Becker steht mit verschränkten Armen da und betrachtet die drei Gemälde, wie er es in einer Galerie tun würde. »Das ist also *Totem*«, sagt er auf das erste Bild zeigend. »Und das kleinere Porträt?«

»*Grace*«, erwidert sie. »Es heißt einfach *Grace*. Es war das Erste, das sie von mir gemacht hat. Auf der Rückseite steht die Jahreszahl. 1998.«

»Gibt es noch mehr davon?«, fragt Becker.

»Nein«, sagt Grace und stellt sich neben ihn, um die Bilder ebenfalls zu betrachten. »Das ist alles.«

Becker nickt und beißt sich auf die Unterlippe. »Sie haben mir erzählt, Julian hätte *Totem* zerstört.«

»Nun«, sagt Grace und reckt das Kinn trotzig hoch. »Das war gelogen.« Sie atmet aus. »Vanessa hat mir die Porträts geschenkt. Schon vor Jahren. Aber ich habe keinen Beweis dafür, es gibt nichts Schriftliches. Ich wusste, dass die Leute von der Stiftung meinen Anspruch darauf anfechten würden, darum habe ich sie verschwiegen.«

Becker nickt. »Porträts?«, wiederholt er und zeigt auf das größte Bild. »Das ist aber kein Porträt.«

Grace zuckt die Achseln. »Das bin ich«, sagt sie. »Und auf dem Boden liegt Stuart.«

»Stuart?«

»Marguerites Mann«, sagt Grace. »Der Mann, der Vanessa attackiert hat. Das bin ich, mit Stuart auf dem Boden, und Vanessa steht hinter uns. Zugegeben, formell gesehen ist das kein Porträt, aber es ist trotzdem ein Bild von mir.«

36

Eris, 2009

»Du malst wieder?«

Als Grace an diesem Abend am Haus ankam, war Vanessa in der Küche. Sie stand in Jeans und einem mit Farbe bekleckerten Männerhemd am Aga-Herd. Das Hemd, eines von fünf oder sechs, die Vanessa beim Arbeiten trug, war schon immer zu groß gewesen, doch jetzt versank sie förmlich darin. Sie sah aus wie ein Kind, das sich verkleidet hat.

»Ja!«, sagte Vanessa und drehte sich lächelnd zu ihr um. »Ja, ich male wieder.« Sie sah grauenhaft aus, ihre Augen waren eingesunken, die Lippen zogen sich von den Zähnen zurück, und ihre fahle Haut hatte einen leichten Grünstich. Sie war erst seit ein paar Tagen wieder auf Eris, nachdem sie sich für ihren letzten Chemotherapiezyklus mehrere Wochen lang in Glasgow aufgehalten hatte.

»Ich hoffe, du überanstrengst dich nicht«, sagte Grace.

Vanessa zuckte die Achseln. »Mir geht's gut, Gracie«, sagte sie und breitete die Arme aus. Grace akzeptierte die Lüge und die Umarmung, schreckte jedoch zusammen, als sie durch Vanessas Hemd hindurch die hervorstehenden, scharfen Knochen ihrer Schulterblätter spürte. Vanessa lehnte ihren Kopf sanft an Grace' Schulter. »Ich hab dich vermisst«, murmelte sie. Dann löste sie sich wieder von ihr. »Für die Arbeit mit Ton reicht meine Kraft nicht, aber ich kann zeichnen, und ich kann malen. Ich möchte malen.«

»Nur solange du dir genügend Ruhe gönnst.«

Vanessa nickte eifrig. »Es tut mir gut – du weißt doch, wie unausstehlich ich werde, wenn ich nicht arbeite.« Sie zwinkerte ihr zu. »Ich hab sogar mit einem großen, ziemlich ehrgeizigen Projekt angefangen.« Sie lächelte schüchtern, und Grace zog die Augenbrauen hoch. »Nein, du kannst es nicht sehen«, sagte sie. Dann machte sie einen Schritt vor und drückte ihre aufgesprungenen Lippen kurz auf Grace' Wange. »Das wird auch noch eine Weile dauern, ein paar Wochen mindestens.«

Achtzehn Monate später nahm sie Grace mit hoch ins Atelier, um ihr das Bild zu zeigen. Ein Anflug von Grippe, die sich zu einer Lungenentzündung auswuchs, ein verstauchter Knöchel, der sie daran hinderte, ins Atelier hinaufzugehen, und vor allem ihre zwischen kühnen Optimismus und bitterer Verzweiflung wild hin- und herpendelnde Laune hatten immer wieder zu Verzögerungen geführt.

Es war Morgen. Sie erklommen zusammen vom Haus aus den Hügel und ließen sich Zeit dabei. Grace erfreute sich an Vanessas guter Laune, an der Begeisterung, die sie an Tagen wie diesen ausstrahlte, wenn sie etwas vollendet hatte und vorzeigen konnte.

Als sie die Hügelkuppe erreichten, nahm Vanessa Grace' Hand. Sie atmete schwer, und aus ihrer Brust drang ein leiser Pfeifton.

»Ist alles in Ordnung, Vee?«, fragte Grace. Vanessa nickte lächelnd, und sie betraten Seite an Seite das Atelier.

Grace schnappte laut nach Luft, als sie das Gemälde auf der Staffelei sah, und ließ Vanessas Hand los, als hätte sie sich verbrüht; sie begriff sofort, was darauf dargestellt war. In dem Durchgang in der Mitte erkannte sie sich selbst, wie sie mit dem

Draht zwischen den Händen auf dem Boden kniete und ganz auf ihre Aufgabe konzentriert war. Sie sah ihn, der gegen sie ankämpfte und sie mit erhobenem Arm abzuwehren versuchte. Und sie sah die Gestalt dahinter, die im Eingang stand und sie beide beobachtete.

»Das bist du«, sagte Vanessa. Grace schaute sie entgeistert an, Scham rötete ihre Wangen, doch Vanessa lächelte. »Das sind *wir*. Du und ich und er. Gefällt es dir nicht?« Ihre Stimme klang hell und dünn, wie das Miauen eines Kätzchens. Sie war nervös.

Grace trat näher an die Leinwand heran, aber ihre Tränen ließen das Bild vor ihr verschwimmen. Sie begriff in diesem Moment, dass Vanessa sie an diesem Tag *doch* gesehen hatte. Sie hatte sie als die erkannt, die sie war. Sie hatte verstanden. Und liebte sie trotzdem. Grace hatte die ganze Zeit solche Angst gehabt, Vanessa könnte die Schuppen unter ihrer Haut bemerken und sie als Monster betrachten, aber stattdessen hatte Vanessa die Schuppen gesehen und liebte sie noch mehr.

»Wir hätten ihn umbringen können«, sagte Vanessa gleichgültig. »Nicht wahr? Darüber denke ich gerade nach, und ich tue es oft. Wir hätten ihn umbringen können, wir hätten ihn in Stücke schneiden und in den Brennofen legen können. Wir hätten ihn verfeuern können, und niemand hätte es erfahren.«

Sie nahm erneut Grace' Hand, und jetzt erkannte Grace, dass Vanessa sie nicht nur liebte, sondern dass sie beide sich bei aller Verschiedenheit und Gegensätzlichkeit in diesem Punkt ähnlich waren. »Manchmal träume ich davon, in Asche herumzustochern«, sagte Vanessa, »in Asche herumzustochern und Knochen zu finden.«

Schließlich ergriff Grace das Wort. »Wenn du Albträume hast, können wir was besorgen«, sagte sie mit tränenheiserer Stimme. »Damit du besser schlafen kannst.«

Vanessa lachte leise. »Immer so praktisch«, sagte sie, »meine Grace. Meine Grace.« Sie hob Grace' Hand an ihre Lippen und küsste einzeln ihre Fingerspitzen. »Möchtest du wissen, wie ich es genannt habe?«, fragte sie und zog Grace zu sich. Gemeinsam gingen sie um die Staffelei herum, damit Grace sehen konnte, was auf der Rückseite des Rahmens geschrieben stand: *Love*.

37

Als Becker das schwarze Gemälde, *Love*, ein zweites Mal anschaut, sieht er *Judith und Holofernes*. Die Rottöne sind die von Holofernes' Umhang und von dem Blut aus seiner Halsschlagader. Das Gold ist das von Judiths Kleid. Eine Frau arbeitet, während die andere zuschaut, und die Bestie stirbt. Nur dass *diese* Bestie ja nicht gestorben ist. Oder doch?

»Das gebe ich nicht her«, sagt Grace. Ihr sonst so weiches Gesicht wirkt in dem schwachen Licht verhärtet. »Keins davon gebe ich her. Sie sind das Einzige, was mir aus unserem gemeinsamen Leben geblieben ist.«

Becker stemmt die Hände in die Hüften, wendet sich von ihr ab und seufzt. Er betrachtet erneut das Gemälde, die in Dunkelheit gehüllten Figuren am Boden, verstrickt in einen tödlichen Kampf, und plötzlich fühlt er sich erschöpft und traurig. Die letzten Wochen waren strapaziös: Helena im Krankenhaus, die schreckliche Begegnung mit Emmeline, die lange Fahrt, Helenas fehlgeleitete Nachricht, der Strandspaziergang im Gegenwind, die Möwe in Vanessas Zimmer und jetzt das – Grace' Lügen, ihre Verschleierungstaktik, ihre Verzweiflung. All das zerrt an seinen Nerven.

»Es war nicht perfekt«, sagt Grace leise, den Blick auf das Gemälde gerichtet, »aber es war ein Leben. Was Vanessa und ich geteilt haben, war so reichhaltig und vielschichtig wie jede Beziehung, und Sie können noch so sehr versuchen, unsere Verbindung kleinzumachen …«

»Ich hab versucht, Ihnen zu helfen!«, schreit Becker. Grace zuckt vor Schreck zusammen, aber nur leicht. Sie lässt sich nicht unterkriegen. »Wenn Sie mir gleich bei meinem ersten Besuch von diesen *Geschenken* erzählt hätten, dann hätten wir möglicherweise einen ernsthaften Konflikt vermeiden können. Ich hätte Sebastian vielleicht ausreden können, Anwälte einzuschalten, aber *jetzt*?« Er schüttelt den Kopf. »Das haben Sie sich selbst zuzuschreiben, Grace. Er wird alle Hebel in Bewegung setzen, um diese Bilder und sämtliche Aufzeichnungen von Vanessa zu bekommen, auch die privaten, und ich werde nichts tun können, um ihn davon abzuhalten.«

Grace schiebt das Kinn vor. »Gut«, sagt sie. »Aber dann können Sie ihm von mir ausrichten, dass ich alles in meiner Macht Stehende tun werde, um die Sache für ihn unangenehm zu machen, und auch für seine Mutter. Ich kann dieser Familie das Leben schwer machen, wenn ich will.«

Becker schüttelt erneut den Kopf; er geht ein, zwei Meter von ihr weg, in den Flur, in Richtung Wohnzimmer. »Gibt es sonst noch irgendwas, das ich wissen sollte, bevor ich zur Stiftung zurückfahre?«, fragt er müde. »Gibt es noch andere *Geschenke*?«

»Behaupten Sie, dass ich lüge?«, faucht Grace, und Becker lacht. Er will weitergehen, aber er hat kaum einen Schritt gemacht, als er ihre Hand auf seinem Arm spürt; sie hält ihn so fest, dass es wehtut. »Wagen Sie es ja nicht!«, ruft sie aus und packt noch fester zu. Sie bebt vor Zorn. »Wagen Sie es ja nicht, sich über mich lustig zu machen!«

»Grace.« Manchmal muss man mit ihr reden wie mit einem Kind. »Ich mache mich nicht über Sie lustig. Aber Sie haben vor wenigen Augenblicken selbst zugegeben, mich belogen zu haben. Da können Sie ja wohl schlecht wütend auf mich sein, wenn ich Ihnen nicht einfach so glaube.«

Sie lässt ihn widerstrebend los. »Ich war ihr Totem«, sagt sie stockend, weinerlich. »Ohne mich ging alles schief. Dieser Mann, Stuart Cummins, hätte sie umgebracht. Julian hätte ihr Leben ruiniert, er hätte sie in seinen Sumpf aus Schulden und Ausschweifungen hineingezogen. Er hat sich alle Mühe gegeben! Und wer war für sie da, als er verschwand? Frances? Douglas? Von wegen! *Ich* war da. Ich habe sie gerettet, sie beschützt, für sie gesorgt, alles für sie riskiert – meine Approbation, meine *Freiheit*! Sie können versuchen, mich aus ihrer Geschichte herauszuschreiben, aber Sie werden keinen Erfolg haben. Ich werde immer ein Teil davon sein. Ich weiß Sachen über Vanessa, die Sie niemals verstehen werden. Sie haben kein Anrecht auf sie! Sie gehörte mir.«

38

Das Unwetter hat frühzeitig eingesetzt. Grace hat gesagt, es würde nicht vor Sonntagnacht oder sehr früh am Montag losbrechen, und nun sitzt er am Samstagabend hier, und der Regen prasselt gegen die Fensterscheiben, als würde jemand Steinchen gegen das Glas schmeißen. Der Wind ist stürmisch und heult in den Bäumen. Becker hört über die ganze Bucht hinweg, wie die Wellen gegen die Hafenwand krachen; es klingt wie ein Bombardement.

Grace hat sich mit den Gemälden in Vanessas Zimmer eingeschlossen. Becker versucht kurz, ihr vernünftig zuzureden, doch sie verweigert das Gespräch, und kurz darauf hört er sie mit jemandem telefonieren. Vielleicht mit einem Anwalt?

Er schleicht davon, zurück in die Küche, wo er sich ein Glas Wasser einschenkt und die Gezeitentabelle an der Wand studiert. Gegen halb elf sollte er über den Damm fahren können, aber wer weiß, ob sich das Wetter noch weiter verschlimmert. Könnte es sein, dass er die ganze Nacht hier festhängt? Die Vorstellung macht ihm Angst.

Er nippt an dem Wasser; es schmeckt leicht brackig. Vielleicht ist es nur das Salz auf seinen Lippen, aber plötzlich bekommt er Lust auf etwas Süßes. Er kocht Tee und gibt einen großzügigen Löffel braunen Zucker in seine Tasse. In einem Glas auf der Arbeitsfläche entdeckt er Kekse, nimmt sich einen heraus und tritt ans Fenster. Draußen herrscht vollkommene Dunkelheit. In der Bucht ist kein einziges Licht zu sehen, und das Meer klingt, als wäre es außer Rand und Band. Selbst aus dieser Distanz hört er es mit wildem Getöse gegen die Hafenmauer schlagen.

Das, was man direkt vor der Nase hat, sieht man oft nicht.

Oder wen man direkt vor der Nase hat. Er denkt an Sebastian, an sein entwaffnendes Lächeln. *Was macht unsere Hels?* Unsere Hels. Könnte Emmeline recht haben? War er so blind vor Liebe oder schlechtem Gewissen wegen der Umstände, unter denen er mit Helena zusammengekommen ist, dass er nicht gesehen hat, was sich direkt vor seinen Augen abspielte? Vielleicht hat er Sebastian die ganze Zeit falsch eingeschätzt. Wenn er ihn angeschaut hat, dann hat er stoischen Gleichmut gesehen, diese unglaubliche Selbstkontrolle, was Gefühle angeht. Aber hatte er in Wirklichkeit womöglich einen gewieften Strategen vor sich, der langfristig dachte?

Doch was war mit Helena? Sie konnte er doch wohl nicht falsch eingeschätzt haben, oder? Er spürt erneut, wie sein Puls hochgeht, und checkt sein Handy. Keine verpassten Anrufe und keine Nachrichten. Nach kurzem Ringen mit sich ruft er bei ihr an. Er lauscht dem Klingeln, und mit jedem weiteren Piepton krampft sich sein Magen ein bisschen mehr zusammen. Er quält sich eine volle Minute lang, dann legt er auf.

Er lechzt nach einer Zigarette. Er dreht sich eine und noch eine zweite, für alle Fälle, und während er durch die Küche geht, sieht er den Schlüssel zu dem Vorhängeschloss an der Ateliertür an einem Haken neben der Küchentür hängen. Er steckt ihn zusammen mit seinem Feuerzeug in seine Tasche. Draußen drückt er sich in eine Ecke des Hofes, um die Zigarette anzuzünden, doch selbst an der wahrscheinlich geschütztesten Stelle der ganzen Insel erweist sich der Wind als zu stark, und Becker gibt auf. Er überquert mit gesenktem Kopf und hochgezogenen Schultern den Hof und geht zum Atelier hinauf.

Hier ist fast alles weggeräumt, nur ein paar kleine Kartons stehen noch auf dem Tisch, und auf einem Regal an der hinteren Wand liegt ein kleines Schnitzmesser. Er steckt es ein und nimmt die Kartons, um sie zum Haus hinunterzutragen. Er hofft, dass Grace ihn dabei sieht und aus dem Zimmer kommt, um ihm Vorhaltungen zu machen – im Augenblick hätte er große Lust auf eine Konfrontation. Und es ist ja nicht so, dass sie ihn daran hindern könnte, irgendetwas mitzunehmen. Sie wäre körperlich nicht dazu in der Lage, ihn aufzuhalten, oder? Obwohl sein Unterarm da, wo sie ihn vorhin gepackt hat, immer noch wehtut – für eine Frau, die eindeutig nicht in Bestform ist, hat sie erstaunlich viel Kraft.

Zurück im Haus stellt er die Kartons auf den Küchentisch und hält einen Moment inne, um auf Geräusche zu lauschen, die auf Aktivität schließen lassen. Doch er hört nur den Wind und die Möwen und das ominöse Brausen und Krachen der Wellen, die gegen die Felsen unterhalb des Hauses schlagen. Er holt sein Telefon heraus und versucht es noch einmal bei Helena, aber das WLAN scheint nicht mehr zu funktionieren – vielleicht hat der Sturm es lahmgelegt? Das ist nun auch schon fast egal, sagt er sich, in ein paar Stunden ist er ohnehin auf dem Rückweg. Eine optimistische Prognose angesichts des Wetters, aber was kann er jetzt anderes tun, als zu handeln? Er muss entschieden auftreten. Darum wird er die Sachen schon mal ins Auto laden, damit er losfahren kann, sobald die Passage gefahrlos möglich ist. Der Wagen steht noch immer unten am Weg. Also muss er ihn hochholen – bei dem Wetter hat er keine Lust, mit schweren Kartons auf der Treppe zu jonglieren. Er steckt die Hände tief in seine Jackentaschen.

Wo hat er den Autoschlüssel gelassen?

39

Das Unwetter hat genau zur richtigen Zeit eingesetzt.

Grace hat ein bisschen gemogelt, was das Timing angeht. Sie wusste, dass er keine Lust haben würde, bei schlechtem Wetter hier festzuhängen, wollte ihn aber genau dann hier haben. Sie wollte, dass er die Insel in ihrem elementarsten, aufregendsten Zustand sieht: wenn Sturmböen den Regen und die Gischt gegen die Fenster schleudern, der Wind an den Bäumen zerrt und das ganze Haus sich ächzend an seinen Felsen klammert.

Sie hatte sich vorgestellt, dass sie es gemeinsam durchstehen würden – wenn man mit jemandem eine Sturmnacht verbringt, schweißt das zusammen. Aber bedauerlicherweise sollte es nicht sein.

Es war ein Fehler, ihn die Gemälde sehen zu lassen. Sie wollte sie ihm schon länger zeigen, weil sie die Tiefe ihrer Verbindung mit Vanessa demonstrieren. Sie sind der Beweis – der unwiderlegbare Beweis – dafür, dass sie keine Randfigur ist und keine kleine Nebenrolle in Vanessas Geschichte spielt, sondern dass es nur auf dem Weg über sie wahrhaft möglich ist, zu verstehen, wer Vanessa war.

Allerdings hätte sie die Weichen besser stellen und ihn darauf vorbereiten sollen, dass sie einige Werke zurückbehalten hat. Am Ende wurde sie von den Ereignissen überrollt – weder hätte sie das mit dem Vogel vorhersehen noch damit rechnen können, dass Becker in Vanessas Zimmer stürmen würde.

Jetzt tritt sie an die Zimmertür und legt ihr Ohr daran. Das Haus bewegt sich, knarrend und ächzend widersteht es dem Wind, aber sie kann auch ihn hören, wie er sich durch den Raum nebenan bewegt. Sie schaut zu dem Nachttisch hinüber, in dessen Schublade sein Autoschlüssel liegt. Sie hat ihn aus seiner Jackentasche genommen, als sie in der Küche war, um das von der Möwe beschmutzte Laken in die Waschmaschine zu stecken. Sie hat sofort gewusst, dass es möglicherweise Streit geben würde, wenn er die Bilder gesehen hat. Also wollte sie verhindern, dass er sich einfach aus dem Staub machen kann, solange diese Sache zwischen ihnen nicht geklärt ist. Jetzt, da sie den Anruf getätigt hat, den sie noch machen musste, trennt sie den Router vom Strom.

Sie schaltet das Licht aus und steigt in Vanessas Bett, sie kriecht unter die Decke und zieht sie bis zum Kinn hoch. Sie genießt das aufregende Geräusch des aufziehenden Sturms, das tröstliche Wissen, dass sie in Sicherheit, im Warmen und Trockenen und *nicht allein* ist.

Trotz der Dunkelheit kann sie die bleichen Umrisse ihres eigenen Körpers in *Totem* sehen, die Kontur ihrer Schultern und ihre Hand, die den kleinen Vogel hält. Was ist eigentlich aus dem Vogel geworden? Sie hat ihn schon lange nicht mehr gesehen. Vielleicht ist er im Lagerraum?

Als Vanessa *Totem* gemalt hat, war sie gerade in einer Phase, in der sie solche Holzarbeiten herstellte und sich auch an Stein versuchte. Den Lärm des Hammers, der regelmäßig wie eine Glocke auf den Meißel schlug, konnte man damals bis zum Haus hören.

Es kann auch sein, dass der kleine Vogel irgendwo im Wohnzimmer ist, in einem der Schränke, die mit allem Möglichen vollgestopft sind: Maquetten, Muscheln und Steinen vom Strand, geschnitzten Löffeln und Kleinkram, den Vanessa überall auf der Insel aufgelesen hat.

Ein Vogel in der Hand ist etwas Gutes, ein Vogel im Haus nicht so sehr. Es ist ein Zeichen, dass jemand sterben wird, oder? Heißt es nicht so? Bei den Charakterschwachen, den Abergläubischen?

Ein Wildtier, eingesperrt in einem Wohnraum, ist beunruhigend, so viel steht fest. Aber es ist auch beeindruckend, mit welcher Entschlossenheit so ein Tier kämpft, welche Wucht es in seinem Drang entwickelt, zu fliehen, zu *leben*. Menschen sind auch so, wenn sie verzweifelt sind.

40

Eris, Sommer 2002

Es hatte wochenlang geregnet, doch an diesem Morgen schien die Sonne.

Grace saß in der Küche und las beim Frühstück die Zeitung, als Vanessa mit einem schüchternen Lächeln dort erschien. Ihr Gesicht war gerötet, und ihre Finger zitterten, als sie Grace' Hand nahm. »Ich muss dir was zeigen«, sagte sie.

Oben im Atelier lehnte das Bild an der Wand, das Porträt von Grace mit dem Holzvogel. Seit es angefangen hatte zu regnen, hatte Vanessa permanent daran gearbeitet.

»Ich nenne es *Totem*«, sagte Vanessa. Sie machte eine kurze Pause, dann holte sie schnell Luft und fragte: »Was denkst du? Gefällt es dir?«

Grace schluckte. Es machte sie verlegen, dass sie zu Tränen gerührt war. »Ja«, sagte sie. Sie war nicht schön auf dem Porträt – das könnte sie nie sein –, aber majestätisch. Das Bild zeigte sie an ihrer beider Küchentisch, ein bisschen davon abgerückt, damit man sehen konnte, dass sie eine Schnitzarbeit auf dem Schoß hielt. Die Wand hinter ihr hatte das Gelb von altem Papier, das nachmittägliche Licht war warm und weich. Grace sah in ihrer verwaschenen blauen Hemdbluse vornehmer und entspannter aus, als sie es sich je hätte vorstellen können.

Vanessa legte ihre Arme um Grace' Taille und drückte sie. »Ich bin sehr zufrieden. Ich bin sehr glücklich mit dem Ergebnis, aber ich weiß, wie es ist, Porträt zu sitzen und bestimmte Erwartungen zu haben, und dann damit konfrontiert zu werden … Das ist nie einfach.« Sie drückte sie erneut. »Grace … weinst du? Du weinst! Oh, *Grace*!«

Zwischen ihnen hatte in der letzten Zeit eine unausgesprochene Befangenheit geherrscht; sie wussten beide, wo sie herrührte, waren aber darüber hinweggegangen. »Es macht dir doch nichts aus, dass du nicht zur Vernissage kommst, oder?«, sagte Vanessa. »Ich würde dich ja gern dabeihaben, es ist nur so … Du und ich, wir gehören unterschiedlichen Welten an. Und solche Abende sind immer schrecklich anstrengend, da bin ich nie ich selbst. Ich bin nervös und muss lauter Hände schütteln und *verkaufen*. Du kennst dort niemanden, und ich kann mich nicht um dich kümmern. Ich mache mir Sorgen, dass du dich da nicht wohlfühlst.«

»Nein, es macht mir nichts aus«, sagte Grace schnell, obwohl es nicht stimmte. Sie hatte Vanessa nicht gesagt, dass sie sich bereits ein Outfit für den Abend ausgesucht hatte, obwohl sie schon befürchtete, vielleicht nicht eingeladen zu werden. Sie hatte die Preise mehrerer Drei-Sterne-Hotels verglichen und darüber nachgedacht, wo sie wohl vor der Vernissage essen gehen würden. »Ich versteh das total. Ich komme einfach in der Woche nach der Vernissage, dann können wir es uns nett machen und irgendwo schön zu Abend essen.« Sie wurde einen Moment still und schluckte ihre Enttäuschung hinunter, unterdrückte sie, weil sie diesen Moment zwischen ihnen auf keinen Fall verderben wollte. »Das ist so ein *merkwürdiges* Gefühl«, sagte sie schließlich, »sich vorzustellen, dass das Bild in einer schicken Galerie gezeigt wird und Leute es anschauen werden. Und am Ende kauft es jemand und nimmt es mit nach Hause, um es sich an die Wand zu hängen. Ich! An der Wand!«

»Wo du dich hervorragend machen wirst!«, sagte Vanessa strahlend. Sie ließ Grace los und trat einen Schritt zurück, um das Bild aus etwas größerem Abstand zu bewundern. »Ich meine, ich würde es ja liebend gern behalten und im Haus aufhängen. Ich würde es dir auch liebend gern schenken, aber ich fürchte, wir brauchen das Geld.« Sie lachte. »Weißt du was? Ich kann dir zwar das Porträt nicht schenken, aber dafür schenke ich dir … das.« Sie griff hinter sich, nahm den kleinen Holzvogel vom Tisch und hielt ihn ihr hin wie eine Gabe.

»Oh, na dann«, sagte Grace mit einem spöttischen Lächeln. »Ich fühle mich geehrt.« Sie nahm den Vogel und drückte ihn an ihre Brust. »Das alles gibt mir das Gefühl, *sehr* wichtig zu sein.« Sie lief rot an. »Es schafft eine Verbindung zwischen uns, nicht wahr? Zwischen dir und mir?«

»Ja, das tut es«, sagte Vanessa und nahm erneut ihre Hand. »Egal, was passiert, der Moment, in dem ich den Pinsel auf die Leinwand gesetzt und dich gemalt habe, wird uns für immer verbinden.«

Am nächsten Tag kam Julian an.

In der folgenden Woche, nach Vanessas Streit mit Julian, nach dem sie betrunken durchs Dorf gefahren und auch mit Grace aneinandergeraten war, verließ Vanessa Grace' Cottage früh, um nach Eris zurückzukehren, die kleineren Gemälde ins Auto zu laden und am Donnerstag nach Glasgow hinunterzufahren. An dem Tag war das Wartezimmer voll, als Grace in die Praxis kam. Es ging gerade irgendein Bazillus um, und die Hälfte der Dorfkinder schien sich angesteckt zu haben, sodass Grace erst gegen halb drei endlich eine Mittagspause machen konnte. Sie floh zu ihrer Bank mit Blick über den Hafen, und von dort aus sah sie dann Julian Chapmans kleinen roten Sportwagen so schnell über den Damm flitzen, dass Wasser neben ihm hochspritzte. Das Auto kam den Hügel hochgerast und beschleunigte im Dorf, und Grace dachte: Gott sei Dank, er ist weg.

Sobald sie am Abend Feierabend hatte, fuhr sie auf die Insel.

Sie holte Haushaltshandschuhe und Reinigungsmittel unter der Spüle hervor und machte sich daran, das Haus zu putzen und alle seine Spuren zu beseitigen. Dabei arbeitete sie sich systematisch durch das Haus vor, erst die Küche, die in einem schlimmen Zustand war – schmutziges Geschirr überall, überquellende Aschenbecher, verkrustete Töpfe mit angetrockneten Essensresten –, dann Wohnzimmer, Bad und schließlich Vanessas Zimmer. Sie zog das Bett ab und erschauderte angewidert, als sie ein benutztes Kondom zwischen den Laken hervorholte. Sie belud die Waschmaschine und bezog das Bett neu, als sie zwischen Bett und Nachttisch Vanessas Brief fand.

J, wir können uns nicht dauernd im Kreis drehen!

Ich komme am Wochenende zurück, und dann musst Du weg sein. Es ist kein Geld mehr im Topf.

Wir haben uns geliebt und wir haben uns gehasst, und jetzt können wir frei voneinander sein.

Ist das nicht wunderbar?

Du musst Deinen eigenen Weg finden.

In Liebe,
Nessa

Grace spürte, wie sie strahlte, als sie das las. *Jetzt können wir frei voneinander sein.* Hallelujah! Sie wollte die Faust in die Luft stoßen. Er war verbannt. Weg! Aus Vanessas Leben und auch aus ihrem eigenen. Aus ihrem gemeinsamen Leben.

Auf dem kleinen Hocker vor Vanessas Frisierkommode entdeckte Grace eine schwarze Brieftasche. Sie schaute hinein: vier Kreditkarten (kein Wunder, dass der Mann verschuldet war), fünfzig Pfund in bar und ein Foto von Julian mit einer Frau, die nicht Vanessa war. Vielleicht Celia Gray? Julian sah sehr glücklich aus auf dem Bild. Grace legte die Brieftasche in die Schublade und nahm sich vor, Vanessa zu sagen, dass sie sie ihm nachsenden sollte, überlegte es sich dann aber anders. Der kann mich mal, dachte sie. Sie holte die Brieftasche wieder heraus, steckte das Geld ein, ging durchs Zimmer und beförderte die Brieftasche mit einem sauberen Wurf aus dem Fenster ins Meer.

Es musste gegen acht Uhr gewesen sein, als sie schließlich mit dem Hausputz fertig war. Sie nahm den Schlüssel des Vorhängeschlosses von dem Haken in der Küche und schlenderte den Hügel hinauf zum Atelier. Es war ein herrlicher Abend, pfirsichfarbene Wolken jagten über einen bleichen Himmel, und in der Luft hing der kokosnussartige Duft des Stechginsters. Als sie an die Tür kam, sah sie, dass in dem Bügel des Vorhängeschlosses ebenfalls ein Brief klemmte. Sie zog ihn heraus und steckte ihn in die Tasche, in der auch das Geld war, während sie aufschloss und die Tür aufschob, um das weiche Abendlicht ins Atelier zu lassen.

Hier war alles ordentlich. An der südlichen Wand standen zahlreiche große Gemälde, während die für die Ausstellung bestimmten Keramiken in einer Reihe auf dem Tisch in der Raummitte aufgestellt waren. Auch eine riesige Rolle Luftpolsterfolie und zwei Rollen Klebeband lagen dort zum Verpacken bereit.

Grace holte den Brief aus der Tasche.

Ok, Nessa, Du hast gewonnen. Ich lasse Dich in Ruhe.

Aber ich mache mir Sorgen um Dich, weil Du Dich hier verschanzt. Deine Arbeiten sind schön, aber <u>Du</u> bist es auch.

Eris ist ein wunderbarer Rückzugsort – aber mach die Insel nicht zu Deiner ganzen Welt. Komm zurück ins Land der Lebenden! Du kannst Dich nicht ewig hier verstecken und mit dem langweiligen alten Fettkloß abhängen – da wirst Du doch irre.

Was ich über Marokko gesagt habe, habe ich auch so gemeint. Izzy übernimmt im Oktober/November ein Riad in Marrakesch – da gibt es jede Menge Platz, und ich werde Dich nicht behelligen (es sei denn, Du bittest mich nett darum).

Niemand wird Dich behelligen! Du kannst arbeiten, spielen, in die Wüste fahren, Dir die Sterne anschauen.

Die Sterne malen.

Denk drüber nach.

Bis zur Vernissage!

In Liebe, immer Dein
J

Bevor sie überhaupt wusste, was sie tat, hatte Grace die gewundene Vase mit dem ausgestellten Rand gepackt, die ihr am nächsten stand, und unmittelbar darauf flog die Keramik durch die Luft und landete mit einem befriedigenden Krachen an der Wand. Das Geräusch des klirrend zu Boden fallenden zarten Porzellans war Musik in ihren Ohren.

Vernissage? *Julian* fuhr zur *Vernissage*? Während ihr gesagt worden war, sie solle zu Hause bleiben, weil sie sich dort nicht wohlfühlen würde, weil Vanessa sich nicht *um sie kümmern* konnte?

Und *Marokko*? Mit *Izzy*? Dazu würde es nur über Grace' Leiche kommen. Eine eisblau glasierte und perfekt ausbalancierte flache Schale flog als Nächstes durch die Luft.

»Was zum Teufel machst du da?«

Grace schrie vor Schreck auf und wirbelte herum, wobei sie mit der Hüfte gegen den Tisch stieß und eine weitere Vase zu Fall brachte.

Julian stand mit vor der Brust verschränkten Armen in der Tür, seine Lippen umspielte ein Lächeln. »Moppelchen? Was wird das, wenn's fertig ist?«

Grace spürte, wie die Erde unter ihr schwankte. »Was machen Sie hier?« Sie ging ein paar Schritte auf ihn zu. »Vanessa hat Ihnen gesagt, dass Sie gehen sollen.«

»Ich weiß, hab ich ja auch getan. Ich bin den ganzen Weg bis nach Fort Augustus runter, aber an der Tanke hab ich gemerkt, dass ich meine Brieftasche vergessen hab. Für den Sprit reichte mein Geld, aber mein Handy hatte keinen Saft mehr, und dann wurde mir klar, dass Flut ist, bis ich wieder hier bin. Diese verdammte Insel!« Er grinste sie an. »Ich weiß nicht, wie du das aushältst. Ich hab ein Nickerchen eingeschoben und bin dann wieder hier hochgeheizt. Hast du sie gesehen?« Er kam in den Raum herein und hob eine untertellergroße Porzellanscheibe vom Boden auf. »Meine Brieftasche?«

»Nein«, sagte Grace, »und ich hab das ganze Haus geputzt. Sie müssen sie also woanders liegen gelassen haben.«

Julian legte das Porzellanstück auf den Tisch. »Ich glaube nicht«, sagte er leise. Dann kam er noch einen Schritt näher und schloss seine Finger um Grace' rechtes Handgelenk. Als sie sich loszumachen versuchte, packte er fester zu. »Also, was ist hier los, Moppelchen? Warum zerschlägst du Nessas Sachen?«

Grace' Herz schlug so heftig, dass es wehtat. Sie wollte ihre Hand wegziehen, aber er ließ nicht locker. »Ich hab nichts zerschlagen, das war ein Versehen, das haben Sie doch *gesehen*. Sie haben mich erschreckt, und ich bin gegen den Tisch gestoßen und …«

»Ja, das war vielleicht ein Versehen«, sagte Julian, umfasste ihr Gelenk nun mit der ganzen Hand und drückte fest zu, »aber beim ersten Mal nicht. Oder war das sogar schon das zweite Mal?«, fragte er mit einem Blick auf die Scherben am Boden. »O Gott, wie viele Sachen hast du denn schon kaputt gemacht?«

Grace bekam langsam Panik; sie spürte, wie ihr Blickfeld sich verengte, es war, als würde sie in einen Tunnel eintreten. »Ich wollte das nicht ...« Sie war den Tränen nahe, und dieser Gedanke entsetzte sie. Die Vorstellung, vor ihm die Fassung zu verlieren, war unerträglich demütigend.

»Was ist los?« Julians Stimme war wie Sirup. »Was war denn der Grund für deinen kleinen Ausraster?« Er schaute sich fragend um, bis sein Blick schließlich auf dem Brief verharrte, den Grace noch in der Hand hielt. »Oh«, sagte er. »*Das*. Arme Grace. Fühlst du dich ausgeschlossen?« Er zog höhnisch einen Schmollmund. »Ärgerst du dich über unsere Reisepläne? Hat sie dir eigentlich schon erzählt, dass sie mit mir über ihren Geburtstag nach Venedig fährt? Wir dachten, wir wohnen im Cipriani, wie in unseren Flitterwochen. Vielleicht versuchen wir diesmal sogar, uns ein bisschen was von der Stadt anzusehen. Aber vielleicht bleiben wir auch einfach im Zimmer und vögeln.«

»Sie fährt nicht mit Ihnen weg«, sagte Grace. »Das würde sie niemals tun, sie ... Lassen Sie mich los!«

Aber er hielt sie weiter so fest, dass es wehtat. »Ach, weißt du, das ist das Schöne an Nessa. Egal, wie sehr sie es versucht, sie kann es einfach nicht lassen.« Er leckte über seine Lippen und sah Grace durch halb geschlossene Lider an. »Mir kann sie nie widerstehen.« Er lachte leise in sich hinein. »Für die Nacht nach der Vernissage hab ich uns auch schon ein Zimmer gebucht. Damit wir feiern können. Wirklich schade, dass du nicht da bist. Ich glaub, sie hat wirklich ein schlechtes Gewissen deswegen, aber sie konnte den Gedanken, dass du da in einem hässlichen Hosenanzug auftauchst und allen die Stimmung verdirbst, einfach nicht ertragen.«

Grace liefen unkontrolliert die Tränen übers Gesicht. Sie hielt das alles – sein aufdringliches Aftershave, das sie schon in Vanessas Bettzeug gerochen hatte, den Nikotingestank in seinem Atem, sein höhnisches Grinsen – nicht eine Sekunde länger aus. Sie riss ihren Arm los und versuchte zu fliehen, aber ihre zitternden Knie gaben nach, und sie stieß gegen eines der Gemälde, die an der Wand lehnten.

»Vorsicht«, sagte Julian, »du willst hier doch nicht noch mehr Schaden anrichten.« Er grinste wieder. »Weißt du, dass ich mal, ohne sie zu fragen, eins von ihren Bildern verkauft hab? Hat sie dir davon erzählt? Ich brauchte Geld und saß ein bisschen in der Klemme. Und da hab ich einfach eins von ihren Werken verscherbelt. Für einen guten Preis – aber danach hat sie *Monate* nicht mit mir geredet.« Er drehte sich um und ging langsam zur Ateliertür. »Ich möchte mir gar nicht vorstellen, was sie tun wird, wenn sie erfährt, was du angestellt hast. Könnte sein, dass du aus dem Paradies vertrieben wirst.«

Dann wurde plötzlich alles still. Die Möwen verstummten, und der Wind legte sich, und Julian stand als Silhouette im Eingang und schaute auf das schimmernde Meer hinaus. Die Sonne verschwand hinter einer Wolke, und die Welt wurde schwarz-weiß; Grace musste ein Geräusch gemacht haben, zitternd Luft geholt haben vielleicht oder auf eine Keramikscherbe getreten sein, während sie sich ihm näherte, denn Julian drehte ein wenig den Kopf, gerade so weit, dass Grace sehen konnte, wie sich der Schock in sein Gesicht schrieb, als sie den Steinmetzhammer schwang, Julian mit voller Wucht an der Schläfe traf und ihm den Schädel einschlug.

41

Becker steht vor Sonnenaufgang auf. Er macht sich einen Kaffee und schlüpft dann aus der Tür in eine Welt, die wie frisch gewaschen aussieht. Der Sturm hat sich ausgetobt, die Luft ist kalt und frisch und mit Salz gewürzt. Er geht zu der Bank mit dem Blick über den Kanal hinauf und beobachtet eine ruhige halbe Stunde lang, wie sich der Himmel über den Hügeln im Osten von feurig orange zu kräftig eidottergelb verfärbt. Als er über die Schulter schaut, entdeckt er, dass sich das Morgenrot in den Küchenfenstern spiegelt. Es sieht so aus, als stünde das Haus in Flammen. Der Kanal vor ihm wirkt wie geschmolzenes Gold, es ist Flut. Dann verblassen die Farben langsam, stufenweise, die Wolken werden weicher, erst blassorange, dann blassgelb, und am Ende nimmt der Himmel ein klares, hoffnungsvolles Blau an.

Sein Becher ist noch nicht lange leer, als er die Haustür aufgehen hört. Wenige Augenblicke später erscheint Grace, sie hat eine Kanne mit dampfendem Kaffee dabei, füllt seinen Becher auf und setzt sich neben ihn. »Das hat ja ganz schön gestürmt«, sagt sie mit einem flüchtigen Blick zu ihm und schaut dann wieder aufs Meer. »Haben Sie denn schlafen können?«

»Ich hab gut geschlafen, danke«, antwortet er knapp. Ohne sie anzuschauen, fragt er: »Sie haben nicht zufällig meinen Autoschlüssel gesehen? Ich konnte ihn gestern Abend nicht finden.«

Sie schaut ihn stirnrunzelnd an. »Nein, ich erinnere mich nicht, ihn gesehen zu haben … Vielleicht haben Sie ihn in dem Tohuwabohu wegen der Möwe in Vanessas Zimmer verloren? Ich schaue gleich nach, vielleicht ist er ja unters Bett gerutscht.« Er spürt ihre verstohlenen Blicke, als sie fragt: »Wollen wir heute vielleicht zum Kliff hochwandern?«

»Dafür wird keine Zeit sein«, sagt Becker. »Ich muss das Auto beladen, ich muss …«

»Oh«, unterbricht sie ihn. »Schade. Heute wäre endlich ein guter Tag dafür.« Becker sagt nichts und schaut auf seine Uhr. »Es dauert noch ein paar Stunden, bis Sie rüberfahren können«, sagt Grace, »und ich fürchte, wir haben immer noch kein Internet, aber wenn Sie jemanden anrufen wollen, kriegen Sie hinter dem Wald vielleicht Empfang. Normalerweise kann man …«

Becker beißt die Zähne zusammen. Er gibt ihr nur äußerst ungern recht, aber er kann tatsächlich nicht sofort aufbrechen, und dies könnte vorläufig das letzte Mal sein, dass er nach Eris kommt. Er würde wirklich gern Fotos von einigen der Stellen machen, an denen Vanessa am liebsten gemalt hat. Und er würde auch gern mit Helena sprechen.

Er blickt Grace an, die zu ihm hochlächelt, nervös, aber hoffnungsvoll, und einen Moment lang sieht er sie so, wie er sie bei seinem ersten Besuch gesehen hat – als eine einsame, ängstliche alte Frau. Er lenkt ein und muss an all die Mühe denken, die er sich gemacht hat, um das kleine Landschaftsbild zu finden, an dem seine Mutter so hing – was hat Grace letzten Endes anderes getan, als sich an alles zu klammern, was ihr von einer über alles geliebten Person geblieben ist?

»In Ordnung«, sagt er. »Ich würde wirklich gern den Ausblick vom Kliff sehen.«

»Wunderbar!«, sagt Grace und wirkt sehr erleichtert. »Wenn Sie mögen, können wir eine kleine Tour machen. Wir können unterwegs die Stellen besuchen, wo *South* und *Darkness* entstanden sind – die sind gleich da oben am Felsvorsprung.« Sie zeigt auf einen Punkt an der Südküste der Insel, westlich vom Haus. »Die Aussicht von da ist schon ziemlich außergewöhnlich.«

Nach noch mehr Kaffee und ein paar Scheiben Toast gehen sie los. Ihr Tempo ist gemächlich, da Grace auf dem Weg eine Menge zu erzählen hat: Hier hat Vanessa sich am liebsten gesonnt, da drüben hat Douglas Lennox sich mal betrunken einen Faustkampf mit einem von Vanessas Ex-Freunden geliefert, und gleich sieht man am Boden die Spuren einer historischen Siedlung.

Bis zu dem Felsvorsprung geht es stetig bergauf. Jenseits einer dicht mit Stechginster bewachsenen Böschung befindet sich eine Lichtung, die fast so aussieht, als wäre sie als Malplattform angelegt: Von dieser flachen und durch die Ginstersträucher windgeschützten Stelle aus hat man fast einen 180-Grad-Blick über das Meer und die Inseln südlich von Eris.

Becker kommt als Erster dort an. Grace quält sich noch hinter ihm den Pfad hoch, sodass er diesen heiligen Ort ein paar Minuten lang für sich hat. Er ist allein mit dem Kreischen der Möwen und den Wellen, die sich viele Meter weiter unten an den Felsen brechen, und es geht ihm fast so wie am Vorabend, als er in Vanessas Zimmer völlig überraschend plötzlich vor *Totem* stand. Er ist entzückt und wie berauscht, weil er etwas zum allerersten Mal sieht, das ihm trotzdem so zutiefst vertraut ist, dass es ihm so vorkommt, als kehrte er an einen Ort seiner Kindheit zurück. Noch nie hat er hier gestanden, und doch hat er diese Aussicht schon Hunderte Male gesehen, bei Sonnenaufgang und Sonnenuntergang, im Sommer und im Winter, im hellen Sonnenschein wie heute, und wenn der Himmel bedrohlich tief über dem Meer hängt.

»Gehen Sie nicht so nah an den Rand«, sagt Grace streng, als sie schließlich zu ihm kommt. Sie atmet schwer, ihr Gesicht ist von der Anstrengung gerötet, und auf ihrer Oberlippe glänzt Schweiß. Sie schaut ihm zu, während er Fotos macht, und sagt nichts, doch Becker spürt ihre Anspannung; ihr Blick verfolgt jede seiner Bewegungen.

Als er aus allen erdenklichen Perspektiven Bilder gemacht hat, ziehen sie weiter. Sie gehen erst wieder ein Stück nach unten und dann nach links und folgen einem Pfad, der durch einen flachen Graben führt, welcher auf einer Seite von einer steilen Böschung und auf der anderen vom Wald flankiert wird. »Einige der Kiefern sind mehr als zweihundert Jahre alt«, erklärt Grace ihm. »Eine oder zwei könnten auch dreihundert Jahre alt sein, aber die ältesten sind in den Neunzigern einem Unwetter zum Opfer gefallen.«

Sie gehen bereits seit zehn oder fünfzehn Minuten auf diesem ansteigenden Weg, als Beckers Handy ein Signal auffängt und mehrfach hintereinander vibriert – er hat Anrufe verpasst und Nachrichten bekommen. Er bleibt stehen, dreht sich um und blickt den Hügel hinunter; Grace ist ein paar Hundert Meter zurückgefallen. Er holt tief Luft, ruft Helenas Nummer an und flucht frustriert, als er sofort auf ihrer Mailbox landet. Er beendet den Anruf und hört die Nachrichten auf seiner Mailbox ab.

Die erste ist von gestern Abend. »Beck, Liebling.« Helena klingt ängstlich, ihre Stimme zittert leicht. »Ich muss dringend mit dir sprechen. Kannst du mich zurückrufen, sobald du das abhörst?«

Ihm rauscht das Blut in den Ohren. Er versucht erneut, sie anzurufen, erreicht aber wieder nur die Mailbox. Entweder sie telefoniert gerade, oder ihr Handy ist ausgeschaltet.

Er hört die nächste Nachricht ab, die sie in den frühen Morgenstunden für ihn hinterlassen hat. »Hi.« Jetzt klingt sie kleinlaut und sanft. In diesem Ton telefoniert sie mit ihrer Schwester, wenn sie ihr eine schlechte Nachricht übermitteln muss und deren Wirkung abzumildern versucht. »Ich hab auch schon versucht, dich über WhatsApp zu kriegen, aber ich komme nicht durch, und die Nachricht, die ich dir hinterlassen hab, ist auch nicht durchgegangen, wie's aussieht … Hör zu, es ist was passiert.« Becker bleibt das Herz stehen. »Es geht nicht um mich und auch nicht um das Baby. Uns geht's gut. Aber um Emmeline.«

Beckers Herz schlägt weiter. *Emmeline?* »Sie ist zusammengebrochen. Wir wissen nicht genau, was passiert ist, es könnte ein Schlaganfall sein oder vielleicht ihr Herz …« Ihm ist beinahe zum Jubeln zumute. »Sebastian war nicht da, als es passiert ist, er war … er war hier, um mit mir zu reden …« Jetzt ist ihm schon weniger zum Jubeln zumute. »Wir sind im Krankenhaus, in Berwick. Der Auslöser des Ganzen scheint ein Besuch von der Polizei gewesen zu sein. Die sind heute Nacht offenbar einfach bei ihr aufgekreuzt, letzte Nacht vielmehr. Es ging um Douglas. Sie sagten, jemand würde Anschuldigungen erheben und behaupten, es sei nicht Graham Bryant gewesen, der den tödlichen Schuss auf ihn abgegeben hat … Seb glaubt nicht, dass sie die Sache ernst nehmen, aber trotzdem. Hör zu, bitte ruf mich einfach an, okay? Sobald du kannst?«

Bei der Fairburn-Stiftung kennt eine Handvoll Leute die Wahrheit über den Tag, an dem Douglas starb, aber für Becker gibt es nur einen Menschen, der die Polizei angerufen haben kann, und der schleppt sich gerade direkt vor seinen Augen den Weg hinauf.

Ich kann dieser Familie das Leben schwer machen, wenn ich will.

»Sie haben mit der Polizei gesprochen!«, ruft er, als sie näher kommt. Grace bleibt stehen; sie beugt sich vor und stützt die Hände auf die Oberschenkel, während sie Atem zu schöpfen versucht. »Gestern«, sagt er. »Sie haben sie angerufen, nicht wahr? Haben Sie denen irgendwas über Emmeline Lennox gesagt?«

Grace richtet sich auf. Ihr Gesicht ist rot angelaufen, aber nur von der Anstrengung. Aus ihrer Miene spricht pure Überheblichkeit. »Ich hab Ihnen ja gesagt, dass ich nicht an einen Unfall glaube.«

»Herrgott noch mal!«, schreit Becker und ballt die Fäuste. »Haben Sie eigentlich eine Vorstellung davon, was Sie angerichtet haben?«

Grace strafft die Schultern und reckt das Kinn hoch. »Eigentlich hätten *Sie* das tun sollen, aber Sie trauen sich ja nicht«, giftet sie ihn an. »Douglas war gemein und hinterhältig, aber heißt das, dass er keine Gerechtigkeit verdient?«

Becker wendet sich von ihr ab und geht weiter den Hügel hoch, er ist zu wütend, um ihr zu antworten.

»Ich hab Ihnen einen Gefallen getan«, sagt Grace, während sie ihm folgt. »Sie haben mir erzählt, dass Emmeline Ihnen und Ihrer Frau das Leben schwer macht. *Beck*«, fleht sie. Er bekommt eine Gänsehaut. »Wir stehen auf derselben Seite, Sie und ich. Wir wollen dasselbe.«

Er wirbelt herum und sagt mit dem letzten Rest seiner Selbstbeherrschung: »Das glaube ich kaum. Und ich würde ab jetzt gern allein weitergehen, wenn's recht ist.«

Er stapft wutschnaubend den Hügel hinauf. Am meisten ärgert er sich über sich selbst. Schließlich hat er Grace selber erzählt, dass Emmeline den fatalen Schuss abgegeben hat. Und er hat viel zu lange gebraucht, um zu bemerken, dass ihre Bedürftigkeit krankhaft ist. Dass die Einsamkeit ihren Blick auf ihn verzerrt und sie sich einredet, sie hätten etwas gemeinsam. Als ob sie *irgendetwas* gemeinsam hätten, als ob sie eine Art private Beziehung hätten, denkt er mit Unbehagen.

Der Weg steigt zuerst sanft an, dann deutlich steiler und wird irgendwann zum Kletterpfad, sodass er, als er auf allen vieren oben ankommt, verschwitzt und außer Atem ist. Vor ihm liegt eine ebene Fläche aus Granit, die sich nur über wenige Meter erstreckt, bevor sie steil zur Irischen See hin abfällt: Eris Rock. Er richtet sich auf, saugt die salzige Luft in seine Lunge und macht vorsichtig ein paar Schritte auf die Kliffkante zu. Der Wind ist kalt und der Himmel vollkommen klar, in der mittleren Distanz liegen kleinere Inseln, die ihm so vertraut sind wie alte Freunde, und in der Ferne tritt der Horizont so scharf hervor, als wäre er mit Tinte gezogen. Auf Beckers Gesicht bereitet sich ein Lächeln aus, und sein Herz weitet sich. Er schwelgt in einem reinen Hochgefühl, das alles andere vergessen macht. Es gibt nur noch das hier, diese berauschende Aussicht, diesen herrlichen Ort, die Stelle, die Vanessas Gemälde geprägt hat, die Stelle, wo Vanessa es mit dem schwer fassbaren Meer aufgenommen und ihr expressionistisches Selbst gefunden hat. Wenn man hier steht, begreift man auch, warum so viele ihrer Seestücke so klein sind – eine schmächtige Frau konnte keine große Leinwand mitsamt Staffelei hier herauftragen, und selbst wenn, hätte der Wind beides fortgerissen und sie gleich dazu. Also hat sie stattdessen flüchtige Eindrücke festgehalten, dichte und lebhafte, von Liebe, Lust und Angst geprägte Momente.

Becker schiebt sich näher an den Abgrund. Dann lässt er sich sehr vorsichtig herab, sodass er sitzen und die Beine über die Kante baumeln lassen kann. Er nimmt sein Handy aus der Tasche und wählt erneut Helenas Nummer. Beim zweiten Klingeln geht sie dran.

»Tut mir leid«, murmelt sie verschlafen. »Tut mir leid, hast du schon mal angerufen?«

»Ja, kein Problem«, sagt er liebevoll. Er ist jetzt ruhig. Ihre Stimme zu hören, besänftigt ihn sofort. »Geht es dir gut?«

»Ja, mir geht's gut«, sagt sie, »aber es war so ein Schock. Ich bin erst um vier zurückgekommen und hab seitdem geschlafen. Wo bist du? Bist du schon auf dem Heimweg?«

»Noch nicht«, sagt er mit einem Lächeln. »Ich sitze am Rand eines Kliffs, auf dem Eris Rock, um genau zu sein, und schaue aufs Meer.«

»Oh, wie wunderbar.« Er hört das Lächeln in ihrer Stimme. »Aber fall nicht runter, hörst du?«

Er lacht. Es entsteht eine kleine Pause. »Also … was war denn mit Emmeline? Du hast gesagt, sie war allein, als es passiert ist?«

Wieder eine Pause. Sie holt tief Luft. »Ich hatte Seb gebeten, zu mir rüberzukommen.« Noch eine Pause. »Ich glaube, das weißt du, oder?« Becker antwortet nicht. »Ich hatte ihn gebeten, rüberzukommen, weil ich dachte, dass es Zeit wird, mit ihm über unsere Situation zu reden.«

»Wie meinst du das?«

»Es funktioniert nicht, Beck.«

»Helena.« Er möchte sich nach vorn stürzen, ins Meer. »Bitte sag jetzt nicht, dass …«

»Ich spreche nicht von dir und mir. Es funktioniert nicht, dass wir hier auf dem Anwesen wohnen. Siehst du, das ist genau das, was ich meine«, redet sie eilig weiter. »Du bist dir meiner nicht sicher! Aber ich möchte, dass du das bist. Das ist mir wichtig. Und dir sollte es das auch sein. Aber du bist dir meiner nicht sicher, und das verwundert auch nicht, weil er ja die ganze Zeit da ist. Außerdem tut Emmeline alles, um uns das Leben zur Hölle zu machen. Das war eine schöne Idee, dass wir drei uns erwachsen und zivilisiert benehmen und ganz lässig mit der Situation umgehen, aber es ist einfach zu schwierig …«

Becker legt sich rücklings auf den Felsen und blinzelt in den Himmel hoch. Die Sonne scheint ihm warm ins Gesicht, und er kann das Salz auf seinen Lippen schmecken. »Gut«, sagt er. »Dann gehen wir.«

»Wir brauchen ja nicht alle Verbindungen abzubrechen. Du kannst trotzdem noch weiter bei der Stiftung arbeiten. Seb und ich haben vereinbart …«

»Seb und du?«

»Ich wollte, dass wir dir gegenüber Einigkeit demonstrieren können.«

Becker lacht wieder. »Ganz schön raffiniert«, sagt er. Er lauscht auf ihren Atem und auf das Meer, und eine Weile lang sagt keiner von beiden etwas.

»Bitte komm nach Hause«, sagt sie schließlich. »Ich brauche dich hier. Wir brauchen dich.«

Er fühlt sich ganz leicht, als er von der Felskante wegkrabbelt. Er fühlt sich, als ob er, wenn er einen Luftsprung macht, vom Wind erfasst und einfach weggeweht würde. Eine Möwe fliegt knapp über ihn hinweg, und er duckt sich lachend und wünscht sich, Helena wäre hier, um das zu sehen, um ihn zu sehen, auf Vanessas Insel, auf ihrem geheiligten Eris Rock. Er macht wieder Fotos, obwohl er weiß, dass sie die Erhabenheit dieses Ortes nicht annähernd einfangen werden, er schießt Dutzende davon, bis ihm plötzlich einfällt, dass er gar nicht alle seine Nachrichten abgehört hat.

Er ruft wieder seine Mailbox an. »Becker? Bist du da?« Diesmal ist es Sebastian, früh an diesem Morgen. Er klingt abgelenkt und leicht außer Atem. »Äh, hör zu … Wahrscheinlich hat Hels dir schon erzählt, was los ist, aber wir hatten hier ein ziemlich übles Wochenende. Lady Em ist im Krankenhaus – inzwischen auf dem Weg der Besserung, glaube ich, aber … sie hat uns einen ganz schönen Schrecken eingejagt. Ich warte jetzt auf den Arzt …

Aber ich dachte, ich rufe dich mal an. Das Labor, das die Untersuchung durchgeführt hat, hat am Freitag nämlich eine E-Mail geschickt. Das hatte ich über dem ganzen Drama hier zwischenzeitlich völlig vergessen. Ich leite sie dir gleich weiter, aber im Wesentlichen geht's darum, dass der Knochen, diese Rippe, von einem Mann stammt, dessen Alter sie auf Ende zwanzig schätzen. Aber da gibt es wohl eine Fehlerspanne von sieben oder acht Jahren oder so … ja …« Es entsteht eine Pause. Becker hört, wie Sebastian im Hintergrund mit jemandem spricht, und dann bemerkt er etwas anderes, ganz in seiner Nähe. Als er sich umdreht, erblickt er Grace, die sich mit finsterer Miene auf den Felsen hochhievt. Er macht einen Schritt zurück.

Am Telefon redet Sebastian jetzt weiter. »Äh … ja, entschuldige … Sie können außerdem schon sagen, dass es kein alter Knochen ist – sie haben noch nicht alle Untersuchungen durchgeführt, aber das können sie anhand der *Mineralisation* feststellen, glaube ich. Jedenfalls irgend so was in der Art. Sie können sagen, dass der Knochen nicht Hunderte von Jahren in der Erde gelegen hat, sondern viel kürzer, eventuell sogar weniger als ein Jahrzehnt … Als Nächstes wollen sie eine Kohlenstoffdatierung machen, danach können sie genauer angeben, wann dieser Mensch gestorben ist. Und sie extrahieren DNA, um sie mit der Probe zu vergleichen, die sie von Chapmans Schwester haben. So, das ist der Stand der Dinge. Hör zu, alles in allem ist die Wahrscheinlichkeit ziemlich groß, dass wir Julian Chapman gefunden haben, würde ich sagen. Könnte sein, dass die Sache ziemlich schnell Fahrt aufnimmt, und wenn ich mich nicht irre, wird das ein Riesending. Wir müssen uns wappnen, und zwar schnell. Ruf mich an, wenn du kannst, ja?«

Becker steckt das Handy weg. Er steht in der Mitte der Felsplatte, einen knappen Meter vom Kliffrand entfernt und anderthalb Meter von der gegenüberliegenden Kante, wo Grace jetzt steht. Sie ist knallrot und hechelt wie ein Hund. »Ich konnte Sie nicht allein hier hochgehen lassen«, sagt sie und wischt sich mit den Händen den Schweiß aus dem Gesicht. »Ich würde es mir nie verzeihen, wenn Ihnen was passiert.« Was könnte denn passieren?, fragt Becker sich. Er könnte ausrutschen und abstürzen, aber was könnte Grace schon dagegen tun?

Jetzt steht sie ihm im Weg und blockiert seinen sicheren Abstieg von dem Felsen, was alles andere als hilfreich ist. Sie schaut ihn forschend an. »Ist alles in Ordnung?«, fragt sie. »Sie sind doch nicht immer noch sauer wegen Emmeline, oder? Ich hab dabei nur an Sie gedacht, an Sie und Helena.«

Becker sagt nichts, aber es muss etwas in seinem Blick liegen, oder vielleicht ist ihm auch alle Farbe aus dem Gesicht gewichen, denn er sieht, dass ihr ein Licht aufgeht. Sie *weiß* es. »Oh«, sagt sie. »Dann geht's um den Knochen?«

Er nickt. »Ja.«

»Es ist nicht Julian«, sagt Grace sofort.

Becker schürzt die Lippen und bläst langsam die Luft aus. »Doch, Grace. Sie haben noch keinen DNA-Test gemacht, aber sie haben festgestellt, dass die Rippe von einem Mann stammt, der jung verstorben ist, in seinen Zwanzigern oder Dreißigern.« In dem Moment sieht er etwas oder glaubt etwas zu sehen – ein Flackern der Angst huscht über ihr Gesicht. »Und er ist nicht vor Hunderten von Jahren gestorben, sondern innerhalb der letzten Jahrzehnte.« Grace schlägt die Hand vor den Mund. »Also ist es ziemlich wahrscheinlich Julian Chapman.«

Er tritt zur Seite und macht eine Geste mit dem Arm, die so viel wie *Entschuldigen Sie, lassen Sie mich bitte mal durch* bedeuten soll. »Ich muss gehen«, sagt er. »Ich muss zurück – es gibt eine Menge zu regeln. Sobald sie einen DNA-Abgleich gemacht haben, muss das Labor die Polizei einschalten, und die Polizei wird Chapmans Schwester informieren, und sobald das geschehen ist …« Er spreizt seine Hände. Wer weiß?

»Es ist nicht Julian«, sagt Grace wieder. Sie sieht jetzt nicht mehr ängstlich aus, sondern traurig – beinahe resigniert. Geschlagen. »Sie werden keine Übereinstimmung finden«, sagt sie leise. Sie macht einen Schritt auf ihn zu und dann noch einen.

Becker bewegt sich nach hinten. »Das kann man nicht mit Gewissheit sagen«, sagt er und wirft einen raschen Blick über die Schulter, bevor er noch ein Stück zurückweicht. Sie steht zu dicht vor ihm, viel zu dicht, und kommt weiter auf ihn zu.

»Doch«, sagt sie und hebt die Hände so, dass ihre Handflächen zu ihm zeigen. Becker zuckt zurück – *was hat sie vor?* –, einen Moment lang glaubt er, dass sie ihn schubsen will, aber stattdessen führt sie die Hände an ihre Lippen und legt sie zusammen, als wolle sie beten. »Ich kann es«, sagt sie. »Ich kann es sagen, weil ich weiß, wo Julian ist, und er ist nicht im Wald.«

42

Eris, 2002

Grace kroch auf allen vieren über den Rasen außerhalb des Ateliers und beugte sich über Julians Leiche. Sie versuchte, ihn nicht anzuschauen, während sie Zeige- und Mittelfinger an seinen Hals legte, um nach einem Puls zu tasten. Dass sein Schädel auf der anderen Seite komplett eingedrückt war, machte einen Puls unwahrscheinlich, aber man konnte nie wissen. Man konnte nicht vorsichtig genug sein.

Da war kein Puls, und dennoch glaubte sie, durch die Erde hindurch seinen Herzschlag zu spüren, während sie dort auf dem Rasen kauerte, glaubte zu spüren, wie das Blut rhythmisch aus ihm herausquoll und in den Boden sickerte. Sie schloss die Augen, atmete den starken Eisengeruch ein – ein und aus, ein und aus – und wartete darauf, dass ihr eigener Herzschlag langsamer wurde.

Als sie die Augen wieder öffnete, als sie sich stark genug fühlte, um aufzustehen, sah sie, dass die Flut einsetzte. Es war schon fast zu spät, um den Damm zu überqueren. Sie gestattete sich einen Moment der Erleichterung. Niemand konnte herkommen. Niemand würde sie mit Blut an den Händen ertappen. Sie hatte jetzt Zeit, volle sechs Stunden, und dann würde es mitten in der Nacht sein.

Sie berührte ihn. Sie ließ ihre Hand über seinen Körper und in seine Hosentasche gleiten. Dann beugte sie sich über ihn und durchsuchte die andere Tasche, bis ihre Hand sich um seinen Autoschlüssel legte. Er hatte den Sportwagen unten am Weg stehen gelassen. Sie musste ihn so schnell wie möglich dort wegfahren.

Als sie den Hügel hinunterging, verspürte sie einen Moment der Euphorie. Die Hügel gegenüber waren mit satten dunklen Grüntönen überzogen, die wie Samt aussahen, die Sonne verlieh dem Stechginster eine blassgoldene Farbe, das Meer funkelte und strahlte, und Julian war tot. Sie wollte singen und allen ihren Sieg verkünden, ihnen sagen: *Schaut mal! Schaut mal, was ich getan habe!*

Es war nur ein Moment, dann verebbte dieser Übermut, und sie kehrte auf den Boden der Tatsachen zurück, um sich den praktischen Problemen ihrer Situation zu stellen. Sie öffnete die Autotür, wich angesichts der Hitze und des Zigarettengestanks im Innern erst einmal zurück und fuhr den Wagen dann den Weg hinauf, um ihn auf der dem Land abgewandten Seite des Hauses zu parken.

Anschließend ging sie hinein, wusch sich die Hände, spritzte sich kaltes Wasser ins Gesicht und schenkte sich ein Glas Wasser ein. Sie überlegte, welche Optionen sie nun hatte. Das Vernünftigste war, im Haus zu warten, bis es dunkel war, um nicht gesehen zu werden. Doch sie verspürte plötzlich die irrationale Angst, dass er weg sein würde, wenn sie das nächste Mal den Hügel hinaufsah, oder dass er mit eingedrücktem Schädel und seinem schrecklichen Grinsen im Gesicht am Fenster stehen würde, wenn sie das nächste Mal aufblickte.

Also ging sie wieder hinauf und setzte sich neben ihn, wo sie ihn im Auge behalten konnte. Wo sie zuschauen konnte, wie die Wolken rosa und orange und rot wurden, bis schließlich alle Farben der Abenddämmerung versiegten, wie Julians Blut, und bis der Himmel so kalt war wie seine Haut. In dieser blauen Stunde, in der die Nacht langsam näher rückte und der Himmel sich allmählich mit Sternen zu füllen begann, weinte Grace ein wenig, aus Furcht vor dem, was sie getan hatte und was sie noch tun musste.

Doch sobald es richtig dunkel war, streifte sie ihr Selbstmitleid ab und machte sich an die Arbeit. Ihr Plan war, ihn den Weg hinunterzuschleifen und über den Hang zur Südseite der Insel, zum Felsvorsprung. Von dort ging es steil ins Meer hinab. Wenn sie ihn fanden – *falls* sie ihn fanden –, würde es unmöglich sein festzustellen, ob die Kopfverletzung von einem Schlag oder von einem Sturz herrührte oder davon, dass die Brandung ihn gegen die Felsen geschleudert hatte.

Doch kaum, dass sie seine Handgelenke gepackt und angefangen hatte, ihn über den Boden zu ziehen, wurde ihr klar, dass sie ihn niemals bis zu dem Felsvorsprung bekommen würde. Auch wenn sie die ganze Nacht und den ganzen nächsten Tag und vielleicht auch noch den Tag danach Zeit hätte. Er war größer als ein Meter achtzig, und er war nicht dünn. Nach zwanzig oder dreißig Minuten war sie bereits schweißgebadet, dabei hatte sie ihn nur wenige Meter bewegt – und noch dazu *bergab*. Sie ließ seine Handgelenke los, sank schwerfällig neben ihm zu Boden und schrie laut vor Schmerz, als sie auf etwas Hartem landete.

Die Klärgrube.

Sie brauchte eine Weile, um den Deckel zu öffnen. Mehrere verzweifelte Minuten lang dachte sie, sie könne ihn überhaupt nicht vom Fleck bewegen. Immerhin handelte es sich um eine Betonscheibe von fünfzig Zentimetern Seitenlänge. Aber nachdem sie sich minutenlang fluchend abgemüht hatte, nachdem sie würgend den üblen Gestank des Grubeninhalts eingeatmet und ein Stemmeisen unter den Deckel geklemmt hatte, um ihn damit aufzuhebeln, gelang es ihr irgendwann, ihn senkrecht aufzustellen und gegen einen Stein zu lehnen. Als Nächstes stieg sie unter dem mondlosen Himmel wieder den Hügel hinauf, sammelte einen großen Stein vom Wegesrand auf, brachte ihn zur Klärgrube und schob ihn unter Julians Hosenbund, um ihn zu beschweren. Mit unbestreitbarer Lust ließ sie ihn schließlich mit dem Kopf voran in die stinkende, widerliche Jauche hinab.

Als sie den Deckel wieder an seinen Platz rückte, klemmte sie sich den Zeigefinger ein. Schreiend vor Schmerz zog sie ihn heraus und kam unsicher auf die Füße. Ihr schossen Tränen in die Augen, und sie verspürte eine überwältigende Wut, wie sie nur Schmerz und Stress auslösen können. Ihr Gefühl sagte ihr, dass nicht *sie* diejenige sein sollte, die litt. Vanessa war schuld, und zwar an allem. Wenn sie ihn nicht auf ihre Insel gelassen hätte, in ihr gemeinsames Zuhause und in ihr Bett, wenn sie sich nicht mit ihm gegen sie verschworen und ihm versprochen hätte, mit ihm wegzugehen, wäre nichts von all dem hier passiert.

Blind vor Zorn rannte sie zum Atelier hoch, stieß den Tisch um und ließ alle darauf verbliebenen Keramiken auf dem Boden zerschellen. Dann nahm sie eine Porzellanscherbe und zog sie durch die nächstgelegenen Gemälde, durch *North*, durch *Eris Rock*, durch *Winter.* In wilder Raserei schlitzte und riss sie sämtliche Leinwände auf und hielt erst inne, als sie mit ihrem eigenen feierlichen Blick konfrontiert wurde, mit *Totem*.

43

Becker spürt den Wind in seinem Rücken, und er hört beängstigend deutlich, wie die Wellen unten am Fuß des Kliffs gegen die Felsen krachen. »Wie meinen Sie das, er ist nicht im Wald?«, fragt er Grace. »Wollen Sie damit sagen, Sie wissen, wo Julians Leiche ist?« Ihm ist, als würde Eris Rock sich neigen, als wäre der Felsen im Begriff, sie beide ins Meer zu kippen. Er macht einen Schritt zur Seite, aber Grace tut dasselbe; sie greift flehentlich nach ihm. Er verlagert sein Gewicht wieder nach hinten, Adrenalin schießt durch seinen Körper. Er hat das Gefühl, gefährlich nah an der Felskante zu stehen, und seine Beine beginnen zu zittern. Dann erfasst ihn ein Windstoß und bringt ihn aus dem Gleichgewicht, aber Grace stürzt nach vorn, packt seine Arme und zieht ihn zu sich hin, in eine unbeholfene Umarmung. Er lehnt sich unwillkürlich gegen sie, von der Gefahr weg. »Notwehr«, sagt sie, und er spürt ihren heißen Atem an seinem Hals. »Es war Notwehr.«

Während sie seine Arme weiter festhält, erzählt sie ihm, dass Vanessa aus Glasgow zurückgekommen und Julian doch noch auf der Insel gewesen sei. Er sei zwar abgereist, wie Grace es bei der Polizei angegeben habe, dann aber zurückgekehrt, irgendwie sei es um eine Brieftasche gegangen. Vanessa und Julian hätten sich gestritten, oben im Atelier, und er habe die Beherrschung verloren. Die Auseinandersetzung sei handfest geworden, er habe angefangen, Sachen kaputt zu machen. »Sie hat bloß versucht, ihn daran zu hindern«, sagt Grace. »Es war nicht ihre Schuld …«

Die Geschichte stimmt so nicht, denkt Becker, sie klingt nicht, als wäre sie wahr. Tatsächlich kann er kaum verarbeiten, was sie sagt, denn sein einziger Gedanke ist, dass er hier wegwill, von dem Kliff und von *ihr*. Er reißt seine Arme los, legt seine Hände auf ihre Schultern und stößt sie kräftig weg. Sie stolpert mit vor Schreck offen stehendem Mund ein Stück nach hinten. »Was machen Sie denn?«, fragt sie atemlos. Er ist erleichtert, als es ihm endlich gelingt, an ihrer massigen Gestalt vorbei auf sicheres Terrain zu gelangen. »Sie müssen sich das anhören«, sagt Grace scharf, »bevor Sie zurück zur Stiftung rennen, bevor Sie ein Urteil über uns fällen. Sie müssen das verstehen … Sie war fast katatonisch, als ich sie fand. Blutüberströmt und komplett außer sich. Sie hat nicht zugelassen, dass ich die Polizei rufe. Ich musste alles aufräumen. Ich musste ihr Chaos beseitigen.«

Einiges von dem, was sie sagt, klingt wahr, anderes gelogen, aber Becker hat Probleme, zu erkennen, was wahr und was falsch ist. Er zögert oben auf dem Weg, er fühlt sich erschöpft und beraubt: Mit jeder neuen Enthüllung entgleitet Vanessa ihm ein Stück mehr, wird zu etwas anderem, einer gewalttätigen, destruktiven Figur.

»Wie«, fragt er und dreht sich wieder zu Grace um, »wie hat sie ihn …«

»Ich musste bis in die frühen Morgenstunden warten«, unterbricht Grace ihn. »Erst dann konnte ich seinen Wagen über den Damm bringen. Der Himmel war mondlos, und ich wollte das Licht nicht anschalten … Ich hatte panische Angst, vom Weg abzukommen und mich im Sand festzufahren.« Sie schaut zu ihm hoch, wirkt jetzt geradezu angeregt, wie ein Kind, das eine Gruselgeschichte erzählt. »Ich hab mein Rad in den Kofferraum seines Wagens geladen und bin nach Norden gefahren. Ungefähr zehn Kilometer von hier gibt es einen Steinbruch. Der See dort ist unglaublich tief, sehr gefährlich, man hört alle möglichen Geschichten, über Kinder, die da reinfallen, über Selbstmorde. An dem Tor zu dem Gelände war ein Vorhängeschloss angebracht, aber das hatte ich erwartet und deshalb einen Bolzenschneider aus dem Lagerraum mitgenommen. Ich bin von der Straße abgefahren und eine Böschung auf der Nordseite des Sees hoch … Es war nicht schwer, ich musste den Wagen nur anschieben, ihn ins Rollen bringen …« Sie blinzelt langsam. »Auf der Rückfahrt mit dem Rad hatte ich große Angst. Ich wollte das Licht nicht anschalten, weil ich keine Aufmerksamkeit auf mich lenken wollte … Auf den Straßen hier ist es totenstill, vor allem nachts, aber trotzdem … ein Lieferwagen, ein zu schnell fahrendes Auto hätte gereicht … Irgendwann hatte ich es geschafft, aber es wurde schon langsam hell, als ich über den Damm zurückfuhr.« Sie lehnt sich in seine Richtung. »Als die Polizei kam und Fragen stellte, hatte ich ein Alibi«, sagt sie beinahe flüsternd. »Marguerite. Französische Zwiebelsuppe mit Marguerite! Ich wusste, dass sie's verstehen würde, wenn ich ihr erzähle, wie er war – dass er ein schlechter Mensch war, wie ihr Mann, wie Stuart. Ich wusste, dass sie mich nicht verraten würde.«

Becker legt die Arme um seinen Oberkörper; der auffrischende Wind und auch ihre Geschichte lassen ihn frösteln. »Er ist in dem Steinbruch?«, fragt er. »Wollen Sie mir das sagen? Dass Julians Leiche in dem See am Steinbruch liegt?«

»Ach was, nein«, sagt Grace kopfschüttelnd und schaut ihn missbilligend an, als wäre er ein Idiot, als hätte er ihr nicht gut genug zugehört. »Ich hätte ihn nicht bis zum Auto runtergekriegt, nicht allein, er war viel zu schwer.«

Becker atmet aus, ein kurzes Schnauben. »Also …?«

»Also hab ich ihn in die Klärgrube geworfen.«

Es wird immer schlimmer. Vanessas Idyll, ihre Zuflucht, dieser geheiligte Ort – er ist alles andere als das. Er ist ein Ort des Unglücks, des Schreckens.

»Sie …« Becker klappert mit den Zähnen. »Sie …« Er bricht ab, er kann sich nicht überwinden, es zu wiederholen. *Herrgott noch mal.* »Und Vanessa? Wo war Vanessa, als das passierte?«

Sie ignoriert erneut seine Frage. »Sie dürfen es niemandem sagen«, drängt sie und greift nach seinem Unterarm. »Bitte, versprechen Sie mir, dass Sie es niemandem sagen.«

Er starrt sie mit offenem Mund an. »In Ordnung«, erwidert er schließlich, denn was sollte er auch sonst tun? »Versprochen.«

Grace betrachtet ihn forschend; er glaubt nicht eine Sekunde lang, dass er sie überzeugt hat, doch sie nickt. »Danke«, sagt sie und geht an ihm vorbei. »Es ist kalt, finden Sie nicht?« Sie stützt sich mit den Händen ab und klettert vorsichtig die steilste Partie des Weges herunter. »Ich glaube, wir sollten jetzt zurückgehen.«

Becker bleibt noch eine Weile oben am Weg sitzen und wartet, während Grace hinunterkraxelt. Er beobachtet, wie sie auf den Wald zugeht – den Rücken gerade, den Kopf hoch erhoben –, als wäre gerade nichts Schreckliches geschehen, als wäre dieses Erdbeben nicht passiert. Er steckt die Hände tief in seine Jackentaschen und fährt mit dem Daumen über die Klinge von Vanessas Schnitzmesser.

Was soll er tun? Wenn er das, was Grace ihm gerade erzählt hat, an die Polizei weitergibt, wird sie Ermittler schicken und Kriminaltechniker, die die Klärgrube entleeren. Grace wird vermutlich wegen Beihilfe angeklagt und möglicherweise auch wegen anderer Straftaten. Und Vanessa wird zu einer Mörderin werden, als Mörderin in die Geschichte eingehen.

Und wenn er es nicht an die Polizei weitergibt? Was dann?

Er ruft noch einmal bei Helena an, aber sie geht nicht dran. Wahrscheinlich hat sie den Ton abgestellt und sich wieder schlafen gelegt. Er hinterlässt ihr eine Nachricht. »Ich fahre bald los«, sagt er und schaut auf die Uhr. »Ich denke mal … am späten Nachmittag müsste ich zurück sein. Also bis dann. Ich liebe dich.«

Er klettert rasch nach unten und folgt dem Weg, den Grace genommen hat, der direktesten Route zurück zum Haus, durch den Wald. Den Wald, in dem Vanessa den sauber abgenagten Knochen gefunden hat.

Wenn das im Wald nicht Julians Leiche ist, wer ist es dann?

Wer ist der Mann im Wald?

44

Grace' Beine sind bleischwer, als sie vom Kliff herabsteigt. Sobald sie wieder sicheren Boden unter den Füßen hat, bemüht sie sich, sich gerade zu halten, dann wird sie schneller und hastet den Weg entlang, bis sie dankbar vom Sonnenschein in den Schatten tritt.

Sie hat auf Risiko gespielt, und sie hat verloren.

Während sie zwischen den Bäumen hindurchgeht, spürt sie den Puls an ihrem Hals. Ihr Blut fließt so gefährlich dicht unter der Haut; so verletzlich, denkt sie. Absurd, wie verletzlich wir sind, wie schlecht wir für eine Welt gerüstet sind, die so gefährlich ist wie diese. Wir sollten wie Wölfe sein, wir sollten uns in den Schatten verbergen, meilenweit rennen, unsere Beute mit den Zähnen reißen können.

Wir sollten im Dunkeln sehen können.

Als sie sich umdreht, sieht sie, dass Becker nicht hinter ihr ist. Vielleicht hat er den längeren Weg um den Wald herum genommen. Vielleicht ist er auch noch auf dem Kliff? Und ruft jemanden an? Sie hat gehofft, seine Verehrung für Vanessa wäre für ihn Grund genug, Stillschweigen zu bewahren, aber sie fürchtet, sein Pflichtgefühl wird siegen. Er ist schließlich ein Guter.

Sie ist immer noch ein wenig kraftlos, ihre Beine zittern nach dem vielen Klettern. Sie muss sich ausruhen. Sie verlässt den Weg, kauert sich an einen Baumstamm und erlaubt ihrem Kopf eine Pause. Sie atmet den erdigen grünen Geruch von Laubkompost ein, lauscht dem leisen Knarzen der alten Kiefern im Wind, dem

Vogelgesang und dem schnellen, hektischen Rascheln winziger Tiere im Unterholz.

Hier gibt es Leben, mehr Leben als irgendwo sonst in diesem Wald. Das hier ist die Stelle, wo die Bäume mitsamt ihren Wurzeln aus dem Boden gerissen wurden, wo ihre Stämme nun verrotten und die Erde mit Nährstoffen versorgen. Das ist die Stelle, an der Licht einfällt. Grace kennt sie besser als jede andere im Wald, denn hier kommt sie immer wieder her, wenn sie all die Dinge zu begreifen versucht, die sie verwirren, wenn sie sich selbst zu begreifen versucht.

In diesem Moment wäre es ihr sehr recht, wenn die kalte schwarze Erde sich auftun und sie verschlingen würde. Wie leicht es war, Vanessa die Schuld an allem in die Schuhe zu schieben! Sie hätte nie gedacht, dass sie so illoyal sein könnte, doch die Art, wie Becker sie angesehen hat, machte es ihr unmöglich, die Wahrheit zu sagen. Sie hat nicht die richtigen Worte gefunden. Das musste sie auch noch nie, denn früher war das nicht nötig: Sie und Vanessa haben sich auch so verstanden.

Vanessa wusste, dass Grace für Julians Tod verantwortlich war, das ging aus ihrem Brief hervor. *Du weißt Dinge, die Du nicht wissen solltest,* hat sie geschrieben, und Grace hat eine Weile gebraucht, um zu verstehen, was sie meinte. Sie meinte *Marokko*, sie meinte *Venedig*. Wie konnte Grace von den Reiseplänen wissen? Sie wurden erst geschmiedet, nachdem Grace die Insel verlassen hatte, als Vanessa und Julian allein gewesen waren. Daraus folgte: Grace musste nach Vanessas Abreise nach Glasgow irgendwann mit Julian gesprochen haben. An sich kein eindeutiger Beweis, aber ausreichend, um Vanessa ins Grübeln zu bringen oder vielleicht einen bereits vorhandenen Verdacht zu bestätigen.

Dieses Wissen blieb während ihrer gesamten restlichen gemeinsamen Zeit eine unausgesprochene Tatsache zwischen ihnen. Doch als Vanessa *Love* malte, begriff Grace, dass sie ihr nicht böse war – oder ihr zumindest *nicht mehr* böse war. Als Grace das Bild sah, wusste sie, dass Vanessa ihr verziehen hatte, denn *Love* bewies: Vanessa verstand, dass eine Gewalttat auch ein Akt der Zuneigung sein kann.

Würde Becker das verstehen, wenn sie ihm erzählen würde, was wirklich geschehen war? Sie bezweifelt es. Ein Geständnis kann erlösend sein, doch Grace weiß, dass das Gefühl der Erleichterung nicht lange anhalten würde. Die Worte laut auszusprechen, ist das eine, aber dann muss man auch mit ihnen leben. Du verlässt das Haus als die eine und kehrst als eine andere zurück; du musst durch den Wald gehen und am Atelier vorbei, wo Julian starb, und über die Grube, wo seine Leiche verrottet ist, und du kannst nicht mehr die sein, die du vorher warst.

Sie hört das laute Knacken eines zerbrechenden Zweiges, und als sie sich umschaut, sieht sie ihn, er kommt langsam, aber stetig auf sie zu. »Wie ist es passiert?«, fragt er, sobald er bei ihr angekommen ist. »Wie ist Julian gestorben?«

Grace zögert. Eigentlich würde sie es ihm sehr gern erzählen, aber jetzt ist nicht der richtige Zeitpunkt, und so sehr sie sich auch bemüht, sich vorzustellen, wie Vanessa ihn getötet haben könnte, sie sieht es einfach nicht bildlich vor sich. »Darüber dürfen Sie nicht nachdenken«, sagt sie. »Es ist furchtbar, natürlich war es furchtbar, aber sie dürfen kein Mitleid mit Julian haben, er war kein guter Mensch, er war ganz anders als Sie.« Sie streckt die Hand aus, um sie auf seinen Arm zu legen, doch er zuckt übertrieben zurück. Ein Déjà-vu trifft sie wie ein Schlag in die Magengrube und raubt ihr den Atem.

Becker drängt sich an ihr vorbei. Er geht zügig weiter, durch den Wald, auf das Licht zu. Sein Wunsch, möglichst schnell möglichst viel Abstand zu ihr zu gewinnen, ist fast mit Händen zu greifen. Eine Welle der Enttäuschung, so mächtig wie Trauer, bricht über ihr zusammen. Ihr Kopf macht nicht länger Pause, sie sieht genau vor sich, was sie zu tun hat.

Grace hat auf Risiko gespielt, und Becker hat verloren.

45

Wo zum Teufel ist sein Autoschlüssel? Die Gezeiten wechseln, das Wasser weicht zurück, und innerhalb der nächsten halben Stunde kann er über den Damm fahren. *Könnte* er über den Damm fahren, wenn er seinen Autoschlüssel finden würde. Er hat schon in der Küche und im Wohnzimmer gesucht, jetzt schaut er gerade zum dritten Mal hinter den Gemälden in Vanessas Zimmer nach.

Die Haustür fällt ins Schloss. Grace ist zurück.

Hat er den Schlüssel nicht auf den Küchentisch geworfen, als sie ins Haus kamen und das seltsame Geräusch hörten? Könnte sie ihn weggeräumt haben? Sein Blick fällt auf den Nachttisch, und er will gerade die Schublade aufziehen, als Grace in der Tür erscheint.

»Da ist er nicht«, sagt sie entschieden. »Kann es sein, dass Sie ihn am Strand verloren haben?«

Ohne Grace aus den Augen zu lassen, reißt Becker die Schublade auf. Sie ist leer. Grace hält seinem Blick stand und wendet sich dann ab; er hört, wie sie zurück in die Küche stapft. *Herrgott noch mal!* Er setzt sich schwer auf Vanessas Bett und stützt den Kopf in die Hände. Vielleicht hat er ihn wirklich am Strand verloren? Falls ja, ist er inzwischen bestimmt auf halbem Weg nach Nordirland. Becker wird über den Damm laufen und von drüben jemanden anrufen müssen. Vielleicht kann Sebastian einen Mitarbeiter mit seinem Ersatzschlüssel herschicken?

Er erhebt sich mühsam wieder, geht in die Hocke und schaut noch einmal unter dem Bett nach. Kein Schlüssel. Definitiv kein Schlüssel, aber unter dem Nachttisch steht, bis an die Fußleiste zurückgeschoben, der WLAN-Router, und daran leuchtet kein Licht. Er ist gar nicht an den Strom angeschlossen.

Jemand hat den Stecker gezogen.

Ihm wird ganz anders. Er krabbelt auf allen vieren dichter heran, steckt den Stecker wieder in die Dose und beobachtet das flackernde Licht an dem Gerät.

»Haben Sie ihn gefunden?«

Er richtet sich schnell wieder auf und eilt aus dem Zimmer, im Flur stößt er fast mit Grace zusammen. »Und?«

»Nein«, sagt er. »Wahrscheinlich haben Sie recht. Ich muss ihn am Strand verloren haben.«

Sie nickt. »Ich mache uns einen Tee«, sagt sie und wendet sich wieder der Küche zu. »Dann können wir ihn dort suchen gehen.«

Sein Herz schlägt hart gegen seine Rippen, und er wartet einen Augenblick lang, bevor er ihr folgt. »Ich glaube nicht, dass das was bringt«, sagt er. »Nicht nach diesem Sturm.« Grace steht mit dem Rücken zu ihm und lässt Wasser in den Kessel laufen. »Für mich keinen Tee«, sagt er kurz angebunden. Sie dreht sich zu ihm um und schaut ihn an, sie wirkt beinahe gekränkt. »Ich gehe zu Fuß rüber und rufe bei der Stiftung an«, sagt er. »Die schicken dann jemanden mit dem Zweitschlüssel her.« Grace nickt wieder. Sie nimmt zwei Gläser aus dem Schrank und füllt sie mit Wasser aus dem Hahn. Nachdem sie einen Schluck aus dem einen Glas getrunken hat, reicht sie ihm das andere. Das Wasser schmeckt wieder brackig. Brackig und bitter.

Beckers Handy vibriert leise in der Innentasche seiner Jacke, und er gestattet sich ein kleines Siegerlächeln, als er zur Tür geht. Zwischen Grace' Augenbrauen bildet sich eine tiefe Falte.

»Sie wollen doch nicht jetzt gleich gehen, oder?«, sagt sie. »In der Mitte des Damms steht noch Wasser, da werden Sie ja ganz nass.«

Er wendet ihr den Rücken zu. »In Ordnung«, sagt er. »Ich gehe eine rauchen.«

Vor der Tür zieht er eine der Zigaretten heraus, die er sich am Vorabend gedreht hat, und zündet sie an, während er zu der Bank hochläuft, auf der er am Morgen schon saß. Als er auf sein Handy schaut, um zu überprüfen, ob er hier draußen noch WLAN hat, sieht er, dass Sebastian geschrieben hat: *RUF MICH AN.*

Sebastian hebt schon nach dem ersten Klingeln ab. »Es ist nicht Julian Chapman.«

»Okay«, sagt Becker. Sein Herz schlägt merkwürdig schnell; ihm ist schwindlig, wie schon auf dem Kliff. Er lässt seine kaum gerauchte Zigarette fallen und tritt sie mit dem Stiefel aus.

»Du klingst ja nicht sehr überrascht«, sagt Sebastian.

Becker zögert, er ist verwirrt. Sie hat also die Wahrheit gesagt. »Ich … doch, ich *bin* überrascht.« Grace hat die Wahrheit gesagt. »Ich vermute mal, das sind gute Neuigkeiten«, sagt er.

»Ja«, sagt Sebastian, doch er klingt enttäuscht, seine Hoffnungen auf Titelstorys über das Museum sind damit zunichte gemacht. »Aber es gab einen Treffer in der DNA-Datenbank. Es ist irgendein Typ, der in den Neunzigerjahren verschwunden ist. Er hatte psychische Probleme, Drogenprobleme, und wurde zuletzt im Lake District gesehen.« Es entsteht eine Pause. »Hat sich Vanessa je längere Zeit im Lake District aufgehalten?«

»Ich … Nein, nicht dass ich wüsste«, sagt Becker. Er hört ein Geräusch, dreht sich um und sieht, dass Grace aus dem Haus kommt. Sie hält etwas in der Hand. Als sie ihn sieht, bleibt sie stehen und hebt die andere Hand, um ihre Augen vor der Sonne abzuschirmen. Er kann ihren Gesichtsausdruck nicht erkennen, aber er bekommt Angst, und ihm wird eiskalt. »Geht es Emmeline gut, Seb? Wird sie wieder gesund?«

»Ja, ich glaub schon. Ihr Zustand ist auf jeden Fall stabil. Danke, dass du fragst. Wenn du zurück bist, kann ich dir alles genauer erzählen, aber diese Knochen-Geschichte hat zur Folge, dass wir *Division II* nicht mehr ausstellen können. Nicht bevor wir mit den Rileys gesprochen haben, aber ich kann mir nicht vorstellen, dass sie uns ihre Einwilligung geben.«

Becker macht ein paar Schritte auf die Bank zu; er möchte sich setzen, weil er sich ziemlich unwohl fühlt. »Bitte, wer? Mit wem müssen wir sprechen?«

»Mit der Familie«, sagt Sebastian. »Mit den Rileys. Der Mann, der verschwunden ist, der Typ, dessen Rippe in der Skulptur gelandet ist. Er hieß Nicholas Riley.«

Becker kotzt auf seine Schuhe.

46

Carrachan, 1993

Grace war in der Praxis in Carrachan – es war ein stressiger Tag gewesen, denn es hatte einen plötzlichen Kälteeinbruch gegeben, und die Grippesaison hatte begonnen. Gerade als sie am Ende der zermürbenden Schicht den Computer herunterfuhr und sich zum Gehen fertig machte, streckte die Arzthelferin den Kopf zur Tür herein. »Dr. Haswell, da ist ein junger Mann im Wartezimmer, der sagt, dass er Sie kennt. Er behauptet, nicht krank zu sein, aber wenn Sie mich fragen, allzu gesund sieht er auch nicht aus. Nick, aus London.« Sie sprach den Namen der Stadt aus, als wäre es eine besonders ansteckende Geschlechtskrankheit.

Auf dem Weg von ihrem Dienstzimmer in den Wartebereich fragte Grace sich, ob es vielleicht noch einen Nick aus London gab, denn es konnte ja nicht *ihr* Nick sein, oder doch? Wie konnte er hier sein?

Und doch saß er auf einem der knallgelben Kunststoffstühle an der Wand. Er blickte hoch, aber sie konnte ihm nicht in die Augen sehen; stattdessen schaute sie auf ihre Füße. Sie war knallrot geworden und fühlte sich, als könnte sie umfallen, wenn sie noch einen Schritt weiterging.

Als sie endlich den Blick hob, war er aufgestanden und streckte die Arme aus. »Hallo, Grace.«

Er sah wirklich krank aus. Er war dürr und bleich und sein

hübsches Gesicht mit Pickeln übersät, aber es war auch immer noch viel von dem Nick übrig, den sie ein Jahrzehnt zuvor gekannt hatte: Das Funkeln in seinen sanften haselnussbraunen Augen, das tiefe Grübchen links neben seinem Mund. Sie umarmte ihn nicht, aber sie lächelte, und sein eigenes Grinsen wurde breiter, als er es sah, und sie verspürte … nein, keine *Euphorie*, denn das wäre zu unkompliziert gewesen, zu unschuldig. Sie verspürte Stolz, das Fehlen von Scham.

So fühlt sich also das Ende von Einsamkeit an, dachte sie. Es fühlte sich an wie das Ende der Feindseligkeiten, der Kämpfe mit der Welt und mit sich selbst. Es fühlte sich an wie der Beginn einer Möglichkeit. Die harten Ränder ihrer Welt weichten auf, die Grenze, die sie von allen anderen trennte, bröckelte.

Nick blieb. Er schlief auf ihrer Couch. Die Decke bis zum Kinn hochgezogen lag er dort, wenn sie zur Arbeit ging und wenn sie wiederkam. Vor die Tür wagte er sich selten. Ihm war kalt, immer, und ihm wurde auch nicht wärmer, wenn er ihre Heizung den ganzen Tag voll aufdrehte. Sie kochte ihm Suppe, überredete ihn, zu essen, sich zu waschen und irgendwann auch: zu reden.

Es täte ihm leid, sagte er, dass er einfach so aufgetaucht sei, er verdiene ihre Freundlichkeit nicht. Er habe eine schwere Zeit durchgemacht. Er und Audrey hätten sich in Schwierigkeiten gebracht – mit Drogen und dann auch finanziell. Er könne sonst nirgends hin.

»Wo ist Audrey denn jetzt?«, fragte Grace. »Weißt du das?«

Er schüttelte den Kopf. Sie hatten eine Zeit lang bei Audreys Schwester in Manchester gewohnt, aber die beiden stritten sich ständig, und irgendwann hatte die Schwester sie vor die Tür gesetzt. Nick schlief bei Freunden auf dem Sofa, bis auch sie ihn leid waren. Als Audrey einen Job in einem Pub in Kendal fand, im

Lake District, folgte er ihr dorthin, aber in der Zwischenzeit war noch jemand auf den Plan getreten, ein anderer Mann, sodass auch das nicht funktionierte.

»Wahrscheinlich ist sie wieder in Manchester. Aber …« Er seufzte schwer. »Ich glaube, die ist jetzt tabu für mich. Ich hab nur ein bisschen rumprobiert mit den Drogen, aber Audrey hat sich *voll* drauf eingelassen. Ich liebe sie«, sagte er traurig, »aber am Ende war mir klar, dass ich mich entscheiden musste. Ich konnte entweder mit ihr zusammen sein oder clean werden, und ich hab mich fürs Cleanwerden entschieden.«

»Du warst schon immer schlau«, sagte Grace.

Er schüttelte den Kopf und schaute von seinem Nest auf der Couch zu ihr hoch. Es tue ihm total leid, dass sie sie damals so Knall auf Fall verlassen hätten, sagte er. Das sei unfair gewesen. Und grausam. Er hätte das eigentlich nicht gewollt, nichts davon. Audrey hätte gehen wollen, und er wäre ihr einfach gefolgt.

»Das ist lange her«, sagte Grace, obwohl der Schmerz, wenn sie daran dachte, noch genauso frisch war, als wäre es gestern passiert. »Schwamm drüber«, log sie lächelnd. »Längst vergessen.«

Sie sagte ihm, er könne so lange bleiben, wie er wolle. Es würde genau wie früher sein.

Nick lachte. Sicher. Träum weiter.

Nicks Anwesenheit weckte in Grace eine alte Sehnsucht, aber sie war sich nicht sicher, wonach genau. Nach Freundschaft, gewiss, aber noch mehr wollte sie Aufmerksamkeit, sie wollte *Trost*. Sie musste dauernd an die Reise nach St. Malo denken, während der sie einmal beobachtet hatte, wie Nick Audrey nach dem Schwimmen die Knoten aus ihren langen Haaren gekämmt hatte. Etwas in der Art wollte sie, aber sie wusste nicht, wie sie darum bitten sollte; allein der Gedanke, darum zu bitten, ließ sie am ganzen Körper erschaudern.

Also kümmerte sie sich stattdessen um ihn. Sie arbeitete und kochte, und sie redete ihm gut zu. Nick bewegte sich kaum einmal von der Couch weg. Sie bemerkte schon früh, dass Geld, das sie herumliegen ließ, später verschwunden war; sie registrierte auch, dass ihr ledernes Schmuckkästchen mit der alten, von der Großmutter geerbten Perlenkette irgendwann plötzlich weg war. Aber trotzdem nahm er keine Drogen, da war sie sicher. Das würde sie merken. Bestimmt würde sie das merken, oder?

Allerdings war er offensichtlich depressiv. Er musste dringend öfter aus dem Haus. Damals wohnte Grace noch in Carrachan, in dem hässlichen kleinen Haus mit Blick auf eine Destillerie, wo es dauernd nach Hefe und Essig stank. Nick brauchte Licht. Er brauchte frische Luft und Bewegung.

»Wenn sich das Wetter hält, können wir am Wochenende mal nach Eris rausfahren«, sagte Grace eines Tages zu ihm. »Das ist eine Gezeiteninsel etwas weiter südlich, und es ist wunderschön dort. Wir könnten den Bus nehmen und dann eine kleine Wanderung machen. Früher hast du so was geliebt. Das wird wie damals in Frankeich, weißt du noch? Genau wie früher.«

Das Wetter hielt sich nicht. Am Mittwoch sagte das Met Office Starkregen und Winde mit einer Geschwindigkeit von hundertvierzig Stundenkilometern voraus, die Alarmstufe Gelb wurde ausgerufen. Und als das Unwetter dann am Freitag in den frühen Morgenstunden losbrach, war es noch schlimmer als befürchtet. Es stürmte so heftig, dass Grace Angst hatte, das gesamte Dach könnte wegfliegen. Der Zugverkehr wurde eingestellt, Straßen wurden gesperrt. Hunderte von Bäumen entlang der Küste stürzten um.

Aber am Sonntag schien die Sonne. Es wurde immer noch empfohlen, nicht notwendige Reisen zu verschieben, doch Grace wollte Nick so dringend von der Couch und aus dem Haus bekommen, dass sie ihre Jacken anzogen und den Bus nach Eris nahmen.

Als sie über den Parkplatz am Hafen gingen, saß auf einer der Bänke jemand und weinte herzzerreißend. Die Person war so zierlich, dass sie sie zunächst für ein Kind hielten, das sich verlaufen hatte. Doch als die beiden näher kamen und sie den Kopf hob, sahen sie, dass es eine Frau war, eine schöne Frau mit lauter Blutergüssen im Gesicht. Fauchend stieß sie ein Wort aus, das wie ein Fluch klang.

»Das ist ja wie in einem Horrorfilm hier draußen«, grummelte Nick. Er trug einen roten Schal und eine farblich darauf abgestimmte Mütze, ein Ensemble, das er von Grace ausgeborgt hatte und das auch ihm etwas Kindliches verlieh.

Es war kalt, es wehte ein lebhafter Wind, und eine halbe Stunde nach dem Niedrigwasser herrschte ein stärkerer Seegang als gewöhnlich. Eris Island lag verlassen da – niemand sonst war so dumm, jetzt hinüberzugehen – und sah wunderschön aus. Die Welt war blitzblank, das Meer ungestüm, das Farnkraut golden und voller funkelnder Regentropfen.

Sie folgten dem Weg an dem leer stehenden Farmhaus vorbei, schleppten sich den Hügel hoch und liefen außen um den Wald herum. »Im Wald könnte es gefährlich sein«, sagte Grace. »Nach dem Sturm gibt es bestimmt Bäume, die kurz vor dem Umfallen sind.«

Nick war still, aber fügsam. Da er in seiner zu dünnen Jacke fror, zog er die Ärmel über die Hände und den Kopf wie eine Schildkröte tief in den Kragen. »Wem gehört denn das Haus?«, fragte er, als sie einen Moment verschnauften und hinunter in Richtung Festland blickten. Wenn sie ausatmeten, bildeten sich kleine Wölkchen in der Luft.

»Darüber wird wohl gerade gestritten«, sagte Grace. »Zumindest hat die Arzthelferin es mir so erzählt. Der Besitzer ist vor ein paar Jahren gestorben, ohne ein Testament zu hinterlassen, und seine Kinder können sich nicht einigen, was damit passieren soll. Und währenddessen verfällt das Haus langsam, aber sicher.«

»Wie viel sie wohl dafür verlangen würden?«, sagte Nick und vergrub die Hände tief in seinen Jackentaschen. »Das wäre ein ziemlich guter Ort, um in Ruhe abzuhängen.«

»Ist es das, was du hier machst?«, fragte Grace.

Nick zuckte die Achseln. »Eher was, was ich gern tun würde … Einfach … irgendwo in Ruhe abhängen und mein Leben in Ordnung bringen. Und warum nicht an so einem Ort?« Er lächelte sie an, und Grace' Herz machte einen kleinen Satz.

Oben auf dem Kliff angekommen, ließen sie die Beine über der Kante baumeln und aßen ihre Sandwiches, während die Möwen gegen den Wind ankämpften und das Meer sich gegen die Felswand warf. Als sie aufgegessen hatten, stand Nick vorsichtig auf, reichte Grace seine Hand und zog sie hoch.

»Das war ein schöner Tag«, sagte er und hielt ihre Hand weiter fest. »Danke.«

Es war wirklich ein schöner Tag gewesen, doch sie waren zu lange geblieben. Als sie den Abstieg begannen, nahm der Himmel bereits langsam das Tintenblau der Nacht an, und sie wählten aus Zeitgründen die direkteste Route durch den Wald. Grace schaute zwischendurch immer wieder nervös auf die Uhr und verfluchte sich leise. Verdammte Idiotin.

»Könntest du mich morgen zum Bahnhof bringen?«, fragte Nick, während sie an einer Stelle, wo ein Baum umgestürzt war, um ein tiefes Loch im Erdreich herumgingen.

Grace blieb abrupt stehen. »Zum Bahnhof?«

»Ja«, sagte Nick. »Das heißt, natürlich nur, wenn die Züge wieder fahren. Ich muss runter nach Manchester. Ich dachte mir …«

Er machte eine Pause. Es war fast dunkel im Wald, aber selbst bei den schlechten Lichtverhältnissen konnte Grace erkennen, dass er nicht mehr sie ansah, sondern sich auf einen Punkt hinter ihr fokussierte. »Ich will versuchen, Audrey zu finden … Ich möchte, dass wir's noch ein letztes Mal miteinander versuchen. Und ich brauch Geld, ich muss mir einen Job suchen.«

»Aber …« Grace merkte, dass sie plötzlich sehr schnell atmete; sie grub ihre Fingernägel in ihre Handflächen. »Was ist denn mit … dem, was du gesagt hast? Dass du dich entschieden hättest zwischen ihr und dem Cleanwerden? Was ist mit …«

»Ich bin ja jetzt clean«, sagte Nick. »Ich brauche mich nicht mehr zu entscheiden.«

»Und was ist mit all dem anderen, was du gesagt hast, übers Abhängen und über früher …«

»*Du* hast von früher geredet, Grace.« Nick klang verärgert. »Und ich meine, hier draußen abhängen? Das war doch nur Gerede, ein Tagtraum. Ich werd mir schließlich kein beschissenes Haus auf einer Insel leisten, oder? Ich hab ja kaum genug Geld, um mir was zu essen zu kaufen.« Er verrenkte sich den Hals, um noch weiter über sie hinwegzuschauen. »Wir sollten weitergehen. Nicht, dass wir am Ende hier feststecken.«

»Du könntest dir doch auch hier Arbeit suchen«, beharrte Grace.

Nick lachte hämisch. »Hier? Was zum Teufel soll ich denn *hier* anfangen?«

»Du könntest dir einen Job in einem Hotel besorgen«, schlug Grace kleinlaut vor. »Oder im Pub vielleicht?«

»Ich weiß ja, dass ich keinen Abschluss hab«, grummelte Nick und verdrehte die Augen, »aber ich hab trotzdem Medizin studiert. Ich glaub, ein bisschen was Besseres, als hinterm Tresen zu stehen, sollte schon drin sein.«

»Ja, natürlich, ich meinte ja nur, dass …« Sie brach ab. »Eigentlich brauchst du gar nicht zu arbeiten, jedenfalls nicht sofort. Ich werde eine Weile für uns sorgen. Wir wohnen zusammen und leisten uns gegenseitig Gesellschaft. Wie früher.«

»Ach, scheiße, Grace«, erwiderte Nick scharf. »Wir sind keine Studenten mehr. Es wird nicht mehr wie *früher.*« Er machte einen Schritt nach links, um an ihr vorbeizugehen, doch sie verstellte ihm den Weg, weshalb er sich nach rechts drehte und sie wegschob. Aber im Weitergehen trat er genau auf die Kante des Lochs, das die Baumwurzeln hinterlassen hatten, knickte um, schrie vor Schmerz auf und fiel in die Grube.

Wenn Grace nicht so aufgebracht gewesen wäre, hätte sie bei dem Anblick, wie er da lautstark fluchend im Matsch herumstrampelte, vielleicht gelacht.

»Alles in Ordnung?«, fragte sie, als er schließlich aufhörte zu schreien. »Ist es schlimm?«

»Ja, sehr schlimm«, knurrte er. »Hilf mir doch, verdammt noch mal, steh nicht einfach da rum, gib mir deine Hand.«

Er streckte die Hand nach ihr aus. Grace betrachtete sie und machte einen kleinen Schritt zurück.

»*Hilfst* du mir jetzt vielleicht mal?« Er versuchte, an der Seitenwand hochzuklettern, aber seine alten Turnschuhe fanden keinen Halt, und er rutschte immer wieder zurück in den Matsch. »Du bist mir wochenlang nicht von der Seite gewichen und hast mich behandelt wie ein Kind … nein, wie ein *Haustier*, wie irgendwas, das du *behalten* kannst … und jetzt, wo ich nicht hierbleiben will, um … *glückliche Familie* zu spielen oder was immer dir vorschwebt … Das hab ich ja noch nie kapiert bei dir. Was willst du eigentlich? Einen Freund? Einen Bruder? Willst du, dass ich dich ficke?«

Grace hielt sich die Ohren zu, sie ertrug es nicht, ihn so reden zu hören, aber er machte immer weiter und weiter. Während er sich langsam noch oben zog, beleidigte er Grace, ihr *grässliches* kleines Haus, diesen *gottverlassenen* Ort, ihr armseliges, einsames Leben. Und sie hielt es nicht mehr aus, sie wollte nur noch, dass es aufhörte, sie hätte alles getan, um ihn zum Schweigen zu bringen, und so hob sie, während er zu ihren Füßen kniete und sie angiftete, ihren Wanderstiefel und trat mit voller Wucht auf seine Hand. Sein Schmerzensschrei war wie Musik.

Vor Wut zitternd, richtete er sich auf. »Das war Körperverletzung«, zischte er. »Dürfen Ärzte rumlaufen und andere vorsätzlich verletzen? Oder bekommen sie dann Schwierigkeiten, was meinst du?« Er wiegte mit schmerzverzerrter Miene seine Hand, durch sein schmutziges Gesicht zogen sich Tränenspuren. »Dafür wirst du bezahlen, du hässliche Kuh, du wirst ...«

»Nein, bitte, bitte, sag das nicht – es tut mir *leid* ...« Sie war entsetzt über das, was geschehen war. Über seine Worte ebenso wie über ihre Tat. Mit offenem Mund und tränenfeuchten Augen streckte sie beschämt die Hände nach ihm aus.

Er wich angeekelt zurück.

Ohne dass Grace richtig verstand, was passierte, ohne dass sie es wollte, verwandelte sich ihre flehentliche Geste in etwas anderes. Ihre linke Hand gesellte sich zu ihrer erhobenen rechten, gemeinsam legten sie sich um seinen Hals, und dann presste sie ihre Daumen vorne in seinen Hals.

Grace war kleiner als Nick, aber er war schmächtig und verletzt, und sie hatte Hände wie ein Metzger.

47

Grace hilft Becker aufs Sofa. Er ist durcheinander und verlegen – er hat überall Erbrochenes auf seiner Kleidung. Sie hebt ihm vorsichtig die Arme über den Kopf, damit sie seinen Pullover und sein T-Shirt ausziehen und in die Waschmaschine stecken kann.

»Na bitte«, sagt sie, legt ihn wieder hin und schiebt ihm ein Kissen unter den Kopf. Sie rollt ihn auf die Seite und stopft ein paar Polster in seinen Rücken, für den Fall, dass es wieder passiert, dann breitet sie eine Decke über ihn.

»W-w-w …« Er zittert, seine Augen sind weit aufgerissen, und das Weiße darin leuchtet in dem fensterlosen Raum.

»Ich hole Ihnen ein Glas Wasser«, sagt sie.

Während sie an der Spüle steht und das Wasser laufen lässt, damit es richtig kalt wird, sieht sie ihr Spiegelbild im Fenster und zuckt zusammen.

Grace sieht sich selbst auf viele verschiedene Arten. Wie jeder andere auch könnte sie sich selbst mit einer beliebigen Anzahl von Adjektiven beschreiben: gewissenhaft, fleißig, loyal, zurückhaltend, einsam, unglücklich, gut. Sie ist eine Ärztin, eine Freundin, eine Pflegerin. Sie ist eine Mörderin. Sie spricht das Wort leise aus, testet es. Es klingt absurd, melodramatisch. Beschützerin, denkt sie. Mörderin aus Barmherzigkeit. Aber wenn man dreimal gemordet hat, macht einen das zum Serienmörder, hat sie mal gehört. Sie möchte fast lachen. Es ist albern, fast so, als würde man sich als Einhorn bezeichnen. Eins, zwei, drei – dabei.

Sie nimmt eine Rührschüssel und trägt sie mit dem Wasserglas ins Wohnzimmer. Genau in dem Moment fängt Becker wieder an zu würgen. Sie kniet sich hin und stellt die Rührschüssel vor ihn auf den Boden.

»Keine Sorge, das ist normal«, sagt sie. »Übelkeit ist eine häufige Nebenwirkung von Morphin.« Über seine Wangen laufen Tränen.

»Tut mir leid«, sagt sie und legt eine Hand an seine Wange. »Ich hab wirklich nicht geglaubt, dass es Nick sein könnte. Ich wusste zwar, dass er im Wald ist, aber ich war überzeugt, dass er da sicher ist.«

Er war gut vergraben in der tiefen Grube, die durch den umgestürzten Baum entstanden war. Grace hatte ihn mit Erde und Zweigen und so viel Geröll bedeckt, wie sie finden konnte. Sie hatte keinen Plan und war sicher, dass er innerhalb weniger Tage von einem Hundeausführer entdeckt würde, aber sie hatte Glück. Es war ein außergewöhnlich harter Winter, und in der nächsten Woche gab es das nächste Unwetter, das noch schlimmer war als das erste. Es schwemmte einen Teil des Fahrdamms weg, und Eris wurde eine Zeit lang zu einer echten Insel. Als Grace im Frühjahr schließlich zurückkehren konnte, fand sie heraus, dass noch mehr Bäume umgestürzt waren, die die Stelle, an der Nicks Leiche lag, komplett zudeckten. Darum ging sie davon aus, dass kein Tier jemals in seine Nähe gelangen würde.

Becker setzt sich mühsam auf. Sein Kopf hängt so weit herab, dass sein Kinn fast die Brust berührt. Sein Atem geht schnell und flach. Er wischt sich Tränen aus dem Gesicht und Erbrochenes von der Unterlippe, hebt dann den Kopf und schaut Grace verwirrt an. Er sieht aus wie ein Kind mit Fieber, hilflos.

Sie legt eine Hand auf sein Bein. »Als Sie zum ersten Mal hier waren und mir von dem Knochen erzählt haben, war ich *wirklich* davon überzeugt, dass es ein alter Knochen sein muss. Ich war so sicher, dass ich nichts zu befürchten hatte. Das Blöde ist, dass Sie der Einzige sind, der eine Verbindung zwischen mir und Nick herstellen kann. Alles nur wegen dieses Fotos! Ich wusste nicht genau, ob Sie sich an den Namen erinnern, aber Sie erinnern sich, stimmt's?« Sie schaut ihm in die Augen und sieht, dass sie recht hat. Sie hat das Richtige getan. »Das ist einfach Pech. Seine Eltern haben mich nie kennengelernt, und unsere Studentenzeit liegt vierzig Jahre und Hunderte Kilometer zurück.«

Grace seufzt und legt ihren Handrücken auf Beckers Stirn; sie ist schweißbedeckt und kühl, und er atmet jetzt langsamer. »Marguerite weiß es. Marguerite hat es von Anfang an gewusst. Sie stand, wie immer, am Fenster und wartete auf ihre Bestie von einem Mann, und dabei hat sie mich gesehen, auf dem Damm. Als sie zum ersten Mal in die Praxis kam, hat sie mich darauf angesprochen. *Wo ist Ihr Freund geblieben?* Ich hab mich vielleicht erschrocken. *Sie gehen auf die Insel*, sagte sie, *und Sie kommen allein zurück. Allein, vor dem Sonnenaufgang.* Grace schüttelt den Kopf. »Ich war jung und hab eine Heidenangst gekriegt, aber eigentlich war es nicht schwer, sie davon zu überzeugen, dass sie sich geirrt haben musste. Sie war komplett isoliert, weit weg von der Heimat und ebenfalls sehr verängstigt. Ich brauchte nur zu sagen, dass ich die Polizei anrufe und sie auf ihre häusliche Situation hinweise, und schon hat sie gesagt und getan, was immer ich wollte.«

Becker schüttelt den Kopf und öffnet den Mund, aber es kommt kein Ton heraus. Er klappt den Mund wieder zu, schließt die Augen und beugt sich vor. Dann versucht er mit all seiner Kraft und Konzentration, aufzustehen, kippt jedoch auf halber Höhe nach hinten und fällt zurück auf die Couch.

»Immer mit der Ruhe!« Grace legt ihre Hände auf seine Schultern und drückt ihn nach unten. »Sie sorgen nur dafür, dass es

Ihnen noch schlechter geht. So ist es gut.« Sie rückt seinen Oberkörper zurecht und hebt seine Beine aufs Sofa, damit er wieder richtig liegt. Er wehrt sich, aber nur schwach und nur kurz. »Denken Sie nicht schlecht über mich«, sagt Grace. »Sie dürfen nicht schlecht über mich denken. Es war nie meine Absicht.«

»War's ein Unfall?«, fragt er und klingt dabei rührend hoffnungsvoll.

»Na ja«, sagt Grace. »Nein. *Das* kann man nun auch wieder nicht sagen.«

Es fällt ihr schwer, es zu erklären, weil der Moment des Tötens so lange außerhalb der Sprache existiert hat und die Erinnerung daran so schwer fassbar ist wie Rauch, nahezu unwiederbringlich verloren. Wenn sie mal versucht hat, sich die Situation ins Gedächtnis zurückzurufen – was sie sich nur selten erlaubt hat –, dann kam sie ihr in ihrer Absurdität immer vor wie eine Szene aus einem Traum. Das ergab alles überhaupt keinen Sinn: Sie sind spazieren gegangen, es war ein schöner Tag, sie standen auf einem Hügel, haben auf ein Haus geschaut, Sandwiches gegessen, sich an den Händen gehalten und über ein ruhiges Leben gesprochen, davon, neu anzufangen. Dann war es plötzlich dunkel, der Wind zerrte an den Bäumen, das Meer toste, und sie fror und war schmutzig und verängstigt. Allein. Zwischen diesen beiden Zuständen schien es nichts zu geben, keine Brücke, keinen Damm.

Erst herrschte Ebbe und sie waren zusammen, dann herrschte Flut und er war tot.

Verbindungen zwischen diesen beiden Situationen stellten sich in ihrem Kopf nur selten und bruchstückhaft her. Mal hörte sie plötzlich wieder seine höhnische, erbarmungslose Stimme, mal spürte sie wieder, wie zarte, weiche Finger unter ihrem Stiefel brachen. Eigentlich eine kleine Sache, dieses Zutreten: mutwillig, lächerlich, *verdient*. Klein, aber zugleich folgenschwer: Einmal geschehen, war es nicht mehr zurückzunehmen. Einmal geschehen, schrieb die Geschichte sich selbst fort. Und das Ende war klar: Nick konnte die Insel unmöglich wieder verlassen.

Das verstand sie erst viel später, als sie begriff, dass sie aus Notwehr gehandelt hatte. Er hatte sie schließlich bedroht, nicht wahr? Hatte er nicht angekündigt, sie dafür zahlen zu lassen? Und eine physische Bedrohung hatte es ja auch gegeben, oder? Er war zwar unten in dem Loch und sie stand oben am Rand, aber es war doch wohl klar, dass sie Angst bekommen hatte, als er sagte: *Willst du, dass ich dich ficke?*

Was hatte sie da schon für eine Wahl gehabt?

Und als es vorbei war, was hätte sie da anderes tun können, als ihn zuzudecken und ihn dort liegen zu lassen und nie darüber zu reden? Wofür wäre es denn gut gewesen, wenn sie sich gestellt hätte? Niemand hätte es verstanden. Seinen Eltern wäre es auch kein Trost gewesen, wenn sie von den letzten Minuten im Leben ihres Sohnes erfahren hätten. Allerdings hätten sie dann einen Schlussstrich ziehen können. Sie hat es immer bedauert, dass sie ihnen diese Möglichkeit verwehrt hat.

Aber wozu war *Bedauern* gut? Wem half das?

»Sie müssen an all das Gute denken, das ich getan habe«, sagt sie leise zu Becker. »Auf dieser Seite der Waage liegt so viel mehr.«

Becker hustet und schüttelt den Kopf. »So funktioniert das nicht. Man kann nicht ein Leben gegen ein anderes aufwiegen.«

»Doch, kann man«, beharrt Grace. »Ich habe unzähligen Menschen geholfen, ich habe Leben gerettet. Ich habe Vanessa das Leben gerettet und auch Marguerite.« Sie nimmt den Gürtel aus ihrem Hosenbund, legt ihn um Beckers Oberarm, schiebt das Ende durch die Schnalle und zieht den Gürtel stramm. »Ich habe Julian für sie getötet«, sagt sie, »ich habe es getan, damit sie vor ihm sicher ist.« Sie würde ihm auch gern von der Kunst erzählen, nicht weil sie stolz darauf ist, sondern weil sie es *irgendwem* gestehen möchte. Schließlich hat Vanessa ihr vergeben, ohne das ungeheure Ausmaß dessen zu kennen, was Grace getan hat. Weshalb es, wenn sie ehrlich ist, eigentlich auch gar keine Vergebung war.

Becker zeigt Anzeichen von Gegenwehr, und sie drückt ihren Unterarm auf seine Kehle, um ihn zu bändigen. »Tut mir leid«, sagt sie. »Bitte kämpfen Sie nicht dagegen an. Bitte machen Sie es mir nicht schwerer, als es ohnehin schon ist.« Sie sieht, dass er ihr nicht verzeiht, er hasst sie. Sie drückt fester zu. »Ist gut jetzt«, sagt sie. »Ist gut.« Er sieht so verängstigt aus. Sie möchte nicht, dass er verängstigt ist. Sie nimmt ihren Arm weg, küsst ihn auf die Stirn und schiebt die Nadel unter seine Haut. »Ruhen Sie sich jetzt aus. Sie können hier bei mir bleiben.«

48

Die alte Dame hat Arsen in seinen Tee gemischt. Wird sie ihn auch ausstopfen?

Becker weint nicht mehr. Ihm geht's sehr viel besser. Alles wird gut werden. Er wird einfach eine Weile schlafen, hier, auf dem Sofa.

Nein, nicht auf dem Sofa. Er liegt nicht auf dem Sofa, oder? Er sitzt. Das Auto. Er ist im Auto. Seinem Auto. Ist er rausgegangen, zu seinem Auto? Er kann sich nicht daran erinnern. Er ist nicht sicher, ob er sich gut genug fühlt, um zu fahren. Oh, kein Problem, er fährt gar nicht. Sie fährt. Grace fährt. Sie fahren den Hügel hinab, immer weiter hinab hinab hinab.

Wir haben die Ebbe verpasst.

Das Wasser steht zu hoch. Grace, das Wasser steht zu hoch.

Es ist jetzt dunkel. Oder hatte er einfach nur die Augen geschlossen? Nein, es ist dunkel.

Wo ist Grace?

Er kann nicht fahren, er ist nicht fahrtüchtig. Wo ist Grace?

Grace ist weg.

Grace. Amazing Grace. Die erstaunliche Grace, immer für Überraschungen gut. Grace hat Julian umgebracht, Grace hat Vanessas Kunstwerke zerstört. Wie kann es sein, dass er so lange gebraucht hat, um das zu erkennen? Jetzt sieht er alles in einem anderen Licht.

Er sieht ein Licht.

Das Licht am Ende des Tunnels?

Jetzt ist das auch weg.

Oh, da ist es wieder.

Der Leuchtturm. Es ist der Leuchtturm.

Es ist kalt, seine Füße sind eiskalt.

Seine Füße sind nass.

Es läuft Wasser ins Auto.

Es läuft Wasser ins Auto!

Ist okay, es ist alles in Ordnung. Das ist nur ein Albtraum, jetzt erinnert er sich wieder. Ist nur ein Albtraum.

Er hat sich wieder übergeben.

Er muss aus dem Auto raus. Er muss aus dem Auto raus, und zwar sofort. Noch steht es nicht zu hoch. Er wird auf die andere Seite waten, so weit ist das nicht. Nicht zu hoch. Und nicht zu weit.

Das Wasser ist eiskalt, es reicht ihm schon bis zu den Oberschenkeln, schubst ihn erst hierhin und *zerrt* ihn dann dahin. Er verliert beinahe umgehend den Halt, er ringt in panischer Angst nach Luft; versucht, sich wieder aufzurichten; schreit auf. Hilfe. Hilfe. Er kann es unmöglich auf die andere Seite schaffen, er muss zurückgehen, umkehren.

Oh, er ist so müde.

Die Kälte ist Folter, sie ist wie Eis, er hält das nicht aus, er hält es nicht eine Sekunde länger aus, das sind Todesqualen.

Aber dann ist es nicht mehr so schlimm. Es ist nicht so schlimm. Jetzt ist es nicht mehr so kalt.

Er denkt an die *Schwarzen Gemälde.*

Nein, nicht an die, nicht an Vanessas schwarze Gemälde, an die Originale, an Goyas *Schwarze Gemälde*, die im Prado in Madrid hängen. Da ist er mal gewesen, als er noch jünger war, mit einer Frau. An ihren Namen kann er sich nicht erinnern. Nicht Helena.

Er ist der Hund, der ertrinkende Hund, der versucht, seinen Kopf über Wasser zu halten.

Helena. Oh, Helena.

Das Baby.

Er sieht wieder das Licht, ihm spritzt Wasser ins Gesicht. Wenn er zum Auto zurückkäme. Wenn er bloß zum Auto zurückkäme, dann wäre vielleicht alles gut. Sein Handy! Wo ist sein Handy? Wenn er ihre Stimme noch mal hören könnte, nur einmal.

Er hört ihre Stimme.

Sie ruft ihn, jemand ruft seinen Namen.

Es sind die Möwen. Die Möwen sagen seinen Namen.

Er sieht wieder das Licht von dem Leuchtturm, es blinkt, jetzt blinkt es schneller, schneller und nicht mehr weiß, jetzt ist es blau.

Jetzt ist es blau.

Jetzt ist es blau.

Vanessa Chapmans Tagebuch

Ich dachte nicht, dass ich so lange bleiben würde.

Ein paar Jahre vielleicht, dachte ich, höchstens zehn. Damals glaubte ich, alle Zeit der Welt zu haben, ich dachte, ich hätte ein Leben lang Zeit. Hatte ich auch – nur stellt sich jetzt heraus, dass es ein ziemlich kurzes ist.

Die Ärztin in Glasgow hatte nichts Gutes zu sagen.

Auf dem Rückweg im Auto dachte ich daran, wie ich das erste Mal hier rübergefahren bin, wie ich das erste Mal das Haus gesehen habe, das Haus, das ich ungesehen gekauft hatte. Ich war so mutig damals! Und so jung. Zum ersten Mal seit einer Ewigkeit musste ich an den Zeitungsausschnitt denken, der mir mit der Post zugestellt wurde und von dem ich mir sicher war, dass ein Freund ihn mir geschickt hätte, aber niemand hat sich je dazu bekannt. Und plötzlich begriff ich – Julian! Natürlich war es Julian, er hat versucht, mich loszuwerden, hat mir einen sanften Schubs verpasst. Wer, wenn nicht er, hätte gewusst, welcher Sache ich niemals hätte widerstehen können.

Der arme Julian hat sein eigenes Schicksal besiegelt.

Grace war irgendwo draußen unterwegs, als ich auf die Insel zurückkam, darum bin ich ins Atelier hoch und hab dort allein geweint und gewütet. Ich fühle mich so betrogen – am liebsten hätte ich das alles hier niedergebrannt.

Aber das würde ich – natürlich – niemals fertigbringen.

Ein kurzes Leben also. Nicht immer glücklich. Aber frei! Hier auf meiner Insel war ich frei. Ich bin der Mühsal der Häuslichkeit entkommen, der Gewalt der Männer. Ich habe mit den Händen gearbeitet und mit meinem Körper leidenschaftlich geliebt.

Gott sei Dank! Gott sei Dank habe ich, in letzter Sekunde, gemerkt, dass ich das Leben, das von mir erwartet wurde, nicht führen wollte. Gott sei Dank habe ich mich davongemacht, Gott sei Dank bin ich geflohen.

Ich danke Gott für meine Insel, für Eris.

Jetzt, wo meine – einst gewaltige – Hoffnung so klein und kümmerlich geworden ist, muss ich praktisch denken. Ich muss mir überlegen, was passieren soll, wenn ich nicht mehr da bin. Aber irgendwas in mir sträubt sich dagegen – was hat das schon für eine Bedeutung? Ein Leben ist schließlich keine Ansammlung von Dingen. Was spielt es für eine Rolle, was ich hinterlasse, wenn die Wellen weiter an die Küste schlagen, unermüdlich und unbeirrt? Was zählt das alles schon, wenn diese Insel eines – wahrscheinlich nicht allzu fernen – Tages unter dem Meeresspiegel liegen wird, und mit ihr das Haus, das Kliff und all die Knochen darunter?

Irgendwie zählt es schon. Es zählt schon, was man zurücklässt.
Die Kunstwerke, die man geschaffen hat, oder die Menschen. Die Freunde, die man geliebt hat. Das Gute, das man getan hat, und auch das Schlechte.

Es zählt.

Dank

Mein Dank gilt Dr. Tim Clayton, Professor Dame Sue Black, Professor Derek Hamilton und Professor Turi King für ihre Beratung in forensischen Fragen, einschließlich der Identifizierung und Datierung von Knochen. Alle diesbezüglichen Fehler gehen auf meine Kappe.

Heather Wilson und Nick Stenhouse von Redbraes Pottery und Annabel Wightman von Marchmont Creative Spaces möchte ich dafür danken, dass ich sie bei ihrer Arbeit beobachten durfte.

Vielen Dank an Stuart Cummins, den Gewinner der *Young Lives vs Cancer Good Books Auction 2023*, für die Verwendung seines Namens.

Meinen Lektorinnen Sarah Adams und Kate Nintzel danke ich dafür, dass sie mir geholfen haben, den Wald vor lauter Bäumen zu sehen und die Knochen vom Treibholz zu trennen.

Meinen Agenten Lizzy Kremer und Simons Lipskar sage ich Danke dafür, dass sie beide die perfekte Kombination aus unterstützend und gewieft sind.

Auch Ben Jefferies danke ich. (Ich kann nicht sagen, wofür, aber IYKYK).

Und dir, Simon, danke ich für deine Geduld, deinen Sinn für Humor, deine großartigen Kochkünste und deine Bereitschaft, Kopfhörer zu tragen, wenn ich schreibe.